VÉRONIQUE BIEFNOT

Les Murmures de la terre

ROMAN

ÉDITIONS HÉLOÏSE D'ORMESSON

ISBN : 978-2-253-17946-7 – 1re publication LGF

À ceux qui arpentent des chemins inconnus.

À ceux qui entendent l'harmonie secrète
des ballets dansés sous leurs pieds.

À ceux dont les yeux restent ouverts
et dont l'âme s'émerveille.

À Yann…

Le 7 juillet 2010

Ce qui colle aux semelles…
De la poussière et pas de souvenir

Bolivie, Jirira, 7 juillet, 15 h 30
Naëlle

Assise en haut de cette colline terrassée de lumière, elle observait avec attention le petit monticule qu'elle venait de modeler, mélange de sable, de poussière, de terre. Le tas s'écroulait sans cesse, refusant d'adopter une forme pyramidale. Ses mains s'enfonçaient dans la poudre froide, amalgame d'ocre, de gris et de rouge ; les grains les plus épais, les plus colorés restaient un moment accrochés à ses phalanges, le reste s'écoulait à l'image de sa vie qui fuyait entre ses doigts.

Fine silhouette blonde dans ce paysage démesuré, Naëlle appréciait ce court instant de solitude. Elle ne voulait pas se laisser avaler par la grandeur du lieu. Elle voulait commencer petit, léger, par ce qu'elle avait là, sous les doigts, la terre rousse de ce pays des Andes. Regarder s'écouler les grains fluides de ce sablier, goûter cette petite minute d'éternité.

Pour ne pas se perdre dans cet infini, elle avait laissé glisser son regard progressivement du petit tas de terre assemblé jusqu'à la pointe de ses lourdes bottines de marche où la poussière dessinait de vagues traces. Elle suivit l'ombre allongée de son corps. Sa vision prudente gagnait du terrain, prenait le large, s'aventurait au-delà de ses limites, survolant les voiles mouvants de ce sol volatile qui crissait sous les pas.

Au loin, l'horizon moutonnait de petites dunes, symphonie subtile de bruns et de verts, spectre de couleurs écrasées sous le soleil, elle laissa s'évader son regard, noyé dans l'entre ciel et terre, sans repère, dans le bleu infini, limpide et frais.

Il lui semblait que la chanson du vent, coursant les nuages, avait aboli le temps, absorbé le superflu, ne restait que l'essentiel : être là... tenter d'être là. Ce qu'elle voulait, c'était rejoindre les autres dans la vraie vie, ne plus fuir le réel et arriver à faire comme eux.

C'est bien pour ça qu'elle était là, si loin de chez elle, dans cet endroit si beau, si différent de tout ce qu'elle avait pu connaître... l'endroit idéal pour se perdre et se retrouver... C'est, en tout cas, ce qu'annonçait le dépliant de l'agence de voyages !

Devoir aller si loin pour se trouver, c'était un comble.

Devoir passer par l'intermédiaire d'une agence spécialisée en méditation dirigée, être encore et toujours entourée de psychologues, de maîtres à penser.

Ça la désolait !

Ce voyage, c'était une idée de Simon.

À l'aéroport, leurs adieux avaient été pénibles, elle s'était abandonnée dans ses bras au milieu de cette foule de gens pressés. Quitter la chaleur de son corps lui paraissait impossible, injuste et surtout inutile. Ils avaient discuté longuement de ce séjour, elle savait qu'il avait raison, leur amour ne pouvait exister s'il reposait sur des chimères et là-bas, en Europe, aucun des psychiatres en charge de son cas n'avait obtenu de résultat concret.

Elle ne pouvait arracher de son esprit l'image obsédante de Simon, la course de ses mains sur son corps et ses baisers passionnés, seules caresses qu'elle était en mesure d'accepter. Il avait fait preuve d'une patience inouïe, la rassurant, acceptant ses réticences sans exiger davantage, lui donnant le temps de venir vers lui en toute conscience. Elle ressentait encore le frôlement doux de ses lèvres charnues aux paroles réconfortantes, le rugueux de ses joues quand la barbe naissante reprenait ses droits au petit matin.

Naëlle ferma les yeux, emprisonnant une larme salée, brûlante, qui força le barrage des paupières, continua sa course et vint se perdre dans le col épais de sa veste de randonnée.

Les autres s'agitaient là-bas, plus loin, ils devaient avoir fait le plein de photos-souvenir et l'appelaient, soudain pressés de poursuivre l'excursion prévue aujourd'hui.

Elle se leva.

À longues foulées rapides, elle rejoignit le groupe et le dépassa, espérant que la trajectoire rectiligne de sa marche l'aiderait à dérouler l'écheveau embrouillé de ses pensées.

À l'image de ce sol qui s'effondrait à chacun de ses pas, elle essayait de grignoter des parcelles de conscience, cherchant le bon fil pour dévider la pelote, accrocher ensemble quelques lambeaux de mémoire même infimes et reconstituer la trame de sa vie.

Elle sentait confusément qu'elle devait se repasser le film à l'envers, repartir des dernières heures qui avaient précédé son départ, revoir le visage de Simon, inquiet, un sourire de façade plissant ses beaux yeux bruns trop humides, ressentir la chaleur apaisante de l'environnement familial que Céline, Grégoire et leurs trois enfants avaient tenté de lui offrir et qu'elle avait quitté à regret. Ensuite remonter aux dernières semaines, fragmentées, éclatées à la lueur des gyrophares d'ambulances, des interrogatoires policiers… Tout finissait par s'estomper dans le sommeil cotonneux des hôpitaux psychiatriques.

Elle devait lutter, ne pas se disperser.

Elle était là, loin de tout, dans la fraîcheur limpide de cet après-midi, sur un plateau de l'Altiplano.

Elle était là, cliente de ce circuit censé la remettre en connexion avec elle-même.

Elle était là, au bout du monde, grâce à l'argent de Simon.

Simon, son Simon, l'écrivain le plus populaire du moment, lui avait offert cette thérapie exotique. Il pouvait évidemment se permettre ce genre de cadeaux coûteux, les ventes de son dernier roman avaient littéralement explosé suite à ce drame qui, quelques mois auparavant, les avait propulsés tous deux à la une des faits divers. Dans cette tourmente médiatique, Simon, préférant affronter seul la presse et les enquêteurs, lui avait proposé de partir pour échapper à tout ça.

Il n'avait pas été simple d'obtenir l'autorisation de quitter le territoire mais ce voyage ayant été présenté comme une approche thérapeutique de recouvrement de mémoire, Naëlle avait été dispensée de visite mensuelle chez le psychiatre.

Ce trekking de méditation en Bolivie semblait un bon moyen de prendre un peu de distance et, d'abord réticente, elle avait fini par accepter.

Et maintenant, voilà, elle y était.

Il fallait qu'elle s'intègre dans ce groupe, douze personnes venues d'horizons différents, animées d'objectifs différents, elle devait leur offrir un visage de normalité. Elle avait déjà réussi à le faire… au travail, dans la rue… ici aussi elle parviendrait probablement à donner le change.

Il suffisait de suivre le mouvement.

C'était la première fois qu'elle voyageait, la première fois qu'elle prenait l'avion, la première fois, à sa connaissance, qu'elle quittait l'Europe.

Les cinq premières journées de ce périple avaient été assez tranquilles, une adaptation progressive permettant à ceux qui souffraient du mal d'altitude de s'acclimater avant d'entamer la découverte du pays.

Arriver à l'aéroport de La Paz est en effet une épreuve redoutable pour la plupart des gens : atterrir à 4 000 mètres d'altitude peut vous occasionner pas mal de désagréments ! Nausées et palpitations au programme, ces malaises restent supportables pour la plupart des touristes mais s'avèrent insurmontables pour d'autres.

Dans cette métropole bigarrée, Naëlle s'était pris comme une gifle la confrontation avec une civilisation et un climat tellement différents de ce qu'elle avait pu connaître à Bruxelles.

Ici s'affichait le contraste brutal de modes de vie opposés cohabitant à quelques kilomètres de distance, les golden boys de la capitale côtoyant les

Indiens aymaras venus des collines, attirés par l'animation incessante de la ville et ses illusoires promesses de travail, les petites filles, vêtues de robes enrubannées, délire de nylon et de dentelles aux couleurs de friandises, les matrones indiennes aux visages rieurs et tannés avec leurs lourdes cotonnades traditionnelles, les beaux jeunes gens habillés en Gucci, en Prada, sillonnant rapidement les trottoirs du haut de la ville sans un regard pour les étals de fruits et de légumes colorés des paysans andins.

Tout, ici, n'était que choc violent entre tradition et modernité, international et indigène, business et mystère baigné d'un mysticisme ancestral solidement ancré dans le quotidien.

Naëlle en avait le tournis et ce n'était pas dû au fameux *sorojche*, le mal d'altitude.

Ils avaient débuté par le circuit traditionnel effectué en car et en jeep ; s'éloigner de La Paz et son agitation frénétique leur avait permis, une fois arrivés à Cochabamba, d'apprécier plus encore l'art de vivre et la douceur des vallées andines.

Ils avaient ensuite rallié Oruro en passant par Tarabuco et son célèbre marché où danses incas, tapis, tissus et ponchos tissés à la main offraient aux touristes leur dû de folklore local… Overdose de couleurs, de musiques, de lumière, de nausée péniblement combattue à l'aide de maté de coca. Le poudroiement constant soulevé par les pas traînants des paysans estompait la clarté crue de ce village d'altitude. Les joues creusées de rides profondes des autochtones semblaient marquées d'un éternel sourire gentiment moqueur face à ces touristes si pressés d'engranger un maximum de souvenirs. Dans ce tourbillon coloré, des artisans vantaient la précision des motifs variés et chatoyants de leurs tissages étalés. À chaque coin de rue, des musiciens jouaient les ritournelles attendues, tirant des sons bizarres de leurs *charangos* creusés dans des carapaces de tatous…

De toutes ces curiosités qui ravissaient les autres, Naëlle ne voyait rien, tout occupée d'elle-même et de sa quête.

De toutes ces villes, ces haltes, ces découvertes, de toutes ces visites, passages obligés des circuits touristiques boliviens qui avaient séduit *ses* compagnons de voyage, Naëlle n'avait retiré que peu de plaisir. Les émerveillements de bon aloi – avec prise de photos obligatoire – la laissaient perplexe. Elle attendait la suite, la confrontation avec l'espace, l'effort, la solitude… tout ce pour quoi elle était là.

Depuis deux jours, ils avaient enfin entamé le trekking, véritable objet de ce « voyage initiatique » : ils ralliaient à pied le Salar de Chiguana pour traverser en suivant la route des anciennes caravanes le désert d'Uyuni, immensité salée qu'ils espéraient parcourir en quatre jours.

Eux avaient leurs buts.

Elle avait le sien.

Et rien n'allait comme elle le souhaitait.

Ce qu'elle voulait, c'était reprendre le fil, entrer dans l'image et ne plus se contenter d'instantanés de vie plaqués les uns derrière les autres sans suite, elle voulait être actrice et non plus spectatrice de son existence. Elle voulait remonter la chaîne du souvenir, récupérer les pans entiers de son histoire qui avaient sombré dans le chaos de sa mémoire. De ces périodes obscures, elle ne retenait que les images fugitives d'ombres menaçantes, la peur permanente qui lui tenaillait le ventre, des sanglots étouffés… des impressions, des sentiments mais rien de concret, aucun souvenir d'école, de cadeaux ou d'anniversaires, aucun souvenir d'un père, d'une mère, aucun souvenir d'avoir existé avant ses treize ans. Pour espérer redessiner tout ça, il lui fallait d'abord s'ancrer dans la réalité.

Revenir à l'instant, à la sensation du vent sur la peau.

S'approprier le présent pour espérer ensuite se raccrocher au passé.

Être quelque part, exister quelque part.

Cesser de flotter.

Bolivie, Jirira, 7 juillet, 19 heures
Manko

Depuis plus de sept ans Manko K'ala Soriano accompagnait officiellement des touristes sur les routes de son pays et ce boulot lui plaisait !

Il était né vingt-sept ans plus tôt à Curva, petit village niché dans la cordillère d'Apolobamba.

Là, dans ce massif montagneux au nord-est du lac Titicaca, à la fin des années quatre-vingt, il était tout naturel pour un gamin avenant et sympathique de guider les rares voyageurs qui s'aventuraient dans cette région peu touristique. Au début, Manko ne parlait que le Pukina, la langue des Kallawayas, mais à la longue il s'était mis à baragouiner un sabir mêlant un peu de français, d'anglais, d'allemand, le tout épicé à la sauce espagnole… si ça ne suffisait pas pour les touristes, son irrésistible sourire valait tous les dictionnaires !

Adolescent, il s'était persuadé que le monde ne pouvait se borner à son village. Pourtant Curva, fief des Kallawayas, derniers détenteurs du secret des plantes de l'Altiplano, était un haut lieu d'enseignement où on formait les guérisseurs les plus prestigieux avant qu'ils ne soient envoyés, médecins itinérants, sur toutes les routes de Bolivie. Sauf que… à quinze ans, on s'arrête fort peu à ce genre de considération ! Il avait dès lors quitté son pays, sillonné l'Amérique latine, était finalement remonté tout au nord vers l'Amérique centrale, traversant le Mexique, réussissant à passer en Californie pour échouer comme tant d'autres « latinos » dans les cuisines d'un restaurant exotique.

C'est là qu'il rencontra Fernando Sanchez, un soir où, déambulant entre les tables, il massacrait le répertoire musical andin pour arrondir ses maigres fins de mois. Manko en était à la troisième reprise d'*El condor pasa* – réussissant, charmeur invétéré, à faire chanter tous les clients du restaurant – lorsque Fernando lui proposa de travailler pour lui. Ce dernier était à la tête d'une agence de voyages qui marchait plutôt bien, un tour opérateur spécialiste de l'Amérique latine, promettant des périples originaux, une approche pointue des lieux visités et la rencontre des populations locales dans le respect mutuel. Tout un programme !

Manko était donc revenu au pays en 2003 et se chargeait depuis d'organiser différents circuits touristiques pour la SAFE-Travel (Fernando Sanchez se félicitait du nom de son agence : subtil jeu de mots – à ses yeux – entre ses propres initiales et les qualités présupposées de ses services !).

La SAFE-Travel offrait des formules sur mesure aux globe-trotters curieux. Il y avait les circuits traditionnels : la route de la Pachamama, la route de l'argent, la route des missions, celle du Che. Il y avait les itinéraires plus aventureux pour les amateurs de VTT ou d'andinisme et puis les treks pour les randonneurs chevronnés : le trek des Incas ou la Transcordillère… ou celui qu'il était en train d'encadrer pour le moment, le plus récent du catalogue, qui proposait un « voyage à la rencontre de soi » ! Ce circuit-là se structurait habituellement en trois étapes : visites touristiques du circuit traditionnel ; ensuite, long trekking à travers les Salars de Coipasa, Chiguana et, bien sûr, le grand Salar d'Uyuni ; la troisième partie leur permettait de prendre du repos dans de vrais hôtels au cœur de villages attrayants où acheter quelques babioles d'artisanat indigène avant le retour vers La Paz.

Manko était le guide officiel de cette randonnée mais Dominique, un animateur européen, les accompagnait dans le cadre de ce programme bien particulier pour diriger les « méditations éveillées » qui ponctuaient chaque journée. Ayant grandi auprès d'un grand-père *curandero*, habitué durant son enfance à la pratique du chamanisme et à la cohabitation respectueuse avec les forces de la nature, le jeune Indien ne pouvait s'empêcher de sourire en voyant ces gringos en mal de spiritualité venus là pour découvrir on ne sait quel raccourci sur le chemin de leur âme.

Ces groupes-là étaient en général composés d'individus sympathiques, farfelus, qui attendaient autre chose de leur voyage et de leur accompagnateur qu'un simple tourisme formaté. La plupart étaient des chefs d'entreprise surmenés, des bobos en crise de milieu de vie ou des désœuvrés en quête de dépaysement « alternatif ». Beaucoup se ressemblaient. Souvent, dès les premières heures, Manko pouvait les ranger dans telle ou telle catégorie ; cette semaine, son attention avait très vite été attirée par l'une d'entre eux… Évidemment son physique hors norme la faisait sortir du lot ! Grande, blonde, mince : un archétype de séduction attendu… Très vite, elle dégageait tout autre chose : un mystère, une tristesse qui semblait voiler son regard.

Manko avait rapidement constaté que, contrairement aux autres voyageuses, Naëlle ne paraissait pas troublée par son physique soigneusement entretenu d'Indien ténébreux. Il était implicitement encouragé par son patron à amplifier cette séduction naturelle contribuant à la réussite de ces expéditions !

Sorte de GO des hauts plateaux, sportif, enjoué et polyglotte, il pimentait régulièrement, avec zèle, le séjour des isolées ! Avec elle, aucune de ses tactiques d'approche habituelles n'avait fonctionné ; la jeune femme était hermétique à toute manœuvre de séduction ! Oubliant donc ses codes traditionnels de communication, il partageait avec elle un accord tacite, la laissant évoluer dans une certaine mesure en dehors de l'accompagnement prévu, trop dirigiste pour elle.

Ce périple semblait bien plus important que le simple caprice de gringos aisés, elle avait l'air d'y jouer sa vie. Touché par la détresse réelle qui émanait de la jeune femme, il espérait que la magie des lieux et la lumière de son pays puissent l'aider à voir clair en elle-même…

Bolivie, Chipaya, 8 juillet, 20 heures
Naëlle

La marche tisse le cheminement de la réflexion, pas à pas, comme les points serrés d'une broderie minutieuse.

Et ici, perdue dans cette démesure, Naëlle s'y appliquait, pesamment.

Ses grosses bottines de randonnée s'enfonçaient profond par endroits dans ce sable si différent de celui qu'elle avait parcouru avec Simon sur les plages de la mer du Nord larges et solitaires, rythmées seulement par les brise-lames et le vol criard des mouettes.

Ce n'était pas ce sable-là qu'il lui fallait : crissant, épais, humide, mêlé de coquillages, d'algues et de goémon ; non, plutôt celui-ci fantasque, dangereux, mouvant, mêlé à la terre rouge et noir des montagnes andines.

Elle savait, on le lui avait dit, que pendant son internement Simon avait tout tenté avec patience et détermination pour la ramener au réel.

Il avait été à ses côtés chaque jour à l'hôpital quand elle semblait murée en elle-même, s'était occupé de son chat Nicolas et de son appartement pendant les longs mois où elle était restée là-bas, avait organisé sa sortie, il avait même aménagé une chambre si raffinée pour elle, dans son magnifique loft… Justement à cause de toutes ces bonnes raisons, elle n'avait pu accepter son invitation et avait passé ces quelques semaines de convalescence chez leurs amis, Grégoire et Céline.

Comment aurait-elle pu vivre si près de lui, chaque jour, sans lui offrir ce qu'il semblait attendre d'elle ?

De l'amour ?

Était-ce de l'amour ?

Elle n'en avait jamais reçu auparavant. Le simple fait de formuler ce mot lui était difficile, comment alors concevoir le sentiment… quand on ne sait pas soi-même qui on est, que tant de chaos obscurcit le passé et l'empêche de refaire surface, peut-on imaginer qu'on puisse aimer et être aimé ? Comment croire qu'on puisse être digne d'intérêt ?

Elle s'était toujours arrangée pour éviter la promiscuité avec les autres, s'intégrer juste assez pour survivre en préservant jalousement sa solitude. Tout envahissement même bienveillant de son intimité l'avait toujours effrayée. Elle avait d'ailleurs assez mal supporté le séjour à la campagne où Céline avait pourtant tout fait pour la mettre à l'aise. Là non plus, dans cette famille à la tranquille harmonie, elle ne parvenait pas à trouver sa place.

En ce moment, elle marchait en silence et ne se sentait pas prête, pas forte, pas entière…

Dans le sable, au cœur de cette rêverie rythmée, elle retrouvait la peau de Simon… douce, parsemée de fines taches de rousseur, un léger duvet blond adoucissant les contours…

Ces souvenirs lui tordaient le ventre, brouillaient sa vue.

Est-ce que s'éloigner était la bonne solution ? Essayer de devenir un être humain droit, debout, solide, avant de revenir vers lui ? N'était-elle pas plutôt à nouveau en train de fuir ?

Non, ne pas pleurer, marcher, encore et encore, dénouer la pelote, laisser faire le travail de la marche, et alors, qui sait, un jour revenir, être capable de recevoir et de donner.

Marcher d'abord.

À chaque pas, l'empreinte laissée par la lourde chaussure semblait s'engloutir d'elle-même, disparaître à l'intérieur de sa propre trace. S'il ne restait un peu de poussière coincée dans les replis de la chaussette, elle imaginerait avoir rêvé, n'avoir jamais posé le pied là.

Elle marchait avec application, fascinée par le mouvement liquide des grains animés d'une vie propre.

Elle marchait dans ce paysage qui aurait pu sembler ennuyeux et où rien pourtant n'était figé, la terre fine et sèche roulant tranquillement sur elle-même, caressée par les vents, bousculée de loin en loin par les pieds des hommes.

Ici, tout était large, ouvert, le regard ne butait pas, n'était pas empêché. Parfois, un sentiment de démesure la submergeait : trop d'espace, d'air, de lumière. Parfois son appartement lui manquait, le cocon calibré de ses murs, la présence consolante de ses livres et Nicolas, bien sûr, son chat, son compagnon salvateur.

Est-ce que Simon s'en occupait bien ?

Évidemment… Simon était un homme qui tenait parole ! Là-bas, Nicolas et lui devaient former une sacrée équipe, apaisante, le corps ancré dans la terre et la tête dans les étoiles.

Ici, la nuit tomberait bientôt et, avec elle, le froid implacable des régions andines, il fallait rejoindre le gîte au plus vite !

Les autres membres du groupe devaient déjà y être mais avec le besoin de solitude et d'introspection qui l'animait, elle parvenait toujours à prendre ses distances ! Pas une seule excursion qu'elle ait suivie dans les conditions imposées.

Manko, leur guide, commençait à s'y habituer et la laissait vagabonder un peu seule, à l'écart du groupe, avant de la récupérer.

Il est vrai que ce trekking n'était pas une simple promenade : tous cherchaient à trouver ou à oublier quelque chose… et Naëlle semblait bien être la plus acharnée dans cette quête.

Belgique, Grez-Doiceau, 8 juillet, 21 h 30
Céline

Au cœur de cet été belge magnifiquement clément, Céline n'avait manqué aucune occasion de sillonner les bois entourant leur maison familiale du Brabant wallon. En cette fin de journée, c'était le moment parfait, l'heure magique où son corps semblait flotter dans l'air… Aucune contrainte, elle pouvait se poser, Grégoire et leur fille Méline profitaient de la piscine de leurs charmants voisins, Maël et Basile, les deux aînés, parcouraient la campagne à vélo avec des copains. La température s'était doucement rafraîchie et sa peau ne faisait plus qu'un avec le ciel. Les yeux fermés, allongée sur la terrasse, elle savourait la sensation… Être seule, un moment, hors de la joyeuse animation familiale. Bientôt, les chauves-souris prendraient le relais des hirondelles dans leur ballet aérien, raid antimoustiques d'une redoutable efficacité. Le ciel abandonnait le bleu pour se teinter de rose, subtile aquarelle, toute lumière aurait bientôt disparu. Les oiseaux, pour rendre un dernier hommage au jour, s'époumonaient ; leurs chants stridents ou harmonieux s'élevaient, suspendus, comme si ce crépuscule devait être le dernier. Tout à coup, sur un signal imperceptible, les grenouilles enchaînèrent. De l'étang voisin, elles rejoignirent cet hymne champêtre au jour qui finissait. Çà et là, quelques lumières électriques s'étaient éveillées dans le voisinage ; de temps à autre, une voiture rompait le calme de cette soirée d'été, image idyllique d'un bonheur si tranquille.

Malgré tout, l'esprit de Céline n'était pas en repos, elle ne pouvait s'empêcher de penser à tout ce qu'ils avaient vécu ces derniers mois, ces événements tellement inattendus… Tout cela avait quelque peu perturbé leur paisible organisation familiale.

Simon avait-il bien fait d'envoyer Naëlle là-bas, si loin ?

Était-ce la bonne voie ?

Probablement… probablement.

Elle pensait qu'il avait toujours su quoi faire, elle l'espérait du moins !

Ça faisait deux semaines, depuis le départ de Naëlle, que Simon ne donnait plus de nouvelles ; normal, c'était sa façon de faire : rester dans sa tanière pour y lécher ses plaies, ne pas se plaindre, ne pas être lourd, ne pas être un fardeau pour les autres ! Grégoire et Simon avaient été inséparables à la fac… puis chacun avait vécu sa vie. Quand Simon s'était retrouvé veuf, son fils Lucas n'ayant que quatre ans à l'époque, Grégoire l'avait invité à quitter Paris pour s'installer près d'eux, à Bruxelles. Depuis douze ans, leur complicité n'avait fait que grandir et les instants partagés dans leur maison à la campagne, bulles de bonheur et d'harmonie, semblaient apaiser cet homme et son enfant blessés par la vie. Ensemble, ils avaient construit précautionneusement un chemin de vie possible, un ersatz de famille où Simon et Lucas retrouvaient les rythmes sécurisants des fêtes traditionnelles, des repas du dimanche après-midi et des soirées barbecue étirées tard dans la nuit. Une famille recomposée d'un nouveau genre. Les enfants, Lucas, Maël, Basile et Méline, finissaient les journées vautrés sur le tapis du salon entre jeux de rôle, lecture d'heroic fantasy et échanges de textos, tandis que les adultes sur la terrasse, à la lueur de photophores disséminés çà et là, évoquaient leurs souvenirs d'adolescence.

Puis Simon avait rencontré Naëlle.

Aujourd'hui, Céline et Grégoire devaient ronger leur frein, accepter le silence de leur ami sans poser trop de questions, les réponses viendraient en leur temps sans doute, il ne fallait rien précipiter, l'année écoulée avait été suffisamment riche en rebondissements. Simon s'était montré avare de confidences lorsque Naëlle et lui avaient fait la une des journaux. Céline, envisageant l'aspect délicat de leur situation, s'était contentée d'être là, amicale et attentive, recueillant leurs confidences quand ils avaient envie de s'en décharger, acceptant leur pudeur si ce n'était pas le cas. Dans un premier temps, elle avait été ravie de voir Simon heureux à nouveau. Complexe et mystérieuse, Naëlle avait ramené l'envie et l'enthousiasme dans les yeux de l'écrivain, et c'était le plus important.

Aujourd'hui, les doutes étaient là, tenaillants, insidieux.

Durant les semaines qu'elle avait passées chez eux, le comportement de la jeune femme l'avait plus d'une fois intriguée. Il était normal, après les épreuves traversées par Naëlle, qu'elle éprouve le besoin de se replier sur elle-même de temps à autre, mais l'éclair troublant que Céline entrevoyait parfois dans ses yeux l'effrayait et l'obligeait à se poser certaines questions : que s'était-il passé exactement dans cette horrible bicoque ? Comment Naëlle avait-elle pu infliger de tels sévices à cet homme, le ravisseur du petit Adrien ? Comment cette jeune femme douce, timide, effacée avait-elle pu faire preuve d'une telle violence physique ? Comment gérer le fait que, depuis lors, elle semblait avoir tout oublié ? Et pourquoi, de Bolivie, ne donnait-elle aucune nouvelle ? Cet hiver, au moment des faits, Céline s'était contentée de ce que Simon avait bien voulu lui dire. Elle sentait qu'une partie importante de cette affaire restait occultée. Sans en parler, cette curiosité lui semblant parfois malsaine, elle avait récolté sur le Net et dans les journaux un maximum d'informations. Elle avait progressivement pu reconstituer l'histoire, des faits seulement… Toute la part d'ombre, celle qui avait provoqué ces situations et continuait aujourd'hui à endeuiller la vie de Naëlle, restait mystérieuse. Les faits eux-mêmes étaient insupportables. Céline ne pouvait concevoir une telle cruauté, un tel abus de pouvoir, une telle folie. Difficile de faire la part des choses, de comprendre entre les lignes, entre le désir de sensationnalisme des journalistes, le mutisme de Simon, l'amnésie de Naëlle et ce qui s'était réellement passé… Impossible de faire le point. Bien sûr, avec le temps, les esprits s'étaient apaisés, on avait même souligné partout, à la radio, dans les journaux écrits et télévisés, le courage de Simon et Naëlle qui avaient libéré le jeune garçon recherché depuis des semaines par toutes les polices. Le doux visage de l'enfant blond s'étalait à la une des hebdomadaires, l'affaire passionnait tout le pays et un magazine à sensation avait même qualifié Naëlle « d'implacable ange vengeur ». Céline avait bien senti que tout n'était pas aussi simple et le séjour de Naëlle à l'hôpital après ces événements tragiques, s'il lui avait rendu un semblant d'équilibre, n'avait pas pour autant résolu toutes les questions. À cette époque, Simon, voyant Naëlle s'enfoncer à nouveau dans une torpeur stérile, avait suggéré de l'envoyer à l'autre bout du monde, en Bolivie.

Était-ce la solution ? Était-elle capable de voyager seule, même dans le cadre de cet accompagnement soi-disant thérapeutique ?

Quand et dans quel état allait-elle revenir ?

Céline s'était perdue dans ces pensées mélancoliques et le jour, lentement, s'en allait. Sa fille Méline, rentrée de sa baignade, vint s'allonger près d'elle sur la terrasse encore tiédie par la chaleur de l'après-midi. Toutes les deux, enlacées, se mirent à fredonner une comptine ancienne. Cette chanson que sa grand-mère lui chantait il y a bien longtemps, la câlinant contre sa poitrine apaisante, Céline l'avait chantée à ses enfants quand ils étaient petits. Certains soirs, ils la lui réclamaient encore avec un sourire ironique et une satisfaction évidente.

Dans cette tendre complicité, sa petite de huit ans nichée au creux de ses bras, elle trouvait que la vie lui était bien douce. Égoïstement, elle devait accepter de ne pas pouvoir endosser les soucis de ses amis à leur place. Espérant que l'avenir se montrerait plus clément à leur égard, elle continua à égrener tendrement les notes, plongée, gourmande, dans le parfum sucré des cheveux de sa fille.

BOLIVIE, TAHUA, 9 JUILLET, 1 H 58
NAËLLE

« Nous voici donc à l'aube du grand jour, notre voyage va prendre un tout autre tour ! »

Dominique, leur animateur attitré, venait par ces mots de les tirer d'un frileux sommeil précaire. La nuit, dans le Lipez au sud de la Bolivie, les températures peuvent descendre à moins vingt degrés, un duvet sarcophage et des sous-vêtements thermiques ne sont dès lors pas superflus ! Chacun, émergeant péniblement de ce cocon protecteur, se préparait à la traversée du désert de sel, enfilant bottines, gants, doudoune et bonnet aymara.

« Chers amis, il est deux heures du matin, moment idéal pour démarrer notre périple – reprit Dominique, visiblement enthousiaste à cette perspective –, nous essayons toujours d'effectuer la plus grande partie du trajet quotidien de nuit afin d'éviter la réverbération du soleil sur le sol blanc du Salar ! À 11 heures, nous devrions pouvoir faire un arrêt à Pallali. Ne vous imaginez pas que ce que nous allons entreprendre soit inhumain, même si ça vous en donne l'impression (quelques rires peu convaincus s'élevèrent du groupe). Jusque dans les années soixante, les Indiens traversaient à pied ce grand désert salin avec leurs longues caravanes de lamas transportant la laine et le quinoa échangés contre du sel à Uyuni. À leur image, nous n'allons pas poursuivre ce trajet en 4 × 4, nous allons plutôt poser nos pas dans ceux des anciennes caravanes ! Pas de panique, un camion-balai sera là pour ramasser ceux d'entre vous qui éprouveraient des difficultés ! »

Les rires qui fusèrent étaient teintés de soulagement. Les participants à ce trek n'étaient pas tous bien préparés physiquement, leurs différences d'aptitudes obligeaient les accompagnateurs à s'adapter aux possibilités de chacun. Il y avait deux Anglaises, Cecilia et Amy, un couple de quinquagénaires allemands, Gudrun et Gustav, Michel, ingénieur en informatique, et son épouse si discrète que personne ne se souvenait jamais de son prénom, Frédéric et Romain, deux Belges souhaitant par ce voyage tester la solidité de leur couple, Sophie, jeune Française séduisante, hystérique et écervelée, Naëlle, belge également, aussi discrète que mystérieuse, et enfin Jan et Mareike, jeunes mariés bronzés et sportifs venus d'Amsterdam. Chacun à sa manière s'apprêtait à affronter les journées éprouvantes qui s'annonçaient.

Manko, silencieusement accroupi dans un coin de l'abri, observait son convoi, s'amusant à parier sur les futurs abandons. Il était surtout impatient de lire l'incrédulité dans les yeux de ces Européens peu habitués aux beautés fracassantes de l'Altiplano.

Son regard, comme chaque jour et bien qu'il s'en défende, s'attarda sur Naëlle. Elle ne participait pas à l'agitation générale, préparait tranquillement son corps à l'épreuve. Le guide avait déjà eu l'occasion d'être surpris par les performances physiques de la jeune femme : malgré son peu d'expérience, elle n'avait pas été trop incommodée par le mal d'altitude et aucun effort ne semblait lui être pénible, elle ne se plaignait jamais, souriait peu, caracolait allègrement lors des randonnées et n'ouvrait pas la bouche le soir lors des repas. Elle était décidément très étonnante !

« Chers amis, je vous recommande de mettre cette marche à profit pour vous déconnecter, en tout cas partiellement, de la réalité extérieure : essayons de retrouver nos facultés naturelles de guérison et de gestion émotionnelle. Je vous propose de tenter l'autohypnose positive ! Laissez-vous porter par les mouvements répétitifs de votre corps, lors de la marche. Je suis là pour vous guider mais c'est en vous que vous trouverez la voie du changement, n'oubliez pas que le vécu hypnotique d'un scénario réparateur est lui-même réparateur ! Nous pouvons, grâce aux expériences d'autohypnose naturelle, nous protéger d'éléments toxiques qui envahissent notre vie et la désagrègent, nous pouvons développer nos capacités d'adaptation et décupler notre résistance à la douleur.

C'est pour cette raison que vous êtes ici ! Je vous propose, cette nuit, d'entamer la rencontre avec vous-même ! »

Apparemment très satisfait de son speech, Dominique passa près des douze membres du groupe, délivrant à chacun un message personnel au creux de l'oreille.

S'approchant de Naëlle, il lui murmura gravement : « Toute vérité vient du cœur… », puis passa au suivant.

*

* *

Je ne suis pas certaine que cette phrase m'aide beaucoup.
Je ne suis pas certaine que tout ça me soit d'une quelconque utilité.
Comment pourrais-je cicatriser une blessure émotionnelle si je ne m'en souviens pas ?
Est-ce une bonne idée de vouloir revivre un traumatisme que mon esprit a si soigneusement effacé ?

*

* *

Contrairement aux autres participants qui s'inquiétaient surtout des efforts à fournir, Naëlle craignait juste d'avoir à ouvrir la boîte de Pandore. Mais bon, elle était là maintenant, plus question de faire demi-tour. Elle chargea son sac à dos et se mit en route.

Belgique, Bruxelles, 9 juillet, 7 h 58
Simon

Il essayait constamment d'imaginer ce que vivait Naëlle.

Les deux montres à son poignet pointant le décalage horaire entre la Belgique et la Bolivie lui donnaient l'illusion de partager en temps réel quelques moments secrets avec elle. Il rêvait d'abolir les milliers de kilomètres et les heures qui les séparaient.

C'était puéril, évidemment.

Les premiers temps de cet amour l'avaient plongé dans des affres adolescentes et délicieuses. Il s'était montré fort, solide, patient, durant des mois ; face à elle, il avait essayé d'être le repère, celui qui comprend, qui attend, qui sait.

Rien de tout cela n'était vrai. Seul sur sa terrasse surplombant la ville, tombant le masque, il n'était que doute et impatience.

Cette nuit comme la précédente avait été blanche et les rumeurs affairées de la capitale qui s'ébrouait à ses pieds ne parvenaient pas à le raccrocher au réel.

Il fallait réagir, cesser de vivre par procuration, le cœur à distance.

Posément, il détacha une des deux montres de son poignet, la déposa sur son bureau, près des derniers feuillets imprimés de son roman en cours.

Il fallait accepter de vivre à l'heure d'ici, sans elle. Pour le moment du moins.

Bolivie, Salar d'Uyuni, 10 juillet, 11 h 48
Naëlle

Jusqu'ici ce voyage alternant randonnées et parcours en jeep dans le Sud-Lipez lui avait offert le spectacle, chaque jour renouvelé, de paysages inouïs où des ciels surréalistes se fondent dans l'éclatante palette de couleurs de ces panoramas splendides tout droit sortis de l'imagination débridée d'un peintre visionnaire.

Ils avaient admiré la Laguna Verde, écrin d'émeraude accueillant des myriades de flamants roses ; la Laguna Colorada, nichée au creux d'une montagne conique et dont les eaux, assourdissantes de beauté, passent du rouge au bleu suivant l'heure du jour.

Naëlle, pour qui les couleurs avaient toujours eu une importance particulière, se perdait avec ferveur dans ces spectaculaires explosions chromatiques. À Bruxelles, chez elle, le matin, elle avait coutume de choisir, pour ses vêtements, une tonalité en accord avec son humeur… Il y avait les jours bleus, légers, et ceux, plus difficiles, où le rouge lui apportait la force d'affronter le quotidien. Elle en avait fait ses alliées, compagnes familières des journées chaotiques.

Ici, la couleur, la lumière étaient partout, jaillissant au fond des rétines ; tout en marchant, elle ne savait où poser les yeux, jamais rassasiée de ce spectacle féérique.

Aujourd'hui, aux portes du Salar, toutes les couleurs se trouvaient réunies en une seule, absolue, implacable, la laissant le souffle coupé… Du blanc, immatériel, à perte de vue, une étendue de pur sel immaculé à l'infini…

Ils avaient marché en silence durant les heures ultimes de la nuit.

Loin derrière, Naëlle appréciait en solitaire la pureté de l'air vif.

La lumière du matin les avait surpris au milieu de cette intangible beauté immaculée. Elle s'était écartée encore davantage, ne pouvant supporter dans un tel cadre les commentaires anecdotiques et les plaintes réitérées de ses compagnons mal préparés aux conditions inconfortables de leur escapade.

Emplie d'un bonheur calme, d'une joie reconnaissante, comme lavée de l'intérieur, elle marchait en apesanteur dans ce désert sans repères, sans limites entre le ciel et la terre… Elle découvrait l'étrange intimité du marcheur avec son ombre. L'âme saoulée de mirages sonores, troublants vestiges des chimères du désert qui perdirent tant de voyageurs. Dans ce pur infini de sel, elle se sentait chez elle, aurait voulu ne jamais s'arrêter, fouler sans fin cette poussière cristalline.

Ici, tout était net, simple, sans concession, radical, magnifique.

Elle dut malheureusement reprendre pied dans la réalité en rejoignant le gîte de fortune où les attendait un repas des plus frugal. Des sommiers rudimentaires, grinçants, leur permettaient d'échapper un peu à la froide humidité du sol de pierre. Chacun essaya de s'installer au plus près du foyer qui allait rougeoyer durant toute la nuit. Seule Naëlle, préférant la tranquillité à la chaleur, s'adossa à la paroi glacée. Fermant les yeux, elle poursuivit son voyage intérieur dans l'immaculé.

Le lendemain, à l'aube, alors qu'il avait plu toute la nuit, la beauté du lieu devint invraisemblable, irréelle. La fine pellicule d'eau déposée sur le sel faisait de cette étendue un gigantesque miroir reflétant un pur ciel d'azur. Plus d'horizon, plus de frontière entre l'air, l'eau, la terre. La sensation d'être suspendu dans l'espace… sans équilibre, sans gravité.

Naëlle, clouée sur place par ce spectacle, des larmes ruisselant le long de ses joues, remerciait Simon du cadeau, regrettant de ne pouvoir partager ce bonheur intense avec lui.

À quelques mètres, discrètement en retrait, Manko souriait en la regardant : une fois encore la magie du grand Salar avait opéré !

13, 14, 15

Trop de chaleur…
Ce qui doit arriver

Bolivie, Laguna Colorada, 13 juillet, 8 h 50
Naëlle

Ils avaient parcouru le désert pendant trois jours, ponctuant leur marche dans l'univers salin de visites touristico-obligatoires : l'île Incahuasi hérissée de cactus géants, los Ojos, l'île de Pescado et les mines de sel de Colchani… Dominique avait émaillé les haltes de commentaires didactiques sur la région : « Nous sommes ici dans le Salar à une altitude de 3 653 mètres, mais en traversant le Sud-Lipez, nous croiserons des sommets atteignant les 6 000 mètres ! Le Salar sur lequel nous marchons a une épaisseur allant de 120 à 450 mètres, alternant couches de sel et sédiments ; c'est la plus grande étendue plane du monde ! Dans toute cette région, la tectonique est très active, on y trouve des volcans, des geysers, des sources géothermiques… »

Naëlle se pliait à ces pérégrinations avec la bonne volonté d'un malade qui, prenant consciencieusement son remède, serait néanmoins persuadé d'avaler un placebo. De plus en plus réfractaire à la promiscuité inévitable de ce type de voyage, elle s'arrangeait pour éviter les excursions en voiture, vaquait toujours quelques centaines de mètres en arrière lors des randonnées.

Elle avait réussi à ne plus se sentir trop importunée par les autres membres du groupe, les regardant évoluer de loin, parfois déroutée, amusée ou consternée… Fort heureusement, Manko avait rapidement cessé de vouloir à tout prix l'associer à leurs activités. Elle appréciait particulièrement la marge de manœuvre qu'il lui laissait lors de leurs déplacements. Consciente de ce traitement de faveur, elle savourait ces moments passés à l'écart, seuls instants de calme où elle ne devait pas faire abstraction de leurs plaintes, rires, odeurs, présences lourdes et envahissantes. Quand elle s'éloignait trop du groupe, Manko, attentif et discret, la surveillait du coin de l'œil… Elle l'aimait bien, il ne lui demandait rien.

Sur le sel, avec la réverbération de la lumière, les yeux presque noirs du jeune Indien prenaient une teinte fauve, donnant à son regard une acuité animale. Le corps souple, musclé, il évoluait gaiement au sein du groupe, l'encadrait avec gentillesse, détendait l'atmosphère avec des pitreries, sortait l'un ou l'autre d'une situation délicate : voiture embourbée, cheville foulée ; toujours présent et discrètement efficace.

Ce matin, grand soleil.

Ils pouvaient enfin entrouvrir leurs vestes matelassées.

Manko avait fait préparer les voitures et leur promettait une excursion-surprise. Effectivement, après une heure de route, les trois jeeps faisant dans les virages dégringoler de la caillasse rouge au fond des ravins abrupts, il leur demanda de quitter les véhicules et, avec un sourire malicieux, les emmena aux bains !

Incroyable ! Dans ce décor beau à pleurer, nichées dans des enclaves du sol pierreux, des cavités emplies d'eau chaude ! Ils étaient là, à 4500 mètres d'altitude, entourés de volcans. Dans l'air frais et limpide, la vapeur tiède s'élevait mollement... irrésistible ! Depuis le départ, ils n'avaient pu prendre que quelques vagues douches froides lorsque le gîte le permettait. Gudrun et Gustav, enthousiastes comme à leur habitude, furent les premiers à se déshabiller et à plonger allègrement dans ces baignoires naturelles.

Naëlle n'avait qu'une envie : les imiter ! Mais qu'on puisse la voir nue lui semblait inconcevable. Jusqu'ici, les épais vêtements de randonnée lui avaient permis de se cacher ; elle n'avait aucune envie de les enlever, surtout pas devant eux !

La tentation était pourtant forte.

Autour d'elle, la plupart de ses compagnons continuaient à se dévêtir et se précipitaient avec bonheur, nus ou en sous-vêtements.

Abandonnant toute réserve, elle fit pareil !

Quitter les lourdes bottines, le rude pantalon de toile matelassée, l'énorme veste... enfin sentir le vent sur la peau, même s'il pique !

Elle garda une culotte, un tee-shirt et se coula voluptueusement dans cette eau à trente degrés. Bonheur complet : retrouver le confort d'un bain tiède et avoir sous les yeux ce paysage hallucinant !

Manko la rejoignit, ravi du cadeau qu'il leur faisait. Il se glissa à son côté. Elle ne put s'empêcher d'admirer son corps très brun, sculpté par la marche et l'escalade. Très vite, elle détourna les yeux, inquiète qu'il n'ait surpris son regard. Elle se concentra sur le tissu mouillé de son débardeur, plaqué sur sa poitrine… Autour d'elle, les autres riaient, plaisantaient, elle sentait la chaleur du corps de Manko, comme si l'eau le prolongeait naturellement et envoyait des ondes concentriques caresser sa peau… Frissons… Elle ferma les yeux.

Elle pensait à Simon, à ses baisers : d'abord tendres, respectueux, osant à peine l'effleurer ; parcourant son visage, ses lèvres, avec d'infinies précautions, en explorant les contours, s'en imprégnant ; puis plus avides, vibrants ; la pression de ses mains désormais plus insistante, plaquant contre elle son corps aux désirs impérieux, évidents…

Oh, Simon !

Comme elle aurait voulu qu'il soit là, maintenant. Comme elle regrettait de n'avoir pu être disponible alors et répondre à son attente ! Pourrait-il patienter encore, lui laisser le temps de le rejoindre ?

Troublée, assiégée de sensations diverses, Naëlle ouvrit les yeux et regarda Manko sans le fuir, le regard plongé droit dans celui du jeune guide.

Plus que jamais, il dégageait une sensualité animale, brute, décomplexée… Naëlle réalisa que c'était la première fois qu'elle était ainsi, presque nue, face à un homme et que c'était moins insurmontable qu'elle ne le craignait… Évidemment, ils n'étaient pas seuls et ces quelques grammes de tissu la protégeaient… C'était un joli moment, hors du temps.

Face à cet homme qui la connaissait si peu, elle se sentait presque bien, presque en confiance. Elle lui sourit et plongea la tête sous l'eau, ses longs cheveux blonds flottant mollement autour d'elle.

Bolivie, Laguna Colorada, 13 juillet, 11 h 45
Manko

Plus les jours passaient et plus elle lui paraissait énigmatique !

Les Européennes étaient parfois bizarres mais celle-là les éclipsait toutes ! Elle semblait souvent réagir à contre-courant : vaguement ennuyée quand les autres, photographiant à tout-va, s'émerveillaient ; émue devant l'immensité quand les autres, épuisés, demandaient grâce.

Cette fille était vraiment différente.

Qu'elle résiste aussi obstinément à ses tentatives de séduction l'avait d'abord vexé puis amené à reconsidérer son approche : elle n'était visiblement pas à la recherchc d'exotisme *muy caliente.* Elle ne se mêlait pas aux autres, n'essayait pas de nouer de relations amicales, semblait se moquer de l'image qu'elle pouvait donner d'elle, éloignée de toute séduction.

Alors qu'ils visitaient les sources chaudes proches de la Laguna Verde, étape obligatoire au vingt-troisième jour de ce circuit, il n'avait pu s'empêcher de la rejoindre lorsqu'elle avait fini après bien des hésitations par se baigner dans l'eau apaisante.

Difficile de résister…

Pour la première fois il la voyait quitter ses oripeaux de baroudeuse.

Jamais il n'avait vu un corps aussi troublant.

Ses cheveux enfin libérés roulaient jusqu'à sa taille en une cascade dorée; ses longues jambes musclées émergeaient timidement du pantalon tandis qu'une fine blouse de coton blanc masquait à peine son torse élancé et ses seins arrogants. L'ensemble dégageait un curieux mélange de force et de grâce.

Manko s'occupait des uns, encourageait les autres. Tout en s'affairant, il ne pouvait la quitter des yeux. Ces derniers jours, il avait respecté son apparente volonté de rester solitaire. Là, il n'en avait plus envie. Il tenta maladroitement d'écarter les mâles esseulés, les envoyant vers d'autres points de baignade, se déshabilla, fébrile, et rejoignit Naëlle. Difficile de détacher son regard des tétons dressés par le vent frais de l'Altiplano, de dissimuler plus longtemps le désir violent qui le submergeait. Avec l'impression que son corps irradiait sous l'eau, impatient de la rencontrer, il ferma les yeux.

D'habitude, c'était plus simple : si une des touristes lui plaisait, il le lui faisait savoir par un regard appuyé, une main négligemment posée sur une épaule ou une cuisse… Il en fallait rarement plus pour conclure l'affaire ! Là, il avait l'impression d'être manipulé, de devoir se montrer attentif et précautionneux avec elle, contraint d'approcher cet animal sauvage, craintif, avec prudence et douceur, dans le vague espoir de l'amadouer.

Il allait avancer la main vers elle quand elle le regarda, lui sourit et disparut sous l'eau, ses cheveux laissant derrière elle un long sillage flottant.

BELGIQUE, BRUXELLES, 14 JUILLET, 15 HEURES
SIMON

Dans son pays, c'était jour de fête nationale, pourtant Simon n'avait pas le cœur en joie : aucune nouvelle de Naëlle ! Avant d'envisager ce voyage, il avait consulté Maria, la psychologue qui s'était occupée de la jeune femme quand elle avait été placée, enfant, en maison d'accueil jusqu'à sa majorité. La vieille thérapeute avait approuvé cette approche et lui avait confirmé que c'était une bonne voie, qu'il fallait que Naëlle trouve… seule… et qu'elle lui revienne après, en pleine conscience, plus forte, plus libre.

Désemparé, il s'interrogeait sur l'opportunité de ce périple « à la rencontre de soi », comme le mentionnait le dépliant de cette foutue agence, et regrettait amèrement de lui avoir proposé ce « trekking-méditatif » ! Comment vivre le quotidien en se persuadant qu'elle allait bien, qu'elle allait mieux sans lui et ailleurs ? Comment accepter que d'autres gens, que d'autres lieux lui conviennent mieux qu'ici et maintenant, dans ses bras ? Il devait bien admettre qu'il avait échoué dans sa tentative de la ramener au réel. L'idée que d'autres puissent y parvenir mieux que lui était tellement pénible qu'elle le laissait, insomniaque, hagard au petit matin.

Toujours les mêmes questions qui se bousculaient : pourquoi elle ? pourquoi elle et pas une autre ? Tout aurait dû l'inciter à la fuir, toutes ses pensées le ramenaient immanquablement vers elle. L'étrange attirance s'était muée en fascination lorsqu'il avait pu approcher du bout des doigts cette femme-chimère au passé tragique, à l'identité trouble, au regard magnétique.

Tout en elle l'aimantait.

Son physique, évidemment, mais tant de jolies femmes tourbillonnaient autour de lui que ça ne constituait pas un argument suffisant.

Sa présence, dont l'apparente discrétion occupait tout l'espace.

Sa voix, douce, grave et calme.

Ses yeux, tantôt vert d'eau, insondables et tranquilles, tantôt dangereux et farouches, pupilles émeraude de chat sauvage.

Le coup de foudre survient, paraît-il, quand un visage croisé correspond au profil fantasmé de l'amour idéal qu'on s'est inconsciemment construit depuis l'enfance.

Quoi qu'il en soit, jamais une femme n'avait exercé sur lui un tel attrait, jamais une femme ne lui avait paru aussi inaccessible.

Arrêter de penser à elle !

Arrêter de se torturer ainsi !

Attendre et patienter.

Il s'efforça de chasser ces pensées obsédantes, de revenir à des préoccupations concrètes : la parution de son nouveau roman et la tournée de promotion qui accompagnait cette sortie. La traduction de ses livres en trente-quatre langues impliquait d'incessants voyages, rencontres de lecteurs et séances de signature dans des librairies aux quatre coins du monde. D'ordinaire, il aimait cet aspect de sa vie et de son travail ; il aimait rencontrer les gens et les regarder vivre. Mais aujourd'hui, il se sentait plus préoccupé par les méandres de sa propre existence que soucieux d'aller vers celle des autres. Malgré l'approbation de Maria, il regrettait amèrement d'avoir donné à Naëlle l'occasion de se retrouver à l'autre bout du monde, si loin, si loin de lui. Dix-sept jours sans nouvelles… Ça faisait partie du processus, c'était, paraît-il, ce qui était prévu, mais Simon ne pouvait s'empêcher de trouver ça insupportablement long !

Pour ne rien arranger, son fils, Lucas, en vacances soi-disant studieuses avec des potes, ne répondait pas à ses messages ! C'était un jeune homme de dix-huit ans, il était normal qu'il prenne lui aussi de l'autonomie ! Tous les deux avaient traversé ensemble tant d'épreuves, mais Simon avait souhaité être à la fois le père, la mère et le meilleur ami de Lucas. Depuis quelques mois, il ne pouvait cependant nier que le jeune homme s'était retrouvé livré à lui-même… Tout allait de travers, les deux personnes qu'il aimait le plus étaient loin de lui. Même s'il devait, à l'évidence, traverser cette période en solitaire, il ne pouvait s'empêcher de penser que sans son fils et sans Naëlle la vie n'avait pas de sens ! Il se força à la raison, se dit qu'il devait cesser d'assumer ce rôle de pilier, juste patienter, ce n'était qu'une question de semaines, tous deux étaient assez forts et lui reviendraient bientôt.

Plus facile à dire qu'à faire… bien sûr.

Bolivie, Mañana, 14 juillet, 5 heures
Naëlle

Une fois de plus un réveil à l'aube, un départ d'excursion programmé.

Après l'épisode aquatique d'hier, les regards étaient différents.

Jamais elle n'aurait dû faire ça, se déshabiller, se baigner avec eux.

Comme elle regrettait ! Elle aurait voulu être seule, loin de ces œillades intriguées, intéressées, amicales ou hostiles… Elle ne savait pas y faire, ne connaissait pas leurs codes. Elle les entendait parfois parler d'elle sans aucune précaution, se moquant de ce qu'elle pouvait en penser.

La perspective de ces deux interminables heures de voiture lui donnait la nausée. Elle réussit à monter dans la dernière jeep avec les deux Anglaises, se cala contre la vitre arrière ; avec elles, au moins, elle serait tranquille. Tout occupées à leur pépiante connivence, elles n'essaieraient pas d'engager la conversation.

La journée promettait d'être fatigante.

Tant mieux, ce soir au refuge, ils seraient tous épuisés et lui épargneraient leurs commentaires nocturnes !

Arrivés à Sol de Mañana, tout le monde descendit. Le jour se levait sur une vision dantesque de cratères en ébullition et de geysers crachant leurs fumerolles cotonneuses. Finalement, elle ne regrettait pas ce trajet : cet endroit était inouï ! Dès qu'elle put poser un pied au sol, elle s'éloigna, négligeant les recommandations d'usage qu'on leur avait serinées : après cette bruyante promiscuité, elle avait besoin de la tranquillité des roches !

Elle avançait rapidement.

Au milieu du chuintement de la vapeur, les colonnes bouillantes s'élevaient haut vers le ciel, giclures infernales de la terre. Elle aimait cette odeur de soufre et de feu, de premiers temps du monde.

« *Estás loca, ¿a dónde vas ?* »

Manko lui attrapa violemment le bras et l'obligea à le regarder.

« *Loca* : toi tu es folle, *crazy*... C'est très dangereux ici ! Beaucoup de gens, des gringos ont eu des accidents, sont tombés ou alors... brûlés... pas d'hôpital ici, *¿entiendes ?* »

Hors de lui, il n'avait pas l'air de plaisanter, en perdait son français.

« Je voulais juste me dégourdir les jambes... Je n'aime pas la voiture.

— *¡Prohibido el paso ! ¡Muy caliente ! Don't you listen in the car ?* Vous êtes douze dans ce groupe, *fuck*, si chacun n'en fait qu'à sa tête, je fais quoi, moi ? »

C'était la première fois qu'elle le voyait manquer ainsi de sang-froid. Partagée entre l'amusement et le désir de le rassurer, elle tenta un sourire.

« Pas drôle ! s'exclama-t-il, *now you stay with me !* Je suis responsable. *Verstanden* ? Tu n'es pas la seule à réclamer de l'attention ici ! »

Devant tant de détermination polyglotte et désordonnée, Naëlle, résignée, rejoignit les autres. Ce matin, elle devait visiblement tirer un trait sur ses velléités d'indépendance. Docilement assis en cercle, ils écoutaient tous Dominique. Prenant très au sérieux son rôle de « guide spirituel », il s'extasiait devant quelques touffes de végétation chétive : « Telle cette *hierba brava*, cette herbe courageuse, seule plante à pousser dans les parages des lagunes et sur le flanc des volcans, accrochez-vous, soyez indestructibles ! Visualisez cet air pur qui entre dans votre corps, qui suit le cheminement des branches de l'arbre porteur de vie, accrochez-vous à la terre comme ces modestes plantes et ancrez-vous dans le réel puis expirez et évacuez les toxiques vapeurs sombres dont vous devez vous débarrasser… »

Consciencieusement, chacun des participants inspirait et expirait ainsi les miasmes de sa vie. Consternée, Naëlle pensait que tout cela n'était décidément pas pour elle, mais Manko ne la quittait plus des yeux : impossible de s'éloigner.

Elle allait devoir, jusqu'à ce soir au moins, prendre son mal en patience. Quel intérêt d'être une *hierba brava* si c'est pour se faire brouter par un lama ou une vigogne…, ruminait-elle en remontant dans le véhicule.

Malgré toute sa mauvaise humeur, malgré les commentaires échangés en sourdine par les deux Anglaises, malgré les regards noirs de Manko, elle fut happée l'après-midi par le spectacle hallucinant du désert de Siloli.

Un désert de cendres et de sable, un dégradé fascinant d'ocre et de rouge… Et puis cet arbre, cette sculpture de pierre. Comme l'expliqua Dominique, il avait inspiré le peintre catalan Salvador Dalí ! Un énorme rocher dressé dans le ciel, témoin muet du travail infernal de l'érosion, sculpté, ciselé, usé, année après année, par le gel et le vent. Il était là, énorme, irréel, magnétique, maître incontesté de la plaine environnante ; bien plus surréaliste dans sa réalité minérale que tous les tableaux du genre, fussent-ils ceux du maître à la spectaculaire moustache.

Pour la première fois de la journée, Manko et Dominique les laissèrent enfin vaquer à leur guise, ils devaient juger que rien ici ne représentait de réel danger. En effet, mis à part deux nandous, sorte d'autruches amérindiennes traversant la plaine à toute vitesse, et quelques rongeurs, des viscaches en fuite à leur approche, ils n'avaient pas rencontré âme qui vive dans ce paysage fantasmagorique. Après avoir vainement tenté de débusquer l'un de ces farouches lapins-écureuils, Naëlle s'allongea sur le dos, la lumière aveuglante s'infiltrant à travers ses cils, protégée par ce gardien de pierre et sa silhouette figée de géant sylvestre pris dans la tempête. Ses longues strates de pierre figurant des branches semblaient flotter, figées, immortalisées dans un mouvement improbable, défiant les lois de la pesanteur, soufflées, étirées à l'extrême par le flux incessant de vents invisibles.

*

* *

Une ombre passe sur la pierre, lente et majestueuse. Je lève les yeux : elle me barre le soleil !

Impossible de voir quoi que ce soit : la lumière est trop forte.
Je place la main droite en visière.
Enfin, je comprends : planant, majestueux, un condor nous survole…
Je n'ai jamais vu d'oiseau aussi gigantesque !
Il semble flotter sans effort sur l'air immobile.
Ses énormes ailes, largement déployées, m'enveloppent à présent dans leur ombre.
Son plumage noir vibre de reflets métalliques et seule sa tête, émergeant du collier de duvet blanc, balaie son champ de vision de gauche à droite, à la recherche d'une proie.

*
* *

Sophie avait vu l'oiseau, elle aussi. Loin de partager cette fascination, la petite Française jacassante s'était réfugiée en hurlant sous l'arbre de pierre.

« Oh là, oh là ! s'exclama Manko en riant. Pas besoin d'avoir peur, le grand condor des Andes n'attaque pas les êtres qui bougent ! Regardez, regardez tous : celui-ci est sans doute un *apu*, le mâle dominant de son groupe ! Il cherche une charogne… Une fois qu'il l'aura trouvée, il donnera le signal de la curée et les autres arriveront. »

Nullement rassurée, Sophie agrippait frénétiquement l'épaule du guide andin :

« Mais j'ai entendu dire qu'ils pouvaient emporter des animaux ou des enfants… Et moi, je ne suis pas bien lourde ! ajouta-t-elle avec une moue qui se voulait craquante.

— C'est une légende, *chica* : les condors ne peuvent pas s'envoler avec une proie, leurs serres ne sont pas faites pour ça ! Ils ne se nourrissent que de cadavres ou de corps immobilisés au sol.

— Il est si grand !

— Oui : trois mètres… Celui-ci fait peut-être même 3,50 mètres d'envergure… C'est le seigneur des sommets ! C'est l'oiseau-roi ! Nous avons une fête, la fête du Yawar, où un condor se bat contre un taureau et l'oiseau-roi gagne toujours !

— Eh bien voilà, s'il gagne contre un taureau, alors je ne fais vraiment pas le poids… », renchérit Sophie.

À ce stade de la conversation, Dominique se dit qu'il devait intervenir :

« Non, Sophie, c'est un combat rituel : le taureau symbolise l'Espagnol, le conquistador. Il est donc impératif, dans le folklore local, que chaque année ce soit le condor qui gagne, lui qui représente l'Indien !

— Dans mon village, à Curva, précisa Manko, on chasse encore le condor de façon traditionnelle : au fond d'une cuvette de rochers, dans la montagne, on amène une carcasse de vache, d'âne ou de lama. Après plusieurs heures de guet, les condors arrivent, démantèlent la dépouille et se gavent. Quand les chasseurs viennent, les oiseaux sont trop lourds pour pouvoir quitter la cuvette d'un seul coup et s'envoler… Il ne reste plus qu'à les attraper avec un filet ! »

Avec un grand rire sonore, Manko attrapa Sophie et la tint serrée dans ses bras :

« Tu vois, toi aussi tu es dans mes filets ! »

Ça l'avait calmée… D'ailleurs, elle ne se débattait plus du tout et semblait même apprécier cet emprisonnement… Contrairement à ce que devaient faire les condors quand ils subissaient un traitement aussi infamant.

Une fois de plus, déroutée par les réactions de ses congénères, Naëlle s'éloigna et se perdit dans la contemplation du géant des Andes au vol plané.

*

* *

Il n'a pas donné un seul coup d'aile depuis tout à l'heure.
Imperturbable, il poursuit son vol concentrique.
Image même de la liberté, de l'indépendance.
Son ombre vient à nouveau planer au-dessus de moi.
Une chanson dans ma tête.
D'où vient-elle ?
Les mots s'enchaînent.
Les phrases reviennent.
Petit bout par petit bout.
Bribes, pans de mémoire surgis du passé
Brutal.
Un écho diffus.
Une mélodie.

… Un beau jour…
… Un beau jour ou peut-être… une nuit…
… près d'un lac… endormie…

Qui chante cette chanson ?

… quand, soudain…
… semblant crever le ciel…
…et venant de nulle part, surgit un aigle noir…

Je l'entends, si faible.
C'est une voix de femme, une voix tendre.
La voix de quelqu'un qui a peur.
… lentement, les ailes déployées…
… lentement, je le vis tournoyer…

Je retrouve la chanson.
Je la reconnais, cette voix.
Elle chante.
Non…
Elle chantait… avant…
Pour me rassurer ?
C'est quelqu'un qui m'aime… ça je le sais.
Ou plutôt quelqu'un qui m'aimait ?

…et soudain, dans un bruissement d'aile…

Elle ne peut pas chanter trop fort.
Il ne faut pas qu'il l'entende.
Il ne faut pas qu'il vienne.
Il ne faut pas que l'autre vienne.
Celui qui fait mal.

… l'oiseau-roi couronné est descendu du ciel…

C'est toi ?
C'est toi !
Oh oui, c'est ta voix.

Je la reconnais !
Maman ?

*
* *

Pris dans leur conversation animalière, ils ne virent pas tout de suite Naëlle s'effondrer.

Manko, le premier, se précipita à ses côtés.

Inanimée, elle gisait sur le sol et ne reprit connaissance qu'après de longues minutes. Les avis fusaient en tous sens : certains se demandant si elle n'était pas enceinte, d'autres incriminant le *sorojche*, le mal de l'altitude qui semblait l'avoir épargnée jusque-là, ou alors une insolation foudroyante.

Manko, la tête de la jeune femme posée sur ses genoux, tentait de faire abstraction de tous ces commentaires hystériques ; il avait détaché de son cou un foulard aux rayures multicolores, l'avait humecté d'eau et le lui passait délicatement sur le visage. Elle gémissait, semblait lutter intérieurement ; il voyait sous les paupières fermées la danse survoltée des iris. Il connaissait ça, son grand-père lui en avait parlé : la sarabande d'un esprit malin emprisonné dans les pensées… Ce n'était pas bon !

Quand Naëlle ouvrit enfin les yeux, il lui sourit, apaisant, et l'embrassa sur le front. Elle prit le temps de respirer la bonne odeur d'homme qui émanait du guide. Puis, d'une toute petite voix grave, un peu cassée, que Manko ne lui connaissait pas, elle demanda :

« Qu'est-ce qui s'est passé ?

— Tu es partie, sur les ailes de l'oiseau.

— Partie ?

— Le condor est un esprit très puissant, il fait voyager la pensée.

— Alors il faut que j'y retourne : je ne suis pas allée assez loin, je n'ai pas vu…

— C'est que ce n'était pas le moment !

— Il est encore là, l'oiseau ?

— Celui-là est parti, nous l'avons dérangé ; tu en verras peut-être d'autres plus tard. »

Avec des gestes précis et doux, il lui noua autour du cou le foulard chamarré.

« Tiens, garde-le ; il a été tissé chez moi, aux couleurs de mon village. »

Dominique, voyant que Naëlle avait repris connaissance, s'était approché.

« Alors, ma belle, ça va mieux ? Trop de soleil, trop d'émotions ? Oh, je comprends, ce pays est tellement riche et porteur ! Tu dois te recentrer maintenant… Tu veux que je te masse ?

— Non, non merci, ça va aller ! »

L'animateur avait une furieuse tendance à vouloir toucher tout le monde, pour décoincer les émotions ou assouplir le diaphragme… Jusqu'ici, Naëlle avait réussi à y échapper, elle n'allait pas craquer maintenant ! D'un bond, elle se leva et, s'excusant auprès des autres, se réfugia dans la jeep. Au retour, ils s'arrêtèrent au pied du volcan Licacahur, haute frontière naturelle entre la Bolivie et le Chili, gigantesque pli géologique dressé vers le ciel. Une autre vision du monde, comme jamais vu, comme jamais rêvé.

« Chers amis, pouvons-nous à présent imaginer faire un bilan ? Nous avons effectué la plus grande partie de notre voyage et j'espère que chacun d'entre vous aura pu en profiter pour faire le point sur sa vie et sur ce moment particulier que nous partageons.

J'espère que, de cette rencontre avec vous-mêmes, vous ressortirez plus riches, plus féconds, mieux armés pour affronter le réel… »

Naëlle ne supportait plus ce langage lénifiant mais voilà, elle était prise en otage et tenta de faire contre mauvaise fortune bon cœur, se disant qu'elle profiterait de la première occasion pour leur fausser compagnie et voler encore quelques moments de solitude avant le retour vers l'Europe.

Intarissable, Dominique continuait : « Nous allons donc terminer ce périple en douceur car… après l'effort, le réconfort ! » Quelques gloussements de bienséance accompagnèrent l'énoncé de cette maxime. « Nous allons, en deux jours de route, quitter les hauts plateaux qui nous ont réservé bien des spectacles émouvants (en disant cela, il regardait Naëlle avec un air entendu, lourd de sens, qu'elle fit mine d'ignorer) pour nous adonner avec délice aux douceurs des Yungas, vallées de transition entre l'Altiplano et les basses terres amazoniennes. Notre programme ne nous permettra évidemment pas d'en épuiser toutes les merveilles, pour cela je vous conseille, lors d'un prochain séjour sur notre continent, d'essayer notre circuit qui couvre la route de Moxos et des missions… Là encore, dépaysement garanti ! Je vous recommande d'ailleurs dès notre retour à l'aéroport d'emporter les brochures explicatives qui détaillent nos différents programmes ! »

Après cet intermède commercial, il estima avoir rempli sa mission du jour et les jeeps s'élancèrent à l'assaut des pistes poussiéreuses, les membres des trois groupes somnolant déjà pour la plupart.

Le visage collé contre la vitre arrière, Naëlle ne perdait rien du paysage qui défilait devant elle.

Belgique, Grez-Doiceau, 15 juillet, 19 heures
Céline

La journée avait été rude : un orage de chaleur avait ravagé le pays, causant d'importants dégâts sur son passage.

Les arbres abattus racontaient leur vie séculaire brisée, le triste chant de leur ramure à jamais écrasée sur l'asphalte des routes. Partout, des minitornades avaient dans l'après-midi laminé les forêts.

Céline, du haut de sa terrasse, constatait les pertes.

Tant de compagnons de rêverie fauchés : des branches-maîtresses barrant les chemins, le vieux chêne sur la colline fendu en deux, le hêtre pourpre des voisins lamentablement échoué en travers de la rivière… Tous ces chants désormais muets, désormais perdus.

Oui, tous ces compagnons allaient manquer dans son paysage quotidien. Fort heureusement, dans la région, on ne comptait pas de mort, juste beaucoup de dégâts matériels. Grégoire, dès qu'il avait pu prendre la route, s'était précipité dans les Ardennes pour récupérer leur fille, Méline, en stage d'équitation. En chemin, il venait de téléphoner pour la rassurer : tous deux seraient de retour dans une heure. Son angoisse s'apaisa quelque peu, imaginer ses enfants en danger était pour Céline une souffrance intolérable. Avec soulagement, elle avait pu laisser libre cours à ses larmes et se trouvait bien bête d'être aussi émotive. Devant cette nature en tourmente, elle se sentait au diapason des éléments. La chaleur lourde travaillait insidieusement son esprit et amenait à la surface toutes les faiblesses qu'elle arrivait habituellement à dissimuler. Ce n'était pas seulement l'inquiétude éprouvée pour ses enfants qui l'avait mise dans cet état. Négative, des pensées mesquines lui trottant dans la tête, elle pensait à Simon, à l'énergie qu'il avait déployée pour ramener Naëlle au réel… à tout ce qu'il était prêt, encore, à faire pour elle.

Elle se demandait, là, au milieu de sa vie aux apparences si lisses, si bien rodées, qui viendrait l'aider si elle venait à s'effondrer elle aussi ? Qui prendrait la peine de la reconstruire patiemment si elle venait à craquer ? Après avoir sangloté seule, lamentable, et s'y être complue un moment, elle se dit que dans l'étrange théâtre de la vie, ce rôle-là n'était pas le sien. Elle n'était pas de celles qu'on doit aider. Debout et forte, c'était elle qui écoutait et consolait. Selon toute probabilité, le reste de son existence se déroulerait ainsi à parer au plus pressé, payer les factures les plus urgentes, remplir le frigo et espérer que le mois suivant permette de répondre aux mêmes priorités. Peu de place pour les états d'âme, si peu de marge de manœuvre, si peu de droit à l'erreur, le moindre manquement professionnel ou personnel impliquant généralement une sanction, elle se demandait si elle pourrait tenir cette cadence jusqu'à ce que ses trois enfants prennent à leur tour leur destinée en main. Parvenue au milieu de sa vie, elle se sentait coincée de toutes parts : comment se comporter vis-à-vis de ses parents, vis-à-vis de ses enfants, vis-à-vis de son mari et de ses amis, être à la hauteur, toujours et partout ? Comment correspondre à l'image qu'elle avait toujours voulu donner ?

Elle était pathétique, incroyablement pathétique… Pourquoi éprouver ce genre de sentiments ? Elle avait tout pour être heureuse : un mari attentionné, des enfants formidables… Pouvait-elle, ce soir, se sentir tellement abandonnée ?

Seule la fatigue pouvait expliquer cette faiblesse ridicule !

Femme indépendante, fille de féministe, pouvait-elle avoir à ce point envie que quelqu'un veille sur elle et la protège ? Toute sa vie, elle avait travaillé pour avoir les meilleurs résultats scolaires, ne pas déplaire à ses parents, réussir ses études, puis rendre son mari heureux, avoir de beaux enfants et les élever dans l'équilibre et l'harmonie… Toute sa vie avait tourné autour de ça : faire ce qu'on attendait d'elle.

Pour la première fois, elle se surprenait à être jalouse !

Envieuse de l'inquiétude que Simon éprouvait pour Naëlle, de l'amour absolu, inconditionnel qu'il semblait lui vouer, de l'aisance financière dans laquelle la jeune femme pourrait vivre à l'avenir si elle le souhaitait… Toutes ces facilités dont Céline n'avait jamais pu bénéficier !

Voilà qu'elle pleurait, esseulée sur sa terrasse, persuadée que jamais elle ne connaîtrait cette insouciance tranquille. Grégoire et Méline allaient bientôt rentrer, il ne fallait pas qu'ils la voient dans cet état. Elle se passa de l'eau sur le visage, refit sa coiffure, dressa une jolie table pour le repas du soir : une nappe en lin, quelques bougies, un bouquet de fleurs des champs… Tout était parfait, tout était prêt pour une jolie soirée en famille.

Une journée parmi tant d'autres qui s'achèverait tranquillement dans les rires et les récits amplifiés de cette journée de tempête.

Bolivie, Sorata, 15 juillet, 16 h 50
Naëlle

Alors que les étendues minérales de l'Altiplano imposaient une démesure rude et surréaliste, la région des Yungas figurait une parfaite représentation du paradis terrestre. Plusieurs écrivains sud-américains y avaient d'ailleurs situé l'éden primitif. Les roches sculptées par les vents faisaient place à une végétation de plus en plus exubérante. Les couleurs végétales reprenaient le pouvoir : les feuillages s'étoffaient progressivement, éclairés çà et là par la fulgurance colorée d'énormes fleurs dont Naëlle aurait aimé connaître le nom et respirer le parfum.

Visiblement, la flânerie n'était pas au programme. Les véhicules, après avoir roulé toute la nuit, étaient impatients de rallier leur point de chute. Ils étaient remontés vers La Paz afin d'atteindre en fin de journée le village de Sorata. Coincé entre les hautes altitudes des Andes et les basses vallées amazoniennes, il constituait une halte idéale.

Leur hôtel, le Sorata Paraíso, se trouvait à proximité de la place principale et leur offrait des chambres individuelles assez spacieuses avec salle de bains privée et eau chaude toute la journée… Le rêve après ces journées spartiates et poussiéreuses !

« Voilà, notre voyage touche à sa fin. Pour la dernière partie de ce périple, nous vous proposons d'apprécier à présent la douceur bolivienne. Je sais que le parcours ne fut pas toujours de tout repos. Ces quatre jours ici, à Sorata, un des plus beaux villages andins, et les journées suivantes à Coroico dans un hôtel digne de ce nom vous réhabitueront en douceur au confort et à la civilisation ! Dans l'immédiat, je vais vous exposer les différentes excursions et randonnées conseillées dans la région. »

Bien que très impatients de rejoindre leurs chambres respectives où les attendaient un vrai lit et une vraie douche, les douze participants écoutèrent sagement le laïus de Dominique, se contentant d'approuver par des sourires et des hochements de tête. Ils paraissaient épuisés, amaigris peut-être, heureux sans aucun doute de retrouver bientôt leur confortable existence d'Européens nantis. Ce périple leur avait-il, comme promis, ouvert d'autres perspectives ? Ils rentreraient probablement chez eux avec la satisfaction de constater que leur vie, si elle n'était pas simple tous les jours, était en tout cas bien moins problématique que celle des populations qu'ils avaient pu croiser. Sous leur vernis folklorique, les séances de méditation de Dominique leur avaient au moins appris à être plus à l'écoute de leur corps et de ses messages. Les paysages extraordinaires qu'ils avaient admirés hanteraient longtemps leurs rêves ; la solidarité, le courage et la joie de vivre des Indiens leur permettraient de relativiser leurs problèmes ; ils auraient une foule d'anecdotes à raconter à leurs amis… Oui, dans l'ensemble, le bilan était positif pour la plupart d'entre eux.

Pas pour Naëlle !

Elle, qui n'était pas venue ici pour se changer les idées, se remplir la tête d'images inoubliables ou amuser la galerie au retour, devait bien constater que le miracle attendu ne s'était pas produit. Elle ne voyait pas plus clair en elle, n'avait pas renoué avec son passé ni fait la paix avec ses fantômes !

Pourtant, l'épisode du condor l'avait profondément troublée : elle avait eu, à ce moment-là, l'impression d'approcher enfin du but, d'avoir presque mis le doigt sur un élément de son passé… tellement fugace… Elle n'avait pu l'attraper ; lui restait seulement la frustration de ne pas avoir réussi à dénouer la pelote.

Mécaniquement, sans vraiment profiter du confort monacal de sa chambre, elle se déshabilla, s'apprêtant à prendre sa première vraie douche depuis quinze jours. Elle considéra son image dans le miroir accroché au-dessus de la commode, la musculature longue, dessinée davantage par les efforts de ces deux semaines, transparaissait sous la peau, pâle encore là où le soleil n'avait pu l'atteindre. Enfin pouvoir se laver les cheveux, se débarrasser de cette couche de poussière tenace, enfiler un simple jeans et un tee-shirt ; sous l'eau bienfaisante qui ruisselait, elle se surprit à sourire, heureuse de bientôt retrouver Simon !

Un mois sans l'entendre, c'était long, si long ! Suffisamment pour comprendre que sans cet homme, sa vie n'avait plus aucun sens. Guérie ou pas, elle était prête au retour à aller vers lui sans restriction, sans peur, sans fuite. Et tant pis pour le puzzle et ses pièces manquantes.

Autour de la table, dans l'atmosphère quasi familiale du petit hôtel, Dominique comme à son habitude monopolisait l'attention.

« Vous pouvez évidemment vous détendre dans le village durant ces quatre jours. Demain, dimanche, vous pourrez flâner sur le marché et admirer les maisons coloniales. Les rues sont pavées, ça vous changera de la terre battue ! » Rires. « C'est donc ici que vous pourrez le plus avantageusement faire le plein de cadeaux et de souvenirs à ramener chez vous ! Je vous rappelle que le boliviano, le BS, vaut approximativement 10 centimes d'euro.

— Un peu moins, Dominique, un peu moins ! s'écria Michel, l'ingénieur français féru de chiffres : le cours était aujourd'hui de 11,23 BS pour un euro !

— Merci Michel pour ces précisions, je sens que vous allez être redoutable demain sur le marché ! Les artisans n'ont qu'à bien se tenir ! Ceux que le marchandage n'excite pas peuvent participer à des randonnées de première catégorie. Avec des guides locaux, vous pouvez visiter la grotte de San Pedro, les villages de Quibaya et de Tacaoma et, pour les plus téméraires, la Laguna Glaciar ou le chemin de l'or… Inutile de vous préciser qu'il est fortement déconseillé de quitter le village seul ! Les guides sont là pour vous accompagner et ils font très bien leur boulot.

— Pourquoi des guides locaux ? Manko ne nous accompagne pas ? » demanda immédiatement Cecilia, la plus délurée des deux jeunes Anglaises, qui n'était visiblement pas restée insensible au charme exotique du bel Indien.

Ce dernier, anormalement taciturne, lui répondit :

« C'est la fin de mon contrat… Je dois bien laisser travailler les locaux, ajouta-t-il avec son large sourire retrouvé. J'ai un autre groupe demain à l'aéroport… Et puis, ici, vous n'avez plus vraiment besoin de moi. Dominique connaît bien la région, dans le village, vous ne courez plus aucun danger. J'ai été très heureux de passer ces quelques jours avec vous et j'espère que vous emporterez un peu de ma Bolivie dans votre cœur ! »

En prononçant ces derniers mots, Manko avait ostensiblement fixé Naëlle de son regard noir, profond. Elle, troublée, venait d'apprendre son départ avec appréhension : sans lui cette expédition ne ressemblerait plus à rien. Des clowns menés par un fanfaron, et elle, traînant lamentablement la patte à l'arrière ! Dépitée, elle fit tout de même un effort pour écouter la suite du programme de Dominique.

« Je vous laisse donc quartier libre pour ces quatre jours, en vous rappelant néanmoins de ne pas trop vous éloigner du village. Pour ceux qui le souhaitent, je continuerai mes ateliers de méditation dirigée et d'autohypnose le matin de 11 à 13 heures et l'après-midi de 17 à 19 heures.

N'oubliez pas que pour prolonger les bienfaits de ce séjour vous devez, chaque jour, vous concentrer sur vous, vos besoins réels, vos envies essentielles, vous recentrer, méditer dans le calme et la sérénité et retrouver votre moi profond. Pour ceux que je ne croiserai pas d'ici là : rendez-vous pour le départ mardi à

4 heures du matin, nous nous rendrons à Coroico en suivant la nouvelle route mise en service par le gouvernement, ce qui nous évitera de devoir emprunter la tristement célèbre "route de la mort". Cette nouvelle voie plus large et plus carrossable nous épargnera des frayeurs inutiles ! Sur ce, bon appétit à tous avant le repos bien mérité dans un vrai lit, profitons d'un repas digne de ce nom ! »

Manko et Naëlle manœuvrèrent habilement pour se retrouver assis côte à côte à la table commune.

« *Hola chica*, ça va aller ?

— Je ne sais pas, sans toi ce ne sera plus drôle du tout…

— Tu n'es pas à ta place ici : ce n'est pas pour toi ce genre de circuit ! Si tu peux, reviens dans trois mois, j'aurai fini la saison touristique et je pourrai te montrer le pays, sans son masque et à ton rythme. »

Naëlle considéra plus attentivement le visage de leur guide, son habituel sourire avait fait place à une gravité qu'elle ne lui connaissait pas et son accent si particulier ajoutait un charme indéniable à leur conversation.

« Explique-moi ce qui s'est passé l'autre jour avec l'oiseau.

— Je ne peux rien expliquer : ça s'est passé entre toi et lui…

— Je n'ai pas eu le temps de comprendre. Juste un vertige, l'impression de me souvenir de quelqu'un, une chanson résonnait dans ma tête… Et puis, plus rien…

— La voie a peut-être été ouverte, il faudrait chercher davantage. Dis-moi, *chica*, tu dois vraiment rentrer chez toi ? Quelqu'un t'attend ? Tu dois reprendre le travail ? »

Manko aurait aimé présenter la jeune Blanche à son grand-père. Même s'il n'avait plus mis les pieds dans son village natal depuis des années, il ferait ça pour elle, il retournerait le voir, le vieux *curandero* pourrait peut-être chasser les démons qu'il avait vu courir sous les paupières de Naëlle... Essayer du moins.

« Tu as quelqu'un là-bas, chez toi ? » Après une courte hésitation, Naëlle lui répondit :

« Oui, quelqu'un m'attend, quelqu'un que j'ai déjà trop fait attendre.

— Alors, bon retour *cholita*, que la Pachamama t'accompagne ! »

Naëlle aurait volontiers prolongé cette intimité mais à l'autre bout de la table, Dominique, brandissant cartes et photos, avait entamé une description tonitruante des merveilles de la région.

« Vous verrez, quand nous serons à Coroico, vous connaîtrez le nirvana et n'aurez plus aucune envie de quitter ce pays : en descendant vers les vallées, plus aucun souci dû à l'altitude et à la raréfaction de l'oxygène, partout une flore exubérante, des vergers, des jasmins odorants, une terre féconde où poussent melons, mangues, papayes, bananes, café... Nous ne nous attarderons pas trop sur la culture de la coca, culture millénaire pour les paysans des hauts plateaux qui mettaient à profit ses vertus anesthésiantes et coupe-faim... »

Comme des ricanements et des commentaires intéressés fusaient çà et là, Dominique haussa encore le ton et reprit, paternaliste :

« Vous le savez, cette culture traditionnelle a été supplantée par l'exploitation des variétés destinées aux narcoproducteurs. Je me permets d'insister une fois encore : ne ramenez pas ce genre de souvenir de votre voyage en Amérique latine ! dit-il en martelant chacune de ses syllabes. Si l'usage ancestral des feuilles de coca est autorisé et répandu parmi la population locale, n'essayez pas de vous procurer de stupéfiants ici ! C'est dangereux pour votre santé : ils coupent la cocaïne avec n'importe quoi, y compris des produits neurotoxiques… Une de nos participantes s'est très mal remise d'une soirée un peu chaude. De plus, la Bolivie est extrêmement répressive à l'encontre des narcotrafiquants : dix-huit mois à trois ans d'emprisonnement pour simple consommation et cinq à quinze ans pour trafic de stupéfiants ! Et ne croyez pas qu'ils soient plus tolérants envers les étrangers, au contraire ! En plus, je ne tiens absolument pas à avoir de soucis avec la douane de l'aéroport pour un des groupes que j'encadre… S'il le faut, je vous ferai moi-même les poches…

Allez, conclut-il, profitons de cette soirée et rêvons aux beautés qui vont s'étaler sous nos yeux pendant les quatre jours qui nous restent ! »

Belgique, Autoroute E411, 15 juillet, 19 heures
Grégoire

Il roulait prudemment sur l'autoroute ravagée. Partout des branches, des feuilles encombraient les voies de circulation. Le vent s'était calmé mais le sud du pays, plus durement touché par cette tempête, offrait un affligeant spectacle de désolation. Grégoire venait de téléphoner à Céline pour la rassurer : tout allait bien, il avait récupéré leur fille et serait de retour vers 20 heures, pour le repas. Méline, assise à l'arrière, excitée par l'après-midi aventureux qu'elle venait de vivre, ne se lassait pas de raconter les péripéties de leur escapade en forêt.

« Tu sais, papa, à un moment, on a dû descendre de cheval parce qu'ils avaient trop peur et commençaient à se cabrer ! Moi, j'étais sur Cachemire, tu sais, la jolie jument blanche… Elle tremblait, elle tremblait… Les branches tombaient tout autour de nous, ça craquait, ça faisait drôlement peur ! Après, les moniteurs nous ont fait courir jusqu'au milieu d'une clairière. Ils tenaient les chevaux. Autour, on voyait des arbres tomber, heureusement on était trop loin d'eux, ils ne pouvaient pas nous atteindre ! D'un coup, ça s'est calmé et on a pu rentrer… Mais tu sais, on a dû faire de sacrés détours parce que tous les chemins étaient barrés par des troncs d'arbres. »

Après un moment de réflexion, la petite ajouta posément :

« Ça va en faire du bois à brûler cet hiver ! »

Grégoire ne put s'empêcher de rire à cette évocation. Il était étonnant de voir comment les enfants, à cet âge, pouvaient traverser des épreuves sans en être excessivement affectés.

Pourquoi perdait-on cette faculté en vieillissant ?

Il repensait au visage de Céline, deux heures plus tôt, l'inquiétude se lisait au fond de ses yeux ; et son sourire habituellement si doux en était tout crispé. Sa femme ne semblait pas très épanouie ces derniers temps, il en avait conscience, ça le chagrinait, mais comment l'aider ? Il avait eu tellement de travail durant ce printemps. Tous les matins, le réveil sonnait à 6 h 15 et il n'était jamais de retour avant 19 heures à la maison ; il passait ses journées à superviser des chantiers et l'atmosphère n'était pas très sereine avec son associé… Ce n'était pas non plus l'existence dont il avait rêvé ! En attendant, il fallait bien vivre et payer les traites de la maison. Trois enfants… que du bonheur, mais aussi pas mal de frais ! Et les aînés qui allaient sans doute entamer des études supérieures dans deux ans… C'était ça la réalité, une réalité aussi concrète et incontournable que ces branches qui barraient le chemin.

Cette crise économique dont on ne voyait pas la fin ne facilitait pas les choses, peut-être l'insécurité minait-elle Céline derrière son sourire de façade ?

L'essentiel, à ses yeux, était pourtant qu'ils soient tous les cinq en bonne santé… Peut-être avait-elle changé ses priorités sans qu'il s'en aperçoive…

Dans quinze jours, les vacances leur permettraient probablement de recharger les batteries et de remettre les compteurs à zéro. Cette association mécanique d'expressions courantes qui lui étaient venues spontanément à l'esprit l'amusa et l'incita à se montrer d'autant plus prudent au volant de sa voiture, sur cette route encombrée qui le ramenait à la maison.

Bolivie, Sorata, 15 juillet, 22 h 15
Naëlle

Elle en avait assez entendu et monta dans sa chambre. La seule chose qui l'avait intéressée dans cet exposé était la confirmation qu'ils avaient la liberté de découvrir seuls la région durant les deux jours à venir.

Il faisait chaud, pas de moustiques ici… Incroyable !

Elle éteignit l'unique ampoule et s'étendit nue sur le drap de lin, imaginant son escapade du lendemain loin du reste de la troupe. Peu à peu, le sommeil la gagna, elle put à loisir survoler les plaines paradisiaques des Yungas sur les ailes du grand oiseau noir.

Un léger grattement sur la porte de sa chambre se fit entendre, suivi d'un deuxième, plus insistant ; la poignée descendit, elle n'avait pas mis le verrou, n'ayant jamais, aussi loin qu'elle s'en souvienne, supporté l'idée d'être enfermée.

Une haute silhouette se détacha sur la faible clarté du couloir puis referma silencieusement la porte derrière elle. Sans comprendre ce qui lui arrivait, l'intrus fut violemment projeté contre le mur, une douleur vive lui déchirant l'épaule. Il poussa un hurlement et chercha l'interrupteur à tâtons de son bras valide.

Lumière.

Naëlle, debout devant Manko stupéfait, demeurait en position de combat, prête à réitérer l'attaque. Il n'avait jamais vu ça ! Il maniait redoutablement le couteau, s'amusait parfois à chorégraphier quelques passes de capoiera pour les touristes, mais la posture qu'adoptait à présent Naëlle lui était inconnue. Concentrée, tendue à l'extrême, chacun de ses muscles semblait prêt à tenir un rôle bien précis. Elle était impressionnante : nue, déterminée… un éclat sauvage dans le regard que Manko ne lui avait jamais vu.

« Excuse-moi, je ne voulais pas te faire peur, juste te dire au revoir tranquillement… sans les autres… Dis donc, quel accueil ! Tu es comme ça avec tous tes visiteurs ? »

À mesure que le jeune homme lui parlait, son corps se décrispait, elle retrouvait une respiration normale. Soudain elle prit conscience de sa nudité, attrapa le drap et s'y enroula. L'expression farouche qui tendait les traits de son visage un instant auparavant avait disparu, faisant place à une légère rougeur sur son front, à la racine des cheveux blonds rendus presque blancs par le soleil.

« Je suis désolée Manko, je dormais, c'est un réflexe, je ne sais pas ce qui s'est passé…

— En tout cas, tu ne m'as pas loupé ! C'est la première fois que je me fais envoyer ainsi dans les cordes ! Où tu as appris à te battre comme ça ?

— Je ne sais pas, je ne comprends pas, je te dis. »

Pas question d'évoquer avec lui les troubles de la mémoire et du comportement qui l'avaient amenée à faire ce voyage ! Mais cet incident lui rappelait douloureusement l'épisode occulté par son esprit où, d'après la police, elle avait maîtrisé violemment son propre grand-père, agresseur récidiviste et tortionnaire du petit Adrien. Elle qui aspirait tant à la normalité se voyait ainsi de manière récurrente considérée comme un sujet d'étude, un monstre de foire ou un objet de pitié. C'était insupportable.

Enveloppée dans le drap, elle se laissa tomber sur le lit.

« Oh, *cholita*, ce n'est pas si grave… je n'ai presque plus mal ! Regarde, j'arrive à bouger le bras… »

Il s'assit à ses côtés puis, faisant une rotation de l'épaule, mima exagérément la douleur, poussant des gémissements à chaque mouvement.

« C'est moi le seul fautif : je n'aurais jamais dû m'introduire comme ça dans ta chambre. Un bisou… là… un tout petit bisou ? »

Naëlle craqua, évidemment, et l'embrassa sur l'épaule.

Il lui saisit la nuque avec douceur et fermeté, remonta le long de sa joue, longea d'un doigt ses lèvres encore entrouvertes, les yeux plongés dans les siens. Depuis vingt-trois jours, cette femme hantait ses pensées, aucun rapport avec ces flirts agréables, sans conséquence, qui émaillaient les randonnées. Il avait constamment regretté de ne pouvoir passer plus de temps en sa compagnie, lui parler, lui montrer son pays comme lui le voyait. Il savait bien que pour la plupart de ses conquêtes de vacances, il n'était qu'un

« étalon latin » exotique qu'elles auraient vite fait d'oublier mais dont elles exhiberaient, en gloussant, la photo à leurs copines. Ça ne le dérangeait pas. Lui non plus ne leur accordait pas d'importance… Des friandises estivales, voilà tout.

D'ailleurs, comment aurait-il pu en être autrement ?

Lui, l'enfant des rues, parti si vite, sans attendre, sans accepter l'héritage des seigneurs de Tiwanaku, méprisant les traditions ancestrales, attiré par le monde de ces gringos qui traversaient Curva, le prenaient en photo, le trouvaient si mignon et repartaient, impatients de continuer la visite, avait donc grandi à la diable avec le souvenir parfois nostalgique des moments brumeux où son grand-père initiait de nouveaux *curanderos* dans la grande hutte de cérémonie. S'étant trop vite écarté de sa culture, papillon attiré par les lueurs de la ville, il en gardait néanmoins quelques fulgurances, quelques intuitions.

Chaque fois qu'il regardait Naëlle, il sentait en elle un univers bien plus complexe que celui de toutes les femmes qu'il avait pu croiser.

En ce moment, assis sur ce lit à côté d'elle, il regrettait de ne pouvoir lui offrir que son corps, sa tendresse et son désir… Il n'avait lu aucun livre, ne connaissait rien en musique, n'avait jamais mis les pieds dans un théâtre ou un musée… Comment pouvait-il espérer l'intéresser ?

Naëlle croyait pouvoir suivre au fond des pupilles sombres du jeune Indien les tribulations tristes de son esprit. Elle glissa une main légère sur l'épaule endolorie, la ramenant sur le torse à peine caché par la chemise beige, largement entrouverte… Elle sentit son cœur battre violemment sous ses doigts.

Manko dénoua délicatement le drap blanc, elle ne chercha pas à l'en empêcher mais fut prise de légers tremblements.

Il la contempla, attendri, émerveillé ; il aurait aimé l'admirer davantage. La sentant vulnérable, il se leva pour éteindre la lumière et revint s'agenouiller devant elle. Dans la pénombre, il pouvait lui dire sans honte tous ces mots qu'il n'avait jamais prononcés ; sans cesser de lui parler dans cette langue caracolante, il osa enfin la toucher. Pouce par pouce, il explora sa peau avec d'infinies précautions.

L'ombre était son amie, Naëlle se calma.

Il lui murmurait des paroles incompréhensibles et c'était bien… Ne pas devoir se justifier, ne rien expliquer… Laisser parler leurs deux corps sans réfléchir, se laisser aller. Elle se détendait peu à peu sous la caresse de ses doigts, en acceptait la progression comme si elle découvrait son corps pour la première fois, comme s'il faisait vivre ces zones qu'elle-même évitait de parcourir. Il lui embrassa les pieds, les orteils, un à un, effleura ses chevilles fines. Le corps vibrant sous ses lèvres, elle se laissa aller, s'allongea sur le lit, écartant les bras ; offerte, pour la première fois.

Pour la première fois, elle avait envie d'aller jusqu'au bout, de voir, avec cet homme-là, si elle pouvait connaître, elle aussi, ces émois qu'elle avait pu lire si souvent dans les romans. Elle ressentait cette excitation qui lui vrillait le ventre, ses seins durs, tendus attendaient la caresse. Il prenait son temps, conscient d'éveiller en elle des désirs nouveaux. De ses baisers, il remontait le long de ses jambes tandis que ses mains enveloppaient ses hanches.

Quand il enfouit son visage entre ses cuisses et commença à embrasser son sexe, elle eut un mouvement de recul… Non, ça ne se pouvait pas… Elle savait qu'elle n'avait pas le droit… On le lui avait dit… Il lui semblait bien qu'on le lui avait dit… Fermement, il ramena son bassin vers ses lèvres et, imperturbable, continua à la titiller, à la laper goulûment.

Elle sentait monter en elle une vague inconnue, profonde, puissante.

Elle abandonna toute résistance pour accepter l'onde qui traversa son corps, explosant dans sa tête en myriades d'étoiles… Elle vibrait, jusqu'au bout des doigts, les orteils écartés, le corps cambré, le sexe ouvert, gonflé, humide… N'y tenant plus, Manko se redressa, le sexe furieusement impatient.

Lorsqu'il tenta délicatement de la pénétrer, il put à peine maîtriser sa surprise…

Bolivie, Sorata, 16 juillet, 4 h 20
Manko

Le petit matin les cueillit enlacés.

« Je dois partir, *cholita*, lui murmura Manko à l'oreille.

Je dois être à La Paz ce soir pour accueillir ce nouveau groupe.

Je voudrais tant rester ici avec toi.

On pourrait se retrouver plus tard.

Tu peux revenir à la saison des pluies ?

Tu veux vivre avec moi ?

Je me débrouillerais, je pourrais nous faire vivre tous les deux… Tu sais, j'ai deux ou trois combines en dehors des circuits ! »

À peine réveillée, à peine revenue dans cette réalité étonnante de son corps contre un autre corps, d'une autre odeur mêlée à la sienne, si présente, si musquée, si agréable, si différente.

À peine revenue dans son propre corps, Naëlle devait répondre à ces questions, savoir de quoi demain serait fait… et elle ne pouvait pas.

Elle se souvenait si peu d'hier, comment pourrait-il y avoir un lendemain ?

Elle lui sourit, se lova encore un peu dans sa chaleur mais ne répondit pas. La nuit qu'elle venait de passer entre ses bras avait été merveilleuse, incroyablement. Il avait obtenu d'elle cet abandon, lui qui ne connaissait rien de son passé trouble, de son histoire douloureuse… Justement pour cette raison, il avait pu calmer ses craintes. Sans lui poser de questions, il avait pu l'amener à cette confiance, lui faire franchir ce pas qu'elle pensait infranchissable ; lui faire croire qu'elle était une femme, une femme comme les autres, elle en était heureuse, tellement.

Mais avec le jour revenaient les questions… celles qu'il lui posait déjà et celles qu'il ne manquerait pas de lui poser, et toutes celles auxquelles elle ne pouvait répondre. Il fallait qu'ils se séparent pour l'instant : lui devait continuer à faire voyager les gens dans une réalité de carte postale ; elle devait trouver la sienne… Faire avec et, plus tard, le retrouver lui… ou retrouver Simon… ou se retrouver seule.

Si Manko ne comprenait pas toujours bien les mots dans cette langue, il interprétait à merveille les silences. Ceux de Naëlle étaient éloquents.

Il se rhabilla avec un sourire triste, lui dit : « À bientôt ! », aussi convaincu que possible.

Comment pouvait-elle le laisser partir ainsi ?

Comment avait-elle pu se donner ainsi sans espérer un engagement, elle dont, selon toute évidence, il avait été le premier amant ?

Tout, dans cette femme, remettait ses certitudes en question.

Il avait grandi tant bien que mal dans un univers culturellement machiste où la terre-mère, la Pachamama, avait une importance capitale mais où la femme, l'épouse, était reléguée au foyer. Ces dernières années, il avait développé une vision peu respectueuse de la femme blanche – celles qu'il avait croisées étant surtout en quête d'aventures sans lendemain. Là, il se trouvait désarmé face à cette femme-mystère.

Elle ne semblait entrer dans aucune des catégories qu'il avait pu côtoyer ! Cette nuit, lorsqu'il avait réalisé qu'elle faisait l'amour pour la première fois, l'émotion et la surprise l'avaient tout d'abord empêché de la pénétrer. Jamais il n'aurait pu imaginer ça… Une Européenne, jeune, voyageant seule, si belle… Comment penser qu'elle n'avait jamais eu d'aventure !

Il avait eu des scrupules, lui avait demandé si elle le voulait vraiment, et vraiment avec lui.

En Bolivie, les filles doivent se garder vierges jusqu'au mariage, mais les jeunes amoureux trouvent évidemment d'autre moyens pour satisfaire leur sensualité sans laisser de traces. Manko savait que ce n'était pas le cas en Europe ! Et puis tout dans le comportement de Naëlle montrait qu'elle faisait ces gestes pour la première fois.

Comment concilier en une seule femme tant de beauté, de détermination, de force physique, de retenue et de pudeur ?

Toute la nuit, il l'avait caressée, masquant son désir violent sous des assauts de tendresse.

Il avait réussi sans un mot à la convaincre de le laisser embrasser la longue cicatrice qui lui barrait le pubis ; il n'avait posé aucune question.

Finalement, quand il avait senti son sexe totalement prêt à l'accueillir, il était entré en elle.

Non, décidément, ce n'était pas une femme comme les autres ! Ce n'était pas un être comme les autres !

Quand il était enfant et qu'on lui permettait d'assister aux veillées de guérison, il entendait son père parler de ces êtres magiques, éveillés et complets… qui n'étaient pas, contrairement aux autres, en quête de leur moitié perdue. Il savait que sur d'autres continents, dans d'autres civilisations, on admettait moins bien cette réalité et l'absence de dimension magique faisait de ces êtres à part des parias. Il était à présent persuadé que Naëlle en faisait partie sans en avoir conscience et qu'elle n'avait pas encore intégré tout son être. Il y avait eu de la violence dans sa vie, il le sentait, cette cicatrice n'en était que la trace visible.

Au-delà de ça, après cette nuit, après la confiance qu'elle venait de lui témoigner, il se sentait responsable, soucieux de la protéger.

« Je serai là, dans neuf jours, quand tu reviendras à La Paz pour reprendre ton avion, je m'arrangerai, je serai à l'aéroport… Tu pourras réfléchir d'ici là… Je t'attendrai. »

Il l'embrassa longuement, des larmes perlaient entre ses cils noirs et drus ; d'un mouvement rapide de la main, il les balaya, ne pas laisser paraître ses émotions, c'est comme ça qu'il avait grandi.

Sans un mot, profondément ébranlé, il quitta la chambre, refermant doucement la porte derrière lui.

Bolivie, Sorata, 16 juillet, 5 h 12
Naëlle

Il venait de refermer la porte.

Immobile, elle regarda longtemps le plafond blanc.

Absente, elle flottait quelque part entre là-haut et les draps.

Dans le blanc, partout.

Sans vouloir identifier précisément son état d'esprit, elle se sentait plutôt heureuse. Des sentiments contradictoires se bousculaient dans sa tête : la tristesse de devoir se séparer si vite de Manko après avoir vécu ces moments inespérés à ses côtés, la certitude de devoir le faire pour achever seule son travail, le vague regret de n'avoir pas vécu cette première expérience avec Simon, la certitude que Manko avait été la personne idéale pour l'aider à franchir cette étape, le dépit de se dire que ce voyage ne lui apportait pas les réponses attendues, la joie de ce qu'il lui avait permis de vivre.

Calmement, elle tenta de faire le tri, décidée à ne retenir que le positif.

Manko venait de faire d'elle une femme, de la reconnaître comme telle.

Et l'oiseau, l'oiseau-roi, seigneur du ciel, lui avait ouvert une voie !

Bolivie, Sorata, 16 juillet, 6 h 30
Naëlle

Le soleil commençait à réchauffer le village quand elle se leva, bien avant les autres. Il fallait qu'elle soit partie avant qu'ils ne descendent pour le petit déjeuner si elle voulait éviter les questions. Elle s'habilla rapidement, prit dans son sac à dos de quoi tenir pour la journée, puis, après avoir ingurgité un grand bol de maté fumant et une portion de quinoa, elle se dirigea vers la place du village. Elle avait jusqu'à mercredi pour explorer tranquillement les alentours, et aucune intention de le faire dans le cadre d'excursions organisées. Aujourd'hui, comme les autres allaient probablement rester au village pour profiter du marché, elle avait l'intention de faire un peu d'escalade en solitaire.

Avec les quelques mots d'espagnol qu'elle baragouinait, elle essaya de savoir quel bus menait vers la montagne. Un seul partait le matin et il n'était visiblement pas destiné aux touristes : un attroupement attendait déjà patiemment le long de ses flancs. Les femmes, dans leurs amples robes rayées, chamarrées, étaient assises à même le sol ou sur d'énormes baluchons de toile, leurs tresses noires dépassant du chapeau traditionnel, mélange de sombrero et de chapeau-boule porté haut perché sur le crâne ; les hommes, regroupés, discutaient à l'écart. La plupart mâchaient déjà consciencieusement des feuilles de coca et dévisagèrent ostensiblement Naëlle quand elle prit place dans la file. Ce bus ralliait Coroico par la route de la mort, l'ancienne route qui traversait la montagne. Hormis quelques vététistes en mal de sensations fortes, plus aucune excursion touristique ne l'empruntait.

Elle monta. Une odeur de sueur et de cuir surchauffé lui agressa immédiatement les narines. Un homme s'assit à côté d'elle, il portait sur l'épaule, enroulé dans un tissu, un jeune lama gris tout pelucheux.

Le moteur poussif s'ébranla.

Dans l'allée centrale, une femme avait posé des cageots où caquetaient des volailles, dindons ou pintades.

Une odeur lourde stagnait, aussi palpable que la poussière flottant dans les premiers rayons du soleil.

La montée chaotique sur la rampe étroite paraissait interminable.

Naëlle évitait de regarder vers le bas, le bus semblant prêt à dévaler à chaque instant les pentes abruptes qui bordaient la route approximativement tracée à flanc de montagne. Lorsqu'il fallait croiser un autre véhicule, la manœuvre s'effectuait au plus serré, provoquant des éboulements inquiétants du bas-côté de la route. Les insultes des chauffeurs fusaient, ainsi que les rires des passagers. Aucun d'entre eux ne s'inquiétait du danger, peu concerné par la réputation de cette route qui, paraît-il, réclamait néanmoins son tribut de victimes chaque mois. La route de la mort méritait bien son nom mais elle était, pour les autochtones, le seul moyen abordable de rallier l'Amazonie bolivienne à la capitale.

Une fois au sommet du col, à près de 5 000 mètres d'altitude, Naëlle demanda à descendre. Le chauffeur refusa tout d'abord : qu'est-ce que cette touriste allait bien pouvoir faire, larguée seule au milieu de nulle part ! Il essaya de la mettre en garde. Devant sa détermination, il lui demanda 15 bolivianos en agitant nerveusement trois fois les doigts de la main. Finalement, il consentit à ouvrir les portes de son véhicule.

« *Vete, vete, loca, lárgate… !Vaya con dios !* »

Le bus redémarra, pétaradant la fumée noire et grasse de son fuel frelaté.

Seule sur le bas-côté pierreux de la route, collée contre la paroi rocheuse, Naëlle n'avait aucune idée de la direction qu'elle voulait emprunter.

Elle avait emporté le minimum dans son sac à dos : une gourde d'eau, quelques pansements, du désinfectant et des biscuits vitaminés. Les nombreuses poches de son pantalon de trekking contenaient son kit de survie : boussole, couteau suisse, lampe torche à dynamo et une carte de la région trouvée dans le hall de l'hôtel. Le téléphone portable que Simon lui avait offert avant son départ était bien à l'abri dans la poche intérieure de sa veste. Cet appareil, s'il lui avait permis jusqu'ici de prendre quelques photos – réflexe qu'elle n'avait pas naturellement, préférant garder les images au fond de sa rétine plutôt que dans un fichier –, constituait surtout un lien symbolique avec Simon.

Elle savait qu'elle ne devait pas l'appeler, pas avant son retour, mais qu'elle pouvait le faire en cas de besoin, si du moins les connexions aléatoires du réseau le lui permettaient.

Vérifiant le laçage de ses hautes bottines, rajustant son barda, elle se mit en route.

BOLIVIE, ROUTE DE LA MORT, 16 JUILLET, 12 HEURES
NAËLLE

Le voile de brume, obstinément accroché à la montagne, donnait l'impression d'évoluer dans les nuages. Après une vingtaine de minutes de marche, la paroi rocheuse étant moins abrupte, elle se risqua à quitter la route pour faire un peu d'escalade. Sa progression, tout d'abord relativement aisée, s'avérait de plus en plus difficile ; mais le soleil pointant à travers le brouillard l'incitait à continuer toujours plus haut vers un hypothétique sommet. Vint un moment où il sembla tout aussi ardu de rebrousser chemin que de poursuivre l'ascension. Elle était à présent collée à la paroi : impossible de se tenir debout !

Naëlle se disait qu'elle s'était peut-être montrée imprudente en surestimant ses forces. Elle déboucha sur une anfractuosité plus large qui lui permit de s'asseoir et de se reposer. Levant les yeux vers le ciel à présent dégagé et limpide, elle le vit.

Il planait quelques mètres au-dessus d'elle.

Comme lors de sa première rencontre avec un de ces oiseaux, elle eut le souffle coupé. Il fallait qu'elle poursuive l'ascension, qu'elle monte au plus près de lui. Elle voulait s'imprégner de sa magie, à nouveau remonter le cours du temps, le tracé de sa mémoire.

Focalisée sur le vol du condor, elle reprit son escalade. Mètre par mètre, elle gagnait du terrain sur le sommet. Enfin elle atteignit un plateau ! En marchant, elle ne quittait pas le vol circulaire du rapace, il n'y avait plus qu'elle et l'oiseau…

*
*   *

Il me regarde, j'en suis certaine.
Sans un battement d'aile, immobile.
Il me fixe de son œil glacé.
Quel est son message ?
Je veux chevaucher l'esprit de l'oiseau.
Remonter sur ses ailes le flux des souvenirs.
Rejoindre le grand rapace.
Au plus près, au plus près du ciel.
Planter mon regard dans le sien.
Y voir sa sagesse.
Je vais y parvenir.
J'y parviens…

*
*   *

Naëlle marchait,
le nez en l'air.
Ses chevilles vacillaient,
prises entre les rochers.
Soudain le sol se déroba.
Elle s'enfonça.
Les pieds en avant,
elle tombait !
Vertigineuse,
la chute ne finissait pas…
Est-ce qu'elle criait ?
Le cœur qui file.
Est-ce que…
l'oiseau l'appelait ?
Elle tombait… encore…
Elle s'écrasa avec un bruit mat.
Sinistre tassement osseux…
Même pas la douleur.
Juste le rien.
Rien.

*
* *

USA, New York, 17 juillet, 22 heures
Simon

Voyage éclair à New York.

Deux jours plus tôt, le 15, Simon était censé quitter Zaventem, l'aéroport bruxellois, pour rallier JFK dans l'après-midi, mais le furieux orage dévastant le pays l'avait contraint à rentrer chez lui. Aucun avion ne décollerait ce jour-là. Dans la voiture, la radio diffusait des messages alarmistes incitant les auditeurs à rester chez eux. La forêt de Soignes et le bois de la Cambre avaient été fermés par mesure de sécurité. La liste des accidents et des embouteillages s'allongeait d'heure en heure.

Simon roulait sur l'avenue de Tervueren, magnifique voie arborée menant au centre-ville, son Aston Martin malmenée par les vents déchaînés. Soudain, l'énorme branche maîtresse d'un chêne tomba avec fracas sur la voiture qui le précédait. Simon freina violemment, se déporta vers la gauche et amortit le choc contre le feuillage qui recouvrait entièrement l'autre véhicule, à présent arrêté. Évitant de peu la collision en chaîne, les conducteurs derrière lui faisaient crisser leurs pneus. Il se précipita vers l'amas de branchages qui obstruait l'avenue. Dans la tourmente, il hurla à la dame qui le suivait d'alerter les pompiers et, rageusement, tenta de dégager un accès vers la portière. D'autres automobilistes l'avaient rejoint et bataillaient avec les branches sans se soucier d'échardes ou d'écorchures. Ils réussirent enfin à forcer un passage. Avec soulagement, ils entendirent la sirène des pompiers. Plus de peur que de mal : la mère qui conduisait le véhicule, souffrant d'une commotion, fut placée en observation, le père vint récupérer les deux enfants. Assis à l'arrière, ils n'avaient subi aucun traumatisme et la voie fut dégagée… La vie reprit son cours.

Simon annula ses rendez-vous prévus pour le lendemain et n'arriva à Manhattan que le 17 en fin de journée. Son agent, déjà présent dans le bureau de son éditeur américain, finalisait les accords d'adaptation de son avant-dernier roman au cinéma. En temps normal, il aurait été surexcité à l'idée de cette nouvelle carrière offerte à son histoire ; de plus, David Senberger, le réalisateur qui voulait en acheter les droits, était l'un de ses favoris. L'écrivain aurait dû être au septième ciel mais ne parvenait pas à focaliser ses pensées sur le bonheur présent.

Son esprit vagabondait plus au sud du continent, il se disait qu'il suffirait de sauter dans un avion pour la rejoindre. Symboliquement, il lui était plus difficile de se raisonner ici, sur le sol nord-américain, comme si quelques milliers de kilomètres en moins faisaient la différence ! Il savait bien que la démarche devait à présent s'effectuer dans l'autre sens : c'était à elle de venir à lui.

Des éclats de voix incriminant les catastrophes naturelles de plus en plus fréquentes le rappelèrent à la réalité, son agent racontait pour la quatrième fois de la journée ses exploits, exhibant, preuves irréfutables à l'appui, le sparadrap qui barrait l'arcade sourcilière de l'écrivain et l'estafilade sur son avant-bras. Contraint de se prêter à cette comédie de salon, Simon railla avec ses interlocuteurs les épouvantables dangers de la route sur le Vieux Continent.

.........., ..., ..., ...?

........., ..., ...
Naëlle

*
*   *

Une chose dure et coupante me scie l'épaule.
L'impression que tous mes os se sont télescopés.
La chute a enfin cessé.
Le bruit affreux… mon corps contre la pierre.
L'assemblage absurde de membres qui était moi s'effondre.
Nouveaux craquements.
Je suis sur le dos.
Le ciel, au-dessus de moi, perce entre les parois de roche.
Fin trait de lumière, assombri régulièrement.
Quelque chose passe et repasse, occultant la fracture minérale.
C'est lui, il est toujours là… l'oiseau noir me regarde.
Lui, impérial, haut dans le ciel limpide.
Moi, lamentable, au fond de cette faille.

Je ne peux pas bouger.
Bientôt, une deuxième ombre le rejoint.
Leurs vols concentriques se font de plus en plus serrés.
Une troisième ombre… presque plus de ciel entre leurs passages…

*
* *

Plus question de s'envoler sur leur dos, de chevaucher l'esprit libre de l'oiseau… Plus de rêves.

Ils planaient, les ailes immobiles, le soleil renvoyant l'éclat métallique de leurs rémiges… Bientôt, ils réussiraient à se poser sur cette falaise et ce corps inerte, son corps inerte, serait pour eux une charogne de choix.

Bientôt, l'*apu* donnerait le signal de la curée et c'était elle la proie !

*
* *

Toute mon énergie !
Toute mon énergie pour secouer ce corps qui ne répond plus.
Me planquer, vite.
Douleur ! Douleur incroyable !
J'arrive à me projeter contre la paroi froide…
Une seule jambe obéit.
Bouger encore, quelques centimètres.

Rentrer sous la pierre, à l'abri.
Pousser un peu plus, m'enfoncer dans le minéral.
Le froid et l'ombre m'envahissent…
La douleur est trop forte !
Bien plus forte que moi.
Je ne peux pas lui résister.

C'est le noir.

*
*   *

Bolivie, Sorata, 20 juillet, 4 heures
Dominique

Le tas de bagages s'amoncelait dans le hall de l'hôtel au fur et à mesure des arrivées. Dominique, affairé, cochait chaque nom sur la liste du départ.

« Dis donc, Mareike, tu as oublié ta crème solaire ? Je ne sais pas si je vais oser te remettre dans l'avion comme ça ! »

Avec son solide accent amstellodamois, Jan lui répondit :

« Elle voulait ramener un beau bronzage de ses vacances… Résultat : j'ai passé la nuit à lui frotter le dos avec des tomates fraîches !

— Des tomates ? s'exclama la femme de Michel. C'est peut-être efficace sur la Côte d'Azur, ici, c'est autre chose !

— Bon… C'est pas tout ça… Tout le monde est là ? Les jeeps nous attendent ! » conclut Dominique en refermant son carnet.

Ils récupérèrent leurs paquetages et se répartirent dans les trois jeeps.

« *But… where is the blond girl ?* questionna Cecilia au moment du départ. *She used to travel with us !* »

Dominique fit stopper immédiatement les moteurs.

« Elle n'est pas là ? Naëlle ? Quelqu'un l'a vue ce matin ? »

Exaspéré par ce retard qui allait bousculer l'organisation de la journée, il se précipita dans l'hôtel. Après avoir fouillé en vain le rez-de-chaussée, il demanda qu'on ouvre la chambre de Naëlle. Ses affaires de toilette s'y trouvaient encore.

Où cette folle avait-elle bien pu disparaître ?

Dominique voyait avec consternation sa prime mensuelle s'envoler, chez SAFE-Travel, tout retard était en effet sanctionné financièrement.

À cause de cette idiote et de ses idées bizarres, il allait devoir retourner tout le village pour la retrouver… Et Manko qui était déjà parti…

Non, le patron n'allait pas aimer ça !

........, ..., ...

Naëlle

*

* *

Ouvrir les yeux.
Je n'y arrive pas.
Qu'est-ce qui s'est passé ?
Je ne sens plus mon corps, juste une lourdeur, là, sous ma tête…
Est-ce que j'ai encore des bras, des jambes, je ne sens rien…
je ne peux pas bouger…
Ouvrir les yeux.
Il faut que j'y arrive… je n'y arrive pas !
J'essaie de me calmer, de comprendre.
Autour de moi, des bruits doux, réguliers, lancinants…
Des animaux ?
Oui, c'est la nuit, je crois.
Ce sont des bruits de nuit, étouffés, feutrés.
Je commence à sentir ma nuque et mes épaules.

Ma poitrine se soulève, prudente, à chaque inspiration.
J'en prends conscience et la douleur surgit.
Arrêter tout de suite, m'éloigner de ce corps, ne plus y penser.
S'il n'existe plus, la douleur s'éloigne !
Je me concentre à nouveau sur les sons.
Des animaux, oui, des grenouilles peut-être, des oiseaux ?
De temps en temps, un cri plus vif, perçant…
Un singe ? Je ne sais pas.
Où suis-je ?
Je ne suis plus sous la roche, pas sur un lit non plus, c'est quelque chose de plus dur…
le sol ? Non.
Une paillasse ? Oui, sans doute, je ne sais pas.
Toujours incapable de bouger, d'ouvrir les yeux.
Au secours !

Une longue plainte monte dans l'air immobile.
Un souffle rauque, gargouillant.
………
C'est moi, c'est moi qui fait ça ?
Un mouvement sur ma droite… quelqu'un est là… ou quelque chose.
Qu'est-ce que ça change, je ne peux pas bouger.
Est-ce que je suis morte ?
Le bruit se précise, on vient vers moi.
Une odeur, forte, violente, réconfortante : tabac, fumée, sueur…
C'est un être humain.
Il me veut du mal ?

Je ne pense pas.
Je sens des mains se poser sur mes côtes…
La douleur est là, juste là, oui !
De nouveau, le cri monte, plus précis, plus implorant.
Si c'est bien de ma gorge qu'il provient, je n'arrive pas à l'arrêter !
Les mains se déplacent, se promènent sur mes bras, le long de mes jambes.
Je reprends conscience de mon corps avec leur déplacement.
Tout n'est que douleur.

Le cri, hors de moi, se lamente.
Les mains entourent ma tête, mon crâne, leur chaleur me rassure.
On me souffle une fumée sur le visage, âcre et lourde.
Elle entre violemment dans ma bouche ouverte…
Envie de tousser.
Pas moyen, pas le choix, alors j'avale.
Je respire ce nuage dense qui me remplit les poumons et me vide l'esprit…
Puis, plus rien.

Le noir.

*
* *

Bolivie, Sorata, 20 juillet, 23 heures
Dominique

Dominique avait dû se rendre à l'évidence : Naëlle avait disparu !

Il avait retardé autant que possible le coup de téléphone fatidique à Fernando Sanchez, avait tenté de maintenir une ambiance décontractée et positive au sein du groupe, mais il ne pouvait plus reculer l'échéance, il devait avertir les autorités et lancer les recherches. Fort heureusement, ils n'étaient pas en Colombie, ici, on dénombrait peu d'enlèvements avec demande de rançon, restait l'hypothèse d'un accident…

Personne n'avait vu la jeune femme depuis trois jours, alors par où commencer ?

Dominique persuada tant bien que mal le groupe de continuer le voyage. La police locale organisa des recherches en cercles de plus en plus larges au départ de l'hôtel… En vain.

……….., ………., ……….

NAËLLE

*

* *

Je reviens.
Impression étrange d'avoir déjà vécu ça…
Partir, revenir, flotter dans le noir sans savoir où je suis…
Déjà vécu ça… avant… ailleurs.
De la panique me monte à la gorge.
Mes yeux s'ouvrent, un peu, à peine.
Je devine des ombres… de la clarté.
Ce n'est plus la nuit.
Deux fentes étroites ouvertes sur ce monde.
Je ne peux toujours pas bouger la tête.
J'essaie de balayer ce maigre champ de vision.
Une seule source de lumière sur ma droite…
Une chambre d'hôpital ?
Non, beaucoup trop sombre, pas assez clinique !
Une ombre, quelqu'un entre dans la pièce et s'approche.

Je reconnais l'odeur musquée.
C'est la personne qui s'occupe de moi…
Ici, quelqu'un m'aide.
Et j'accepte avec reconnaissance.
Presque heureuse d'être cette masse douloureuse, dépendante.
Ne pas pouvoir bouger, être manipulée.
Comme un retour aux origines.
Un besoin d'être prise en charge.
C'est pour cette raison que mon corps refuse de répondre ?
Et s'il avait besoin d'être ainsi modelé, reconstruit, rassuré ?
L'ombre s'approche encore, c'est un homme je crois.
Sa voix est grave, douce et basse.
Il s'accroupit à côté de moi sans cesser de parler…
De chanter peut-être, je ne sais pas, je ne comprends rien.
C'est mon esprit embrumé ?
Non… un dialecte, une litanie.

Il soulève ma tête. Avec précaution.
Il me verse un liquide dans la bouche, amer, visqueux.
Beurk !

Il psalmodie sans cesse.
Il masse vigoureusement mes membres.
Il chasse la douleur, méthodique, appliqué.
Ses mains sont chaudes et râpeuses.
Leur travail s'imprime lentement sous ma peau.
Récupérer, centimètre par centimètre.

Récupérer un peu de mon corps, vaincre le mal, avec lui, avec son aide.
Reprendre pied dans la vie.
L'urgence n'est plus d'ouvrir les yeux, de voir où je suis ni comment j'y suis arrivée.
L'urgence est de respirer, vraiment.
Sentir une joie nouvelle me remplir les poumons.
Des larmes couler sous mes paupières endolories.
Je renais de ces mouvements imprimés profond dans ma chair.
Par ce chant, incompréhensible et émouvant, je reviens à la vie…
Comme si c'était la première fois que j'allais ouvrir les yeux.
Peut-être est-ce la première fois que je vais regarder, vraiment.

*
* *

Bolivie, La Paz, 24 juillet, 10 heures
Fernando Sanchez

Fernando se dit que cette histoire allait porter un coup fatal à son agence de voyages, néanmoins il ne pouvait attendre davantage, huit jours s'étaient écoulés depuis la disparition de cette touriste ! Il avait jusqu'à présent pu maintenir l'affaire à un niveau local, désormais il était obligé d'avertir l'ambassade et la famille. Il savait à l'avance quel accueil lui serait réservé en haut lieu… Le gouvernement détestait ce genre de publicité ! Il était déjà compliqué d'amener les étrangers à séjourner en Amérique latine avec le manque de confort, d'infrastructures, les narcotrafiquants et les rumeurs d'insécurité… Si, en plus, on perdait les touristes au cours de voyages organisés… où allait-on ? Fernando avait pesé le pour et le contre, tenté de retarder l'échéance au maximum, il ne pouvait plus remettre à plus tard !

Il envoya donc quelques mails, la mort dans l'âme.

........, ..., ...

Naëlle

*

* *

Je bascule légèrement la tête.
Ça crisse.
Comme s'il y avait du sable entre chacune de mes vertèbres.
Ma nuque cède enfin et mon crâne retombe sur le côté droit.
Sous ma joue, une matière rêche, une odeur végétale.
Encore un effort, j'ouvre les yeux.
C'est la pénombre.
Un mince rectangle de clarté.
Une porte ?
Une ouverture.
Devant, un morceau de tissu clair ballotte mollement.
Mon regard s'habitue.
Lumière tamisée.

Je distingue le sol… de la terre, rouge ou ocre.
Je suis dans une cabane ?
Une hutte ?
Des murs maçonnés d'argile.
Rien d'autre dans mon champ de vision.
Impossible de bouger davantage la tête.
Épuisée.
Mes paupières retombent lourdement.
Dormir.

*
* *

La Paz, Bolivie,
24 juillet

À l'attention de M. Simon Bersic

Cher monsieur,

Nous sommes navrés d'avoir à vous contacter dans ces pénibles circonstances.

Vous nous avez fait l'honneur de réserver auprès de notre agence un séjour de trekking-méditatif pour Mlle Naëlle Jonasson.

Malheureusement, en dépit de tous nos soins et, croyez-le bien, à notre plus grande consternation, Mlle Jonasson ne s'est pas présentée au rendez-vous prévu ce 20 juillet.

Il s'agit, plus que probablement, d'un regrettable incident sans grandes conséquences et la police locale nous donnera très certainement des nouvelles de Mlle Jonasson dans les heures qui viennent.

Néanmoins, nous avons bien évidemment lancé toutes les recherches utiles dans la région et averti l'ambassade de Belgique qui vous tiendra au courant de l'évolution de cette regrettable affaire.

Croyez bien, cher M. Bersic, que nous sommes désolés de la tournure qu'ont prise les événements et nous nous tenons à votre entière disposition pour de plus amples renseignements.

Avec toute notre considération,
F. Sanchez,
Administrateur délégué de la SAFE-Travel.

P-S. : Auriez-vous l'obligeance de nous communiquer les coordonnées de la famille de Mlle Jonasson ?

………, ………, ………

Naëlle

*

* *

Quelque chose a changé.
Je ne suis plus couchée sur le dos.
Je repose sur le côté, enroulée sur moi-même.
On me masse le bas des reins.
Sensation délicieuse de retrouver de la mobilité.
Si j'ouvre les yeux, est-ce que tout va s'arrêter ?
Est-ce que la douleur va revenir ?
Pas envie… faire semblant de dormir.

Ma respiration a dû se modifier,
les mains suspendent un instant leur ouvrage.
Elle le reprennent en cercles plus larges, plus appuyés.
Pour m'inciter au réveil ?

J'accepte.

Un long soupir évadé, hors de mes lèvres.
En écho, une voix calme, nasillarde, féminine répond.
Je ne comprends rien à cette langue,
j'y entends de la générosité,
de l'amour, un encouragement à revenir parmi les vivants.
Elle, la femme, se lève.
Sa chaleur quitte mon dos.
Je perçois un froissement d'étoffes.
Je la vois, devant moi, toute vieille et menue.
Elle s'accroupit, les genoux largement écartés.
Sa jupe ample, colorée, en coton rayé suit chacun de ses mouvements.
Déjà vu… au début du voyage… c'était la visite au marché…
les mêmes jupes sur des paysannes venues vendre
leurs céramiques et leurs ponchos faits à la main…

Il était où ce marché ?
Tout est si loin…
C'était quand ?
Je suis ici depuis combien de temps ?

C'était le marché de… Tarabuco… oui, c'est ça…
Des visites… on faisait les touristes…
Et enfin… la grande marche…

Tout se brouille…
C'était avant ou après ?
Forcément avant puisque après…
Puisque maintenant, je suis ici.

Je n'arrive pas à faire le point.
Kaléidoscope décousu.
J'arrive pas à faire le point.
Les tissus colorés aux rayures vives, empilés par dizaines sur les étals du marché.
Les odeurs, les chants, la musique, les danses dans les rues de Potosi.
Les mines d'argent du Cerro Rico.

Enfin, la marche, l'éblouissement du Salar…
Tout ce blanc !
Puis la nuit.
Un corps chaud contre le mien…
Manko ? Simon ?
Tout se brouille.
Le condor…
Je voulais m'envoler avec lui…
Je tombe…
Puis, plus rien, le trou noir.
Plus de souvenirs.
Cette impression de déjà-vu, de déjà vécu…
Oh, ma tête !
Une douleur aiguë me vrille les tempes.
Arrêter, arrêter de penser.
Plus tard.
Je ferai ça plus tard !

*
* *

Bruxelles, Belgique, 24 juillet, 25 h 45
Simon

Simon rentrait d'une séance de dédicaces en région parisienne et ce mail fut pour lui un véritable uppercut dans l'estomac ! Le cœur battant, il se répétait en boucle que ce n'était pas possible... Pas lui, pas elle, pas maintenant... Comme tous ceux à qui on annonce une catastrophe et qui commencent par se poser cette question inutile : pourquoi moi ? Comme si le sort devait choisir ses victimes en fonction d'un quelconque mérite ! Non, le sort frappe, aveugle, là où il tombe... Et personne, jamais, ne trouve ça normal ni mérité !

Anéanti.
Passé le moment de stupeur,
Simon s'est dit qu'il fallait agir.
Pas de temps à perdre.
Aller là-bas, la retrouver !
Il était sûr d'y arriver.
Cette histoire ne pouvait pas s'achever ainsi.
Ne pas baisser les bras.

Se ressaisir. Une douche.
Quelques coups de fil.
Un sac empaqueté à la hâte.
Tout allait s'arranger…
Il le fallait.

........, ..., ...
Naëlle

*
* *

Mal.
Violent.

Je plisse les paupières.

La vieille femme pose ses doigts noueux sur mon crâne.
Elle me caresse légèrement les cheveux.

Apaisement…
Je la regarde.

Une lourde étoffe traditionnelle est drapée autour de ses épaules, les couleurs un peu passées, les motifs délavés ; un large jupon rose dissimule ses jambes dont on voit seulement dépasser les pieds, très bruns et poussiéreux, dans de curieuses sandales en plastique bleues, translucides, banales, tellement incongrues.

Je souris.

La vieille répond par un large rire édenté et une longue phrase.
Question ou affirmation ?
Dans le doute, je ris avec elle en essayant de me redresser.
Elle ne veut pas que je bouge : les mains écartées, elle me signifie de me recoucher, d'attendre.

Je ne me fais pas prier.
De toute façon, ce simple mouvement a mis en branle les murs de la cabane en pisé.
Tout tourne autour de moi…

J'entends la vieille qui crie dehors.
Elle rameute du monde.
Des visages enfantins apparaissent dans le rectangle lumineux de l'ouverture.
Sept ou huit… souriants et curieux.

Aucun n'ose franchir le seuil.

Un vieil homme arrive.
Il avance courbé en avant, plié en deux, comme à la recherche d'une hypothétique pièce de monnaie perdue dans la poussière.
Le silence se fait, éteignant d'un coup le bruissement joyeux des enfants massés à l'entrée.

Il s'approche.
Il s'accroupit avec aisance.

Je le reconnais.
Je reconnais son odeur.

C'est mon compagnon de douleur, celui qui, inlassablement, a chassé le mal de mon corps.
Mes yeux s'embrument et, dans les larmes, je le remercie.
Au-delà des mots, il me comprend.
Derrière lui, la petite vieille arrive en trottinant et lui tend un bol.
Il me fait boire.
Beurk !

De nouveau, ce goût âcre, désagréable.

Ils se sont tous les deux mis à chantonner en se balançant sur leurs genoux repliés.
Le liquide s'écoule dans mon corps, le chant réveille mon esprit.
Je vais enfin pouvoir me lever !

*

* *

Bruxelles, Belgique, 25 juillet, 17 heures
Simon

Impossible d'obtenir un billet pour La Paz ! Simon avait tenté en vain de passer par Paris et Londres, l'aéroport de Bruxelles étant saturé. Le premier vol était le lendemain 19 h 20 !

Rongé par l'inquiétude, il réussit enfin à joindre Lucas après deux messages restés sans réponse.

« Lucas ?

— Papa ? Qu'est-ce qui se passe ?

— Naëlle a disparu.

— Comment ça, disparu ? En Bolivie ?

— Oui, ils n'ont remarqué son absence qu'après trois jours et n'ont aucune idée de ce qui a pu lui arriver !

— C'est une blague !

— De très mauvais goût alors !

Simon tentait de maîtriser sa voix pour ne pas laisser transparaître l'angoisse qui l'étreignait.

— Lucas, je dois aller sur place… L'ambassade n'a pas l'air très concernée… Ce n'est pas la première touriste qui disparaît là-bas…

— Quoi, des enlèvements ?

— Des accidents plutôt : sans guide, les montagnes sont très dangereuses. Je dois vraiment y aller : le temps que les types de l'ambassade se mobilisent, il sera peut-être trop tard !

— Tu veux que je vienne avec toi ?

— C'est gentil mais je préférerais que tu ailles passer un peu de temps chez Grégoire et Céline… Ça me rassurerait de te savoir avec eux.

— Comme tu veux… Je comptais de toute façon rentrer après-demain, j'irai directement à Grez-Doiceau. J'ai un copain qui a une bagnole, il pourra m'y amener, je crois.

— Je t'embrasse mon grand, fais attention à toi !

— Toi aussi papa… euh… tu m'appelles, hein ?

— Bien sûr !

— Tous les jours ?

— D'accord.

— Tu sais… Je ne voudrais pas qu'il lui arrive quelque chose à Naëlle !

— Moi non plus mon grand, moi non plus ! »

Grez-Doiceau, Belgique, le 26 juillet, 15 heures
Céline

Tu pars ce soir ? »

Céline, incrédule, venait d'accepter de garder Nicolas, l'énorme chat de Naëlle, pendant l'absence de Simon. Ce dernier avait dû transporter le félin dans un panier spécial, le plus grand modèle destiné aux chiens, Nicolas, magnifique maine coon crème, n'entrant dans aucun autre format.

« Oui, ce soir. Plus de place sur Air France, j'ai dû passer par American Airlines ! J'arrive à Caracas après une escale à Miami. De là, je rejoins La Paz avec une compagnie bolivienne : la Taca. Si tout va bien, je devrais y être demain soir. Tiens, je t'ai amené une réserve de nourriture pour le chat.

— Mais… tu rentres à peine de New York… Et le visa ? Les vaccins ?

— Pas besoin de visa et ils ne demandent de vaccins que pour l'Amazonie, *a priori* je ne suis pas censé y aller.

— C'est de la folie ! Si les gars du coin ne l'ont pas retrouvée, tu comptes faire quoi, toi ? Tu ne connais pas le pays !

— Peut-être, mais tout vaut mieux que de rester ici à tourner en rond comme une bête.

— Et à l'agence de voyages, qu'est-ce qu'ils disent ?

— Pas grand-chose, le patron ne m'a pas l'air très net… Quand j'ai enfin pu lui parler au téléphone pour lui annoncer ma venue, il s'est empressé de me communiquer les coordonnées de ses avocats.

— Pas possible !

— Il veut se mettre à l'abri juridiquement et ne semble pas trop se préoccuper du sort de Naëlle.

— Et Lucas ?

— Euh, oui… justement… Tu crois qu'il pourrait rester quelques jours chez vous ? Je serais plus rassuré de le savoir ici.

— Évidemment, tu sais qu'il est toujours le bienvenu ! Il est où pour l'instant ? Tu veux que j'aille le chercher ?

— Non, ce n'est pas nécessaire, je pense qu'un de ses copains va l'amener jusqu'ici en voiture… D'ailleurs, à mon retour, il faudra que nous ayons une solide discussion tous les deux ; il ne me parle plus de rien, c'est à peine si je sais où il se trouve. Je comprends qu'il ait besoin d'un peu plus de liberté, seulement c'est comme s'il me rayait de sa vie.

— Ce n'est plus un gamin ! Votre relation a été tellement fusionnelle depuis la mort de sa mère, il a peut-être de la peine à te partager avec Naëlle. Depuis quelques mois, tu ne t'es pas tellement occupé de lui.

— Tu as raison, sauf que là, je dois parer au plus pressé !

— Oui, excuse-moi, je n'aurais pas dû te parler de ça maintenant… Tu comprends, Lucas est comme un grand fils pour moi.

— Je ne t'en remercierai jamais assez ! Je sais qu'ici avec toi, Grégoire et les enfants, il trouve une vraie famille. C'est important pour moi.

— Holà ! Stop ! On ne va pas pleurer comme des idiots tous les deux ! Fais ce que tu crois devoir faire, prends garde à toi, reviens-nous vite… Et ramène-la ! »

Le chat dans les bras et les yeux humides, Céline raccompagna Simon à sa voiture, se demandant quand elle reverrait cet ami si cher.

La Paz, Bolivie, 27 juillet, 20 h 15
Simon

Fernando Sanchez avait tenu à accueillir lui-même Simon à l'aéroport. Peut-être arriverait-il à s'entendre avec ce gringo et à minimiser les retombées de cette affaire… C'était bien sa veine : perdre une touriste en pleine saison. En plus, ce gars, ce Simon Bersic, était paraît-il un écrivain connu. Ça amènerait une publicité autour de l'affaire dont il se serait bien passé. L'ambassade et la police sur le dos, si en plus les journalistes s'en mêlaient, il n'avait plus qu'à prendre lui aussi de très, très longues vacances.

Il avait déjà rallumé trois fois son Bolivar Belicosos Finos, quand le vol en provenance de Caracas fut annoncé. Aïe ! Il repéra tout de suite le type : grand, fatigué et furax ! Abandonnant à regret son cigare et prenant son courage à deux mains, il s'avança vers lui.

« Monsieur Bersic ? »

Simon le dévisagea d'un œil cerné et méfiant.

Vingt-deux heures de trajet, six heures de décalage horaire et une inquiétude qui avait grandi à la mesure de cette inactivité forcée. Assis dans ces avions, la mâchoire crispée, il n'avait pas fermé l'œil. Tous les scénarios possibles défilaient dans sa tête et aucun n'était réjouissant ! Lorsqu'il avait enfin atterri à La Paz, il était prêt à en découdre avec la terre entière.

« Comprenez-moi bien, monsieur Bersic, reprit le patron de l'agence, je suis absolument désolé de cette situation, mais je n'y suis objectivement pour rien… Mlle Jonasson et les autres participants à ce circuit pouvaient profiter librement, durant trois jours, des douceurs du village de Sorata, et elle ne s'est pas présentée au moment du départ… Personne ne sait ce qu'elle a pu faire ni où elle a disparu. Vous savez, elle est majeure… Peut-être a-t-elle eu une autre opportunité et va-t-elle réapparaître un de ces jours… »

Devant le regard furieux de Simon, Sanchez s'arrêta net.

« Épargnez-moi vos spéculations, monsieur…

— Sanchez, Fernando Sanchez. »

Le bonhomme, empressé et suant, lui tendit une petite main replète aux doigts curieusement effilés que Simon prit avec réticence.

« Vous n'étiez pas sur place, monsieur Sanchez ?

— Impossible… J'ai quatre autres groupes qui voyagent simultanément dans le pays.

— Je veux rencontrer son accompagnateur, immédiatement !

— Calmez-vous, monsieur Bersic, soyez assuré que nous faisons tout ce qui est en notre pouvoir… Dominique nous attend déjà au bureau. Le pauvre est catastrophé, encore une fois, je vous répète qu'il n'y est pour rien.

— Arrêtez de vous excuser, je ne cherche pas de coupable, je veux retrouver Naëlle ! »

BOLIVIE, LA PAZ, 27 JUILLET, 22 HEURES
SIMON

Dans les bureaux de la SAFE-Travel aux murs ornés d'immenses photos alléchantes des paysages contrastés de Bolivie, Simon dévisageait Dominique, cherchant à découvrir dans ses propos confus l'ébauche d'un indice.

« J'ai déjà dit tout ça à la police et à l'ambassade, monsieur Bersic… Nous avons contacté tous les guides locaux qui proposent des excursions au départ de Sorata, aucun d'eux n'a vu Naëlle… Pardon, Mlle Jonasson. Elle a dû s'aventurer seule et c'est très dangereux dans la région. Je les avais tous bien prévenus, je vous assure ! Naëlle était très secrète… pour ne pas dire bizarre. Elle ne s'est jamais vraiment intégrée au groupe, ses réactions étaient parfois imprévisibles. »

Simon se retint de l'empoigner violemment et dit, d'un ton qui ne supportait pas la réplique :

« Arrêtez de parler d'elle au passé, ne vous mêlez pas de la juger !

— Il a raison : pour qui tu te prends Dominique ? »

Simon se retourna pour dévisager le nouvel arrivant : un jeune Indien d'une beauté étonnante.

« Je suis venu pour vous aider monsieur, je m'appelle Manko. Manko K'ala Soriano. Sans moi, vous ne la retrouverez jamais. »

Ayant enfin trouvé un interlocuteur valable, il planta là les deux autres et se rendit avec lui à l'hôtel pour établir leur plan de route.

Bolivie, La Paz, 28 juillet, 7 heures
Manko

Simon était épuisé.

Le mal des montagnes, le fameux *sorojche*, ajouté au manque de sommeil, l'avait terrassé. Sans prendre la peine de se déshabiller, il s'était endormi pendant que Manko se démenait pour se procurer au plus vite une jeep et des équipements. Après quelques heures d'un sommeil agité entrecoupé de nausées et de difficultés respiratoires provoquées par la raréfaction de l'oxygène à cette altitude, il se réveilla.

Manko attendait, silencieux, dans le fauteuil de la chambre d'hôtel.

« Ça va mieux ?

— Vous voulez vraiment une réponse ?

— Ça va aller, votre corps va s'habituer.

— Si vous le dites…

— Prenez une douche. On mange et on y va. La jeep attend en bas. J'ai déjà tout chargé. »

En le voyant se diriger lourdement vers la salle de bains, Manko se dit que ce gringo n'était pas banal mais que sans son aide, il n'arriverait à rien…

Quand Dominique l'avait appelé, paniqué, pour lui signaler la disparition de Naëlle, il s'était immédiatement fait remplacer pour remonter sur La Paz. Le jeune Indien s'était jeté dans l'action pour ne pas devenir fou. Lorsqu'il avait quitté Naëlle dix jours plus tôt à Sorata, qu'il était sorti de cette chambre au petit matin, troublé, tremblant, ébranlé pour la première fois par une rencontre amoureuse, lorsqu'il avait refermé la porte sur le spectacle de ce lit en bataille, il était persuadé de la retrouver quelques jours plus tard à La Paz. Il pensait bénéficier de ce délai de réflexion pour mettre de l'ordre dans ses sentiments, envisager les possibilités concrètes d'un avenir commun, trouver les arguments qui la convaincraient de se lancer dans cette aventure avec lui… Le sort semblait en décider autrement. À présent, il regardait, sceptique, cet Européen déphasé se préparer pour leur périple commun. Il était évident que l'écrivain n'avait aucune idée de ce qui l'attendait ! Pourtant, il semblait aussi déterminé que lui et, surtout, il avait de l'argent… Ce serait bien utile dans les jours à venir. Dès que Manko l'avait aperçu dans les bureaux de la SAFE-Travel, il avait vu en lui l'opportunité de se lancer à la recherche de Naëlle avec des moyens financiers et la bénédiction de son employeur. Cette nuit, il avait mis plus de temps que prévu pour trouver une jeep : en pleine saison, les circuits foisonnaient à travers le pays et tous les véhicules étaient réquisitionnés.

C'était donc une vieille Nissan bringuebalante qui les attendait devant l'hôtel.

« On va retourner à Sorata, de là, on prendra toutes les pistes que Naëlle aurait pu emprunter. »

Manko se demandait si cet écrivain frenchy allait tenir le coup : sa pâleur s'aggravait d'heure en heure ; bien qu'il ne laisse échapper aucune plainte, il ne s'adaptait visiblement pas à l'altitude.

« Tenez, prenez ça !

— Qu'est-ce que c'est ?

— Des feuilles de coca, mâchez-les, ça va vous aider… »

........, ..., ...

Naëlle

*

* *

J'ouvre les yeux.
Le vieux et la vieille sont là.
Ils empoignent chacun un de mes bras et m'aident à me redresser.
Mes mains retombent sur leurs épaules si frêles.
Des tremblements dans mes jambes.
Mon corps peine, retrouve difficilement la position verticale.
Tous les trois, nous nous mettons en mouvement.
J'ai peur de déplacer mon poids, d'imposer cette charge à mes jambes engourdies.
Ils m'encouragent de mots qui ressemblent à des rires,
des phrases que l'on dirait chantées.
Je risque un autre pas et puis un autre… je marche !
La structure tient, le vieux a bien travaillé.

Réapprendre les gestes, faire confiance à la mémoire du corps, ne pas craindre la douleur.
Il suffit de quelques heures de souffrance pour penser que la vie nous quitte.
Il faut bien plus de temps pour reprendre confiance en soi.
Nous marchons, étrange cortège, tanguant, lent, vers la porte.
Nous atteignons l'entrée.
Je jubile, triomphante !

*
* *

Avoir parcouru ces quelques mètres apparaissait à Naëlle comme une incroyable victoire sur le sort, elle pensait ne plus jamais pouvoir tenir debout et là, elle revoyait la lumière ! Ses yeux, habitués à la calme obscurité de la cabane, supportaient difficilement l'éblouissante clarté du dehors. Les enfants aperçus se pressant, curieux, dans l'encadrement de la porte se tenaient à quelques mètres ; la mine réjouie, ils commentaient en riant sa progression saccadée. L'un d'eux s'approcha. Prenant doucement une mèche de ses cheveux dorés, il la fit miroiter au soleil. La vieille le chassa, autoritaire, remettant la chevelure en place, fière de présenter ainsi à tout le village cette étrangère tellement différente qu'ils avaient, son mari et elle, patiemment soignée.

Quelques maisons, de la chaux colorée, des tôles ondulées lestées de grosses pierres plates en guise de toit. De la couleur partout dans la poussière qui s'élevait du sol : jupons vifs, virevoltants des femmes, rayures multicolores de leurs fichus aux teintes franches, toniques ; palabres des hommes en poncho, feutres cabossés sur tresses de cheveux, noires, grises ou blanches ; vision décalée de quelques adolescents, jeans et casquettes de base-ball vissées à l'envers sur leur toison de jais, anachroniques. Des sourires partout, des sourires surtout. Des commentaires satisfaits et curieux. Sans embarras, les Indios la dévisageaient des pieds à la tête.

Au gré de cette marche hésitante, les paysans sortaient de chez eux et rejoignaient la ruelle de terre battue pour les accompagner, procession bruyante et chamarrée, jusqu'à la hutte centrale. Au milieu de ce joyeux charivari, elle essayait de repérer les lieux. Ça ressemblait à un petit hameau, quelques maisons rudimentaires, accolées les unes aux autres, vaguement alignées pour mener à cet espace central où trônait une construction plus importante que les autres. Son regard s'échappa plus loin, ce n'était plus la montagne, ils étaient dans une vallée. Au loin, les volcans dressaient fièrement leurs sommets enneigés. À l'arrière des habitations, quelques enclos murés de pierres entassées abritaient des lamas, des poules, des vigognes, des vaches faméliques. Elle ne comprenait rien aux propos échangés autour d'elle, tentait maladroitement quelques mots d'espagnol, quelques phrases en anglais… Des rires et des gloussements amusés lui répondaient. Pas d'autre choix que de se mêler à la liesse générale ; elle leur sourit et se laissa emporter par le mouvement. Elle finit par oublier qu'elle devait marcher, son corps, merveilleuse machine, refaisait les gestes, automatiques. Seuls de légers vertiges et une douleur sporadique lui rappelaient l'état semi-comateux dont elle venait de sortir. Avec joie et précipitation, on lui fit franchir le seuil de la maison principale. De hautes ouvertures trapézoïdales, vestiges ancestraux de l'architecture inca, laissaient entrer la lumière et révélaient une table en bois sombre où s'étalaient généreusement des fruits, des légumes, des plats odorants, inconnus et appétissants.

C'était un festin !

Ils avaient préparé une fête en son honneur et tous les yeux brillaient de contentement. Toujours épaulée par ses protecteurs, Naëlle longea cet étalage rutilant de mets inconnus. Tout le monde s'était visiblement mobilisé pour fêter l'événement.

« *¿No quieres comer ?* »

Le jeune garçon jovial qui venait de lui poser cette question s'approcha de la jeune femme. Peut-être allait-il la comprendre ! Jusqu'ici, tout ce qu'elle avait entendu ressemblait à un dialecte parfaitement abscons. Au début du voyage, elle avait mémorisé quelques mots de vocabulaire en espagnol et une dizaine de phrases-types, piochées dans le dépliant de l'agence… Ici, à quoi pouvait bien servir de demander où se trouvaient les téléphones et à quelle heure partait le prochain bus ? Cette sonorité espagnole la rassura. Pleine d'espoir, elle lui demanda :

« *¿Hablas español ?*

— *Poquito…*

— *¿Hay alguien que habla francés*… français ?

— *Lo siento mucho*, mademoiselle… je suis désolé… un peu d'espagnol, un peu de français… mais *poco, poco*, pas beaucoup !

— Oh, c'est formidable ! »

Oubliant sa réserve habituelle, Naëlle se précipita au cou du jeune garçon et l'embrassa. Un murmure amusé s'éleva du groupe de villageois attentifs à la moindre de ses réactions.

« *Me llamo Pedro…¿Comemos ?* On mange ? *Después*, quand tu te sens mieux, je te conduis vers Carlos.

— Carlos ?

— Lui, Carlos… Il t'a trouvée dans la montagne.

— Merci… *Muchas gracias, me llamo* Naëlle. »

Pedro expliqua aux autres qu'elle s'appelait Naëlle. La soutenant d'un bras vigoureux, il lui présenta les différentes préparations culinaires disposées sur la table centrale.

« Tu as la *sopa*, ici, dans la campagne, c'est très important la soupe : *sopa de mani, chankao, sopa de quinoa, caldo de cardán…*

— Ça m'a l'air délicieux », dit Naëlle en tendant un bol en céramique brunâtre vers le large plat où fumait cette dernière préparation.

Ce choix souleva un énorme rire parmi l'assemblée, les femmes faisaient mine de se voiler les yeux avec la main tandis que les hommes, réjouis, ne cachaient pas leur amusement.

« *¿Qué pasa ?* Qu'est-ce qu'il y a ? »

Gêné, Pedro lui expliqua laborieusement que cette soupe bien particulière était préparée avec les attributs mâles des taureaux… que c'était la *sopa machista* par excellence, traditionnellement réservée aux hommes et censée décupler leurs ardeurs. Naëlle ne put s'empêcher de rougir puis se joignit avec plaisir à la bonne humeur de ses hôtes. Elle goûta ainsi le *plato paceño*, la *salteña*, le *chicharrón* et autres *pacumutu*... délices simples et roboratifs à base de maïs, manioc, quinoa, tomates, viande de bœuf, d'agneau, de porc et de poulet. Chaque femme du village avait confectionné un plat différent, fière de proposer sa spécialité au groupe. Le tout arrosé de *chicha*, boisson alcoolisée à base de maïs elle aussi. Pour clore le festin, tous, assis à même le sol, partageaient du maté de coca ou du café des Yungas, merveilleux arabica produit par les *negritos sambos*, l'ethnie noire de Bolivie, sur les collines des Yungas.

Chacun, repu, se laissa aller à une tranquille indolence.

Des groupes se formaient où on se racontait des histoires, certains entonnaient une sorte de mélopée, mi-conte, mi-chanson, semblable à celle que Naëlle avait entendue dans les limbes de sa convalescence.

« Comment ça se fait que tu parles français, Pedro ?

— Ma grand-mère était française... C'est pour ça qu'ils m'ont fait venir auprès de toi : je suis le seul ici à parler autre chose que le dialecte.

— Tu te débrouilles bien, c'est impressionnant !

— C'est bien de parler avec toi... Comme ça, les mots me reviennent... Depuis la mort de *mi abuela*, plus personne ne parle en français, elle m'avait appris plein de chansons, je les chante souvent pour ne pas oublier les mots. »

Écoutant le jeune homme entonner ses comptines désuètes, elle s'abandonnait, apaisée, parmi ces gens dont elle ignorait tout. Dans son pays, elle avait souvent eu l'impression d'être en marge, de ne pas avoir les bonnes réactions au bon moment… Ici, au moins, il était normal qu'elle ne maîtrise pas les codes.

Loin de s'en offusquer, chacun s'en amusait, gentiment.

Durant cette stupeur digestive, embrumée par les volutes de fumée, Naëlle refaisait connaissance avec son corps, l'énergie circulait à nouveau et puisait à travers ses membres.

Miracle de la vie.

Ce qui attend…
De l'autre côté du miroir

Bolivie, Sorata, 28 juillet, 13 heures
Simon

Il fallait normalement cinq heures pour rallier Sorata, Simon commençait à se demander en quoi il avait bien pu offenser Mercure, le dieu des voyages et des limites, car ils n'y parvinrent qu'au milieu de la nuit, des centaines d'Indiens aymaras condamnant les routes autour du lac Titicaca.

Selon Manko, ces barrages périodiques de citoyens en colère pouvaient durer plusieurs semaines jusqu'à ce que le gouvernement cède, en apparence du moins, sur l'une ou l'autre requête. En 2000, des voyageurs étaient restés bloqués quatre semaines à Sorata ! Heureusement Manko, ténébreux, au volant de la jeep pourrie, n'avait rien d'un touriste en goguette et ils purent traverser sans encombre ce fief politique des revendications communautaires où même les militaires n'osaient plus pénétrer. Ils dormirent quelques heures dans le premier hôtel qui pouvait les accueillir puis, dès le matin, se mirent en quête de renseignements susceptibles de les aider dans leur recherche. Manko connaissait tous les guides qui accompagnaient les circuits organisés au départ de Sorata et ils eurent rapidement la confirmation que Naëlle n'avait participé à aucune des excursions proposées : sa photographie exhibée n'évoquait rien à personne. Dès lors, si Naëlle était partie seule à l'aventure, elle pouvait se trouver n'importe où…

Simon ne tenait pas en place, il voulait continuer à chercher, interroger les passants, entrer dans chaque échoppe et poser des questions. Mais ce n'était pas l'Europe ici, il ne fallait brusquer personne, il fallait rester attentif, ouvert, attendre les messages. Manko le lui expliqua. À bout d'arguments, n'ayant de toute façon pas d'autre solution, le gringo accepta de se poser. Sur la place centrale, ils trouvèrent un restaurant, Chez Jalisco, des chaises dépareillées aux couleurs passées, une ombre tranquille où ils mangèrent des *salteñas* fourrées arrosées de *paceña* fraîche. Manko discutait avec un des guides chargés de faire visiter la grotte de San Pedro et qui s'amusait à raconter la mésaventure d'un groupe de touristes ayant réveillé une colonie de chauves-souris avec leurs lampes frontales et s'étant retrouvé, pris de panique, dans un nuage désordonné de ces volatiles pour la plus grande joie des Boliviens présents. Excédé par cette perte de temps, Simon réagissait à retardement en fonction des traductions laconiques de Manko.

Un bonhomme replet, attiré par les récits bruyants du guide, vint se joindre à leur tablée pour y aller, lui aussi, de ses anecdotes sur la grotte et son prétendu trésor des conquistadors.

C'en était trop. À bout de patience, Simon se leva.

Il s'apprêtait à remettre en poche la photo de Naëlle lorsque le bonhomme l'aperçut et se lança dans une autre anecdote visiblement réjouissante où le seul mot que Simon put saisir était *loca.* Manko s'était redressé et bombardait le gars de questions : « *¿Como has dicho? ¿Puedes repetir? ¿Dónde está la loca? La busco.* » Simon, les yeux fermés, attendait la fin des palabres pour en entendre la traduction… Ce gars était chauffeur de bus, il se rappelait avoir déposé la fille de la photo au milieu de son trajet. Malgré ses protestations, elle avait voulu descendre là où il n'y avait rien et était partie, seule, à pied… Il n'en savait pas plus. Les deux hommes accompagnèrent le chauffeur sur l'ancienne route de la mort pour qu'il leur indique l'endroit où elle était descendue.

Enfin, ils tenaient une piste, bien mince, mais c'était un début.

La journée était trop avancée pour entamer les recherches, ils reviendraient tôt le lendemain. Au retour vers le village, dans la lumière dorée du soleil couchant, Simon ne put s'empêcher d'admirer le profil parfait du jeune Indien. Il se demandait dans quelle mesure Naëlle avait pu rester insensible à son charme. Concentré sur la conduite, le moindre écart se soldant par un plongeon vertigineux, Manko se demandait, lui, dans quelle mesure la nuit qu'il avait passée avec Naëlle était liée à cette randonnée déraisonnable. Il essayait de dominer la confusion où l'avait précipité la disparition de la jeune femme, de contrôler les images qui envahissaient son esprit… en vain.

Les deux hommes, pensifs, restèrent silencieux durant toute la descente.

………, ………, ………

Naëlle

Carlos vivait en dehors du village et semblait préférer la compagnie des troupeaux à celle de ses concitoyens.

Voilà qui nous rapproche, pensa Naëlle.

En équilibre instable sur le dos d'un cheval bais placide, elle escaladait péniblement la colline pour rejoindre la cabane isolée. Ils avaient quitté la vallée au lever du jour, le soleil était à présent haut dans le ciel.

À chaque pas de sa monture, l'oscillation engendrée rappelait douloureusement à Naëlle les traumatismes qu'elle venait de subir. Son dernier souvenir était celui d'une chute vertigineuse… Comment avait-elle survécu ? Comment l'avaient-ils soignée ? De temps à autre, le cheval butant sur une pierre semblait prêt à trébucher ; c'était la première fois que la jeune femme montait. Pedro, par prudence, lui avait donné la plus vieille carne du village. Naëlle commençait à se demander si celle-ci aurait la force de l'amener à bon port quand ils atteignirent enfin la cabane. Dôme de pierres sèches imbriquées, elle surgissait de la roche, chapeautée de végétaux entrelacés. Une fois soulevé le panneau de cuir qui barrait l'entrée, Naëlle pénétra dans la petite construction dépourvue de fenêtre. Assis près d'un brasero, Carlos, placide, tirait de longues bouffées âcres d'une fine pipe en terre blanche. La lumière du foyer ondulait, mouvante, sur le large visage de l'Indien.

Il ne sourit pas en voyant la femme blanche entrer mais, par un imperceptible plissement de la commissure des lèvres, marqua sa satisfaction de la voir debout, intacte.

Il se mit à parler.

Pedro, profitant des silences appuyés qui ponctuaient son récit, essaya de traduire les mots chantants de Carlos.

« … Il dit qu'il était à la recherche d'un de ses jeunes lamas qui n'était pas rentré le soir dans son enclos. Au-dessus des montagnes, il avait vu le vol tournoyant des condors, ils avaient peut-être repéré son animal. Dans le doute, il s'était dirigé là-bas, même s'il y avait peu de chance qu'il récupère son petit, il fallait au moins essayer. Plus il s'approchait de l'endroit, plus le vol plané des oiseaux perdait de l'altitude, ils avaient sans doute repéré une charogne et s'apprêtaient à la dépecer. Carlos connaissait bien la faille meurtrière au-dessus de laquelle ils volaient, elle lui avait déjà coûté plusieurs animaux inexpérimentés. Il l'aborda par le bas, s'enfonçant dans l'ouverture presque invisible du rocher qui menait à cet étroit canyon. Déjà un des condors était au sol et son œil reptilien fixait quelque chose. L'homme s'approcha, dissimulé par un repli rocheux.

Aucune trace du petit lama.

Il allait prudemment rebrousser chemin – on ne peut pas contrarier les seigneurs du ciel – lorsqu'un deuxième condor atterrit, les pattes en avant, les ailes et la queue largement déployées, freinant pour se poser au sol. Le premier charognard, soucieux d'assurer sa suprématie, allongea alors son cou décharné et, d'un mouvement sec de son énorme bec capable de déchiqueter les cuirs les plus épais, attira à lui une bottine de randonnée. Il y avait quelqu'un là ! C'était à un cadavre d'homme qu'ils s'en prenaient ! Oubliant ses craintes ancestrales, Carlos se précipita, poussant des cris, agitant les bras. Les deux oiseaux durent, de mauvaise grâce, abandonner leur butin. Il avait ramené sur son dos la femme blanche inconsciente. Elle n'était pas morte mais avait l'air mal en point. Un seul homme pourrait l'aider au village, le *yatiri*, le sage, celui qui sait, celui qui soigne ! »

Le récit avait duré longtemps, entrecoupé d'hésitations, de traductions approximatives et de mimes évocateurs quand les mots ne suffisaient pas. Naëlle, émue, prit les mains de celui qui l'avait sauvée d'une mort certaine et les embrassa en silence. Les phrases n'étaient pas nécessaires pour dire sa gratitude. Pedro raccompagna la jeune femme jusqu'à la cabane du vieux dont elle savait maintenant qu'il était le *yatiri* du village. Elle retrouva la communauté avec l'impression d'avoir plus profondément appréhendé le pays ici, en quelques jours, qu'en trois semaines de périple organisé.

Sereine, persuadée d'être là, au milieu de cette terre inconnue, de ces gens qui ne comprenaient pas sa langue, bien plus à sa place que partout ailleurs, elle s'endormit.

Bolivie, route de la mort, 29 juillet, 9 heures
Manko

Ils avaient parqué la jeep à proximité de l'endroit indiqué par le chauffeur et poursuivaient l'ascension à pied. Simon commençait à s'adapter à l'altitude, à vaincre le *sorojche* ; il admirait le panorama grandiose tout en soufflant piteusement derrière Manko qui cavalait comme un cabri.

« Hé, gringo, lui lança-t-il, moqueur avec cette façon charmante de rouler des *r* chantants, tu sais ce qu'on dit ici : "Dieu est loin de nous, c'est donc avec les montagnes que nous devons parler."

— Pas plus mal que les cathédrales… réussit il à articuler en le rejoignant.

— Tu veux que je te raconte une légende sur nos sommets ?

— Pourquoi pas, au moins tu resteras à côté de moi et pas 25 mètres devant !

— Ok… Tu écoutes et tu marches… plus vite… Aux premiers temps du monde, les montagnes se disputaient : elles demandèrent à Pacha, le créateur, laquelle d'entre elles était la plus haute, elles étaient toutes à le harceler : le Huayna Potosi, le Condoriri, l'Ancohuma et l'Illampu…

Pacha, fatigué de toutes ces querelles, choisit l'Illimani. Mais une montagne voisine, jalouse, n'était pas d'accord. Furieux, le créateur décida de la punir : il fit tournoyer sa fronde, terrible, et décapita le sommet. La tête de celle-là, l'insolente, repose aujourd'hui bien loin sur l'Altiplano. On l'appelle Sajama (qui veut dire "l'éloigné" en aymara), ce qui reste, c'est Mururata ("le décapité").

… Voilà, conclut rapidement Manko.

— C'est joli ! Il y a sûrement de belles histoires liées aux Alpes ou aux Pyrénées… Je ne les connais pas, je me suis toujours plus intéressé aux gens qu'aux pierres.

— Dans ton pays, tu racontes des histoires, pas vrai ?

— J'essaie.

— Quoi, c'est une chose si compliquée ?

— Je ne sais pas, pour le moment, je n'y arrive plus.

— Ça te rend triste ?

— Là, je voudrais vivre un peu la vie plutôt que la raconter…

— Tu es comme Naëlle, tu dois trouver ton chant !

— Qu'est-ce que ça veut dire ?

— Ta mélodie, ton harmonie intérieure, le son que tu es le seul à pouvoir chanter… celui qui équilibre tes énergies… Mais c'est trop tôt, là… tu ne peux pas comprendre, on verra plus tard… peut-être. »

Trouvant qu'ils avaient trop lambiné, Manko abandonna Simon ct, en deux enjambées, se hissa sur une aspérité de rocher d'où il espérait voir plus loin.

……….., ……….., ………..

Naëlle

Quelque chose bougeait dans la nuit.

Le rideau de sa cabane se souleva.

Dans la pénombre, elle distingua deux silhouettes.

Agenouillées à côté de sa natte, elles restaient immobiles.

« Qui est là ?

— N'aie pas peur, on attendait ton réveil.

— C'est toi Pedro ?

— Je suis avec *yatiri*, viens avec nous. »

Naëlle avait appris qu'il ne fallait pas poser de questions, elle se leva, enfila son pantalon et sa parka.

Ces vêtements, les seuls qu'elle possédait, avaicnt gardé, bien visibles, les traces de son envol fracassé. Ils avaient à présent une couleur indéfinissable, de roche, de terre et de mousse, qui ne lui déplaisait pas. Depuis quelques jours, depuis qu'elle était capable d'arpenter le village, les femmes avaient essayé en vain de lui trouver une autre tenue, leurs lourds jupons de cotonnade étaient bien trop larges pour elle et les pantalons de leurs hommes trop courts, elle dépassait tout le monde d'une tête ici ! Malgré plusieurs lavages, les taches sombres de son sang répandu s'obstinaient dans leur devoir de mémoire ; avec quelques brins de leur coton coloré elle avait reprisé les déchirures, zébrant de coutures multicolores la toile couleur du temps de son équipement.

Ici, les femmes n'appréciaient pas trop ce stylisme débridé quoique fonctionnel et restaient perplexes devant sa silhouette de baroudeuse arc-en-ciel. Les couleurs et les motifs des étoffes avaient pour elles un sens et une valeur rigoureusement codifiés, pourtant, gentiment, elles ne semblaient pas se formaliser de ses audaces vestimentaires et détournaient la tête en souriant.

Habillée, Naëlle sortit de la cabane et les rejoignit dans la rue. Sans un mot, ils quittèrent le village et grimpèrent vers la montagne. Pedro portait sur l'épaule un lourd baluchon de toile qui ne perturbait en rien sa démarche élastique. Le vieux calculait davantage ses efforts et, à chaque pas, synchronisait son souffle lourd avec le crissement répétitif de ses genoux. De petits couinements suraigus s'échappaient du fardeau ballotté… Ne pas poser de questions.

Ils avaient grimpé longtemps jusqu'à un plateau, assez large, dominant toute la vallée. Quel bonheur d'y arriver, de sentir à nouveau son corps capable de répondre à ses attentes. Chaque jour la douleur s'éloignait un peu plus, les remèdes et les onguents qu'elle appliquait scrupuleusement faisaient merveille ! Chacun de ses muscles reprenait sa forme et sa place, elle jouissait d'en retrouver l'usage. Tout au bord de la falaise, la pointe des pieds dans l'abîme, la jeune femme contempla le soleil qui émergeait derrière la montagne et inondait de son or liquide la vallée encore endormie. Debout, face à ce spectacle stupéfiant, elle respira profondément les dernières brumes de la nuit. Les yeux fermés, elle sentait l'appel du vide avec cette impression nichée au creux du ventre que si elle plongeait maintenant, elle prendrait son envol !

Où se cachait l'oiseau en elle ? Pas le temps d'approfondir la sensation, Pedro posa les mains sur ses épaules et la ramena au centre du plateau. Ils avaient étalé une couverture brune sur la terre, elle s'y agenouilla. Le *yatiri*, vêtu d'un large poncho aux rayures vives et d'un bonnet de cérémonie aux motifs géométriques traditionnels, gardait les yeux fermés, concentré. Du sac, Pedro extirpa de la coca qu'il leur donna à mâcher, des sachets de toile aux formats différents, des amulettes de terre, des rectangles de tissu…

Ils étaient apparemment là pour une cérémonie.

Pedro, devant son regard interrogatif, rompit le silence :

« Une offrande… Regarde, la mère-lune Quilla se couche et le dieu-soleil Inti la remplace, c'est le bon moment ! Dans quelques jours se tiendra la fête de la Pachamama mais avant, le *yatiri* veut savoir pour toi. »

Le vieux, debout sur fond de ciel où le rose cédait progressivement la place au bleu vif des sommets, avait entamé une mélopée douce, lancinante. Pedro lui traduisit vaguement son chant :

« Entre l'homme et la femme, entre le dieu-soleil et la mère-lune, il y a combat et union… l'un ne peut être sans l'autre ! Le *yatiri* cherche le chemin vrai de la lumière, le chemin de l'esprit vers la vie. La plante, dans le vent, lance ses graines… ses semences. À chaque nouvelle lune, l'esprit sort, plus grand, plus fort… Nous, les hommes, attendons l'arrivée du *pachakuti*, le retour du temps, avec ses fleurs d'or et d'argent. »

Pedro aligna soigneusement les morceaux de tissu, ils étaient douze. Le vieux, derrière lui, disposa sur chacun un petit tas d'herbes et de fleurs séchées. Au centre, une grande pierre servait d'autel, entourée d'amulettes et de cailloux. D'un sac un peu plus grand, le *yatiri* sortit précautionneusement une chose brune, morte, recroquevillée. On aurait dit un jouet macabre, figure d'animal noirci, efflanqué. C'était un fœtus. Un fœtus desséché de lama ! Autour de son cou fragile balançaient des œillets, enfilés sur des tresses de laine colorée. Sur le dos de l'animal, le *yatiri* plaça une feuille d'or et une autre d'argent. Son petit cadavre décoré dans les mains, il s'avança cérémonieusement vers Naëlle, fit tourner trois fois au-dessus de sa tête la légère relique, la posa sur son front, sur son épaule gauche, sur la droite et, enfin, l'obligea à l'embrasser. Elle se raisonna, se persuadant qu'il n'y avait là rien de barbare… Un rite, c'était juste un rite… Certains ne mangeaient-ils pas le corps du Christ à la messe, et que dire de l'agneau pascal servi traditionnellement dans les repas de famille… Tout ceci était juste un peu plus exotique !

La laissant à ses réflexions, le vieux s'agenouilla près de l'autel, il y déposa le fœtus et l'arrosa d'alcool. Du sac, enfin, il sortit une bourse en cuir qui tressauta, légère, dans sa main… C'est de là que provenaient les cris ! Un cochon d'Inde, petite bête beige et blanc aux poils ébouriffés de panique, en émergea. Sans émotion, le vieux égorgea l'animal peureusement niché dans le creux de sa main ; de son minuscule cou palpitant, il fit couler quelques gouttes de sang sur les douze *mesas* de l'autel. Les tas d'herbes et de fleurs se colorèrent d'un chaud carmin. Tandis que les pattes aux doigts roses battaient encore l'air, il ouvrit le corps en deux pour atteindre le cœur. Ce rituel barbare rappela à Naëlle les excursions à la ferme qu'on leur imposait une fois par mois, quand elle était dans cette institution… Les enfants ramenaient, triomphants, des œufs encore maculés de boue, d'excréments et de paille… Ses camarades s'amusaient au spectacle des poules décapitées pour le repas du soir et qui continuaient, sans tête, leur course folle dans la cour de la ferme… Ça ne l'amusait pas, ça ne l'avait jamais amusée !

Elle baissa lâchement les yeux sur l'agonie de l'animal.

Le *yatiri* délogea délicatement le cœur minuscule, le fit rouler entre ses doigts, l'examina, le respira… L'organe continua, absurdement, à palpiter.

Alors, à genoux, dressé vers le ciel, après avoir emballé la petite dépouille dans un tissu rayé fuchsia et turquoise, le vieil homme lança une série de litanies profondes et graves ; incompréhensibles incantations vers le soleil à présent puissant dans le ciel limpide. Avec une succession de saluts codifiés faisant tinter dans leurs mouvements les nombreuses amulettes de son collier, il installa le paquet à côté du bébé lama et brûla l'ensemble, saupoudrant ce bûcher des petits tas d'herbes répandus sur les autres tapis.

Les flammes montèrent d'un coup plus haut et, avec elles, l'odeur violente des corps calcinés mêlés à l'alcool.

Belgique, Grez-Doiceau, 29 juillet, 15 heures
Céline

« Je n'y arrive plus, j'arrive plus à respirer !

— Calme-toi, Claude, calme-toi, c'est une crise d'angoisse, ça va passer.

— Non, je te jure, là, ça ne va pas du tout…

— Allonge-toi sur le tapis, je vais te masser. »

Céline sentait sous ses doigts le dos incroyablement crispé de son amie, ses maigres compétences en shiatsu n'arriveraient jamais à la dénouer ! Claude sanglotait sur le sol de leur salon et Céline pensa qu'il valait mieux lui laisser évacuer ce trop-plein de larmes avant d'essayer de comprendre ce qui l'avait amenée chez eux. Jamais elle n'avait vu son amie dans cet état. Claude était une femme pudique, gardant habituellement pour elle ses tracas, affichant le visage serein de celles qui traversent la vie avec aisance. Élégante et sportive, mariée à Thomas, un homme tendre et prévenant, mère de deux enfants adorables, épanouie dans un métier qui la comblait, elle était l'image même de la réussite. Et ce matin, cette femme au calme indéfectible et à la tranquille détermination, n'était plus qu'une poupée de chiffon hoquetante et désespérée au milieu de son salon.

Quand elle sentit les spasmes de sanglots s'espacer, Céline se leva, lui mit un plaid doux sur les épaules, leur prépara du thé et sélectionna dans son iPod quelques CD apaisants.

« Tu me racontes ?

— Je ne veux pas t'embêter et ça m'ennuie de te mêler à cette histoire, mais tu es la seule personne à qui je puisse me confier… J'ai cru que je pourrais m'en sortir seule, que je pourrais surmonter ça, et intellectuellement, je devrais pouvoir… mais… non, je n'y arrive pas, je ne sais pas comment faire. »

Céline prit tendrement son amie dans les bras et s'installa à côté d'elle sur le canapé. Claude, enroulée dans le plaid, une boîte de mouchoirs jetables sous la main, entama son histoire :

« Tu sais quelle importance j'accorde au respect de l'autre. Et jamais, jamais, en dix-sept ans de vie commune avec Thomas, il ne me serait venu à l'esprit de… fouiller ses poches, d'ouvrir son courrier… ou … de le surveiller, d'une manière ou d'une autre, je lui faisais confiance, totalement. »

La jeune femme ponctuait son récit de silences et de reniflements saccadés, elle semblait perdue, petite fille dont le monde se serait écroulé.

Céline, pensant qu'elle ne devait pas intervenir, la laissa poursuivre son récit à son rythme décousu et douloureux.

« Crois-moi, aujourd'hui, oublier me soulagerait tellement… Je n'y arrive pas… Ces mots, tous ces mots que j'ai lus restent gravés dans ma tête et me font si mal ! »

Reprenant une autre poignée de mouchoirs jetables, Claude poursuivit :

« Ces derniers temps, Thomas était toujours un peu contrarié à la maison, agacé avec les enfants… Il m'avait avoué à demi-mot qu'il était sur la touche dans son entreprise. J'avais mis toutes ces sautes d'humeur sur le compte de ses soucis professionnels… Je pensais aussi à cette fameuse crise de la quarantaine qui semble faire tellement de dégâts chez les hommes. Quand je le voyais soucieux, j'essayais de le rassurer, de lui dire que si jamais il perdait son boulot, on pourrait toujours tenir quelque temps avec mon seul salaire. Bref, ce matin-là, il était parti énervé, une fois de plus, attrapant son attaché-case au dernier moment et nouant sa cravate en montant dans la voiture. Quand je suis allée dans la salle de bains pour me préparer à mon tour, j'ai vu qu'il avait oublié son iPhone près du lavabo ! Incroyable… C'était la première fois que ça lui arrivait, il ne quittait jamais cet engin, devenu pour lui une espèce d'extension électronique de son cerveau. J'étais en train de me brosser les dents quand l'appareil s'est mis à vibrer et que l'écran s'est allumé… Aujourd'hui, je donnerais tout pour ne pas avoir été dans la pièce à ce moment-là ou pour que Thomas n'ait jamais oublié son téléphone… ou pour que cette salope n'ait jamais croisé le chemin de mon homme ! »

Céline ne put s'empêcher de froncer les sourcils : le mot « salope » dans la bouche de sa copine semblait tellement déplacé !

« Oui, oui, ne me regarde pas comme ça… une salope, une pouffe dégueulasse, une saloperie ! »

Eh bien voilà, au moins, c'est sorti, pensa Céline en attendant que Claude se calme, jette son douzième mouchoir trempé sur le sol et reprenne une physionomie plus normale pour continuer son récit.

« Donc, ce truc clignote et affiche comme objet du message : *"I am so excited!"* signé : Anna. J'ai bêtement cru à un spam mais le texte qui suivait m'a vite remis les idées en place ! C'était en anglais… des saloperies… l'hôtel, l'heure… son excitation… des détails… insupportables… »

Un sanglot l'étouffa, Céline se releva précipitamment. La tenant étroitement enlacée, elle lui caressa les cheveux comme on calme un enfant pour le sortir du cauchemar où il s'est embourbé. Claude voulait continuer, elle avait visiblement besoin de dire encore et encore ces mots qui la déchiraient, l'empêchaient de respirer depuis des jours et des jours.

« J'aurais pu m'arrêter là mais c'était trop tard, j'ai voulu en savoir plus. Je suis remontée dans les messages et j'en ai trouvé des dizaines et des dizaines… tous plus *hot* les uns que les autres, tellement clairs et explicites, aucun moyen de me mentir ou de croire à un quelconque malentendu… Tout était là, même des photos de cette pétasse qui a dix ans de moins que moi, évidemment… Sur certaines elle était nue… J'en ai vomi. »

Céline serra très fort la main de Claude. Comment réagir ? Que faire face à une telle détresse, face à une situation si cruelle et si banale ? Lui dire qu'elle ne faisait que confirmer des statistiques ne l'aurait sûrement pas aidée à surmonter l'épreuve.

« Pourquoi tu ne m'as pas appelée à ce moment-là ?

— J'avais tellement honte de ce que je ressentais, de ne pas arriver à me contrôler, d'être cet animal jaloux... Je me sentais pitoyable.

— Et maintenant, ma belle, vous en êtes où, Thomas et toi ?

— Je ne sais pas. On parle beaucoup, c'est déjà ça. J'essaie de comprendre, il essaie de me rassurer... mais je n'ai plus aucune confiance en lui... et je n'ai plus aucune confiance en moi... Je me sens moche, nulle, vieille, incapable de susciter de l'amour ou du désir puisqu'il a eu besoin d'aller voir ailleurs... Je ne peux plus imaginer qu'il me touche ou qu'il me voie nue !

— Ça passera, la blessure est trop fraîche. Il faut vous laisser du temps. Et cette femme, il l'a quittée ?

— Il m'a dit que oui, que ce n'était qu'une histoire de cul... qu'il avait eu besoin de ce jeu sexuel, de cette excitation pour se sentir encore vivant, encore capable de séduire. Tu t'imagines bien que ça ne m'a pas rassurée ! Pourquoi il ne recommencerait pas alors ? C'est vrai que ce genre de femme doit lui apporter des trucs que je suis incapable de lui donner.

— N'en sois pas si sûre, ils se sont peut-être menti aussi l'un à l'autre. Tu peux passer au-dessus, oublier... à moins que tu ne veuilles quitter Thomas. Tu l'aimes, c'est le père de tes enfants, quel poids a-t-elle, cette histoire, dans la balance ?

— C'est bien ça mon problème, je ne peux pas imaginer vivre sans lui, mais aujourd'hui, c'est comme si j'avais un inconnu à mes côtés, un homme dont j'ignore complètement la personnalité. Je me faisais une telle idée de lui... Tu te souviens, quand je l'ai rencontré, je l'appelais "mon chevalier blanc"… Quelle idiote naïve j'étais… Pour moi, il était l'honnêteté, la droiture personnifiées et ça faisait passer certains de ses défauts au second plan. Et voilà, la belle image s'est fracassée ! À la place, je vois un tas de cendres grises et je ne sais pas quoi en faire.

— Vous pourriez essayer de reconstruire quelque chose de neuf, de différent, de plus réaliste, peut-être. Tu sais très bien qu'il n'a jamais été le chevalier blanc que tu idéalisais. Tu n'es pas parfaite non plus et tu n'es pas responsable de quoi que ce soit… Tu n'es ni vieille ni moche et s'il est allé voir ailleurs, c'est son problème, pas le tien ! Vous êtes là, tous les deux, un homme et une femme, avec vos blessures et vos frustrations… mais vous vous aimez et vous avez un projet de vie commun, cette belle famille que vous avez construite. Si tout ça est plus précieux que la douleur et la jalousie que tu ressens aujourd'hui, ça vaut le coup d'essayer, non ?

Cette épreuve permettra peut-être à votre couple de repartir sur des bases plus saines. »

Céline, voyant son amie perplexe, perdue, espérait sans trop y croire avoir employé les mots justes. Dans ces tragi-comédies de la vie quotidienne, comment prendre du recul, comment surmonter ces épreuves banales qui engendrent des douleurs aussi animales ? Le drame de son amie n'avait rien d'exceptionnel mais n'en demeurait pas moins unique et insurmontable. La fatigue des vieux couples, le besoin de séduire, de se rassurer, d'échapper au quotidien, à son cortège de contraintes, d'éprouver, encore une fois, les émois des premiers temps, flirter avec l'interdit et le danger…

tout ça était tellement commun, presque prévisible… Seulement voilà, l'être humain semble avoir besoin d'exception… d'être l'exception… l'être unique, irremplaçable pour quelqu'un, celui qui n'entre pas dans les statistiques, impossible rêve d'un couple dont l'amour pur, étincelant, traverserait les âges et les épreuves sans faiblir, sans faillir.

Ce désir d'absolu nous éloigne dramatiquement de la réalité ! Le couple mythique, uni éternellement par l'amour, la fidélité, l'honnêteté, cette hydre à deux têtes, cette chimère inventée au vingtième siècle, pouvait-il vraiment exister ? Les duos amoureux poursuivaient cet espoir et se retrouvaient souvent désorientés par la réalité. Ah, ce mythe du prince charmant avait décidément le cuir épais et continuait à semer sur son passage confusion, tristesse et désillusion !

Bolivie, Route de la mort, 29 juillet, 15 heures
Simon

Ça faisait des heures qu'ils marchaient, surplombant le tracé sinueux de la route de la mort. Rien, aucun indice, aucune raison d'aller à gauche plutôt qu'à droite, de monter plutôt que de descendre, de s'arrêter ou de continuer. Ils savaient que Naëlle avait quitté le car au milieu de ces montagnes, le reste n'était que suppositions hasardeuses.

Simon, peu habitué à ce genre d'exercice physique, haletait, assis sur un rocher, les reins rompus, les pieds en sang. Il voyait la silhouette élancée de Manko se détacher sur le ciel, continuer à chercher, chien fou en quête d'une piste. Plus le jeune Indien se démenait, plus Simon se disait que cette recherche n'était pas uniquement la sienne : Manko avait, autant que lui, envie de retrouver Naëlle. Loin de le rassurer, l'ardeur qu'il mettait dans ces recherches l'assombrissait.

Il se leva, bien décidé à regagner le véhicule. Tout ça ne rimait à rien, il fallait qu'ils rentrent à l'hôtel avant la nuit. Autant chercher une aiguille dans une meule de foin, il fallait procéder autrement. Demain, il retournerait à La Paz, à l'ambassade… Il contacterait New York, alerterait la presse… Il se battrait avec ses armes : les mots, les relations, l'argent. Même s'il avait un peu de honte à se l'avouer, Simon se sentait perdu et désarmé dans cette immensité inconnue, avec le sentiment effrayant que chaque minute comptait, que chaque jour passé sans la retrouver diminuait d'autant les chances de revoir Naëlle. Il appela Manko, sa voix ricocha sur les parois lisses des rochers et ne sembla pas atteindre l'Indien. Ce dernier, immobile, accroupi, regardait vers le bas, au fond d'un précipice. Simon cria encore, en vain, Manko avait disparu, avalé par la faille. Oubliant ses muscles courbaturés et les ampoules qui lui sciaient les pieds, il s'apprêtait à le rejoindre lorsqu'un cri de victoire jaillit des entrailles de la terre. Quelques minutes plus tard, surplombant à son tour l'abîme où il avait plongé, Simon vit Manko, triomphant, agiter un morceau d'étoffe.

« Qu'est-ce que c'est ? lui demanda-t-il quand le jeune homme l'eut rejoint.

— Un morceau de foulard !

— Oui, et… ?

— C'est mon foulard… Je l'ai noué autour du cou de Naëlle quand elle a eu un malaise, le jour où elle a vu l'oiseau-roi…

— Comment tu peux être sûr que c'est le tien ?

— Ce sont les couleurs de mon village, chacun a un tissage bien particulier et celui-ci vient de Curva !

— Donc elle est passée par ici ? »

Le visage du jeune Indien se crispa tandis qu'il répondait en enfouissant le bout d'étoffe dans sa poche.

« Je pense qu'elle a eu un accident ici : le tissu était coincé sous les rochers, tout au fond de la faille… et il y avait du sang.

— Du sang ?

— Oui, sur les rochers autour et sur le tissu. Mais aucune trace d'elle… ça veut dire qu'elle n'est sans doute pas morte. Si les charognards l'avaient dépecée, ils auraient laissé des os et, là, il n'y avait rien. »

Simon déglutit péniblement à l'évocation de cette image.

« Alors quoi ?

— Alors, je ne sais pas… quelqu'un a dû la trouver ou bien elle a continué à marcher, mais je n'ai pas vu de traces de sang aux alentours. »

Il imagina la chute vertigineuse qu'elle avait dû faire, se demandant comment il était possible d'en réchapper ; depuis quelques mois, il avait appris à ne plus s'étonner des mystères qui entouraient l'existence de la jeune fille.

« Qu'est-ce qu'on fait ? Il y a un village près d'ici ? Elle pourrait s'y trouver ?

— Près d'ici, je crois qu'il n'y a rien, mais si on s'écarte dans un rayon de vingt kilomètres, il y a des tas d'endroits où vivent des clans… des maisons rassemblées en hameaux qui n'ont pas de nom, qui ne sont pas repris sur une carte… Elle peut être dans n'importe lequel d'entre eux !

— Eh bien, on va tous les faire, l'un après l'autre, on va montrer sa photo et espérer que la chance nous sourie ! répliqua nerveusement Simon.

— J'ai une meilleure idée : demain, c'est la préparation des fêtes de la Pachamama, célébrées chaque année le premier août ; tous les chefs de clan des environs vont s'y rendre pour honorer dignement la Madre Tierra. Nous pourrons les questionner, ils vont sans doute commencer à arriver à Sorata dès demain.

— Attendre, encore et encore. Elle est peut-être en train de mourir quelque part, ça me rend dingue !

— Je te comprends, mais courir dans tous les sens ne servirait à rien maintenant. Si tu l'offenses en voulant l'inverser, si tu le brusques, alors, le temps se venge ! »

Ils retournèrent vers la jeep.

Simon savait qu'en route il allait devoir subir le récit des légendes archaïques qui régulaient ce pays. Après tout, au point où il en était, un brin de sagesse ancestrale lui permettrait peut-être de patienter.

………, ………, ………

Naëlle

Le petit tas de cendres achevait de se consumer.

Les deux Indiens se parlaient à voix basse, elle comprit que c'était à son sujet. Pedro acquiesça aux paroles du vieux puis vint s'asseoir à ses côtés.

« La cérémonie était pour toi, Naëlle, le *yatiri* a fait ce qu'il pouvait. Chacune des douze *mesas* représente une offrande particulière, une pour le voyage, une pour la chance, la maison, la santé, l'amour… On en garde toujours une pour les lieux qu'on aurait oubliés afin qu'ils soient favorables… Les Kalawayas gardent leurs secrets dans leur mémoire, rien n'est écrit, tout part avec le feu, comme les rêves avec la nuit. Pour toi, le *yatiri* a vu beaucoup de choses dans les flammes. »

Le vieux l'interrompit. De sa voix basse et calme, il fit encore quelques recommandations que Pedro lui traduisit :

« Il a bien travaillé pour toi : il a soigné ton corps, mais il voit que ton esprit aussi a besoin d'aide et c'est une médecine trop puissante pour lui. Il dit que si l'oiseau-roi t'a amené jusqu'à nous, il doit y avoir une raison à ça… Il dit que je dois te conduire près de celui qui sait, qui tire la science des arbres et des herbes, qui connaît les poisons et les remèdes qui ouvrent la voie de l'esprit.

— Il habite loin ?

— Il faut descendre profond dans la forêt, c'est lui qui nous trouvera… Personne ne sait où est son camp, il ne faut pas que les gringos le trouvent.

— Tu vas m'y amener ? Tu es prêt à faire ça pour moi ?

— Le *yatiri* sait ce qui est bon, moi je fais ce qu'il me demande ! »

Emballer ses affaires ne lui prit pas longtemps.

Elle serra dans ses bras, un à un, tous les membres du village.

Elle n'avait aucune idée du chemin à parcourir, ne savait pas si elle reverrait jamais ces gens. En partant, elle avait l'impression de quitter sa vraie famille. Au fond elle savait bien que sa place n'était pas ici, que le travail n'était pas terminé et que le vieux avait raison. Elle essaya d'imprimer sur sa rétine tous ces visages amicaux, tannés, rieurs. Elle avait envie de faire un cadeau à la petite vieille dont les larmes suivaient les ravines profondes des joues, lui laisser une trace… Elle n'avait plus rien, juste le portable que Simon lui avait offert au moment du départ. C'était le dernier lien avec sa civilisation, déchargé depuis longtemps, il ne pouvait plus lui permettre de joindre Simon… Elle le lui donna. Inutile, il avait la beauté des symboles.

Pedro et Naëlle se mirent en route, quelques galettes dans les poches, de la viande séchée et des gourdes dans leurs sacs à dos. Fragile équipage lancé sur les routes, une femme perdue en terre étrangère et un garçon à peine sorti de l'enfance.

Comme il est suave le courage de l'inconscience !

Bolivie, Sorata, 30 juillet, 10 heures
Simon

Sur la place, les camions bariolés commençaient à arriver, recouverts de guirlandes et de fleurs en papier multicolores, crachotants, bringuebalants, déversant leur lot de paysans endimanchés. Ils seraient les premiers à être bénis en ce jour de fête ! Les femmes, vêtues pour la plupart de leurs atours traditionnels, chapeaux de feutre, bijoux d'argent et châle autour des épaules, contrastaient curieusement avec quelques adolescents portant crânement leurs jeans sur les hanches.

Tout n'était qu'effervescence, bruit, joie et poussière.

Perdu dans la cohue, Simon, entraîné par la foule, suivit le cortège tonitruant et sortit du village. Les enfants battaient le rappel, les klaxons, les cris se mêlaient aux rythmes répétitifs d'une fanfare qui lançait joyeusement ses cuivres entraînants. Aux abords du hameau, plus de rues pavées ; les pieds martelant la terre, la procession chatoyante soulevait des nuages de poussière où couraient, indifférents, des chiens efflanqués. Sur le flanc pierreux de la colline traînaient encore quelques maisons aux toits de tôle ; symphonie d'ocre, de turquoise et de rose. Aux pierres ancestrales s'ajoutaient, anachroniques, des annexes grises montées à la hâte en blocs de parpaing.

Tout était surréaliste, décalé, terriblement brouillon, terriblement vivant… Simon aurait pu s'en mettre plein la tête s'il n'était pas tout occupé à essayer de retrouver Manko, avalé par le flot humain.

Enfin, la musique s'arrêta et, avec elle, la marche.

Ils avaient, apparemment, trouvé le bon endroit.

La foule s'éparpilla, un large cercle se forma autour d'un terrain dégagé ; au centre, quelques hommes commencèrent à creuser un trou, relayés par d'autres, puis par les femmes. Le *martes de challa*, jour d'hommage à la Pachamama, il convient de remercier la terre pour ses bienfaits, le trou qu'ils avaient creusé, *la boca*, bouche reliant les hommes au cœur de la terre, allait permettre de lui donner les offrandes. Chaque villageois alluma alors deux cigares, en planta un au bord de l'orifice et fuma l'autre : la fumée ainsi dégagée était censée purifier le lieu et chasser les mauvais esprits. Le rituel continua avec les cadeaux lancés par chacun dans la *boca* : de l'eau bénite, des céréales, de l'alcool, des feuilles de coca, de la purée de maïs… Chacun ayant fait son don, ils refermèrent l'ouverture en priant.

Bien sûr, passé les remerciements pour l'année écoulée, chacun y alla de sa requête pour l'année à venir. Les rires et les chants reprirent ; la sarabande carnavalesque de la fanfare recommença, entêtante ; la *chicha* coulait à flots, signifiant aux hommes que, grâce à la terre, ils pouvaient profiter de la vie et s'amuser. Simon parcourut les groupes, à la recherche de Manko, la photo de Naëlle à la main. Il le retrouva enfin, assis sur un muret, un cigare dans la main gauche, la droite passée autour de la taille d'une jeune beauté andine, cheveux de jais et prunelles d'ébène.

« Magnifique ! Dis-le-moi si je te dérange… Je croyais qu'on était là pour retrouver Naëlle !

— Exactement ! Tu ne connais pas les gens ici… Ils se méfient, n'aiment pas les questions, je sais comment les prendre, fais-moi confiance. »

Sur le point de répliquer qu'il ne voyait pas en quoi la demoiselle pouvait les aider dans leurs recherches, il sentit une main légère s'emparer de la photo qu'il tenait. Le gamin contempla le portrait puis rejoignit sa famille, brandissant l'image comme un trophée. Bien que la jeune femme de la photo fût élégamment vêtue et maquillée, le vieux *yatiri* reconnut en elle la femme brisée qu'il avait soignée… Sa méfiance atavique lui conseilla de ne pas le montrer. Manko, coutumier du fait, ne se laissa pas duper et entama avec le vieux bonhomme un long palabre apparemment décousu ; il montrait tour à tour Simon, la photo et son cœur ; le vieux hochait la tête en silence. Finalement, convaincu sans doute de la bonne foi de son interlocuteur, il consentit à lui révéler un peu de ce qu'il savait. Triomphant, Manko revint vers Simon :

« Tu vois que j'avais raison : c'était la bonne méthode !

— N'en fais pas trop, tu veux, on a eu de la chance, c'est tout… Qu'est-ce qu'il t'a raconté ?

— Eh bien… Il y a du bon et du mauvais…

— C'est-à-dire ?

— La bonne nouvelle, c'est que Naëlle va bien, la mauvaise, c'est qu'il ne sait pas où elle est…

— Quoi ? »

........., ..., ...

Naëlle

Naëlle et Pedro étaient sortis du village, avaient rejoint la route, l'avaient longée un moment, puis il s'était assis par terre et elle l'avait imité.

« On attend le bus ! décréta-t-il.

— Ah bon, c'est ici qu'il s'arrête ?

— Oui, plus ou moins…

— Et il passe à quelle heure ?

— Dans la journée.

— Ah… drôlement précis… et le trajet dure longtemps ?

— Ça dépend : le vieux m'a dit entre douze heures et trois jours… Ça dépend de la pluie, mais là, ça devrait aller. »

Naëlle regardait les mains du garçon qui jouait avec un caillou, le faisant habilement passer entre ses phalanges brunes. Il lui sembla tout à coup si jeune, les bras fins, gracieux, la silhouette légère, à peine sortie de l'enfance, un timide duvet noir ombrant sa lèvre supérieure. Elle essaya de ne pas paraître trop émue, trop solennelle et lui dit :

« Je te remercie, Pedro, de faire tout ça pour moi !

— Je ne le fais pas que pour toi… C'est un honneur pour moi d'espérer rencontrer le grand *curandero.*

— Quoi, tu ne le connais pas ?

— Non… Peu de gens l'ont rencontré… Il se cache dans la forêt.

— Et tu sais comment le trouver ?

— Non.

— Le *yatiri*, qu'est-ce qu'il t'a dit ?

— Il m'a dit d'aller à Cachuela Esperanza, de demander Torelio Cosso et que lui nous guiderait.

— Mmh. Drôlement précis comme programme. Tu as quel âge, Pedro ?

— J'aurai quatorze ans l'hiver prochain.

— Tu es déjà parti aussi loin du village ?

— Jamais. Je suis content de faire ça avec toi.

— Tu as bien raison, avec moi, tu ne risques rien, je te protège ! »

Devant la mine renfrognée de Pedro, Naëlle réalisa que cette légère touche d'humour ne passait absolument pas et se rappela qu'il valait mieux ne pas heurter l'amour-propre machiste des Indiens des Andes, même quand ceux-ci n'étaient pas encore sortis de l'enfance.

« C'est une blague, c'est une blague, Pedro, excuse-moi, je te remercie, je suis contente que tu m'accompagnes. »

Pedro resta silencieux un bon quart d'heure, les yeux dans le vague, puis, à l'aide d'un bâton, traça dans la terre une sorte d'échiquier. Il choisit soigneusement une vingtaine de cailloux et expliqua à Naëlle les règles d'un jeu de dames local, fort utile quand on doit attendre un bus dont on ne sait quand il arrivera ni combien de temps durera le trajet !

Bolivie, Sorata, 30 juillet, 17 heures
Simon

« Aller à Curva ?

— C'est là que vit mon grand-père, c'est là qu'il a son école ! »

Simon n'en croyait pas ses oreilles. Ils devaient maintenant rebrousser chemin et espérer que le grand-père de Manko puisse leur fournir des renseignements sur ce mystérieux *curandero* volant caché dans la forêt amazonienne !

« Je ne vois pas d'autre moyen. Je suis sûr que le vieux *yatiri* en sait plus que ce qu'il dit. Je pense qu'il protège ce chaman, il a peur qu'on le trouve.

— Pourquoi aurait-il peur de nous ?

— Ce n'est pas simple ici, le pays est grand, tout peut arriver…

— Ok, ok, c'est dangereux ?

— Rien n'est facile dans la forêt… Tu es toujours partant ?

— Bien sûr, je suis venu la chercher, je ne vais pas renoncer aussi facilement ! Mais toi, pourquoi tu continuerais ? »

Manko allait répliquer lorsqu'un éclat plus vif dans les yeux de Simon l'incita au silence. Dans cette histoire, ni la personnalité de Naëlle, ni la nature du lien qui l'unissait à Simon, ni les motivations qui l'avaient poussé, lui, à se lancer dans cette aventure au risque d'y perdre son travail ne semblaient évidents. Après un moment de réflexion, il lança pourtant :

« Tu la connais bien, Naëlle ? Tu la connais vraiment ?

— Qu'est-ce que tu veux dire par là ?

— Tu connais sa nature profonde ?

— Je ne suis pas certain qu'elle approuverait si elle savait que je discute de ça avec toi : Naëlle a traversé des épreuves terribles et c'est pour ça qu'elle est venue ici…

— Je ne parle pas de son passé, *papito*, je parle d'elle !

— Je ne la connais que depuis quelques mois mais j'ai eu accès à son dossier et…

— Tu es incroyable, tu parles de temps, de dossiers, d'épreuves… Moi, je te parle de ce qu'elle est ! Je sais que tu ne peux pas l'ignorer. Elle est un être à part ! Même dans ta civilisation où plus rien n'a de sens, on doit savoir ça, non ? Pour nous, les gens comme Naëlle sont des élus, des vestiges des premiers temps où tout était un… uni, unique, avant le grand chaos des origines ! Arrête de regarder l'arbre qui cache la forêt ! »

Simon, sans un mot, se leva et sortit du hall de l'hôtel. Manko avait donc approché Naëlle au plus profond sans avoir pour cela besoin de l'avis de médecins, de psychologues ou de thérapeutes… Désarmé, l'écrivain constatait qu'en quelques jours, Manko avait peut-être mieux compris la jeune femme que lui ne l'avait fait après des mois de soins attentionnés. Dans son monde, en Europe, elle était une aberration de la nature. Ici, elle semblait être considérée comme un messager divin. Avec son scepticisme cartésien, il refusait de se prononcer sur la nature profonde de ces êtres différents, ne voyant que leur douleur d'êtres humains. Il savait les dégâts irréversibles que la désastreuse décision des médecins avait occasionnés chez Naëlle lorsqu'elle avait douze ans ; même s'ils avaient agi, à l'époque, en accord avec leur conscience et avec la loi, ils avaient imposé à l'adolescente un bouleversement bien trop lourd. S'il connaissait les données techniques, les faits, les dates, il ignorait quelles implosions cela avait provoquées dans l'esprit torturé de la jeune femme. Les médecins et leurs prescriptions avaient échoué, les psychiatres et leurs traitements également. Quel espoir restait-il ? La perspective d'une ébauche de guérison au fond de cette jungle amazonienne ? L'espoir qu'elle puisse enfin comprendre qui elle était vraiment en retrouvant la mémoire effacée de ses douze premières années ?

Quelles que soient sa jalousie et ses appréhensions, Simon retourna s'asseoir près de Manko, le jeune Indien était, selon toute probabilité, sa seule chance de la retrouver. Abandonnant cette discussion difficile, les deux hommes se concentrèrent sur l'organisation de leur périple.

Bolivie, Rurrenabaque, ..., ...
Naëlle

Le long voyage en bus s'était déroulé sans encombre. Treize heures à se faire ballotter sur une route où, dans ce pays de mines et de trésors légendaires, l'asphalte semblait plus rare que l'or. À en juger par la mine ravie des autres voyageurs, ça aurait pu être bien pire ! Pour la première fois depuis des jours, Naëlle pouvait mettre un nom sur le lieu où elle se trouvait et ça la rassura. Le centre de Rurrenabaque, gros bourg voué à l'élevage bovin, était inlassablement sillonné par des motos, motos-taxis ou familiales, véhiculant parfois toute une famille, le père, la mère et les enfants entassés en pyramide instable et pétaradante. Dernière halte avant l'enfer vert de l'Amazonie bolivienne, dernier bastion de la civilisation avant la jungle, sa faune et sa flore délirantes, Rurrenabaque offrait aux rares touristes téméraires la possibilité de visiter la pampa voisine ou de faire de légères incursions dans la forêt primaire. Dans cette région du Béni, sillonnée par les rios Mamoré, Madidi, Yacuma et Tuichi, régulièrement inondée, on pouvait, paraît-il, en s'éloignant des habitations, rencontrer des dauphins roses, des cormorans, des jaguars, des anacondas ou des singes. Quelques infrastructures hôtelières offraient la possibilité de vivre cette aventure dans un confort relatif mais Pedro et Naëlle n'en avaient pas les moyens, aussi durent-ils dormir à la belle étoile, assaillis par les moustiques et la chaleur moite qui atteignait allègrement les quarante degrés. Le matin, après avoir peu dormi, toilette de chat dans les sanitaires rudimentaires d'un bar sur la place centrale en attendant le bus pour Guayaramerín. Un café et un jus de mangue plus tard, le bus était là. Il devait venir d'un autre âge, jaune et noir, rongé de rouille, les tôles de sa carrosserie tenant ensemble par miracle. Le chauffeur actionna les portes qui s'ouvrirent avec un chuintement fatigué et coupa le moteur.

Les deux voyageurs s'installèrent côte à côte, seuls occupants du vieux bus crasseux, heureux de voir que, jusqu'à présent, tout se déroulait pour le mieux !

Bolivie, La Paz, 1er août, 10 heures
Simon

Ce voyage n'en finissait pas. Depuis sept jours, Simon sautait de jeep en bus, épuisé par les trajets, les changements d'altitude et de température, avec la désagréable impression de poursuivre une chimère, baladé par ces gens dont il ne comprenait pas la langue, ne connaissait pas la culture, parcourant ce pays sans avoir le temps de s'y arrêter, conscient de ne regarder toutes ces beautés que d'un œil mi-agacé mi-fatigué.

Tout n'était que frustration !

Pendant que Manko s'occupait de louer un avion-taxi, trop heureux de pouvoir jongler avec les cartes de crédit de Simon, ce dernier avait essayé en vain d'avoir du réseau…

« *¡Buenos días !*

— Déjà de retour ? demanda Simon surpris alors que Manko déboulait sans frapper dans sa chambre d'hôtel.

— Pas de souci, tout est réglé… C'est fou comme l'argent favorise les contacts ! On a un pilote et un taxi aérien à notre disposition. Waouhhhhh ! J'ai l'impression d'être James Bond !

— Calme-toi un peu, j'ai dit que l'argent n'était pas forcément un problème, mais les crédits ne sont pas illimités pour autant.

— Ha, tu t'y connais, toi, pour casser l'ambiance.

— En plus, je ne parviens pas à joindre mon fils… Va falloir que je descende à la réception pour l'appeler. Donc, tout est réglé ?

— Oui, pas de problème pour l'organisation… Ce sera sans doute un peu plus compliqué avec mon grand-père.

— Qu'est-ce que tu veux dire ?

— Ça fait longtemps qu'il ne m'a pas vu. Il n'était pas d'accord pour que je quitte le village et pas très content de la façon dont je comptais gagner ma vie, il trouvait que c'était indigne… Il espérait que je prenne sa succession ; mais j'étais jeune, je voulais voir le monde, connaître autre chose que mon village.

— Auprès de mon arbre je vivais heureux, j'aurais jamais dû m'éloigner de mon arbre…

— Qu'est-ce que c'est ?

— Une chanson française… Brassens, tu connais ?

— Non ! Et à quoi ça te sert de me chanter ça ? Qu'est-ce que tu sais de ma vie ? Je suis parti parce que je sentais bien que je n'avais pas le don.

— Quel don ?

— Le don de guérir et de former des guérisseurs.

— Pourtant tu as vu clair en Naëlle.

— Oh là, ça c'est rien, juste de l'attention… »

Simon se rembrunit. Et si c'était vrai, et si, durant toutes ces semaines, il s'était trompé de chemin et n'avait pas abordé Naëlle de la bonne manière.

Inconscient du trouble dans lequel il ne cessait de plonger Simon, Manko continuait de parler :

« Tu vas voir ce que les vrais *curanderos* peuvent accomplir, accroche-toi !

— Je ne demande qu'à voir. Vas-y, résume-moi : qu'est-ce qu'on va faire ?

— On partira pour Curva cet après-midi, le pilote nous attend à 14 heures ; avant ça, je dois passer au bureau de la SAFE-Travel, Sanchez s'énerve parce que je ne reprends pas le boulot. D'un côté, il est content que je t'accompagne dans tes recherches – il préfère que ça ne fasse pas de vagues : si je reste avec toi, il a le sentiment de contrôler un peu la situation –, mais de l'autre, il a des circuits en cours et, sans me vanter, je suis son meilleur guide… Enfin, c'est ce qu'il dit quand il veut me récupérer.

Alors, je vais lui faire un résumé de nos infos pour le rassurer et promettre que je reprendrai le boulot d'ici quinze jours au plus tard.

— Tu as essayé de joindre ton grand-père ?

— Ça ne se passe pas comme ça *papito*, on verra sur place.

— Bien, c'est toi qui sais… »

À la réception, un magnifique patio arboré offrait aux touristes nouvellement débarqués à La Paz la possibilité de s'acclimater plus confortablement au *sorojche*. Simon, avec la satisfaction de ceux qui sont déjà passés par là, rassurait quelques novices pathétiquement blafards quand on l'interpella :

« Monsieur Bersic, votre correspondant est en ligne !

— Merci. »

Il se précipita vers l'une des trois cabines en bois sombre qui s'alignaient à côté du comptoir d'accueil.

« Allo, Lucas ?

— Hey ! Je me disais bien que tu ne pouvais pas m'avoir tout à fait oublié !

— Ne dis pas de bêtises ! Si tu savais, c'est une calamité ici : ce pays est complètement désorganisé, je n'ai de réseau nulle part, les transports en commun sont inexistants ou épouvantables…

— Mais c'est joli ?

— Je ne sais pas, oui, sûrement… Je ne suis pas là pour admirer le paysage !

— Ça te permettrait peut-être de souffler un peu, tu as l'air drôlement énervé.

— Normal, non ? Naëlle est sans doute en danger quelque part et je ne la retrouve pas.

— Lâche-la, cette fille ! Tu ne t'es jamais posé la question de savoir si elle avait envie que tu la retrouves ?

…

— Tu penses que je dis des conneries ? Ce n'est plus une enfant, si elle avait voulu te contacter, elle aurait probablement pu le faire.

— Tu as peut-être raison, mais on ne peut pas exclure un…

— Au fait, moi, je vais bien, l'interrompit son fils, Céline et Grégoire jouent très bien les parents de remplacement, je te remercie de t'en inquiéter.

— Enfin, Lucas, ne sois pas…

— Pas de problème, à l'aise, *take it easy.* Je te passe Céline qui vient de rentrer, ciao.

… »

Belgique, Grez-Doiceau, 1er août, 17 heures
Céline

Depuis deux jours, Céline avait régulièrement eu son amie Claude au téléphone et cette dernière, en pleurs chroniques, lui décrivait l'enlisement de son couple. Ils n'avaient pas l'air de s'en sortir ! Elle avait passé des heures à la consoler, à argumenter, à contre-argumenter, sans savoir si elle ne provoquait pas de dégâts supplémentaires. Tant que la situation n'était pas plus claire, elle n'avait pas voulu en discuter avec Grégoire, pourtant cette ambiance oppressante commençait à la contaminer elle aussi, il fallait qu'elle bouge, qu'elle respire, qu'elle voie de la vie, des êtres simples qui s'adaptaient aux lois de la nature sans états d'âme superflus.

Elle noua rapidement ses cheveux, enfila un short, des baskets et entreprit une balade avec le chien. Après l'étouffante canicule du mois de juillet et les terribles orages qui en avaient résulté, ce mois d'août démarrait de manière plus sereine. Céline, parcourant les alentours, constata les dégâts occasionnés par la fureur des vents. Dans le magnifique parc du château du comte d'Alluela dont ils étaient voisins, pas de souci : l'entreprise « Vincent-Monde et Jardins » avait déjà tout remis en état, coupé le bois tombé, élagué les branches mortes… Seules les cicatrices fraîches, visibles sur les troncs des arbres touchés, trahissaient encore leurs souffrances.

Dans la forêt et sur les collines, il en allait tout autrement !

Céline termina son état des lieux par sa promenade favorite qui longeait le Suzeril. Des peupliers avaient été touchés en chaîne, énorme jeu de dominos où la chute du premier avait entraîné celle de ses voisins, traçant une brèche insolite au milieu du bosquet. Elle essayait de positiver et de se persuader de l'intérêt écologique de tels événements qui éliminaient les plants les plus faibles ou les plus âgés quand elle parvint près de l'étang.

Un saule, tombé en travers de l'eau, la plupart de ses branches immergées, constituait dans le paysage un curieux îlot végétal. Son attention fut d'abord attirée par l'obscène bruit de succion qu'émettaient à la surface les grosse carpes en quête d'insectes, leurs nageoires rose et gris se balançant mollement hors de l'eau. Elles étaient particulièrement énormes ! Dans cet étang les pêcheurs du dimanche rejetaient les poissons capturés, si bien que ces carpes maintes fois pêchées et rejetées atteignaient une taille impressionnante.

Tout à coup, au milieu des bouches charnues des poissons, Céline vit une solide paire de moustaches, surmontées de deux yeux vifs, boutons de bottine noirs et brillants. Plouf ! Disparu… Un castor ? Elle savait qu'on en avait introduit dans la région, mais cette frimousse était trop petite, plutôt un rat musqué ? Amusée, elle s'accroupit au bord de la pièce d'eau, coinça la chienne entre ses jambes et attendit. Rapidement, deux autres petites têtes émergèrent. Nageant à toute vitesse, elles grimpèrent sur le tronc de l'arbre à moitié englouti. Les jolis rongeurs, au dos sombre, presque noir, et au ventre roux, s'attaquaient avec ardeur à l'écorce de l'arbre immergé. Le spectacle réjouissant de leurs cabrioles consolait un peu Céline, lui confirmant ce vieil adage selon lequel le malheur des uns fait le bonheur des autres – le géant foudroyé en faisait aujourd'hui les frais. Elle aurait bien continué à profiter du spectacle lorsqu'une carpe gigantesque jaillit à la verticale hors de l'eau pour attraper une libellule.

Jamais elle n'en avait vu d'aussi grande ! L'énorme « plouf » sonore qui s'ensuivit fit évidemment fuir les trois rats. À tous les coups, Grégoire et les enfants se moqueraient d'elle, ce soir, quand elle leur décrirait le monstre aquatique qui hantait l'étang. Quoi qu'il en soit, cette promenade lui avait merveilleusement changé les idées !

En rentrant, elle se demanda quelle taille elle allait bien pouvoir attribuer à cette carpe pour rester crédible tout en décrivant suffisamment son caractère exceptionnel.

À peine dans le salon, Lucas lui fourra dans les mains le combiné du téléphone et lui dit en s'en allant :

« Tiens, c'est papa.

— Simon ? Comment tu vas ?… J'entends pas bien, tu as retrouvé Naëlle ? Comment ça, dans la forêt ? Elle est otage ? Qu'est-ce que tu dis, j'entends mal…

Je croyais que c'était en Colombie qu'ils enlevaient les gens... Quoi ? Non, j'ai dit : en Colombie, comme Ingrid Betancourt et les FARCS... Mais non, je sais que tu n'es pas en Colombie... Je disais... Allô ?... Simon, tu es toujours là ? Zut, c'est coupé. J'ai rien compris. Tu l'entendais mieux, toi, Lucas ? Qu'est-ce qu'il t'a dit ton père ?

— Rien ! »

Bolivie, Curva, 2 août, 19 heures
Manko

Eh bien voilà, il était dit que rien ne serait simple, décidément, Simon n'était pas déçu ! L'avion de tourisme avait dû se poser à Charazani. Manko et lui avaient poursuivi le trajet en 4 × 4… Ça devenait une habitude. Suivant le flanc oriental de la chaîne d'Apolobamba, ils empruntèrent d'anciens chemins incas tantôt bordés de glaciers, tantôt surplombant de profondes vallées menant à l'Amazonie.

Enfin, au cœur du territoire des Kallawayas, apparut Curva, village authentique, s'il en est, où il est interdit de photographier sans leur autorisation les Indiens vêtus du costume traditionnel et parlant encore le pukina. Le grand-père de Manko avait fondé là, il y a quelques années, l'hôpital des guérisseurs où étaient formés les *curanderos* les plus prestigieux. Longuement initiés aux secrets des plantes de l'Altiplano, ils partaient exercer leur art dans tout le pays et parfois, pour les meilleurs d'entre eux, s'exilaient vers le Pérou, l'Argentine ou le Brésil, espérant y être correctement rémunérés pour leurs services.

Simon se tenait en retrait, pensant qu'il valait mieux laisser le grand-père et son petit-fils se retrouver tranquillement. Une heure plus tard, quand Manko vint le chercher pour l'amener à l'intérieur de l'hôpital, ses yeux gonflés, rougis, témoignaient de l'émotion qui venait de le submerger.

Le vieil homme, assis dans un large fauteuil au cuir craquelé, posa ses mains noueuses, détendues, sur les accoudoirs. Il avait l'élégance surannée d'un vieux danseur de tango, et la filiation avec Manko était immédiatement visible : même beauté racée, même mâchoire carrée et volontaire, mêmes membres longs et déliés. Cependant le vieux maître avait, tracés profond sur son visage, les sillons laissés par les années, travail minutieux, implacable du temps, émouvante patine de la vie. À y regarder de plus près, ses yeux aussi étaient humides et des reflets nacrés de larmes traversaient le cuir de son visage.

Il salua l'inconnu d'un léger mouvement de tête, l'invitant à s'asseoir, l'ombre d'un sourire sur les lèvres.

« *Abuelo* me dit qu'il croit pouvoir nous aider : si Naëlle a vraiment été envoyée dans le Beni pour rencontrer un guérisseur, il doit s'agir de Nicolas Suar de Pozada, le petit-fils de Manuel Suar de Pozada. »

Ce nom que Manko prononçait avec respect n'évoquait rien de spécial pour Simon.

« Et ? Tu le connais ? demanda-t-il sans quitter le vieux *curandero* des yeux.

— Manuel Suar était adulé dans le Beni ! Son père avait débarqué à Cachuela Esperanza vers 1920 sans le sou et avait fait fortune en exploitant le latex suintant des hévéas ; par la suite, avec cette richesse, Manuel développa la région, construisit un hôpital, une école, une église, un théâtre, une voie ferrée… Cet homme était une légende !

— Ça fait penser à Fitzcarraldo.

— D'ailleurs, ils se sont rencontrés quand Fitzcarraldo voulait rejoindre l'Amazonie par voie fluviale et qu'il dut y renoncer à cause des *cachuelas*, les rapides qui dévalent dans cette région.

— Et son descendant est *curandero* ?

— Le meilleur des *curanderos*, d'après mon grand-père ! Il a été son meilleur élève ! Il est parti étudier dans de grandes universités à l'étranger, ensuite il a voulu retourner dans la forêt, continuer à étudier, trouver de nouveaux remèdes. Peu de gens connaissent sa véritable identité et savent où il vit. Grand-père pense que certains voudraient mettre la main sur ses recherches, c'est pour ça qu'il se cache.

— J'imagine ! Des traitements élaborés en marge des grandes industries pharmaceutiques… Ça doit énerver pas mal de monde…

— On va aller là-bas : *abuelo* dit que Nicolas ne s'écarte jamais beaucoup de son grand-père et qu'il revient le voir souvent. »

Manko jeta un regard triste vers le vieux maître. Lui prenant la main, il échangea avec lui, à voix basse, quelques phrases de ce dialecte dont Simon ne comprenait pas un mot.

« Manuel Suar vit toujours là-bas, à Cachuela Esperanza. Si la révolution de 1952 a mis fin à l'empire des Suar, il leur reste encore beaucoup d'amis sur place !

— C'est bizarre, cette nostalgie. Avec un président de gauche, indien et syndicaliste, on pourrait s'attendre à autre chose ! C'étaient des exploiteurs, tout de même, tous ces gros industriels miniers, non ?

— Sans doute, mais sans eux les ouvriers et les paysans de la région n'auraient jamais eu accès à l'instruction, à la culture, ils ont éveillé leur curiosité envers un monde aussi fascinant et inquiétant pour eux que l'est pour vous la civilisation indienne… Ils ont aussi fait vivre des familles entières en leur donnant du travail.

— Ça n'en reste pas moins une forme de capitalisme paternaliste. Mais bon, n'entamons pas ce genre de discussion… Ce n'est pas le grand-père qui nous intéresse. Et une fois là-bas, on va le trouver comment, ce Nicolas ?

— Mon grand-père va écrire une lettre pour Manuel ; si lui sait où est Nicolas, il nous le dira.

— *Vaya con dios.* »

BOLIVIE, RURRENABAQUE, ..., ...
NAËLLE

Une éternité qu'ils étaient assis dans ce bus et rien ne se passait !

Trois personnes étaient montées après eux. Le chauffeur fumait en silence, penché à la vitre ouverte de sa portière, les yeux cachés par d'épaisses lunettes noires, apparemment insensible à la chaleur qui régnait dans son véhicule et aux soupirs agacés de ses passagers. Encouragé par Naëlle, Pedro se leva pour lui demander à quelle heure était prévu le départ.

« Alors ?

— Alors rien, il ne part pas.

— Comment ça : il ne part pas ?

— Il attend, il n'y a pas assez de passagers dans le bus.

— Mais c'est ridicule, peut-être que plus personne ne va monter aujourd'hui !

— Alors, on ne partira pas aujourd'hui.

— Je me disais bien que c'était trop simple !

— Tu sais, le temps, ici, n'est pas comme chez vous. »

Bolivie, Guayaramerín, 3 août, 17 heures
Simon

La veille, les retrouvailles entre Manko et son grand-père avaient été tour à tour émouvantes, tendues, agressives et tendres. Simon, ne comprenant pas le sens des échanges, devait se contenter d'en deviner les intentions. Il était évident que ces deux-là s'aimaient profondément. Faits d'un bois qui rompt plus volontiers qu'il ne plie, aucun des deux ne faisant de concession, leur éventuelle réconciliation serait pourtant remise à un autre jour.

Le matin, retour dans l'avion-taxi. La routine des départs précipités commençait à s'installer. Confronté aux ténébreux silences de Manko, Simon n'avait d'autre choix que d'admirer les paysages survolés à basse altitude par leur avion. À la belle âpreté des roches avait succédé une luxuriance végétale annonçant l'Amazonie. De larges fleuves paresseux déroulaient leurs flots argentés, morcelant cette symphonie de verts, des plus acides aux plus sombres. Sous leurs yeux se succédaient des cascades couronnées de brume, des maisons sommaires, éparpillées le long de routes défoncées, parcourues de bus et de camions poussiéreux. Survolant un de ces bus noir et jaune, Simon se disait qu'à condition d'être partis dans la bonne direction, ils avaient une chance de rattraper Naëlle. Sans moyens financiers, elle ne devait pas voyager très rapidement ! Les panoramas de carte postale défilaient et il pensait aux magnifiques images vues du ciel de Yann Arthus-Bertrand et à ses courageuses croisades écologistes. Était-il encore temps ? Quelle terre allions-nous laisser en héritage ? Devions-nous accepter comme une évolution inéluctable la disparition de tant d'espèces animales et végétales ? En avaient-ils conscience, ces gens qui vivaient aussi près de la nature, ou n'était-ce qu'une préoccupation rhétorique de bureaucrates et de politiciens allant de colloques en congrès, de Rio à Copenhague ? Pouvions-nous encore déjouer le sort, éviter la fatalité, dénoncer l'emprise d'une minorité uniquement préoccupée de profits immédiats, échapper au déterminisme ?

Le pilote arracha Simon à ses pensées en adressant à Manko des consignes autoritaires, contrebalancées par un sourire ironique.

« Il dit qu'on doit s'attacher et se cramponner : ça va secouer !

— Pourquoi ?

— Parce que dans dix minutes, on atterrit à Guayaramerín et qu'il n'y a pas vraiment de piste d'atterrissage dans cet aéroport qui n'en est pas un.

— Pourquoi il veut se poser là, alors ?

— C'est le plus loin où on peut aller, le plus près de Cachuela... Il dit qu'il a déjà atterri là, c'est faisable.

— Eh bien alors, voilà… Où est le problème ? » dit Simon en se cramponnant nerveusement aux accoudoirs de son siège en skaï bleu.

Après avoir survolé trois ou quatre fois la modeste ville frontière, le pilote se décida à aborder la descente ; pas de piste asphaltée ici, juste un long terrain sommairement dégagé.

« Il dit qu'on a de la chance, hurla Manko, c'est parfois impraticable, surtout à la saison des pluies, mais là, ça devrait aller… »

Passé l'impact brutal et les violents soubresauts générés par le terrain accidenté, l'avion pila en bout de course dans un dernier hoquet. Les deux passagers, n'ayant plus l'âge d'apprécier les frissons délicieux des attractions foraines, furent ravis de sortir du cockpit. Immédiatement cueilli par la chaleur moite, Simon avala une goulée d'humidité amazonienne, lourde des parfums entêtants de la forêt toute proche.

Bolivie, entre Rurrenabaque et Cachuela Esperanza, ..., ... Naëlle

À un moment et selon d'obscurs critères, le chauffeur jugea que les neuf passagers présents justifiaient le démarrage du bus. Avec un chuintement poussif de bielles, il s'ébranla. Naëlle savait qu'elle passerait encore au moins deux jours dans ce véhicule, mais curieusement, le temps et la durée semblaient de moins en moins lui peser. Dans ce pays, il fallait accepter que les actions soient aléatoires, soumises aux caprices de la météo et aux humeurs des hommes. Lutter ne servait à rien, autant accepter les règles floues de ce jeu. Mieux encore, elle commençait à y trouver du plaisir : ne plus songer aux contraintes, ne pas penser au matériel, se contenter de peu, si peu.

« Pedro, il nous reste combien de galettes ? »

Privilège de la jeunesse, Pedro parvenait à s'endormir n'importe où et n'importe quand. Il ouvrit vaguement un œil.

« Il faut qu'on garde celles qui nous restent pour tout à l'heure, *mamita*, essaie de dormir.

— Qui dort dîne ! »

Le jeune homme se retourna en souriant, affalé en travers de deux banquettes, il reprit son somme. La vie suivait un autre cours ici, lié aux besoins immédiats : se nourrir, se chauffer, ne pas tomber malade. Comment ces gens pouvaient-ils comprendre les questionnements qui la hantaient, elle qui dans son pays n'avait pas à se soucier du quotidien ? Elle avait un travail à Bruxelles, un appartement, des collègues… Simon. Avec lui, la perspective d'un amour lumineux. Elle avait tout pour être heureuse. Alors, pourquoi ne l'était-elle pas ?

Pourquoi ne pouvait-elle se résoudre à tirer un trait sur le passé et ses pans d'ombre ? Pourquoi ne pouvait-elle accepter de laisser tomber ces années oubliées et démarrer tranquillement une existence que tant de gens de par le monde pourraient lui envier ? Elle pensa en souriant qu'ici, où personne ne l'y obligeait, elle parvenait enfin à cerner ces interrogations, à identifier ce qui perturbait sa vie sans que cette demande ne lui soit imposée. Tellement habituée, depuis ses treize ans, aux évaluations, aux bilans semestriels, aux questionnaires d'orientation et autres formations au développement personnel, elle ressentait un bien fou à se poser seule ces questions simples et fondamentales.

C'était sûrement un bon début !

Elle repensait à cette fête que Pedro lui avait décrite plus tôt dans la journée : la fête des *alasitas* où chacun peut acheter une minuscule matérialisation de ses rêves. Ce jour-là, les artisans concrétisent en jouets miniatures les désirs les plus courants, que l'on peut acheter selon ses envies : voiture de course, cheval, instrument de musique, outil, maison ou fiancée… Les *alasitas* sont rassemblés puis bénis… Le rêve étant alors susceptible d'être exaucé dans l'année. Survivance des vœux enfantins, doux moment d'illusion où l'imaginaire devient réalité. Naëlle se demandait ce qu'elle aurait souhaité tenir au creux de la main… Tout ce qui lui venait à l'esprit pouvait difficilement se matérialiser sous les doigts d'un sculpteur, fût-il le plus adroit. Elle songeait à la paix intérieure, à la cohérence avec soi, des concepts plus que des réalités. Il lui fallait mettre un nom sur ses problèmes, un visage sur ses angoisses. Plus elle s'enfonçait dans ce continent déroutant, plus elle avait l'impression d'aller à l'essentiel.

« Tu n'arrives pas à dormir ? Tu veux une galette ? »

Ils partagèrent avec plaisir leurs trois dernières galettes de maïs…

On verrait bien de quoi demain serait fait.

¡ Vaya con dios !

Bolivie, Guayaramerín, 4 août, 8 heures
Simon

« Tu vas rester là, profite de la ville, je vais chercher Manuel Suar de Pozada.

— Je vais y aller avec toi, pourquoi veux-tu que je reste ici ?

— Cachuela Esperanza n'est qu'à vingt kilomètres mais si on attend le bus, ça peut nous prendre toute la journée. Je vais y aller à moto, toi, tu me retarderais… En plus, face à un gringo, ils seront encore plus méfiants. Ne t'inquiète pas, je te ferai mon rapport.

— Génial ! Qu'est-ce que je vais foutre ici ?

— On est à trois cents mètres du Brésil, profites-en. Tu parles le portugais, évidemment…

— Très drôle !

— Quoi, on peut toujours rêver. Je savais les Français peu polyglottes, mais chez toi, c'est pathologique ! »

Manko était parti.

Pour la première fois depuis son arrivée en Bolivie, Simon se retrouvait seul, à errer le long de cette rivière qui le séparait effectivement de Guaya-Mirin, la ville jumelle, brésilienne, de l'autre côté de la frontière. Et si son compagnon de voyage l'avait plus d'une fois agacé, il éprouvait tout à coup sans lui un étrange sentiment d'abandon. Il ne pouvait plus se réfugier dans l'action.

Seul, assis sur la rive, regardant des enfants se baigner joyeusement dans les eaux saumâtres, il ne pouvait échapper à cette confrontation avec lui-même : pourquoi était-il là ? Pourquoi ne pouvait-il laisser cette femme à son sort ? Pourquoi se sentait-il investi d'une mission, obligé de la protéger alors qu'elle ne lui avait rien demandé ? Comment s'était-il retrouvé aux frontières de la civilisation, harcelé par les moustiques, désarmé dans ce monde qu'il ne connaissait pas ? Il avait beau tenter de se trouver des raisons plus nobles, la seule motivation claire était de se vouloir indispensable et unique pour quelqu'un, de s'avérer irremplaçable pour elle, elle qui ressemblait tant à son rêve, à son idéal… Obsessionnellement, elle était devenue sa quête. Chaque jour, depuis qu'il avait rencontré Manko et deviné le lien fort qui les avait unis, il craignait de ne plus être celui qu'elle choisirait si, à la fin, ils étaient confrontés. Peu importait, même si le risque était bien là, ça ne changeait rien à sa décision de mettre tout en œuvre pour la retrouver… quitte à la perdre définitivement si elle choisissait une autre voie, si lui n'était pas l'élu. Provisoirement en paix avec lui-même, il se laissa gagner par la douceur du lieu, attrapa son carnet de notes et griffonna quelques phrases… Impressions en pointillé des langueurs du fleuve, des cris insouciants des enfants à moitié nus, si beaux, leurs cheveux noirs et raides tombant en franges épaisses sur leurs grands yeux rieurs et profonds.

Belgique, Grez-Doiceau, 4 août, 23 h 30
Céline

« Tu trouves notre vie sexuelle épanouissante ?

— Quoi ? »

Grégoire cracha la mousse blanchâtre de dentifrice qui lui emplissait la bouche.

« Pourquoi tu me demandes ça maintenant ?

— Je ne sais pas… comme ça. Ce moment en vaut bien un autre. Est-ce qu'il y a des choses que tu aurais envie de faire et dont tu ne m'as jamais parlé ?

— Hop, hop, hop, qu'est-ce qui t'arrive là ? Tu as regardé quelle série ce soir à la télé ? L'épisode s'intitulait : "Comment aider votre mari à traverser la crise de la quarantaine"… ou "Ranimez la flamme dans votre couple assoupi" ?

— Ça n'a rien à voir, je suis dans la vraie vie, là, et je me demande si nous parlons suffisamment tous les deux, c'est tout…

— Mais on parle, on n'arrête pas… Toi, surtout.

— Bien sûr, on parle du quotidien, des enfants, des obligations, de l'organisation… Je voudrais que tu évoques tes rêves, tes envies.

— Je suis comblé, tu es la femme de ma vie et notre famille est la plus belle chose qui me soit arrivé ! Voilà, on peut se coucher ? Le réveil sonne tôt demain.

— C'est pas drôle, je suis sérieuse… et contrariée… Claude et Thomas vont probablement se séparer.

— C'est pas vrai ? Merde alors !

— Tu l'as dit.

— Qu'est-ce qui s'est passé ?

— Tu n'en as pas la moindre idée ?

— Non.

— Tu es son copain pourtant, il ne t'a rien dit ?

— Mais non, tu sais bien, les hommes se confient moins facilement, on parle très peu entre nous… et le plus souvent, de bêtises. Il faut vraiment être hyper-proche ou traverser de sacrées épreuves pour aborder des sujets plus sérieux.

— Il n'a jamais évoqué une certaine Anna ? Une fille qui lui aurait fait tourner la tête ?

— Attends… oui, maintenant que tu en parles, c'est possible… Il y a deux ou trois ans, difficile à dire… il m'avait parlé d'une fille, je ne sais plus comment elle s'appelait, mais il m'avait dit qu'une bombe avait débarqué au boulot.

— Eh bien, cette bombe a dynamité leur couple !

— Non ! Je ne peux pas le croire. Thomas adore sa femme !

— Apparemment, depuis un certain temps, il adore encore plus le petit cul de cette bombasse.

— C'est vrai qu'à l'époque, quand il m'en a parlé, je l'ai charrié en le comparant au loup de Tex Avery : les yeux exorbités et la langue pendante… Cette fille doit vraiment être canon !

— Dis donc, ça va, toi ? Tu veux sa photo ? Non mais, je rêve, vous êtes tous pareils ou quoi ?

— C'est certain, les hommes et les femmes ne fonctionnent définitivement pas de la même façon !

— Et donc, il suffit qu'une allumeuse passe par là pour que vous, les mâles, remettiez toute votre vie en question ?

— Oui, parfois… mais c'est plutôt rare, ce sont souvent les femmes qui partent, non ? Autour de moi, je vois pas mal de copains qui ont des aventures, ils ne quittent pas leurs familles pour autant.

— Ils ont des doubles vies, quoi ?

— Pas réellement. Il s'agit de deux mondes différents et ça a toujours existé, une espèce de soupape, je ne sais pas… Cela étant dit, je te signale tout de même qu'une double vie ou un adultère implique un homme ET une femme… Il y a donc, statistiquement, autant de cocus que de trompées ! »

Grégoire, torse nu, pour couper court à cette conversation qui l'agaçait et vérifier – comme il l'avait supposé durant tout le dîner – que sa femme ne portait aucun sous-vêtement, entreprit de déboutonner sa robe.

« Arrête ! Écoute-moi, je suis sérieuse… Ça me contrarie tout ça.

— À ce point-là ? D'accord, j'arrête. »

Refermant précautionneusement le décolleté de Céline, il la prit sur ses genoux et lui embrassa le front.

« Tu es certaine que Thomas va quitter Claude ? Il est fou, elle est géniale cette femme !

— C'est elle qui s'en va. Elle a découvert cette liaison par hasard sur son iPhone et elle n'arrive pas à pardonner, à oublier.

— Ah, ces foutus engins ! Ils doivent être responsables de la plupart des séparations actuelles.

— Si tu savais comme elle regrette d'avoir lu ce qu'elle a lu. Je crois qu'au-delà de la trahison, ce sont les mots de cet amour qu'elle n'arrive pas à digérer. Ces derniers jours, elle m'a répété en boucle ces phrases qui la hantaient, c'est glauque, cruel, je te passe les détails, ils sont sordides et je ne sais pas comment réagir… Peut-être a-t-elle besoin de les verbaliser ainsi pour que ces images ne lui pourrissent pas la tête.

— Mais c'est des conneries, tout ça, c'est un jeu, je suis sûr que Thomas ne pensait pas le quart de ce qu'il a pu écrire !

— N'empêche, il l'a écrit et elle l'a lu.

— Je suis persuadé que ce n'était qu'une histoire de cul pour lui.

— C'est exactement ce qu'il a dit à sa femme, mais elle s'en moque, elle refuse de le croire et n'arrive plus à effacer ça de sa mémoire. Même s'ils ne se séparent pas, quelque chose a été définitivement brisé entre eux.

— C'est parce que vous avez une vision romanesque de l'amour, vous dramatisez toujours ! Il n'y a pas mort d'homme, bon sang, il a baisé ailleurs, et alors… ? Il aime Claude, je suis certain qu'il n'aurait jamais voulu la quitter. Il est juste dommage qu'elle l'ait appris.

— Dommage ? Si tu l'avais vue… Elle est ravagée, une pauvre chose détruite… Pour elle, ce n'est pas dommage, c'est un vrai drame !

— Ok, je vais essayer de parler à Thomas. Tu sais, ce truc des hommes qui viennent de Mars…

— … et les femmes de Vénus, oui, je sais…

— Eh bien, c'est vrai… Cela étant dit… »

Grégoire, posant Céline au sol, se releva et, prenant appui du pied sur le rebord de la baignoire, une main sur le cœur et l'autre vers le plafond, déclama solennellement :

« "Tous les hommes sont menteurs, inconstants, faux, bavards, hypocrites, orgueilleux et lâches, méprisables et sensuels ; toutes les femmes sont perfides, artificieuses, vaniteuses, curieuses et dépravées ; mais il y a au monde une chose sainte et sublime, c'est l'union de deux de ces êtres si imparfaits et si affreux. On est souvent trompé en amour, souvent blessé et souvent malheureux, mais on aime[1] !"

— Oh non, si tu te mets à citer Musset, c'est de la triche !… Euh, attends… »

Face à lui, adoptant la même pose pour cette joute oratoire en salle de bains, Céline répliqua :

« "Qu'est-ce après tout qu'une femme ? Une partie de plaisir ? Ne pourrait-on pas dire, quand on en rencontre une : voilà une belle nuit qui passe ? Et ne serait-ce pas un grand écolier en de telles matières que celui qui baisserait les yeux devant elle, qui se dirait tout bas : 'Voilà peut-être le bonheur d'une vie entière', et qui la laisserait passer[2] ?"

— Ah, tu le prends comme ça ? Eh bien, alors, madame, je vous réponds : "Pour dormir tranquille, il faut n'avoir jamais fait certains rêves[3]."

1. Musset, *On ne badine pas avec l'amour*, acte II, scène V.
2. Musset, *Les Caprices de Marianne*, acte II, scène III.
3. Musset, *Lorenzaccio*.

— D'accord, j'abandonne, à ce petit jeu, tu as gagné… De toute façon, je ne connaissais qu'une citation de mémoire, j'ai abattu toutes mes cartes d'un seul coup… Arrêtons de parler des autres et prends-moi dans tes bras plutôt, j'ai envie d'un câlin.

— Ah bon, moi pas du tout.

…

— Arrête, reviens… Je plaisantais… »

BOLIVIE, ENTRE RURRENABAQUE ET CACHUELA ESPERANZA, ..., ...
NAËLLE

Le dos rompu et la tête vide, Naëlle se dit qu'elle ne supporterait pas une heure de plus dans ce bus ! S'ils n'arrivaient pas bientôt, elle allait crier, faire une crise de claustrophobie, sauter en marche... N'importe quoi plutôt que de continuer à endurer ce tangage incessant, cette odeur lourde des corps transpirants, ce décor immuablement beau, insupportablement luxuriant.

Pendant les premières heures, elle s'était extasiée devant les animaux aperçus au détour d'un virage, à proximité d'une station-essence ou lors d'un arrêt-confort. Des perroquets de toutes les couleurs animant le ciel de leur vol vif et de leurs cris désagréables, des singes facétieux, bondissant de branche en branche, des toucans, véritables poubelles de la route qui mangeaient tout ce qu'ils trouvaient..., et même un alligator lorsqu'ils s'étaient arrêtés, pause-pipi, au bord d'un fleuve... Pedro s'était amusé de sa frayeur quand elle s'était mise à courir...

Deux jours plus tard, elle peinait à trouver un intérêt quelconque au spectacle que lui offrait l'écran sale de la vitre. Elle rêvait d'une douche, d'un bouquin, d'un bon lit !

« Tu sais quel genre de type c'est, ce super-Zorro de l'Amazone ? »

Naëlle avait bien conscience d'avoir déjà posé cette question à Pedro mais en la réitérant, elle espérait obtenir une réponse.

« Tu connais Zorro ? Dans ton pays, on connaît Zorro ?

— Bien sûr, Zorro, Robin des bois, Bernard Tapie…

— Qui ?

— Non, c'est rien, c'est une blague…

— Je t'ai déjà dit que je ne le connaissais pas, le super-Zorro, comme tu dis !

— Tu sais quand même comment il s'appelle ?

— Non, non, non… Tu ne me crois pas ?

— Je trouve ça dingue de se taper des jours et des jours de voyage dans des conditions débiles pour rencontrer un type dont on ignore la tronche et même le nom !

— C'est chouette… Ton français est chouette : tu utilises plein de mots que ma grand-mère n'employait pas… tronche, débile… C'est gentil de me les apprendre. Se taper… ça veut dire quoi exactement ?

— Vas-y, fous-toi de moi !

— Chacun son tour… Je te rappelle que c'est pour toi qu'on est là.

— Oui, eh bien si j'avais su à quoi je m'exposais, je n'aurais peut-être pas entrepris ce voyage.

— Est-ce que ce n'est pas souvent le cas ? Est-ce que, si on savait ce qui nous attend au détour du sentier, on se lancerait sur la route ?

— Oh là là, redis-le pour voir ?

— Quoi, j'ai fait des fautes ?

— Ah non, non, c'est vachement bien ! Je suis impressionnée, ta grand-mère a fait du bon boulot.

— Elle était formidable, l'*abuela* ! Si tu veux, je te raconte comment elle a rencontré mon grand-père… »

Et Pedro meubla les dernières heures de leur trajet en contant les aventures, réelles ou fantasmées, de cette grand-mère adorée.

Bolivie, Guayaramerín, 5 août, 23 heures
Simon

« On est condamnés à attendre dans ce bled ?

— On peut aller à Cachuela si tu veux, mais il n'y a pas d'hôtel là-bas, c'est bien plus confortable ici. On m'a indiqué un endroit incroyable : des cabanes nichées à 50 mètres de haut, dans les arbres, au milieu de la canopée, tout le confort, avec vue sur le vol des oiseaux et le sommet des arbres, tu veux qu'on y aille ?

— Pffff… Tu rigoles, j'espère. Je ne joue pas les touristes ! On va rester encore longtemps ici ? bougonna Simon.

— Difficile à dire, je n'ai même pas pu approcher *el señor* Pozada, il est trop mal en point, paraît-il, même pas sûr que ses serviteurs lui aient remis ma lettre. Je t'avais dit qu'ils seraient méfiants.

— À ce stade-là, ce n'est plus de la méfiance, c'est de la paranoïa.

— Non… Ils savent bien que le seul moyen de localiser Nicolas, c'est de partir du grand-père.

— Tu m'as dit que personne ne savait que c'était lui, le fameux *curandero.*

— Si quelqu'un d'autre parvient, comme nous, à faire le lien, il aboutira forcément chez le grand-père. Et comme le vieux est très malade, ils savent que Nicolas ne va pas tarder à se manifester… Moi je les comprends, je ferais pareil !

— Mais alors, si Naëlle arrive jusqu'ici, elle sera confrontée au même refus.

— On peut le supposer… Sauf si elle a un meilleur moyen de contact. Dans l'immédiat, tout ce qu'on peut faire, c'est surveiller la maison du vieux. Avec un peu de chance, Nicolas ou, mieux encore, Naëlle s'y présentera.

— Alors, il faut qu'on aille là-bas et qu'on garde cette maison à l'œil, quitte à camper à côté… Tant pis pour ton hôtel incroyable et sa vue sur les oiseaux ! »

Malgré la chaleur, la fatigue et les jours qui filaient, la farouche détermination de Simon ne faiblissait pas. Manko, entre deux boutades, considérait ce gringo avec davantage de tendresse chaque jour. Leur cohabitation forcée lui révélait, outre l'amour exalté que Simon portait à Naëlle, la personnalité attachante de cet homme et la pureté étonnante de ses sentiments. Il se raisonnait, tentant sincèrement de servir la quête de Simon et d'oublier la sienne. Pour lui, rien, jamais, n'était gratuit, les événements survenaient car ils avaient leur raison d'être. Si le condor avait ravi Naëlle, l'avait emmenée loin de lui et de ses rêves, il devait en accepter le présage, c'est que leur histoire n'avait pas sa place.

Il respira profondément, tenta de calmer la douleur qui comprimait sa poitrine, il fallait d'abord la retrouver. Elle avait chamboulé sa vie en quelques jours, il mettrait probablement bien plus longtemps à l'oublier, mais le temps ferait son office… Il le fait toujours.

La Paz, Bolivie,
4 août

Cher ami,

Par un concours de circonstances trop long à exposer ici, je crois pouvoir vous fournir des informations cruciales susceptibles de vous permettre de localiser enfin celui que vous recherchez.

J'ose espérer que cette preuve de ma bonne volonté vous amènera à reconsidérer le délai que vous m'aviez accordé : je ne crois pas, en effet, être à même de réunir toute la somme que je vous dois pour cet automne.

Néanmoins, si, comme je le suppose, la localisation de celui qui vous cause tant de soucis pouvait vous amener à conclure certains contrats, pourriez-vous envisager de revoir à la baisse la somme en question ?

Je me tiens, cher ami, à votre entière disposition pour discuter de tout cela à l'endroit et à l'heure qui vous conviendront le mieux.

Votre dévoué,

Fernando Sanchez.
SAFE-Travel, sa.

Ce qui s'enfonce…
dans le vert, profond

Bolivie, Cachuela Esperanza, ..., ...
Naëlle

Dès l'instant où Naëlle et Pedro purent quitter ce bus de malheur, les événements s'enchaînèrent très vite. À Cachuela Esperanza, le garçon mit moins de deux heures pour trouver Torelio Cosso, leur contact informé des motivations de leur voyage, capable de les guider dans la forêt. Après un solide repas et une bonne nuit de sommeil chez lui, ils reprirent la route… à pied cette fois.

Torelio leur ouvrait la voie, habitué à la chaleur et aux nuées de moustiques, il avançait, écartant les branchages sur leur passage, signalant à voix basse les endroits à éviter, les embûches, les dangers potentiels.

Pedro me relaie ses consignes… Je le suis, terrorisée. Les cimes, invisibles, d'arbres gigantesques doivent culminer à cinquante mètres de haut, dense couvercle végétal qui nous maintient, étouffés, dans sa moiteur tropicale.

Malgré la peur qui ne me quitte pas, je ne peux ignorer le spectacle : la lumière tombant, diffuse, entre les feuillages, tamisée, colorée; l'arborescence des fougères déployant leurs volutes jusqu'à hauteur d'homme; les lianes, gracieuses dentelles descendant des cieux en arabesques compliquées; la vie, grouillante, partout. La moindre écorce, la moindre feuille dévoilant des trésors : papillons, scarabées, insectes ailés, rutilants, éclatants de couleurs vives, aussitôt envolés, aussitôt remplacés par d'autres, encore plus beaux, encore plus incroyables. Le terreau, la tourbe, la boue, gorgée de vers, scolopendres et autres insectes fouisseurs, broyeurs, infatigables, dans laquelle nos bottines s'enfoncent, aspirées. Ailleurs, loin des yeux, existant pour nous seulement par leurs cris, tous les autres, les plus grands, ceux qui volent, grimpent ou marchent à côté de nous, silencieux, et dont nous parviennent seulement les onomatopées tonitruantes, dialogues incompréhensibles échangés par-dessus nos têtes.

Oui, si la peur ne me tétanisait pas, je verrais ces beautés, entendrais ces chants, mais je crève de trouille, n'ose poser la main nulle part, ressens des fourmillements sous mes vêtements, frappant régulièrement mes cuisses avec effroi pour en déloger d'hypothétiques envahisseurs, planquant mes cheveux, serrés sous le bonnet, malgré la chaleur, de crainte d'y retrouver, lové, l'un ou l'autre serpent, l'une ou l'autre mygale…

Un abri, vite, un endroit avec un sol, des murs, un toit, des remparts contre cette vie inquiétante et insaisissable.

« Naëlle, on va devoir passer la nuit ici : on a encore une journée de marche avant d'arriver au camp. »

Pedro craignait la réaction de la jeune femme ; malgré son peu d'expérience de la forêt et des rapports humains, il avait tenté de la rassurer durant toute cette journée de marche, seulement la peur panique qui ne l'avait pas lâchée depuis qu'ils étaient entrés dans la selva semblait croître avec la tombée du jour. La nuit allait être longue. Ils dégagèrent un espace au sol, y étalèrent leurs trois nattes, allumèrent un feu.

Seul Torelio s'endormit.

La nuit révélait encore plus clairement toutes ces présences bruissantes, fantômes devinés dans le noir, périls tapis dans l'ombre. Parfois, Pedro murmurait, laconique : « grenouille »... « singe »... « je ne sais pas »... après qu'un cri eut déchiré le silence.

Naëlle contemplait les braises, y cherchant un certain réconfort.

Aussi loin qu'elle se souvienne, elle avait établi un rapport difficile avec l'obscurité, comme si, inévitablement, le mal devait jaillir des ténèbres.

« Naëlle, ça va ?

— Quoi ?

— Ça va ? Tu criais...

— Excuse-moi, Pedro, ça va, ça va aller.

— Tu n'aimes pas la nuit ?

— Je ne sais pas.

— Moi, j'aime comme elle parle, comme elle respire.

— C'est la nuit de la forêt, tu ne connais pas la nuit des villes...

— Non, tu as raison.

— C'est vrai, tu n'as que treize ans ! Et ils t'ont lancé sur la route avec moi.

— C'est un bon âge pour quitter son village. Le *yatiri* m'a dit que si je voulais apprendre vraiment, devenir *curandero*, devenir le meilleur, je devais venir dans la forêt et apprendre le langage des plantes.

— Hhouhhh ! Qu'est-ce que c'est ? »

Un feulement rauque venait de déchirer le silence.

« Peut-être un puma…

— Tu en as déjà vu ?

— Jamais, non.

— Tu n'as pas peur ?

— À quoi ça servirait ? Est-ce que la peur diminue le danger ?

— Waoow… De nouveau, tu m'impressionnes !

— Merci… J'ai surtout entendu dire que les pumas n'attaquaient pas l'homme… ou alors très rarement. Il faut dormir maintenant, demain, on devra marcher encore toute la journée… et peut-être aussi celle d'après, je ne sais pas, Torelio ne veut rien me dire : le campement doit rester secret ! »

Cachuela Esperanza, Bolivie, 8 août, 15 heures
Simon

La demeure de Manuel Suar de Pozada, merveille d'architecture, immense maison coloniale typique de la fin du XIXe siècle, était extraordinaire. Hélas, même vue de l'extérieur, il était facile de constater que les fastes d'antan n'étaient plus qu'un vague souvenir. Les corniches ouvragées s'effondraient par endroits et la peinture lépreuse, écaillée, de la façade laissait transparaître les murs rongés d'humidité. Cependant la vieille bâtisse régnait toujours sur le bourg, nostalgique de ses splendeurs passées. Le père de Manuel avait construit seul cet empire, gérant un territoire grand comme la France, frappant sa propre monnaie, attirant dans ce trou perdu grâce à son théâtre tous les mélomanes d'Amérique latine, magnats du caoutchouc et férus d'opéra. Ensuite, Manuel avait repris le flambeau. Grâce à la création d'une école, il avait permis aux jeunes Indiens d'accéder à l'éducation et cautionné également le syncrétisme religieux du pays en érigeant en Amazonie une église catholique… Période délirante, fastueuse, démesurée, rêve d'hommes mythomanes ou croisade de grands humanistes ? Apparemment, Nicolas avait, à sa manière, repris l'héritage flamboyant de ses aïeux : les maîtres de l'hévéa avaient engendré le maître de la forêt !

Manko et Simon, aimantés par cette demeure, hypothétique point de départ de leur quête, prirent leurs quartiers dans l'ancienne école transformée en maison d'accueil pour les rares voyageurs s'aventurant si loin dans les terres du Beni. L'aménagement en était plus que sommaire, mais ils avaient un lit et des douches. Leurs journées s'écoulaient en gardes alternées de la maison. Chaque matin, Manko tentait d'amadouer les cerbères de l'entrée… en vain. La vieille demeure, écrasée de silence, ne laissait filtrer aucun secret, Manuel était apparemment encore vivant bien que très faible.

Et toujours aucun signe de Nicolas.

Simon commençait à s'installer dans une langueur amorphe.

Trois jours déjà qu'ils étaient là avec l'impression de n'avoir aucune prise sur les événements.

Au moins il écrivait… un peu… même si ses ébauches de texte ressemblaient aux récits désabusés des vieux coloniaux prisonniers de la chaleur, de l'alcool et de la fatalité.

Bolivie, ..., ...
Naëlle

Si la marche était salutaire, décidément, Naëlle était servie…

Plus la force de parler, plus envie de demander quel était ce cri ni d'où venait ce craquement, juste poser un pied devant l'autre, éviter les branches, les lianes, les pièges ; ne pas s'asseoir sur les fourmis rouges, vrai danger de la promenade… Faire du bruit pour les serpents, essayer de ne pas se répandre en lamentable flaque de transpiration.

Marcher, encore, dans la chaleur, la moiteur, trouver des parcelles d'oxygène entre ces voiles d'humidité lourde, tout aspirer, le tri se fera à l'intérieur… sans doute.

Et marcher encore.

Des gouttes salées s'insinuaient entre ses cils, ersatz de larmes, inutiles, ne pas perdre ses guides de vue dans cet enfer vert. La silhouette fine, pas finie, de Pedro s'enfonçait entre les branches, intrépide et confiante, suivant Torelio qui ouvrait la voie. Le temps n'était plus aux palabres, leur guide avançait, inflexible, persuadé sans doute que seuls ceux qui arrivaient à vaincre les gardiens végétaux pouvaient le rencontrer, lui, celui qu'ils cherchaient… L'esprit de la jeune femme, laissé vacant, ne pouvait s'empêcher d'imaginer ce grand *curandero* ; ressemblait-il à ces gourous new age, obscurs et énigmatiques ou était-il bonhomme et bienveillant comme le *yatiri* du village de Pedro ? Toutes ses spéculations restaient sans écho : Torelio ne comprenait pas un traître mot, Pedro n'en savait rien.

Alors elle marchait, sans s'inquiéter désormais de la débâcle organique provoquée par chacun de ses pas, du grouillement incessant de la vie tropicale et des jacassements volubiles qui animaient les feuillages.

La journée s'acheva. Une autre, semblable à celle-ci, les attendait. Il fallait dormir.

Belgique, Grez-Doiceau, 6 août, 22 heures
Céline

« Donc, tu en es certain, rien ne te manque dans notre relation ?

— Céline… Tu ne vas pas recommencer !

— L'autre jour, on a parlé de Claude et de Thomas, là, je voudrais qu'on parle de nous deux.

— Bon, je sens que tu ne vas pas me lâcher… Réfléchissons… Si, bien sûr, j'aimerais que tu portes davantage les petits ensembles que je t'offre depuis des années pour la Saint-Valentin, voilà.

— Je les mets !

— Oh !

— Ils ne sont pas du tout confortables… C'est joli mais pas pratique.

— C'est pas pour les garder… Tu les mets et je les enlève.

— Euh, oui, d'accord, mais alors après le boulot, les devoirs, le repas du soir, le coucher des enfants qui nous amène dans le meilleur des cas à 21 h 30, et les quarante malheureuses minutes de film enregistré que nous parvenons à regarder avant de nous endormir tous les deux dans le canapé, tu voudrais que j'enfile un string, une guêpière et des bas ?

— Ce serait chouette.

— Tu ne trouves pas que ça manquerait un peu de spontanéité ?

— Si, peut-être, mais ça me plairait... Tu pourrais les porter avant... en préparant le repas ou en regardant la télé.

— Mais ce n'est pas agréable ! Ça tire, ça serre. Je suis chez moi, après une journée de travail, j'ai envie de me détendre et d'être à l'aise.

— Je comprends, n'en parlons plus... C'est pas très important... D'ailleurs, c'est toi qui insistais pour savoir ce qui me ferait plaisir... Je voulais simplement te répondre... N'en parlons plus.

— Sois pas ronchon... On devrait essayer de s'organiser des petites soirées coquines, envoyer les enfants chez leurs copains et savourer des dîners aux chandelles. Je serais presque nue, il faudrait que tu fasses un feu, les flammes animeraient nos corps de reflets dansants et toi, tu porterais... un string léopard !

— Ah, c'est malin, arrête de rire, c'est pas drôle, je te parle d'un fantasme auquel je pense de temps en temps et toi, tu tournes ça à la rigolade.

— Excuse-moi, mais t'imaginer en string léopard, c'est au-dessus de mes forces...

— Choisis-moi une tenue que tu trouves sexy et arrangeons-nous une soirée samedi.

— Mmmmmm... d'accord... mais c'est toi qui cuisines.

— Alors, à toi de faire le feu ! »

Bolivie, ..., ...
Naëlle

Torelio avait ralenti la cadence.

Il regardait le ciel à travers les branchages, semblait y chercher sa route, ils approchaient. De temps à autre, il touchait l'écorce d'un tronc, relevait une brindille, paraissant trouver des messages dans le sous-bois… Pedro et Naëlle, silencieux, tâchaient de ne pas perturber sa concentration, inquiets surtout à l'idée de le voir se perdre dans cette jungle inextricable. Enfin il accéléra, apparemment convaincu du chemin à suivre. Un léger relent de fumée se mêlait à présent aux parfums végétaux. Une clairière, brutale percée de lumière, éblouissement inattendu, presque douloureux, après toutes ces heures dans la pénombre verdâtre.

Ils y étaient !

Quelques huttes, trois ou quatre. Au centre, une construction plus importante d'où s'échappait la fumée qu'ils avaient sentie tout à l'heure. À leur arrivée, des gens étaient venus à leur rencontre, des hommes, des femmes, une vingtaine, Indiens, Blancs, jeunes pour la plupart. Ils traversèrent la clairière entourée de constructions en bois sur pilotis et marchèrent vers la hutte principale ; pourvue de murs, elle occupait à elle seule une moitié de l'espace. Sur le seuil, un homme les attendait ; il lança quelques mots à Torelio, dévisagea Naëlle puis sauta souplement sur le sol.

Il s'avança vers eux, assez jeune, les yeux et les cheveux clairs contrastant violemment avec sa peau bronzée, vêtu d'un jeans et d'un tee-shirt bleu lavande, un grand sourire, une main tendue, bien loin du trouble cliché ésotérique qu'elle s'était fait de lui.

« Bonjour, je suis Nicolas Suar de Pozada, bienvenue dans notre campement de fortune ! »

*

* *

Je regarde cet homme.
Je le vois.
Et tout ce qui n'est pas lui disparaît, devient flou.
Un tunnel de clarté, d'évidence, me relie à lui.
Je prends la main qu'il me tend, incapable de prononcer un mot.
Je sais seulement que cet homme lit en moi mieux que moi-même... et que là où il en est de ma découverte, les mots ne sont d'aucune utilité.
Je vois cet homme et je suis certaine d'avoir fait le bon chemin, d'avoir trouvé la bonne personne, je lui laisse ma main, gage de confiance.
Ses paumes sont chaudes et sèches, ses doigts noueux m'apportent immédiatement une paix qui se communique à tout mon être, courant le long de mon bras,

traversant l'épaule, réchauffant la nuque, descendant, bienfaisante, le tracé des vertèbres, glissant des cuisses aux mollets, pour finir sa course, solidement ancrée dans le sol.
Mise à la terre protectrice.
Apaisement.

*
* *

Nicolas sourit… Il sembla à Naëlle que tout se simplifiait !

« On va manger, et puis on va parler », dit-il.

Il s'exprimait dans un français parfait !

« Oui, de ça… enchaîna-t-il, semblant lire dans ses pensées… et de ce qui vous amène ici. »

Torelio étant parti discrètement, Pedro et Naëlle suivirent Nicolas vers une hutte accolée à la construction centrale. À l'intérieur, une femme, jolie, solide, allemande ou hollandaise à en juger par son accent, les accueillit chaleureusement.

« Bonjour, moi c'est Rita… Vous avez faim j'espère ! »

Rita disposa devant leurs mines réjouies des écuelles en bois remplies d'une bouillie de quinoa et de poissons – des poissons du jour, précisa-t-elle. Un délice… Le bonheur après ces journées de carême à ne manger que des galettes de maïs desséchées et fades. La main tendrement posée sur l'épaule de sa compagne, Nicolas les regardait dévorer, patriarche satisfait devant le spectacle de ses invités attablés, revenus avec plaisir aux joies de la table.

BOLIVIE, LA PAZ, 8 AOÛT, 2 H 23
FERNANDO SANCHEZ

Fernando Sanchez, le patron de Manko, n'avait pas toujours été le directeur cynique de la SAFE-Travel, agence de voyages véreuse. L'Histoire avait traversé sa vie comme elle avait modelé et transformé celle de milliers d'autres. À sa naissance, en 1958, la Bolivie vivait encore sous le joug de la Rosca, une clique de barons de l'étain dirigée principalement par de gros industriels responsables de l'exploitation et de l'emprisonnement de milliers de mineurs andins. S'inspirant du régime féodal, le système exploitait les travailleurs des mines d'étain avec l'appui du grand capital mondial, réinstaurant la dîme, le droit de cuissage, les pendaisons et emprisonnements expéditifs en toute impunité. Cette nouvelle ère d'esclavagisme se poursuivit jusqu'à ce que les mines soient nationalisées et que les barons de l'étain, généreusement indemnisés, aillent poursuivre leurs fructueuses activités en Asie et en Angleterre où de solides investissements leur avaient préparé une retraite dorée. Ils étaient, à l'époque, parmi les hommes les plus riches du monde ! Une oligarchie chassant l'autre, celle de la cocaïne amena au pouvoir divers gouvernements coupables de nombreuses exactions à l'encontre du peuple. C'est dans cet environnement impitoyable que Fernando, fils de mineur, grandit. La corruption quasi institutionnelle de la Bolivie en faisait l'un des pays les plus pauvres du monde ; même si, dans les faits, la plus grande partie de la population, en dehors du système monétaire traditionnel, animait joyeusement une économie alternative et parallèle.

En août 1971, alors que le jeune garçon venait de fêter son treizième anniversaire, le pays connut un soulèvement militaire qui amena l'armée au pouvoir, favorisa la grosse bourgeoisie bolivienne catholique et rassura le président Nixon, alors inquiété par la victoire d'Allende, le socialiste, au Chili. Cette allégeance à peine masquée aux États-Unis permit aux militaires de s'enrichir grâce à la cocaïne provenant des cultures des *cocaleros* andins, généreusement utilisée par l'armée américaine durant la guerre au Vietnam. Quiconque s'opposait au pouvoir en place était déclaré « traître à la patrie ». Les syndicats furent interdits, les prisons se remplirent, les persécutions et les assassinats se multiplièrent. Le père de Fernando fut abattu en 1975 et le jeune homme, âgé de dix-sept ans, fut alors emprisonné. Deux ans plus tard, une nouvelle dictature militaire placée au pouvoir par les narcotrafiquants proposa l'amnistie à un certain nombre de prisonniers parmi les plus jeunes, les plus prometteurs… Fernando en faisait partie. Cette « libération » impliquait évidemment l'allégeance au pouvoir et certaines collaborations discrètes… Cette période de l'histoire bolivienne, orchestrée par les escadrons des « fiancés de la mort », anciens nazis et fascistes italiens dirigés par Klaus Barbie qui travailla pendant près de trente ans pour les services secrets boliviens, s'avéra encore plus sanglante que la précédente. Les vingt années qui suivirent furent émaillées de meurtres, déguisés ou non, médiatisés ou pas, de pseudo-campagnes de démantèlement des réseaux de trafic de cocaïne. Curieusement, bien peu de responsables furent inquiétés ! Seuls les paysans, les milliers de *campesinos* qui nourrissaient leur famille grâce à la culture de la coca, se virent régulièrement pénalisés par ces nettoyages de façade destinés à tranquilliser une opinion publique mondiale plus prompte à fermer les yeux sur le commerce des armes – qui tue tant d'hommes de par le monde et en fait vivre si peu – que sur celui de la cocaïne.

Fernando devint donc une victime parmi tant d'autres des aléas de l'Histoire, un des pions de l'organisation tentaculaire de cette oligarchie de la cocaïne, déesse blanche à la tête de l'État. Un élément modeste, obscur, presque anonyme de cette grande mécanique internationale, un pion néanmoins de plus en plus actif en son sein. L'agence de voyages de Fernando Sanchez (montée grâce à l'appui de ses influents parrains), la SAFE-Travel, constitua dès lors une façade commode pour les transactions avec l'étranger. Lorsqu'il lui arrivait d'avoir des états d'âme, Fernando se répétait que le trafic de cocaïne était bien moins mortifère que le commerce des armes, celui de l'alcool ou du tabac… On s'arrange comme on peut avec sa conscience. Les personnes qui travaillaient dans son agence, guides ou accompagnateurs, ignoraient cette partie souterraine de l'économie de leur entreprise... S'ils en avaient eu connaissance, ça n'aurait probablement pas changé grand-chose, l'utilisation de sociétés-écrans étant parfaitement intégrée dans le système de gestion du pays.

L'année dernière, les ennuis avaient commencé pour lui. Grain de sable dans les rouages relativement bien huilés de son organisation, plusieurs livraisons avaient mal tourné, un de ses revendeurs avait disparu avec la marchandise du quatrième trimestre. Fernando était dans le pétrin ! D'autant que les hommes avec qui il traitait, impliqués dans différentes strates du pouvoir, n'étaient pas du genre à tergiverser. Le narcotrafic était loin d'être la seule source d'économie occulte du pays : s'y ajoutaient le trafic de bois, d'animaux exotiques et surtout de plantes amazoniennes au pouvoir curatif réel ou supposé. Même si ces secteurs annexes s'avéraient plus faiblement rémunérateurs, ils n'en étaient pas moins imbriqués dans l'organisation pyramidale. *In fine*, les mêmes mains invisibles tiraient toutes les ficelles...

Comme la majorité de la population, Fernando avait une conscience plus ou moins nette du maillage serré de ce filet de corruption. Persuadé que moins il en connaîtrait, moins il courrait de risques, il n'avait jamais tenté de savoir qui se trouvait au sommet de cette pyramide. Évidemment, les rumeurs évoquaient les terrasses de somptueux *penthouses* dominant les hauteurs de la capitale où de respectables industriels, de puissants banquiers et des politiciens temporaires s'intéressaient de plus en plus aux vertus médicales de leur prodigieuse forêt et au potentiel économique qui en découlait… mais qui s'en souciait ? Espérant susciter un intérêt en cascade pour les maigres informations qu'il détenait et apurer ainsi une partie de sa dette, Fernando contacta rapidement ses employeurs ; ceux-ci tentaient en vain depuis des années de mettre la main sur un *curandero* mythique et insaisissable dont on disait qu'il poursuivait, dans un laboratoire caché au cœur de la jungle amazonienne, des recherches révolutionnaires sur des associations prometteuses de plantes tropicales jusqu'à présent méconnues des grands laboratoires pharmaceutiques. Il importait de neutraliser cet homme avant qu'il ne divulgue le résultat de ses recherches. Manko, confiant et soucieux de préserver son salaire, lui avait involontairement donné ces informations ; d'une façon ou d'une autre, la folle détermination de l'écrivain étranger les amènerait peut-être à trouver ce qu'ils cherchaient. Espérant obtenir ainsi son retour en grâce, Fernando n'hésita pas à leur livrer Simon en pâture.

Cette nuit-là, s'éveillant en sursaut dans le vaste lit de son confortable duplex, il chassa rapidement toute cette histoire de son esprit et tenta de se convaincre qu'après tout, il n'était qu'un modeste pion, un rejeton quasi anonyme de la déesse blanche.

Amazonie, Campo Selva, ..., ...
Naëlle

Étrange nuit !

Lovée dans son hamac, au centre de la case que Rita leur avait préparée, inquiétée par la rumeur constante de la forêt autour d'eux, Naëlle n'arrivait pas à dormir. Ses pensées décousues divaguaient au gré de sons étranges, inconnus, incessants… Ici, dans l'obscurité qui l'entourait, pas de réelle continuité dans le bruit de fond ambiant mais une bande-son grouillante de vie. Elle essayait d'isoler les cris, d'imaginer qui avait bien pu les pousser, et ça ne la rassurait pas vraiment. Dans ce film étrange où elle aurait tenu le rôle principal et où personne n'aurait pris la peine de lui expliquer le scénario, elle avait toujours cette impression pénible de sentir la réalité lui filer entre les doigts. Être ici ou ailleurs, quelle importance si elle ne pouvait pas raccrocher ce qu'elle était en train de vivre à son histoire, à son passé, à son avenir ? Amusant de penser à tout ça, détachée du sol, dans ce filet de mailles souples, suspendue entre le plafond de paille et le sol de terre battue… Peut-être pas innocent… Peut-être qu'elle devrait essayer de rassembler ses pensées ainsi, suspendue… Il fallait vraiment dormir, elle ne savait pas ce que le lendemain lui réservait… Il fallait dormir.

Le matin suivant, Nicolas attendait Pedro et Naëlle dans la hutte centrale. Son sourire illuminait la pénombre de cette grande bâtisse rudimentaire dont les murs, recouverts d'un torchis ocre velouté, dégageaient une sensation de douceur et de sécurité ; une ouverture ronde, seule entrée de lumière, perçait le toit végétal et laissait voir un peu du bleu du ciel. Le ballet des poussières fines dans le rayon lumineux, poudroiement aérien, éclairait la scène d'une lumière tamisée et attirait irrésistiblement le regard vers le haut, vers cette trouée zénithale. Comme la veille, Naëlle se sentit aimantée par le regard tranquille de cet homme ; il était assis au sol, sur un tapis rayé des couleurs vives traditionnelles, et les invita à le rejoindre. Tous ses gestes étaient calmes, posés, mesurés, sa voix grave, basse, obligeait à tendre l'oreille. Au centre du cercle qu'ils formaient tous les trois, des bols de maté, des fruits frais et de la bouillie de quinoa les invitaient à petit-déjeuner.

C'était délicieux !

Tout ici, fruits, fleurs, plantes, paraissait saturé de force, de couleur et de saveur. Chaque jour, dans ce pays miraculeux, elle découvrait des nouveautés : nouvelles harmonies, nouveaux goûts, nouveaux parfums.

« Vous avez parcouru un long chemin pour arriver jusqu'ici. »

Nicolas les interrogea sur leurs attentes respectives.

Son ton, presque monocorde, berçait la jeune femme, l'apaisait.

Il savait que ce qui l'amenait dans ce lieu n'avait rien à voir avec le désir d'apprentissage animant Pedro. Le dialogue qu'il entama avec elle, loin du questionnement classique auquel l'avaient habituée les médecins, se nourrissait davantage de ses silences que des informations très sommaires qu'elle était en mesure de lui communiquer. Apparemment rassuré sur leurs intentions et convaincu de l'opportunité de leur présence auprès de lui, Nicolas alluma une fine pipe blanche, s'installa confortablement, étendu sur le côté. D'une voix égale, il les éclaira sur ce qui semblait être sa mission au milieu de cette jungle ; Pedro, avide, admiratif, pénétré de la grande chance d'être là, buvait chacune de ses paroles avec dévotion.

« Tout être humain pourrait suivre un chemin de lumière. Si vous êtes ici, maintenant, c'est que vous ne l'avez pas trouvé mais que vous avez conscience qu'il existe, qu'il y a d'autres façons d'avancer, et c'est déjà beaucoup. »

Pedro était ravi, béat, comme le bon élève au premier rang de la classe. Naëlle se demandait si son monologue allait vraiment continuer sur ce ton.

« Plutôt que de tenter vainement de contrôler ce qui se passe autour de nous, auquel, le plus souvent, nous ne pouvons rien changer, nous pouvons essayer d'agir sur ce qui se passe en nous : comme un artisan, tenter d'être le créateur de notre existence, de choisir avec soin les couleurs qui vont l'éclairer. »

Elle avait l'impression que ce discours ne s'adressait qu'à elle et à sa quête, personnelle, égoïste… En quoi cela pouvait-il concerner Pedro qui était là, animé du désir profond d'aider les autres ?

« Il n'existe aucun passé, aucune épreuve qu'on ne puisse surmonter, dépasser ; aucune trace ne marque de manière indélébile notre destin, essayons d'être le créateur conscient de notre propre vie sans nous laisser emporter par le flot des émotions, sans nous laisser posséder par la mémoire des épreuves passées. »

Nicolas marqua une pause, son regard perçant la happait, traçant une connexion directe entre leurs esprits, une torpeur l'envahit et, avec elle, la désagréable impression de ne plus pouvoir bouger… Elle détestait ça… Il le comprit sans doute, relâcha son emprise et reprit la parole :

« Les chemins anciens peuvent nous aider dans cette quête, les plantes et les sons aussi… Si vous respectez les consignes que nous allons vous donner, si vous acceptez les contraintes, peut-être atteindrez-vous une conscience plus claire de ce qu'est votre vie et de ce qu'elle pourrait devenir, peut-être découvrirez-vous vos dons particuliers et comprendrez mieux le sens de votre mission sur terre. Aider les autres, soulager leurs douleurs ou, en tout cas, tenter de faire le moins de mal possible autour de vous.

Sur ce chemin, je ne suis que votre guide, vous apprendrez de moi comme j'apprendrai de vous ; vous ne trouverez pas de pensée unique ici, ni de certitudes, pas une vérité mais des chemins possibles et des forces pour vous aider à les parcourir. Seule votre confiance totale nous permettra de vous emmener loin… et de vous en ramener, quoi qu'il arrive. »

Un long silence suivit cette déclaration.

Naëlle regarda Pedro, de profil à côté d'elle, pénétré de ces paroles dont il avait probablement eu de la peine à suivre les méandres. Néanmoins, tout ce que venait de dire Nicolas trouva un écho dans son esprit, elle vit derrière les traits fragiles et délicats de l'adolescent se dessiner l'homme généreux, le *curandero* inspiré qu'il deviendrait plus tard.

Est-ce que Nicolas s'était endormi ? Les yeux clos, la poitrine régulièrement soulevée par sa respiration, peut-être avait-il oublié leur présence, tout occupé à quelque voyage intérieur. Son discours et son attitude avaient dérouté Naëlle : est-ce qu'elle allait de nouveau se sentir spectatrice d'une quête spirituelle à laquelle elle resterait étrangère ? Sous le charme, Pedro ne quittait pas Nicolas des yeux, attendant patiemment un mouvement du maître. Au grand soulagement de Naëlle, Rita vint les chercher et les emmena visiter le camp.

« Ne soyez pas trop impressionnés, Nicolas est intimidant parfois, mais vous verrez, tout s'éclairera ! »

Enthousiaste, le garçon bombarda Rita de questions ; Naëlle, légèrement en retrait, essayait de se familiariser avec la vie quotidienne de cet endroit. Partout, entre les cases, traînaient des chiens à moitié sauvages, efflanqués, trotteurs élégants, compagnons des tribus amazoniennes. Elle se demandait quel ancêtre avait laissé dans leurs gènes ce regard fauve… Y avait-il des loups ici ? Pas le temps de poser la question, les deux autres, contournant les fours d'argile où grillait lentement du manioc, étaient déjà plus loin ; elle les rejoignit et constata que Pedro n'avait pas cessé son babil :

« Rita, est-ce que c'est Nicolas lui-même qui va nous initier ?

— Chaque chose en son temps, jeune homme, je vais d'abord m'occuper de vous pendant quelques jours, vous préparer à la diète, puis vous commencerez les voyages avec Jayme, notre chaman.

— Quelle diète ? (Là, c'était Naëlle qui avait réagi !)

— Il faut laver le corps avant l'esprit. Procéder avec prudence : absorber l'*ayahuasca* peut être dangereux si on ne respecte pas les consignes.

— L'*ayahuasca* ? »

Pedro connaissait sans doute la procédure mais Naëlle n'était pas prête à avaler n'importe quoi, elle avait pris bien trop de saloperies dans leurs foutus hôpitaux !

« Qu'est-ce que c'est ce truc ?

— C'est une combinaison incroyable de plantes d'ici que les anciens ont découverte de façon miraculeuse : il faut laisser mijoter pendant dix heures des feuilles de *chakruna* avec des écorces d'*ayahuasca*, une sorte de liane, pour obtenir cette décoction qui est un puissant psychotrope !

— Et en quoi est-ce miraculeux ?

— Parce qu'il y avait une chance infime de trouver cette combinaison particulière de plantes parmi les milliers de plantes de la forêt amazonienne et que c'est la seule qui fonctionne ! La *chakruna* provoque les visions et l'*ayahuasca* les nausées.

— Des nausées ?

— Ah oui, de sacrées nausées même ! La *chakruna* contient de la DMT. La diméthyltryptamine, c'est un puissant hallucinogène mais qui resterait inactif s'il était pris seul car, lors de la digestion, il y a une enzyme, la monoamine oxydase, qui se charge de le dissoudre ; l'association avec la liane, l'*ayahuasca*, qui inhibe cette enzyme, permet à la molécule hallucinogène de parvenir au cerveau… Magique, non ?

— Vous avez l'air de drôlement vous y connaître ! »

Rita partit d'un solide rire communicatif pour lui répondre. Contrairement à Nicolas, introverti, choisissant ses mots avec soin et lenteur, cette femme dégageait une énergie débordante et sympathique.

« Pardonnez-moi d'être si didactique ! Je n'ai pas toujours joué les cuisinières au fond de la jungle amazonienne : je suis docteur en chimie… J'étais chargée de cours à l'université de Heidelberg quand mon mari est mort à trente-deux ans d'un cancer foudroyant. J'avais le choix entre m'enfoncer dans une inexorable dépression ou prendre mon sac à dos pour rejoindre ces chimistes de l'instinct ! J'avais rencontré Nicolas à l'université, il m'avait convaincue de le rejoindre à La Paz : avec quelques autres scientifiques, nous avons fondé ce centre de recherche où nous essayons de concilier le savoir traditionnel et ancestral des guérisseurs des Andes avec nos connaissances occidentales. Nicolas, lui, a étudié partout… D'abord ici, auprès d'un maître *curandero*, à Curva, puis en Amérique et en Europe grâce à l'argent de son grand-père… Voilà toute l'histoire.

— Et le labo ? » s'exclama Pedro.

Rougissant, les yeux baissés, surpris lui-même par l'impertinence de sa question, il continua :

« Le *yatiri* m'en a parlé au village… Il m'a dit qu'ici, avec vous, je pourrais apprendre des choses différentes, je pourrais soigner mon peuple et enseigner à mon tour… »

Interdite, Rita considéra un moment le jeune garçon puis, en souriant, lui répondit :

« Apparemment, tu ne doutes de rien, mon jeune ami ! On va procéder par ordre, tu veux bien ? Voyons d'abord ce que l'*ayahuasca* te raconte, ensuite, Nicolas décidera ou non d'évoquer ce fameux labo… Pour l'instant, ça ne présente aucun intérêt. »

Tout en parlant, ils avaient quitté le campement et s'étaient éloignés sur un sentier à peine visible. Ils traversèrent une rivière peu profonde et contournèrent un massif d'énormes fougères arborescentes qui constituait, d'après Rita, le repère favori de vipères noires particulièrement susceptibles.

Enfin, ils arrivèrent en vue d'une petite plate-forme chapeautée de feuillages, meublée d'un hamac et d'une table sur laquelle attendait une cruche d'eau surmontée d'une sorte de pain plat.

« Voilà, Naëlle, c'est ta hutte de diète. Je reviendrai demain t'apporter de l'eau fraîche et des fruits. Dors bien, je vais emmener Pedro à la sienne. »

Sans plus d'explication, Rita la planta là, au milieu des vipères susceptibles, des grenouilles coassantes, des araignées velues, de tous ces êtres rampants, volants, gloussants, dont son esprit apeuré imaginait déjà les présences inquiétantes.

Elle se laissa tomber sur le plancher rugueux de ce qui serait donc sa hutte et se mit à pleurer.

BELGIQUE, GREZ-DOICEAU, 8 AOÛT
LUCAS

« Qu'est-ce qui s'est passé avec ton père ?

— Rien.

— Arrête, Lucas, tu râles quand il te laisse sans nouvelles et tu l'envoies balader quand il t'appelle !

— Il ne m'appelle pas vraiment, Céline, il se donne juste bonne conscience.

— Mais tu dis n'importe quoi, il n'est pas exactement au Club Med, là-bas, il fait ce qu'il peut.

— De toute façon, ça m'est égal, dans deux mois, je pars en Angleterre, il pourra faire tout ce qui lui plaît avec tous les psychopathes du monde, je ne le gênerai plus…

— Là, tu m'énerves ! D'abord, Naëlle n'est pas psychopathe…

— Oh… pour ce qu'on en sait…

— Justement, ne faisons pas de procès sans preuve… Ensuite, tu comptes énormément pour ton père, mais il doit d'abord régler cette histoire… Enfin, qu'est-ce que c'est que ce départ pour l'Angleterre ?

— Ce stage que j'ai fait au printemps m'a emballé, je veux vraiment faire un master d'histoire médiévale à Falsbury !

— Ah… ton père est au courant ?

— Vaguement, qu'est-ce que ça peut lui faire, je ne suis même pas certain qu'il sera revenu pour la rentrée universitaire en septembre, alors…

— De toute façon, si c'est ce que tu aimes, je suis certaine que Simon approuvera ton choix.

— Tu te rends compte, j'aurai Hugh Stenson comme maître de conférences pendant le premier trimestre, et durant les congés scolaires il organise des camps médiévaux dans différents sites de la campagne anglaise, c'est génial !

— C'est quoi un camp médiéval ?

— Une reconstitution réaliste des conditions de vie de l'époque : tu fabriques toi-même tes vêtements et tes outils, tes armes aussi ; tu tannes le cuir, tu forges le métal, tu peux même faire ta propre armure, bon, évidemment, pas la première année, tu dois d'abord passer maître-artisan… Et les femmes cultivent les légumes oubliés et retrouvent les recettes anciennes…

— Et tu fais comment pour Internet et les jeux en ligne ?

— Ah, tu oublies… Là-bas, c'est vraiment le retour aux sources.

— Bon, écoute, je pense qu'on en reparlera quand ton père sera rentré… Ça a l'air assez drôle, effectivement.

— Drôle ? Ce n'est pas le but, il s'agit d'une véritable remise en question des valeurs actuelles, un rejet de cette société et des faux besoins qu'elle induit.

— Je suis assez en accord avec tout ça, moi-même, à l'université, je m'étais passionnée pour Villon et ses ballades macabres, mais tu me parais un peu radical :

tout n'est pas à jeter dans ce qu'on vit, et dans ton Moyen Âge idyllique, une femme comme moi serait sans doute déjà morte… en couches, de famine, de la peste ou du choléra… Alors, à tout prendre…

— Tu verras bien… Tu viendras me voir quand j'y serai, non ? Peut-être que tu penseras différemment quand tu auras vu comment la vie s'organise dans ces camps…

— Avec plaisir, ça me rappellera ma folle jeunesse londonienne !

— Tu as vécu là-bas ?

— … Deux fois trois mois… Et encore… comme jeune fille au pair.

— Ah, le *swinging* London !

— Mais dis donc, toi, n'exagère pas… Je n'y étais pas dans les années soixante ! Tu viens de me donner un sacré coup de vieux, là. »

En riant, le jeune homme embrassa sur le front celle qu'il considérait depuis sept ans comme une mère adoptive, rassurant refuge quand son père lui manquait trop.

Cachuela Esperanza, Bolivie, 10 août, 14 heures
Simon

Après l'impatience, l'énervement, la résignation, venait l'heure du doute : Simon et Manko contemplaient les eaux tourbillonnantes du fleuve, frontière avec le Brésil ; tous deux, maussades, constataient amèrement que leur siège quotidien de la demeure familiale des Pozada ne menait à rien ! Hors de question de pénétrer de force dans la maison d'un mourant. Leurs tentatives d'approche du personnel qui en sortait s'étaient soldées par de lamentables échecs : rien, ni suppliques, ni explications, ni menaces, ni argent, n'avait ébranlé leur mutisme. Se lancer dans la jungle sans guide, sans la moindre idée de l'endroit où se cachait Nicolas, était pure folie. Ils en étaient donc réduits à espérer l'intercepter lors d'une hypothétique visite au vieillard mourant ; en supposant toujours que l'héritier des Pozada sache où se trouvait Naëlle… Ça faisait bien des inconnues dans cette équation absurde.

Les deux hommes pensaient sans vouloir l'avouer qu'ils s'étaient fourvoyés. Que faire d'autre ? Retourner à La Paz, essayer de mobiliser l'opinion publique, survoler l'Amazonie en hélicoptère ? Tout ça serait vain, ils le savaient même si aucun des deux ne voulait être le premier à baisser les bras.

Un étrange rapport s'était noué entre eux, fait de connivence, d'estime réciproque, mais aussi de méfiance et de rivalité. La réserve d'argent que Simon avait prélevée à La Paz s'épuisait rapidement, au milieu de nulle part les cartes de crédit ne leur étaient plus d'aucune utilité. Qu'ils le veuillent ou non, ils allaient devoir prendre une décision. Rebrousser chemin, c'était s'avouer vaincu, aucun des deux n'était prêt à l'accepter ! Après avoir fait ricocher quelques galets sur la surface ambrée du fleuve, Manko se releva, annonçant qu'il retournait à son poste à l'arrière de la demeure coloniale. Simon poursuivait sa surveillance de la route qui y menait. L'après-midi s'étirait, moite. Assis dans l'herbe, adossé à un arbre, Simon luttait contre la langueur qui envahissait ses membres et troublait son esprit ; il se diluait dans cette immobilité, cette inaction forcée.

« *¿Señor ? ¿Turisto ? ¿Inglés ?* »

Surpris, il tourna la tête vers la voix qui l'interpellait. C'était une jeune fille, très jolie ; un large sourire sur des dents très blanches, un tout petit peu écartées sur le devant, illuminait son visage doré. Les dents de la chance, pensa-t-il avant de lui répondre.

« *Sí*… Touriste… français… »

Elle vint gentiment s'asseoir à côté de lui, tirant sur ses genoux bronzés la courte robe de coton rose passé qui venait de dévoiler ses cuisses. Simon sourit, elle était charmante, seize, dix-sept ans tout au plus, un corps ferme, mince, à peine voilé par le fin tissu du vêtement, d'épais cheveux noirs cascadant sur les épaules. Une ravissante sauvageonne… assez dévergondée, apparemment. Il n'avait pu s'empêcher, en quelques secondes, d'enregistrer toutes ces informations. Oui, il restait un homme après tout, même si l'inquiétude qu'il éprouvait pour Naëlle et les longs mois d'abstinence que lui avait imposés cet amour impossible lui avaient fait croire, depuis quelque temps, qu'il était à l'abri de toute émotion sensuelle.

« Moi, Mariza. Toi ? »

La jeune fille s'était rapprochée, posant une main sur son cœur et l'autre sur la poitrine de Simon. Sa question, évidente sur le plan linguistique, avait surtout eu l'avantage de dévoiler légèrement la naissance de ses seins ; petits, fermes, ils tendaient l'étoffe sans aucune entrave et il se demanda si elle ne portait pas non plus de culotte. Une érection immédiate et incontrôlable suivit le cheminement de sa pensée, l'obligeant à changer de position et, remontant les genoux sous son menton, à s'écarter un peu de la gamine.

« Je m'appelle Simon. Enchanté, Mariza. »

Simon lui tendit une main qu'il voulait franche et sans équivoque, la coquine la garda entre les siennes et lui embrassa les doigts du bout des lèvres. Aucun doute, ses intentions étaient claires…

« Non, merci, non… »

Simon tentait de se dégager en douceur. Après tout, cette jeune fille avait bien le droit de lui proposer ses charmes. Les nombreux voyages de promotion pour ses romans en Asie, en Afrique l'avaient habitué à ces jeunes filles avenantes qui abondaient aux abords des hôtels chic et des aéroports, mais depuis son arrivée en Bolivie, il en était tout autrement et il n'avait dû repousser aucun assaut de cette sorte. Il s'imaginait donc que les jeunes filles, ici, ne vivaient pas de leur corps… Apparemment, il s'était trompé.

« Pourquoi non ? Mariza, assise avec toi… juste regarder le fleuve…

— Euh, oui, d'accord. »

La jeune fille resta là, sagement assise à côté de lui, ses orteils caressant les brins d'herbe, le regard désarmant de candeur. Simon s'en voulait, comment avait-il pu penser que cette petite le provoquait, pourquoi avait-il si mal interprété son geste, pourquoi avoir projeté sur elle cette frustration sexuelle qui ne lui laissait à présent aucun répit et lui donnait la désagréable impression d'être un animal en rut ! Jamais l'idée de faire appel à des services rémunérés ne l'avait effleuré. Pour lui, l'amour physique, même quand il s'agissait d'un simple badinage, devait s'accompagner d'un minimum d'échanges, de complicité, de tendresse et jamais, il en était certain, il ne pourrait avoir recours à une professionnelle.

Il est vrai que dans les pays du Sud, les rapports se passaient différemment, les femmes ne tarifaient pas aussi clairement leur présence, elles attendaient plutôt, dans un premier temps, des petits cadeaux, des invitations… et pourquoi pas de l'argent ; pour certaines, c'était le rêve d'un mari bien nanti qui les emporterait, souvenir exotique, dans son pays, lointain Eldorado… Simon n'avait jamais approché cet univers, n'en avait jamais eu besoin, mais là, son corps affamé avait pris les commandes ; quand, à la tombée du jour, Mariza se leva souplement pour s'éloigner, il eut toutes les peines du monde à ne pas la rattraper pour assouvir ce désir qui ne faiblissait pas.

« C'était qui, la *chica ?* »

Comme d'habitude, il fut surpris par l'arrivée silencieuse de Manko.

« Une jeune fille, elle s'appelle Mariza, une fille du village, je crois. Elle est restée ici, un peu, avec moi…

— Elle te plaît, tu veux que je lui parle ?

— Tu es fou ? Il n'est pas du tout question de ça !

— Ah bon… À voir ta tête, j'aurais cru. Vous êtes bizarres, vous les Européens, à tout compliquer. Cela dit, c'est étonnant qu'elle soit venue te trouver : dans les campagnes, les filles sont plutôt réservées et si elles ne le sont pas suffisamment, elles ont toujours un frère pour les y obliger ; celle-ci a dû passer entre les mailles du filet !

— Mmmh, peut-être. Tu as vu quelque chose, toi, de ton côté ? demanda Simon, désireux de changer de conversation.

— Rien ! Le toubib et un livreur de l'épicerie. On va manger ? »

La Paz, Bolivie,
8 août

Messieurs,

J'ai, comme convenu, laissé les documents à la consigne.

Méfiez-vous de l'Indien, il est plus rusé qu'il n'y paraît.

Quant au gringo, il est assez riche et connu dans son pays. Peut-être, quand vous aurez obtenu ce que vous recherchez, serait-il plus simple, afin d'éviter tout soupçon inutile, de faire passer sa disparition pour un enlèvement en exigeant une rançon ? Soyez assurés de ma totale collaboration,

Votre dévoué,

Fernando Sanchez.
SAFE-Travel, sa.

P.-S. : Avez-vous réfléchi aux modalités de notre accord ?

Bolivie, Campo Selva, ..., ...
Naëlle

Elle n'avait pas fermé l'œil de la nuit, ça devenait une habitude.

Enveloppée dans le hamac et sa moustiquaire, avec l'impression de milliers de créatures forcément hostiles la dévorant du regard à travers l'obscurité avant de pouvoir réellement lui sauter dessus !

Qu'est-ce qu'elle foutait ici ?

Elle avait faim.

Elle était fatiguée.

Elle en avait assez de cette humidité poisseuse qui imprégnait ses vêtements ! Son estomac gargouillant rivalisait avec les coassements gutturaux des grenouilles planquées alentour et qui n'avaient pas cessé un seul instant de s'égosiller durant cette interminable nuit.

Une aube blafarde, vert mouillé.

Chrysalide géante, entortillée dans la moustiquaire, elle eut toutes les peines du monde à sortir de ce cocon blanc. Mal partout, elle devait dérouiller ses muscles un à un, enlever ses vêtements moites, frictionner sa peau, faire circuler la vie dans son corps engourdi, apprivoiser son espace, ouvert sur les arbres, émergeant de la mousse, radeau perdu sur une mer de verdure.

Elle se posa.

Il fallait qu'elle arrive à regarder tout ça sans crainte : les quelques mètres à découvert avant les arbres, le sol, mousseux, souple, vallonné, vert tendre, enchevêtrement de rampants, de tombants, de recouvrants, luxuriance étalée jusqu'aux premières branches, aux premières lianes ; puis, derrière, des feuilles, géantes et translucides ou plus fines et foncées… C'était merveilleux… et complètement oppressant… Si elle avait été chez elle, dans son appartement, elle aurait choisi une tenue rouge ou orange pour contraster avec cette harmonie sylvestre, ne pas se faire engloutir, ne pas la laisser l'avaler comme elle le faisait de chaque tronc mort, de chaque objet abandonné et des piliers de son refuge ! Non, la marée verte n'allait pas avaler cette place. Elle arracha les fines tiges tournicotées, envoyées en éclaireurs, précurseurs de l'artillerie lourde, lianes, branches qu'il faudrait vaincre à la machette ; vite, neutraliser l'envahisseur avant qu'il ne soit trop fort ! Soulagée, elle avait dégagé tout le bâti en planches, elle avait gagné… pour l'instant. Naëlle secoua énergiquement ses vêtements, il fallait se ressaisir, se raccrocher à quelque chose, pourquoi pas du tissu ? Elle se rhabilla soigneusement, but la moitié de la cruche et s'assit, bien au centre de son espace.

Attendre Rita.

Avec appréhension, descendre dans la mousse, trouver un endroit pour faire pipi, vite rebrousser chemin, ne pas trop s'éloigner, ne pas se perdre, petit poucet tropical, grignoter ce qui restait de pain, se réfugier dans le hamac.

Attendre Rita.

Elle s'endormit.

La chaleur la réveilla : l'humidité s'était évaporée sous les assauts du soleil, déjà haut dans le ciel mais visible seulement à travers l'épaisse ramure qui la surplombait. Elle descendit de sa plate-forme de bois, s'assit précautionneusement entre les racines qui émergeaient du sol moussu pour y replonger un peu plus loin. Spectacle fascinant de ces vagues végétales, porteuses de sève, pourvoyeuses de vie, leurs entrelacs quadrillaient la terre, emprisonnant dans leurs courbes de minuscules fleurs blanches qu'elle n'avait pas remarquées jusque-là. Elle s'émerveilla de l'incroyable perfection de ces plantes miniatures, nichées à l'abri, entre les pieds des géants verts. Oublieuse de ses craintes, au mépris des insectes, araignées et autres coléoptères qui devaient grouiller au cœur de ce moelleux tapis, elle s'y allongea et son regard se perdit dans le dédale de branches, feuilles, brindilles, jeunes pousses, lianes et mousses qui s'échelonnait entre elle et le ciel. Une chute à l'envers, un labyrinthe d'émeraude et d'ocre avant d'arriver au bleu. Une longue respiration, les sinus envahis de parfums humides et capiteux. La tête lui tournait, elle referma les yeux.

« Bien dormi ? »

La voix joyeuse de Rita la tira de sa rêverie.

Face à cette femme si forte, aucune envie d'étaler sa trouille nocturne, elle sourit et fit l'impasse.

« Ne t'inquiète pas, tu finiras par t'habituer… Pense seulement à faire du bruit quand tu te déplaces : à part les moustiques, personne ici n'a envie de te manger. Tu dois juste éviter de prendre les occupants de la forêt par surprise, les serpents surtout, ils s'enfuiront à ton approche si tu les préviens.

— Super, j'aurais dû amener un *vuvuzela* !

— Un quoi ?

— Un truc débile qui fait plein de bruit… C'est vrai que vous ne devez pas beaucoup regarder les matchs de foot ici… »

Naëlle se souvint de ce soir de juin, peu avant son départ, où un match opposait le Portugal au Brésil. Elle ne s'était jamais intéressée à ce genre de manifestation mais dans son quartier de Saint-Gilles où les restos et bistrots portugais fleurissaient, elle n'avait pu ignorer cette soirée de folie quand les rues, envahies de supporters, avaient résonné jusqu'à tard dans la nuit du bruit désagréable de ces curieuses trompettes. C'était il y a peu de temps, pourtant il lui semblait avoir quitté l'Europe depuis une éternité, il lui semblait être dans un autre monde, dans une autre réalité… Quelle était la date d'aujourd'hui d'ailleurs ?

« On est quel jour, Rita ?

— Mardi… Mais, tu sais, ici, ça n'a pas beaucoup d'importance… Quand tu rejoindras le camp, tu reprendras contact avec ce genre de détail !

— Je dois encore rester ici ?

— Deux jours, ma belle, je t'ai apporté des fruits et du maté ; je vais te montrer où tu peux te laver en sécurité et puis je te laisse : la diète et l'isolement sont nécessaires avant toute initiation. »

Naëlle n'ajouta rien, qu'est-ce qu'elle pouvait dire ? Qu'elle ne voulait plus, qu'elle avait changé d'avis, ne comprenait pas ce qu'on attendait d'elle, que Simon lui manquait, que son chat ne la reconnaîtrait plus quand elle rentrerait… si jamais elle y arrivait… ? Alors elle n'ajouta rien et accompagna Rita jusqu'à la rivière.

« Ici tu peux te laver sans danger ; méfie-toi des eaux plus profondes, à cause des caïmans. On a disposé ces pierres plates pour pouvoir aller au centre du ruisseau où l'eau est plus limpide. Quand tu te sentiras suffisamment propre, frictionne-toi avec des fleurs, tu dois être parfumée pour attirer les esprits !

— Ah bon ? Ils sont tellement raffinés ?

— Évidemment, ils sont comme nous, ils aiment la beauté… Donc, avec les fleurs, tu choisis ton odeur, prends ton temps, mélange les herbes qui te plaisent et écrase-les sur ton corps. Ne touche pas celles-ci, ni celles-ci, ni les bleues, là-bas !

— Pourquoi ? Leur parfum ne plaît pas aux esprits ?

— Je n'en sais rien, ce dont je suis sûre, c'est que les petites blanches sont mortelles par simple contact de leurs sucs sur les muqueuses ; celles-ci te donneraient un violent urticaire ; si tu respires le pollen de celles-là, ça paralyse ton système respiratoire, et les bleues te donneraient de la fièvre et de la diarrhée pendant trois jours… Les autres sont sans danger… Enfin, à ma connaissance !

— Tu te moques de moi ?

— Non… Tu t'attendais à quoi en venant ici : ce n'est pas le jardin des plantes ! Fie-toi à ton instinct et choisis ton parfum ! Je t'ai amené des vêtements propres, ça devrait aider aussi… ajouta-t-elle en souriant. Je reviens demain avec du poisson, bonne journée ! »

Rita disparut, tranquillement avalée par le rideau vert qui les entourait. Aux pieds de la jeune fille, elle avait laissé un pantalon en lin souple, un tee-shirt gris-bleu dont le coton lavé, relavé, délavé avait acquis la douceur moelleuse des vêtements d'enfance chéris et si souvent portés, ainsi qu'une grande étole en lin plus épais. Ça serait très bien ! Juchée sur sa pierre, en travers du ruisseau, elle enleva sa tenue de voyage qui avait bien besoin d'être nettoyée. Retrouver les gestes ancestraux des lavandières, frotter longuement les étoffes avec une pierre dans le courant relativement limpide. Si elle avait eu quelques connaissances, elle aurait peut-être pu trouver dans l'éventail inouï de plantes qui l'entouraient de quoi réaliser une bouillie saponifère… Enfin, l'huile de bras c'était aussi bien et Naëlle n'était pas mécontente du résultat : au moins son battle déchiré et sa vieille chemise rapiécée ne sentaient plus la transpiration… Un premier pas vers le nirvana olfactif demandé par les esprits !

Une fois récurée, elle se hasarda à humer les plantes de la rive en prenant bien soin d'éviter les malfaisantes tentatrices désignées par Rita.

Humpff, pas mal ! Elle agença précautionneusement son bouquet en fonction de l'odeur de l'une, des couleurs d'une autre ou du velouté des feuilles d'une troisième. Satisfaite, elle considéra cet assemblage exotique qui serait du plus bel effet sur la table d'un salon mais qu'elle devait maintenant consciencieusement malaxer et tartiner sur sa peau… Elle espérait ne pas s'être trompée et ne pas se retrouver ce soir transformée en crapaud pustuleux… auquel cas, il lui resterait la possibilité d'aller chanter avec ses copines batraciennes la nuit prochaine ! Nue sur sa pierre, écrasant les tiges, les feuilles, les fleurs en une bouillasse parfumée, elle se surprit à sourire : c'était drôlement amusant ! Est-ce qu'elle avait fait ce genre de chose étant enfant ? Comment le savoir ? Est-ce qu'elle avait joué avec la boue, modelé le sable au bord de la mer, construit des cabanes avec des branches ? Est-ce qu'elle avait connu tout ça ?

Rien, ça ne lui rappelait rien, ça ne réveillait aucun automatisme, aucun souvenir… mais c'était drôlement marrant. Elle était peut-être venue ici pour rattraper tout ça, toute cette enfance perdue, volée, pour se constituer des souvenirs ! Pleine d'entrain et tout à son ouvrage, Naëlle s'appliquait avec le sérieux d'une enfant de cinq ans à se barbouiller le corps de senteurs citronnées, végétales et fleuries, rejetant celle-là, en rajoutant une autre. Elle avait patiemment démêlé ses longs cheveux, les avait noués sur le sommet du crâne, maintenus par trois branchettes placées en triangle, y avait piqué quelques fleurs, rescapées de sa cueillette. Plus tard, elle avait tenté d'amadouer les vêtements propres qu'on lui avait prêtés, nouant l'étole en paréo et retroussant les manches de la blouse sur ses bras bronzés… Puisque les esprits aimaient ce qui était joli, autant essayer de leur faire plaisir !

Et si quelqu'un avait pu, à ce moment, la voir retourner vers son nid, rayonnante et parfumée, il aurait sûrement garanti la satisfaction des esprits !

Belgique, Grez-Doiceau, 10 août, 21 h 45
Céline

Il faisait encore très doux sur la terrasse, les murs renvoyaient la chaleur accumulée durant la magnifique journée qui venait de s'écouler. Céline avait allumé quelques photophores pour relayer le soleil rougeoyant et Grégoire, amenant des tisanes et quelques chocolats, s'installa à côté d'elle sur les chaises longues tournées vers le couchant.

« Ohhhh, j'adore ça ! Le meilleur moment de la journée !

— Oui… On est bien, là… J'aime vraiment notre maison, j'aime vraiment être là avec toi… Je n'ai besoin de rien d'autre.

— C'est une chance !

— Mmm… Si fragile. »

Céline contempla un moment son mari, allongé, torse nu, les années semblaient n'avoir aucune prise sur lui. Peut-être s'était-il légèrement étoffé, ça lui allait bien. Elle vint s'installer à son côté, caressant tendrement les poils de sa poitrine qui commençaient à grisonner. Elle soupira. Quand elle s'abandonnait ainsi dans les bras de Grégoire, tout semblait simple. La vie apparaissait pourtant sous un jour moins serein quand ils étaient séparés. Elle continua d'évoquer ce qui la perturbait.

« Ça y est, Claude a pris sa décision, elle a demandé à Thomas de partir, ils vont divorcer à l'amiable pour simplifier la procédure et épargner les enfants.

— Quel gâchis !

— Ils n'ont pas réussi à se retrouver… C'est un sacré boulot un couple, un travail quotidien.

— Pas trop désagréable pour toi, j'espère… Tu m'as l'air bien sombre.

— C'étaient nos amis depuis quinze ans, comment on va faire maintenant, on va les voir séparément, ne plus les voir du tout, prendre parti pour l'un contre l'autre ? Tout ça est tellement nul.

— Si tu veux bien, on va laisser les événements suivre leur cours et ne pas anticiper les problèmes.

— Mmm. J'ai proposé de prendre leurs enfants pendant quelques jours, les pauvres en avaient marre d'être coincés chez leurs grands-parents ; ici, ils pourront se changer les idées…

— Les enfants vivent généralement mieux qu'on ne le pense ce genre de situation ; de toute façon, si c'était sans issue, il valait mieux mettre un terme à leur histoire.

— Tu crois que ça pourrait nous arriver ?

— J'espère que non, mais on ne peut jurer de rien : tu pourrais tomber sur un beau blond au regard azuré qui te ferait chavirer et je n'existerais plus !

— Oui… Ou toi sur une Carmen piquante aux yeux noisette qui hanterait tes nuits !

— C'est là qu'il faudrait se montrer fort, ne pas baisser les bras, ne pas s'avouer vaincu et traverser l'épreuve en équipe, comme on l'a toujours fait.

— On dirait que tu parles d'une compétition sportive.

— C'est possible, mais c'est l'image qui m'est venue : je trouve que, toi et moi, on forme une bonne équipe, complémentaire, il en faudrait vraiment beaucoup pour que j'y renonce !

— Tope là, camarade ! »

Bolivie, Campo Selva, ..., ...
Naëlle

Naëlle n'avait pas mesuré le temps passé à ses ablutions.

Quand elle revint sur sa plate-forme, le soleil rasait les troncs.

Quelle heure pouvait-il être ?

Aucune idée.

Qu'importe, elle entreprit de manger les fruits déposés sur sa table dans une coupelle en bois : une mangue, un tiers de pastèque et une sorte de grosse pomme à la chair molle et parfumée. Jamais elle n'avait autant apprécié ces saveurs ; lentement, elle laissait exploser chaque bouchée sur sa langue, en exprimant le jus, en explorant les nuances. Lorsqu'elle eut épuisé toutes ces possibilités gustatives, elle s'abîma dans la contemplation des feuillages. Enivrée par sa propre odeur, il lui sembla après un temps long, combien long ?... long... ne plus seulement voir les feuilles mais voir entre elles, à côté d'elles, à travers elles, ne plus voir la matière des feuilles mais bien au-delà, loin, combien loin ?... loin.

Alors, tranquillement, elle attendit la nuit et les bruits de la forêt, rythmés par le chant répétitif et amical de ses compagnes coassantes.

BOLIVIE, CACHUELA ESPERANZA, 10 AOÛT, 23 H 30
SIMON

Simon s'éveilla en sursaut, un bruissement l'avait tiré de son premier sommeil. Un rêve ? Il retint sa respiration, l'oreille aux aguets... Non, il y avait quelqu'un dans la pénombre de la chambre.

« Manko ? »

Pas de réponse.

Dans l'école du village transformée en hôtel de fortune, Manko occupait la chambre voisine de la sienne et Simon ne voyait pas qui d'autre aurait pu s'introduire chez lui à cette heure de la nuit.

Il alluma la faible lampe de chevet.

Mariza se tenait debout, immobile, au pied de son lit.

« Qu'est-ce que tu fais là ? »

La jeune fille ne répondit pas. Langoureuse, elle souleva sa légère robe de cotonnade rose sans le quitter des yeux. Il aurait pu lui dire de partir, il aurait pu se lever et la mettre à la porte, il n'en fit rien. Tétanisé, il regardait le spectacle de cette jeune beauté se dénudant, lascive, devant lui. Il était nu, sous le drap léger, son désir inassouvi depuis cet après-midi se manifesta avec vigueur. La jeune fille sourit en voyant se dresser le coton blanc et se mit à onduler, caressant son corps bronzé de ses mains fines, s'attardant sur les tétons et le pubis.

Il ne bougeait toujours pas.

Elle soupira, introduisant un doigt dans son sexe entrouvert.

Simon, déchiré entre la volonté de ne pas céder à la tentation et le désir impérieux, presque douloureux qui le tenaillait, ne savait comment réagir.

Cette fille était jeune, trop jeune, même si elle se comportait avec une assurance toute professionnelle, répétant les gestes, les murmures savamment étudiés pour pousser les mâles dans leurs derniers retranchements. N'ayant plus le recul nécessaire pour dominer cette situation, il s'assit dans le lit, fasciné par le mouvement chaloupé des hanches de la belle. Tout en s'approchant, elle dessinait dans l'air, de son sexe sombre, des arabesques hypnotiques.

Elle prit la main de l'homme éperdu, la promenant sur son corps ferme.

Incapable de se contrôler davantage, passant des seins au ventre tendu, il embrassa sa peau de cannelle.

Elle bondit sur le lit et le chevaucha.

Les cuisses écartées, elle frottait son sexe contre sa verge vibrante, encore masquée par le drap blanc ; il ne put en supporter davantage et gémit sourdement. Habile, elle ôta le tissu d'un geste ample et, saisissant le gland turgescent, le promena entre ses cuisses. N'y tenant plus, Simon lui attrapa les hanches et voulut la faire descendre sur son sexe impatient ; elle résista, le rendant fou, inclinant vers lui son buste aux tétons dressés, les lui promenant sur le visage. Avec plus de force, il tenta alors de l'empaler sur son vit douloureusement gonflé. Avec un rire de gorge espiègle, elle commença à l'introduire dans son sexe chaud et humide. Simon s'apprêtait à évacuer vigoureusement toutes ses frustrations quand l'image nette de Naëlle vint frapper sa rétine. Elle était là, face à lui, comme si elle s'était trouvée dans la chambre, plus claire dans son souvenir qu'elle ne l'avait été depuis des semaines, il la voyait, tristement souriante, et cette apparition, réelle jusqu'à l'absurde, l'obligea à se retirer.

Mariza, croyant à un nouveau jeu érotique, se retourna prestement et lui présenta un magnifique cul rebondi.

« Non, non, arrête ! Je ne veux pas.

— Toi sûr ? Regarde-le… Lui il veut. »

Elle avait adroitement saisi son sexe dans la main droite tandis que la gauche se promenait sur la peau tendue de ses testicules jusqu'à son anus. Sans laisser à Simon le temps de protester, mais le pouvait-il encore, elle enfourna goulûment la verge dans sa bouche experte et, après quelques allers-retours irrésistibles, le fit décharger violemment dans un grand cri.

Bolivie, Campo Selva, ..., ...
Naëlle

Une bonne nuit, lourde, bienfaisante.

Un réveil en douceur.

Le hamac, amadoué, ne lui brisait plus les reins…

Elle avait rarement si bien dormi !

Voilà trois jours qu'elle était seule et à la diète sur son perchoir ; le poisson qu'avait amené Rita hier lui avait semblé un véritable festin.

Si on lui avait dit ça !

En soixante-douze heures de solitude, sa vision de cet endroit avait totalement changé… Elle repensait à ses lectures de Robinson perdu et de nature apprivoisée… se sentait plus forte, maître du monde, de ce monde, son monde, son petit carré de délire végétal qui se laissait finalement domestiquer !

Elle remercia la forêt qui l'avait accueillie, le ruisseau qui l'avait lavée, les fleurs qui l'avaient parfumée de leurs sucs, les animaux qui l'avaient bercée de leurs chants… mis à part les moustiques dont elle n'avait pas encore compris la nécessité !

« Tu es prête ? On t'attend au village ! »

Rita l'escorta et elle quitta son refuge… presque à regret.

Dans la hutte centrale, Pedro, revenu au camp depuis la veille, les attendait, rayonnant. Son haut potentiel spirituel lui avait permis de faire l'économie d'un jour de jeûne… Vexant ! Jayme les rejoignit, c'est lui maintenant qui allait les prendre en charge. Il était bien plus fluet que Pedro mais les fines lignes sillonnant son visage très brun et les cheveux blancs zébrant sa chevelure noire imposaient d'emblée le respect dû aux anciens. Il s'approcha de Naëlle, très près, le visage à la hauteur de son épaule, la renifla, consciencieusement, les yeux fermés. Ne sachant pas très bien quelle attitude adopter, elle s'immobilisa et ferma elle aussi les yeux.

« Tu as trouvé ton odeur, c'est bien, c'est une bonne odeur. »

Rita la prit dans les bras, l'impression toute maternelle qu'elle dégageait lui donna envie de pleurer, de rester là, dans ces bras si doux et forts ; elle n'avait jamais ressenti ça : le contact d'une poitrine ferme et rassurante contre la sienne et l'envie, irrésistible, d'y poser la tête, de s'y endormir, rassurée, protégée… Nicolas ne semblait plus être dans le camp, mais quand Naëlle interrogea Rita à son propos, elle éluda la question, répondant que ses allées et venues n'étaient connues que de lui seul.

« De toute manière, c'est Jayme qui va t'accompagner pendant le début du travail ; Nicolas viendra plus tard, ne t'inquiète pas. »

Puis ils s'assirent car avant de la laisser entre les mains de Jayme, Rita voulait lui parler de ce monde auquel elle ne connaissait rien, l'univers des chamans d'Amazonie.

« Les chamans n'ont pas besoin d'une église, ni d'un dogme, ni d'une hiérarchie : chacun de nous peut grâce à leur aide voyager dans son univers spirituel. Il ne s'agit pas d'une religion, mais plutôt d'une méthode ! Pour le chaman, le monde est entièrement vivant, formé de trois niveaux : le ciel, contrôlé par Huayaramama, la mère de l'air ; la terre où règne Sachamama, la terre-mère ; et Yacumama, celle des eaux. Ces trois étages étant reliés entre eux par un axe central, l'*axis mundi*, le long duquel l'âme du chaman peut voyager. À l'intérieur de cet univers chamanique cohabitent trois mondes : celui des humains et des animaux, celui des végétaux et celui des esprits. Grâce à l'*ayauasca*, au tambour et aux chants de Jayme, tu pourras peut-être entrer dans le monde des visions. Tout le monde n'y arrive pas, mais la vision n'est pas le but, tu dois ensuite la ramener dans notre réalité. Cette réalité que nous pourrions appeler la réalité ordinaire, en opposition avec la réalité non ordinaire du chaman quand il est dans un état de conscience altérée. Tu dois donc revenir et interpréter le message que tu auras reçu pour le bien et la connaissance de tous. Pedro connaît bien ce rapport simple au magique, seulement nous, dans notre culture occidentale, nous avons perdu le contact avec cette ancienne pratique… Tu vas donc devoir avancer en confiance, sans essayer de comprendre, laisser venir les images à toi comme un enfant qui découvre le monde. Celui que tu vas voir s'ouvrir sous tes yeux existe tout autant que celui que tu connais déjà ; ne crois pas qu'il soit ta création, il existe indépendamment de toi, il existe, déjà là, maintenant, sans que tu en sois consciente. »

Pendant que Rita parlait, elle n'avait pas lâché sa main ; Pedro et Jayme l'écoutaient en remuant la tête, approuvant ses paroles.

Sur le sol, deux nattes de laine épaisse ; un récipient en métal, du cuivre sans doute, laissant échapper une lourde fumée odorante qui rejoignait le ciel à travers l'ouverture ronde au centre du toit de la hutte ; un bouquet de feuilles et de fleurs séchées ; un tambour patiné et du tabac les attendaient. Rita leur passa la main sur les épaules puis sortit, discrète, rabattant derrière elle la lourde pièce de cuir qui barrait l'unique entrée de l'endroit. Relative obscurité, percée ponctuellement par le bout incandescent de la cigarette grossièrement roulée que Jayme venait d'allumer. Il tourna autour de Naëlle, soufflant sa fumée sur son crâne, sur ses yeux, ses épaules et à l'intérieur de ses mains ; Pedro reçut le même traitement. Pas désagréable, l'odeur, forte, lui rappelait celle du vieux quand elle était inconsciente, au village… Elle ne savait même pas le nom de ce village, ni depuis combien de temps ils l'avaient quitté… Pas le temps de demander à Pedro : Jayme les allongea sur les nattes, chacun la sienne, à un mètre de distance. Il leur amena deux grosses calebasses vides : pour vomir le mal, dit-il, le mal que l'*ayahuasca* va chasser hors de vous.

Charmant ! Elle ne voyait pas bien ce qu'elle aurait pu régurgiter avec le peu qu'elle avait mangé depuis trois jours. Jayme s'agenouilla entre eux et souffla de la fumée dans le pot qui contenait la décoction… pour la charger, lui murmura Pedro. Lentement sa respiration s'amplifia, les exhalaisons de tabac prirent un rythme structuré qui se transforma en chant, profond, nasillard; Jayme avait les yeux et la bouche fermés; mince, sec, les lèvres serrées, les pommettes saillantes, les narines pincées par le souffle du chant, marionnette de cuir buriné, manipulée par quelque ventriloque farceur.

Envie de rire… Pas le moment… Elle n'était pas sûre qu'il apprécierait! Elle devait se concentrer, ne pas laisser son esprit vagabonder!

Jayme continuait son chant, immobile, comme s'il n'était pas l'auteur de cette mélopée. Ensuite, il leur versa un peu du liquide dans la gorge… C'était épais, visqueux, amer et très très mauvais. Puis il les força à s'allonger sur le dos, leur passa trois fois la main sur le visage, odeur d'herbe, de tabac, contact rugueux et chaud; il leur dit qu'il fallait attendre maintenant; empoigna son tambour et, à l'aide d'un os poli et recourbé, frappa l'instrument avec une cadence régulière qui rythma son chant. Les yeux fermés, Naëlle ne pouvait s'empêcher de visualiser mentalement la fréquence des sons : deux longues, trois brèves, une longue, trois brèves, une longue.

Elle attendait.

Inlassablement la séquence sourde se répétait, un autre chant s'ajouta à celui de Jayme, une voix de femme, elle n'ouvrit pas les yeux, pas envie de savoir qui était là. Elle entendit Pedro, à côté d'elle, qui commençait à gémir, est-ce qu'il était malade? Est-ce qu'il sentait déjà les effets de la liane des morts? Sa curiosité fut la plus forte, elle souleva les paupières, le garçon se balançait doucement comme un enfant cherchant le sommeil, il avait les bras croisés sur la poitrine, son visage, animé de mouvements incessants, haussements de sourcils et crispations des lèvres, ressemblait à celui d'un nouveau-né.

Il ouvrit la bouche, image arrêtée d'un cri non crié, de pleurs non pleurés et de rires silencieux.

Qu'est-ce qu'il voyait ? Qu'est-ce qu'il ressentait ? Pourquoi n'y avait-elle pas accès ?

Elle ferma les yeux, attendit.

Deux longues, trois brèves, une longue, trois brèves, une longue ; deux longues, trois brèves, une longue, trois brèves, une longue ; deux longues, trois brèves, une longue, trois brèves, une longue... Les chants s'amplifiaient encore, celui de la femme se fit plus nasillard, toujours la même phrase apparemment, elle n'en percevait pas le sens : deux longues, trois brèves, une longue, trois brèves, une longue... oooouuuuuuuuaaaaaaahhhhhh son cœur explosa !

*

* *

Tout s'emballe.
Ma respiration s'arrête.
Mon cœur bat vite, si vite.
Ça puise partout dans mon corps.
Mes mains picotent.
J'ai chaud, si chaud, ça circule dans mes veines.
Jayme arrête son chant, celui de la femme monte dans les aigus.
J'ai l'impression de mourir avec ce chant, comme si je décollais.
Tout mon être est tendu, aspiré vers le haut, aspiré par ce chant.

*Ça monte, ça monte… quand je crois que ça ne pourra pas aller plus haut, que quelque chose va lâcher, Jayme revient, ramène son chant grave. Là, je pars, je ne contrôle plus rien, l'*ayahuasca *trace la voie !*

Je me promène dans ma tête, derrière mes yeux, des centaines de connexions lumineuses s'entre-croisent, souples, vibrantes, leurs couleurs changent et se mêlent… je me faufile à l'intérieur, je glisse, je coule… des nausées soudain, envie de vomir… je me redresse à moitié, tout tangue, je reprends appui sur une main, où sont les autres ?
Plus moyen d'ouvrir les yeux… qui a cousu mes paupières… on me souffle de la fumée sur le visage, sur les cheveux, quelqu'un me prend dans ses bras, me berce, m'insuffle des mots de calme, d'apaisement, ça va mieux, je me recouche.
Vision sereine d'un ciel nocturne, infini de noir velouté.
Un point lumineux apparaît au centre.
Il me semble qu'il grossit… oui, il s'approche, il aspire le noir autour de lui, l'avale, il se rapproche de plus en plus vite ; sa lumière, concentrée et vive, minuscule comme une tête d'épingle, fonce droit vers moi, au centre de mon regard, ce regard, celui qui est derrière mes yeux, quelque part au fond de ma tête… En s approchant, le point rond devient ovale et, peu à peu, des traits s'y dessinent…
C'est un visage, très beau, très doux, très pâle. Quand il s'immobilise enfin, arrêtant sa course à deux doigts, je perçois sa chaleur, son odeur, un goût

très particulier envahit ma bouche… Qu'est-ce que c'est ?
Pas moyen de l'identifier, mais il est là, très présent, je peux le sentir… Alors, le visage blanc et pur ouvre les yeux, de grands yeux gris et tranquilles, presque transparents, et me sourit.

Bonheur.
J'ouvre la bouche, je voudrais lui parler, lui demander son nom, il me regarde, calmement, profondément.
Œuf de marbre ou de chair, blanc, diaphane, parcouru de légères veinules, flottant sur le rien ; un visage parfait, aux traits si fins et réguliers, libre de toute attache… Pas de cou, pas de corps, juste l'essentiel… Il referme les yeux.
Je voudrais lui parler, tendre la main, lui demander de me regarder à nouveau, entendre sa voix… Je suis incapable de bouger… Il repart comme il était venu, très vite, vers l'arrière, aspiré dans le noir qui occupe à nouveau tout l'espace.

La bulle de lumière est redevenue une étoile lointaine.
Je reviens.

*
* *

Une longue, longue aspiration, un cri avalé, une main se posa sur son dos, elle ouvrit les yeux.

Ce qui prend un autre chemin

Bolivie, Cachuela Esperanza, 11 août, 17 heures
Nicolas

Nicolas était là, devant son grand-père, il était venu, bravant le danger, traversant la forêt, accourant à son appel, comme toujours. Ils avaient réussi avec leurs partisans à mettre au point un réseau serré de protection et les messagers circulaient, ombres insaisissables entre le village et le *campo* pour connecter ces deux êtres d'exception. Un passage souterrain aboutissant sous la demeure avait permis à Nicolas d'y pénétrer sans être repéré, on n'était jamais trop prudent dans ce pays. Son grand-père l'avait fait appeler : la douleur l'avait suffisamment tyrannisé, il voulait en finir avec elle. Seul son petit-fils pouvait, à ses yeux, remplir cet office. Conformément aux désirs de son aïeul, Nicolas avait apporté tout ce qu'il fallait pour l'accompagner dans ce dernier voyage. Manuel Suar de Pozada voulait quitter dignement cette vie, partir en fin de journée avec le jour qui meurt, et non dans un matin de commencement.

Tranquille, assis à ses côtés, la main noueuse du vieillard posée avec confiance dans la sienne, Nicolas venait donc de lui faire une injection létale.

« Tu as gardé les cheveux de ta mère, Nicolas… Ses beaux yeux bleus aussi. Elle était très belle, Emily, tu sais, mais dès que ton père me l'a présentée, j'ai su qu'elle allait me le voler… Elle n'était pas faite pour vivre ici… Quelle heure est-il ?

— Bientôt 18 heures, grand-père.

— J'ai combien de temps, encore ?

— Ça dépend, une heure, deux peut-être…

— C'est bien, je suis content de mourir près de toi.

— J'en suis heureux aussi, grand-père.

— J'ai eu une belle vie, riche et bien remplie… Surtout, je t'ai eu, toi… Combien de temps encore ?

— Comme tout à l'heure, *abuelo*, ne t'inquiète pas, tu as le temps.

— Toi, tu as été mon cadeau du ciel quand ils ont disparu, tous les deux. Ta mère… Ta mère était charmante… Et mon fils, ton père, était charmé, toujours et encore, sous le charme… Il faisait tout ce qu'elle voulait ! Sous les charmes… Non… ce n'est pas ça… Comment dit-on ? Ah oui… Tu te souviens… Sous la charmille… Les promenades avec Graziella, les arbres tranquilles, alignés, qui faisaient danser l'ombre et la lumière sur son doux visage… Les charmes… Graziella les aimait tellement, aimait tellement cet endroit. Non, ce n'est pas ça… Ta mère… Oui, c'est ça, ta mère, elle, était différente… Elle n'aimait pas les arbres, elle voulait les salons et la lumière des fêtes…

— Je sais, je sais, calme-toi.

— Elle était tellement vivante, tellement… frivole. Elle ne pouvait pas vivre ici, elle voulait retourner en Angleterre… retourner en Angleterre.

— Je sais.

— Toi, tu restais avec moi, elle ne voulait pas que tu voyages autant…

— Elle a eu raison, j'ai échappé à l'accident et je suis resté avec toi.

— Quand tu es parti en Europe, j'ai bien cru que tu ne reviendrais jamais, toi non plus.

— Je suis revenu !

— Oui mon petit, toute ma fierté, tu as fait toute ma fierté… Mon père, tu sais, tu t'en souviens ?

— Je ne l'ai pas connu, grand-père.

— Ah oui, c'est vrai… Tu es trop jeune… Mon père était un grand homme, il a fait de belles choses dans ce pays… J'ai essayé, moi aussi… mais toi, tu vas plus loin, tu es meilleur… Un bien meilleur être humain… Je suis si fier mon petit, si fier de toi… Prends garde, le monde est dur… »

Le vieil homme semblait s'être assoupi, les yeux mi-clos, la bouche entrouverte sur sa respiration sifflante, laborieuse. Nicolas caressait la main ridée aux veines bleues saillantes, détaillant chaque trait de son grand-père, s'en imprégnant. Brusquement, Manuel prit une profonde inspiration comme s'il revenait à la surface après un plongeon en apnée. Il s'écria :

« Michal, c'est toi ?

— Non, grand-père, je suis Nicolas, ton petit-fils. Michal, c'était ton fils.

— Pourquoi il n'est pas là, près de moi ?

— Il est mort, tu sais bien, il y a longtemps.

— Ah oui… C'est triste ! Partis tous les deux, elle était si belle, il l'aimait tellement. »

Le vieil homme se mit à pleurer silencieusement.

Nicolas pensa que le produit agissait peut-être plus rapidement que prévu sur l'organisme épuisé de son grand-père, il lui embrassa le poignet et caressa son front si pâle.

« Tu es resté, toi, tout seul, avec moi, ta main d'enfant dans la mienne, comme maintenant… tu te souviens ?

— Oui, bien sûr.

— Je dois te dire, Nicolas… combien de temps ?

— Ne t'inquiète pas pour ça, dis-moi… »

Manuel Suar de Pozada souleva le buste, essoufflé par l'effort, son débit était de plus en plus haché, hésitant. Rapidement, Nicolas lui cala les oreillers dans le dos ; ainsi redressé, le vieil homme sembla puiser dans ses dernières réserves la force de parler encore. « Tu dois continuer, ne te laisse pas abattre, ton combat est le bon. Ils se trompent, ceux qui veulent profiter de la terre et des hommes et les font mourir pour leur cupidité…

— Tu me l'as dit souvent, je continuerai notre lutte.

— Toi, tu peux, tu as le don, tu as le pouvoir d'amener des changements… Même un peu, c'est déjà beaucoup. Voilà… Je m'en vais, Nicolas… N'abandonne pas les tiens, reste fidèle… responsable… Tu l'as toujours été avec moi.

— J'essaie, grand-père.

— Merci, mon petit, de m'avoir accompagné jusqu'ici… Le jour s'en va, je partirai avant la nuit, c'est bien. »

Épuisé, Manuel laissa retomber sa tête sur le coussin. Lentement, sa respiration se fit plus calme, plus profonde, on aurait pu le croire endormi. Son visage lissé ne portait plus les stigmates de la souffrance et semblait apaisé. D'une voix paisible, il continua :

« Tu crois que je retrouverai ma douce Graziella ? Elle m'avait dit qu'elle m'attendrait là-haut, avec patience. Elle était si belle, si douce, elle aimait se promener sous les arbres… C'est pour elle que j'avais fait planter cette charmille, et tous les soirs, elle la parcourait… Ils sont morts, maintenant, les arbres… Pas faits pour ce climat, les charmes… Tu te souviens d'elle, Michal ? De ta maman ? Tu crois qu'elle y est… au *paraíso ?*

— Oui, papa, oui, je me souviens bien d'elle, elle t'attend, regarde-la, elle t'ouvre les bras ! »

Nicolas, le visage baigné de larmes, ferma les paupières de son grand-père, embrassa ses joues émaciées et allongea ses bras sur la couverture. Lorsqu'il sortit de la chambre, les vieux serviteurs n'eurent pas besoin d'explications, ils baissèrent la tête et entamèrent chacun la tâche qui leur était dévolue dans ce rituel de deuil qu'ils devaient à présent accomplir.

Ayant déjà réglé les formalités avec le notaire familial pour que la maison reste en l'état et que tous les compagnons de route de son grand-père puissent y finir leurs jours paisiblement, Nicolas s'apprêtait à regagner rapidement sa cachette au fond de la jungle. Le vieux Eduardo l'accosta :

« Monsieur Nicolas, je ne sais pas si c'est bien, mais avant que vous ne retourniez dans la forêt, je dois vous remettre ceci. Deux hommes, un Indien et un Blanc, sont là, depuis six jours… Ils ne quittent pas la maison des yeux, ils campent devant nos portes… Ils vous guettent, je crois… Ils ont demandé qu'on remette ce message à votre grand-père… Je ne l'ai pas fait, il était trop faible, je pensais que ce n'était pas bien pour lui… Tenez, prenez-le. »

Les yeux rougis, le vieux majordome lui tendit l'enveloppe qui n'avait pas été décachetée.

Bolivie, Campo Selva, ..., ...
Naëlle

Pedro, Jayme et Rita, accroupis devant Naëlle, la regardaient avec anxiété.

« Ç'a été dur pour toi », lui dit Jayme en lui prenant les mains.

Elle se réadaptait difficilement à la semi-obscurité de la hutte.

Pedro rayonnait, épuisé mais ravi ; à côté de sa couche, sa calebasse était à moitié remplie d'un liquide noirâtre ; son voyage n'avait pas dû ressembler à celui de la jeune femme. Ils s'assirent en cercle tous les quatre et Rita leur demanda de raconter ce qu'ils avaient vu. Naëlle, ne voulant pas évoquer son visiteur pâle, décrivit les chemins de lumière, les volutes de couleurs et la chaleur.

« Tu as résisté ! Tu n'as pas accepté la voie de l'*ayahuasca*. Tu vas devoir faire la diète demain encore et on recommencera », lui dit Rita en lui massant les épaules.

Pedro, lui, était ravi de pouvoir raconter sa rencontre magique avec les milliers de serpents sortant de son ventre et se transformant en branches, en circonvolutions végétales ; il avait même l'air fier de cette nausée qui l'avait submergé, lui faisant vomir tout le noir caché en lui.

Naëlle l'écoutait mais n'arrivait pas à entrer dans son rêve, ses visions ; impossible de partager ses sensations, c'est comme la douleur, le bonheur, c'est comme de demander : combien tu m'aimes ? Jusqu'où tu m'aimes ? Brusquement, Simon envahit son esprit, l'emmena loin d'ici, elle revit ses yeux de ciel changeant, un peu tristes parfois, elle aurait voulu tendre la main, lui toucher la joue encore, encore une fois… Ses yeux s'assombrirent, sa peau se fonça, ce n'était plus lui, qui était-ce ? Manko ? C'était Manko qui était là, à présent, dans sa tête, et qui lui souriait…

« Naëlle ? Naëlle, tu es là ? Parfois, l'état de conscience modifiée se prolonge, il faut revenir, émerger. Viens, on va prendre l'air. »

Rita l'entraîna dehors, laissant Jayme et Pedro en grand conciliabule.

« Ne t'inquiète pas, il est rare que l'*ayahuasca* t'accepte au premier voyage.

— Mais Pedro y est bien arrivé, lui !

— Pedro avait déjà été initié par son *yatiri*, et puis ça fait partie de sa culture. Ton chemin est plus compliqué. Tu devras accepter de naviguer aux frontières de la mort mentale, remettre la réalité en question, explorer ton esprit au plus profond pour y trouver le monde invisible et l'accepter comme étant tout aussi réel que l'autre, celui qui est sous tes yeux… C'est un long travail !

— Je voulais le faire, j'étais vraiment prête à le faire.

— Comme tu vois, la volonté ne suffit pas toujours, tu dois accepter de transcender la peur de la mort, tu dois lâcher prise.

— Je n'avais pas peur, au contraire, c'était doux, c'était beau…

— Ton esprit a dû reprendre le contrôle, il a dû craindre que tu ne veuilles rester là-bas, que tu ne veuilles plus revenir.

— Peut-être, oui, peut-être que ça aurait pu arriver.

— Allez, n'y pense plus : jusqu'à demain, tu vas boire la *clabohuasca*, c'est une tisane qui soigne le corps et l'esprit, elle va renforcer ton énergie spirituelle.

— C'est mauvais ?

— Non, ajouta Rita dans un sourire, ça a plutôt un goût de réglisse… Cette boisson me fait penser aux bonbons de mon enfance, elle me rappelle l'Europe… J'en bois, parfois, juste comme ça, c'est ma madeleine à moi… mais chut ! Faut pas le dire… »

Naëlle adorait entendre cette femme rire, percevoir son léger accent, un peu guttural, cette façon d'appuyer un peu trop les *e* muets ; elle adorait regarder la peau de son visage, encore belle et ferme mais déjà attendrie par le temps qui passe et sait se faire doux pour ceux que la bonté éclaire ! Elle adorait être ici et lui faire confiance ! Elle allait boire sa tisane jusqu'à demain, avec le regret de savoir que son goût ne pourrait lui rappeler aucun bonbon d'enfance.

Bolivie, Cachuela Esperanza, 11 août, 9 heures
Manko

« C'était bien cette nuit ? »

Avec un sourire entendu, Manko lui avait posé la question en savourant son deuxième café serré.

« De quoi tu parles ?

— Oh, arrête, les cloisons sont minces et tu n'as pas été particulièrement discret… C'était la *chica* d'hier après-midi ?

— C'est un interrogatoire ?

— N'en fais pas tout un plat, ça peut arriver à tout le monde, elle est rudement mignonne !

— Oui… surtout très entreprenante. De toute façon, ce matin, elle n'était plus là et j'espère ne pas la croiser à nouveau.

— Aïe, tu as vérifié si rien n'avait disparu ?

— Non, je ne crois pas, mon portefeuille, mes papiers, tout est là.

— Et elle ne t'a rien demandé ? »

Simon, plongeant le nez dans sa tasse, n'avait visiblement aucune envie de poursuivre cette conversation qui le mettait mal à l'aise.

« Pourquoi ça te gêne autant, dis-toi que tu as eu du bol, elle devait te trouver sexy et exotique… À ta place, moi, je n'aurais pas hésité.

— Eh bien tu n'es pas à ma place, et en ce qui me concerne, j'ai plutôt le sentiment d'avoir été piégé.

— De ma chambre, ce n'est pas l'impression que ça donnait !

— Tu me lâches… ? En tant que mec, tu sais bien qu'il y a des trucs auxquels on peut difficilement résister. Oui, cette nuit, je me suis lâché et ce matin, je le regrette, voilà.

— Pourquoi ? À cause de Naëlle ?

— Bien sûr, pour quelle autre raison ? »

Pour dédramatiser la situation, Manko était à deux doigts d'évoquer la nuit qu'il avait passée avec Naëlle avant sa disparition, mais il se dit que c'était à elle de le faire, si elle le souhaitait, quand elle se retrouverait face à Simon… Il essaya donc d'aborder l'événement sous un angle plus allusif :

« Pour toi, c'est ça l'amour ? Posséder quelqu'un et devenir sa propriété ?

— Non, bien sûr que non, mais je n'aime pas quand c'est l'animal en moi qui domine.

— Moi, pauvre Indien, moi pas comprendre homme blanc… Toi, croire : animal d'un côté, homme de l'autre ? Ça pas être bon ! »

Même son imitation du « bon sauvage » n'arrivait pas à effacer les rides soucieuses qui barraient le front de Simon. Il reprit donc plus sérieusement :

« Tu sais, dans mon métier, on passe son temps à accompagner des gens comme toi, des Européens pour la plupart, à la recherche de leur "moi profond", d'une reconnexion avec leur vérité. Ils viennent ici, comme si le dépaysement allait changer quelque chose ; ils regardent de loin une culture à laquelle ils ne connaissent rien et qu'ils ne comprendront pas davantage à leur retour. Je ne vais pas cracher dans la soupe, c'est mon gagne-pain, mais je crois qu'ils se trompent et que, souvent, leurs problèmes viennent de là : d'avoir voulu trop longtemps et trop profondément enfouir l'animal qui est en eux, qui EST eux. S'ils écoutaient plus simplement leurs aspirations, leurs pulsions, ils se poseraient moins de questions.

— Si tu appliques ça, tu fais comment pour vivre en société, sans tuer ton voisin dès qu'il t'énerve, sans sauter sur la première femelle dès que l'envie s'en fait sentir ?

— Ne me prends pas pour un idiot, tu sais très bien que des tas de civilisations y sont parvenues en établissant des règles, évidemment, mais qui les éloignaient moins de la nature et de ses besoins. Les animaux aussi y parviennent… Bref, tout ça pour te dire que tu devrais arrêter de te ronger les sangs pour cette nuit. Prends la vie plus légèrement, tu as assouvi une pulsion, et ça ne change rien à l'amour que tu portes à Naëlle… Que tu sois ici, au milieu de l'Amazonie, à essayer de la retrouver est bien plus important, non ?

— Mmmouais… Évidemment. Mais fais-moi plaisir, cesse de t'occuper de mes pulsions, de mes frustrations et de mes états d'âme.

— Ok, patron, comme tu veux, retourne à ton poste, moi je reste ici et, avec un peu de chance, je me ferai draguer à mon tour ! »

Bolivie, Campo Selva, ..., ...
Naëlle

Elle s'était assise face à Jayme dans la grande hutte, Pedro ne participait pas à la cérémonie. Rita les rejoignit. Apparemment, ils avaient décidé de se consacrer exclusivement à son cas, cette fois ! Déjà une certaine habitude du rituel : Jayme l'enveloppa de sa fumée, elle but l'*ayahuasca* sans réticence, elle savait que c'était mauvais, il n'y avait plus de surprise, elle s'allongea.

Le tambour emplit l'air lourd de sa cadence mate. Jayme entonna sa mélopée. Elle ferma les yeux. Plus rapidement que la première fois, son pouls s'accéléra, la chaleur envahit son corps, son esprit reconnut la procédure : ça décollait…

*

* *

Ce goût !
Ce goût qui m'est resté sur la langue depuis hier.
Il revient, envahit mon palais.
Je vais le revoir, lui, mon visiteur.

J'attends sa venue.
Je suis dans le noir.
J'attends l'étoile, le frémissement lumineux, les prémices de sa présence.
Je sens son goût, je goûte son odeur...
Tout est en place pour qu'il vienne, mais il ne vient pas...

Au lieu de l'étoile tant attendue, c'est le noir tout entier qui explose de mille couleurs, feux d'artifice ininterrompus, incontrôlables, je m'y envole, je m'y jette, je m'y noie...

Le tambour continue : deux longues, trois brèves, une longue, trois brèves, une longue.
Le chant de Rita arrive, s'y ajoute, me fait monter.
Je suis là et pas là, ici et partout, je suis enfin et vraiment maintenant !

Le tourbillon s'accélère...
Trop vite, trop rapide.
Il faut calmer les palpitations de mon cœur.
Recommencer à respirer.
Revenir à un rythme supportable, suivre les battements sourds du tambour.

Je rentre dans l'image, les aplats prennent du relief, je ne suis plus seulement spectatrice, je m'incarne dans la vision.
Passagère d'un film en trois dimensions, je voyage au centre des couleurs, les contourne, les pénètre, les fais glisser sur ma peau...

Ravissement !
Peu à peu, le chaos s'organise.
Les traits de lumière s'assemblent, s'agglutinent, s'amalgament. La couleur devient chair, la lumière devient corps.
Les fulgurances liquides ont pris les traits de serpents multicolores.
Les serpents s'enroulent, se déroulent, flexibles, insaisissables. Mouvement ininterrompu d'un ballet concentrique où les anneaux glissent, où les corps fluides s'entremêlent vers une issue inaccessible, une lumière toujours lointaine, au bout de ce tunnel de peaux entrelacées.

Le mouvement spasmodique s'accélère.
Les reptiles, de plus en plus nombreux, de plus en plus rapides semblent se souder l'un à l'autre en un chemin visqueux, brillant, de plus en plus étroit, une chute de plus en plus vertigineuse !
Des rameaux poussent le long des flancs lisses des serpents, entrelacs serrés mi-végétaux mi-animaux, symphonie de bruns, d'écorces, dc sève.
Des bourgeons se profilent, s'allongent, éclosent...
D'un coup la chute s'arrête.

Nouvelle gamme de couleurs...
Certains tons disparaissent, se fondent...
Je suis dans le vert... mousse, tilleul, acide, vert d'eau ou d'amande...
les nuances s'organisent, se structurent.
Nausées...

Tout bouge et se déforme…
Nausées…
Tout tangue…

Quelque chose jaillit de moi… des mains me redressent, se posent sur ma nuque… la chose est sortie, ça va mieux.
Je repars…

Les tâches indistinctes se superposent, les molécules s'assemblent, le paysage impressionniste prend forme : je vois des feuilles, je suis dans un feuillage, je suis dans la forêt.

Je cours entre les arbres.
C'est beau, il fait doux, la lumière rebondit, joyeuse, de branche en branche.

Je cours.
J'entends ma respiration, profonde.
Est-ce le souffle de celle qui court ou celui de la dormeuse, couchée dans la hutte ?

Un mouvement dans les feuillages.
Une course parallèle à la mienne.
Quelqu'un est là, qui court avec moi, à côté de moi, au même rythme.
Je ne peux pas voir ce que c'est.
Je ne peux pas voir qui c'est.
Je ne peux pas m'arrêter et regarder.

Continuer la course, avec cette présence à mes côtés, invisible, mais qui fouette les branches au même rythme que moi.
Du coin de l'œil, je crois parfois apercevoir des éclats de lumière se reflétant sur un corps.
Un homme ? Un animal ?
Une grande inspiration, comme au sortir de l'eau…
Je me réveille !
Trop tôt !
Pourquoi m'ont-ils rappelée ?

Trop tôt !
Je voulais voir qui courait avec moi !

*
* *

Bolivie, Cachuela Esperanza, 11 août, 21 heures
Simon

Dans le déroulement répétitif des journées, les deux hommes commençaient à avoir leurs habitudes, le soir ils se retrouvaient, attablés dans l'unique restaurant local où, depuis six jours, ayant rapidement épuisé les possibilités de la carte réduite, ils se sustentaient d'une sorte de ragoût aux ingrédients indéfinissables.

Manko, le premier, remarqua un homme qui semblait les observer à travers le liquide ambré de sa bière ; il ne pensait pas l'avoir déjà croisé dans le village, et sa façon de détourner les yeux dès qu'il se sentait dévisagé ne lui inspira pas confiance. L'homme était grand, très grand, d'une stature inhabituelle pour la région ; à l'instant où Manko allait partager son inquiétude avec Simon, l'inconnu se leva et s'approcha de leur table.

D'emblée, il s'adressa à eux en dialecte et Simon fut réduit, une fois de plus, à attendre la traduction.

« Il dit qu'il est de passage et demande s'il peut s'asseoir à notre table.

— Pourquoi pas… Ça te permettra de discuter avec quelqu'un qui est probablement plus en phase avec sa réalité animale que moi ! » répondit Simon, toujours braqué sur leur discussion du matin.

Il s'appliqua à mastiquer consciencieusement les morceaux de viande, nerveux, coriaces, dont il préférait ignorer la provenance, ostensiblement étranger à la conversation qui occupait les deux Indiens.

Après quelques phrases, l'homme prit congé, adressa à Simon un signe de la main. Dès qu'il eut disparu, Manko, perplexe, lui fit un rapide résumé de ce qui venait de s'échanger entre eux :

« Ce type n'est pas net, sans avoir l'air d'y toucher, il m'a posé des questions sur les raisons de notre présence ici. Je n'aime pas ça, les serviteurs de Manuel ne sont peut-être pas si paranos en fin de compte.

— Qu'est-ce que tu lui as dit ?

— Pas grand-chose : qu'on recherchait une amie européenne disparue… Dans un premier temps, je pensais qu'il pourrait nous aider, mais je me suis rétracté quand il a commencé à me demander d'où je venais… Quand il a su que j'étais originaire de Curva, il m'a questionné sur le village, sur mon parcours, il m'a surtout parlé de mon grand-père et de son école… Ce type est bizarre ! »

Une fois leur repas achevé, Simon et Manko sortirent du restaurant en rasant les murs, guettant la moindre ombre suspecte, adhérant d'un coup au climat de suspicion qui entourait la maison Pozada.

Bolivie, Campo Selva, ..., ...
Naëlle

Voilà, rebelote, elle allait repartir.

Attente tranquille du décollage.

Elle commençait à s'habituer à la procédure : les chants, la fumée, la décoction, les nausées, la montée lente et puis brutale, l'accélération…

*

* *

Le ballet des serpents reprend.

Serpents-serpentins, entrelacs de lumière glissante, nacrée, visqueuse.

De plus en plus rapide.

Alternance d'ombre et de clarté, de formes géométriques à la symétrie parfaite et de masses organiques grouillantes, confuses.

Et enfin le vert, bienfaisant, apaisant, qui envahit tout.

Une lumière d'émeraude éclaboussée de lueurs…

Je suis de retour dans la forêt du rêve !

La course reprend à travers le feuillage.
Je sens toujours cette présence à mes côtés.
Elle adapte son rythme au mien.

Soudain, des bruits sur la gauche : une autre présence.
Nous voilà trois coureurs haletants, fouettés par les branches.
Je ralentis la cadence, je veux voir qui ils sont.
Plus je m'enfonce dans ce voyage, plus le décor devient tangible, concret, précis, je peux voir, maintenant, distinctement la forme et la couleur des feuilles et des rameaux.

Dans les interstices laissés par les branchages, j'aperçois, sur ma droite, un museau ; c'est bien un animal, lourd, puissant, ses pas martèlent en cadence la terre à mes côtés… un cheval ?
Brusquement, la présence qui était à ma gauche me coupe le chemin et bondit pour le rejoindre, tous les deux courent à présent à l'unisson.

Amis ou ennemis ? Bien ou malfaisant ?
La deuxième créature est passée devant moi si vite que je n'ai pu l'identifier…
Un éclair fauve, pas très grand, 1,50 mètre peut-être, sur quatre ou deux pattes ?
Pas sûr… un chien, un loup ?

Tout s'éclaircit soudain, le vert sombre devient lumière blanche, une percée, une trouée, une clairière.
Je m'arrête.

Je voulais tellement connaître ceux qui couraient avec moi et là, maintenant, j'ai peur, peur de les voir apparaître dans la clarté.

À quoi ressemblent-ils ?
Sont-ils des constructions de mon esprit ?
Ont-ils leur existence propre ?
À pas tranquilles, ils émergent des taillis.
Je les regarde, je les vois.

Le premier est un grand cerf, pas un cheval.
Ses bois imposants s'élancent haut vers le ciel, son museau pelucheux, frémissant a l'air doux et chaud, j'ai envie d'y poser la main.

Le second est un singe.
Je n'ai aucune idée de l'espèce à laquelle il appartient,
roux et vif, peut-être un orang-outan… Non, il n'en a pas le visage glabre, le sien est poilu, brun, foncé, vif et intelligent.

En appui sur ses longs membres antérieurs, le singe virevolte autour de son camarade qui, calmement, reprend la progression.
Ils traversent la clairière, je les suis.

Je marche à présent derrière mes deux étranges compagnons.
Nous nous enfonçons à nouveau dans la forêt, mais ce n'est plus la jungle tropicale du début de notre course.

Autour de nous se succèdent des feuillus, des chênes, des bouleaux.
Nous avons changé d'univers.

Je frissonne, la température aussi a changé.
Au sol, une mousse dense et humide amortit le bruit de nos pas.

Nous sommes dans un sous-bois.
Le sous-bois d'une forêt du Nord…
Ils m'ont ramenée chez moi !

Le chemin se resserre, de plus en plus encaissé.
La progression se fait plus difficile.
Des branches craquent, sinistres, sous nos pieds.

Nous arrivons face à un énorme rocher gris qui nous bloque le passage.
La fin du voyage ?

De son museau tendre, le cerf me pousse vers une anfractuosité que je n'avais pas remarquée jusque-là ; son geste est précis comme son intention, il veut que j'y entre.

Je me retourne, je regarde longuement les grands yeux en amande à hauteur des miens.
J'y vois mon reflet, étrange mise en abyme.
J'y vois un sourire, j'y vois de la bonté, j'y vois de la confiance.
J'y vais.

À peine ai-je réussi à me faufiler péniblement
par l'ouverture étroite que, le pied glissant sur le sol boueux,
je tombe.
Je tombe dans la faille.
Nouvelle Alice au pays des ténèbres.

*
* *

« Reviens ! Naëlle, reviens ! »

De l'eau sur son visage, un liquide froid coulait dans sa gorge, quelqu'un la secouait…

Le chant, le chant était toujours là… s'y accrocher comme à une corde, se hisser hors de ce puits où elle venait de tomber, remonter, respirer, respirer…

Ouvrir les yeux.

BOLIVIE, CACHUELA ESPERANZA, 11 AOÛT, 00 H 20
MANKO

Manko fumait, allongé sur le lit de Simon, quand ce dernier entra dans la chambre avec une bouteille de Singani, un alcool blanc local, et deux verres dépareillés qu'il avait réussi à soutirer au cuistot en quittant le restaurant.

« Combien de fois je vais devoir te répéter que cette chambre est non fumeur !

— J'ai besoin de lire dans la fumée pour réfléchir, lui rétorqua Manko.

— Maintenant, tu vas prendre n'importe quel prétexte culturel pour me pourrir la vie. Je peux difficilement contester ces liturgies folkloriques dont j'ignore tout, n'en abuse pas.

— Assieds-toi au lieu de râler… On est dans une impasse, là, rien ne bouge, on devient fous tous les deux à attendre un signe hypothétique. Je ne peux pas me permettre de rester ici davantage, j'ai fait patienter Sanchez en le tenant vaguement au courant de nos recherches, mais si je ne rentre pas à La Paz rapidement, je vais perdre mon boulot… et j'en ai besoin pour vivre, moi. »

Simon n'argumenta pas : de quel droit pouvait-il demander au jeune homme de l'accompagner encore un peu ? Cette recherche n'était pas réellement la sienne, et même si la perspective de se retrouver solitaire au cœur du Beni n'était pas réjouissante, l'idée de pouvoir retrouver Naëlle seul, sans l'aide ni la présence du bel Indien, le tentait.

« Les choses commencent à tourner bizarrement ici, reprit Manko : cette *chica* sortie de nulle part qui te saute dessus et qui disparaît, ce type, taillé comme une armoire à glace, qui vient m'interroger... J'aime pas ça. On n'est pas en Europe, ici, *gringo*, il faut faire attention. Moi aussi, à La Paz, j'ai des magouilles qui me permettent d'arrondir les fins de mois, mais je pense que, là, on ne boxe pas dans la même catégorie... Tu peux te marrer et me traiter de couillon, j'ai pas envie de mettre les doigts là-dedans !

Je n'ai pas forcé Naëlle à se mettre dans ce pétrin, un jour, elle refera surface... ou pas, je ne suis pas certain qu'on y sera pour quelque chose. Rentrons à La Paz, retourne à l'ambassade, essaie d'alerter le service diplomatique, je ne sais pas, c'était peut-être ça la chose intelligente à faire... Tu es écrivain, utilise tes armes, ici nous perdons notre temps ! »

Trois coups discrets frappés sur la porte de la chambre arrêtèrent Manko dans son soliloque. Immédiatement sur leurs gardes, les deux hommes se levèrent.

« *¿Quién es ?*

— *Soy Roje, quiero hablar con Manko K'ala Soriano.* »

Simon entrebâilla la porte.

Le balaise qui avait cuisiné Manko plus tôt dans la soirée se tenait devant lui, bras écartés et veste de cuir ouverte sur un tee-shirt ne dévoilant rien de suspect, mis à part d'impressionnants pectoraux.

Il le laissa entrer.

Bolivie, Campo Selva, ..., ...
Naëlle

« Reviens ! Naëlle, reviens ! »

Pedro, anxieux, lui secouait les mains tandis que Rita lui humectait le front, elle ouvrit les yeux.

« Tu es allée trop loin, on a eu peur de te perdre.

— Heureusement Jayme t'a ramenée. C'est un bon accompagnateur, mais tu ne dois pas vouloir aller trop vite : si l'initiation est trop rapide, tu risques d'inviter des esprits dont tu ne pourras plus te détacher.

— Maintenant, raconte, tu dois raconter ce que tu as vu, les voyages ne sont pas gratuits, ils mènent à la guérison et ils peuvent aider chacun d'entre nous. »

Naëlle essaya donc avec les mots les plus justes de retracer cet étrange périple jusqu'à la chute finale.

« Tu as rencontré tes animaux de pouvoir, quelle chance ! s'exclama Pedro avec enthousiasme.

— Oui, sans doute, ajouta Rita. Ils sont là pour t'aider, ne t'étonne pas de leur apparence. Ils sont rarement tels qu'on se les représente et beaucoup de ceux qui ont fait le voyage s'imaginaient, avant de le rencontrer, que leur animal serait plutôt un aigle, un tigre, un lion… enfin, un animal plus noble et plus emblématique que celui qui leur est apparu.

Ce sont eux qui choisissent et ils préfèrent souvent se présenter à nous sous une forme plus anodine.

Ce qui est singulier dans ce récit, c'est que tu en aies rencontré deux d'emblée, c'est plutôt rare. Le cerf est un sage qui ne te fera pas courir de risques inutiles ; le singe, lui, est un compagnon plus fantasque et peut t'entraîner là où tu ne voudrais pas aller.

Réfléchis avant de le suivre mais son intelligence, bien utilisée, peut t'aider à trouver des réponses.

Maintenant que tu les as rencontrés, ce sont des compagnons que tu pourras essayer d'invoquer et qui pourront peut-être t'aider si tu dois traverser des épreuves… Cependant, ils sont imprévisibles et rien ne dit qu'ils répondront à l'appel.

— Deux animaux de pouvoir, tu te rends compte de la chance que tu as ! répétait Pedro, incrédule.

— Oui », répondit rêveusement Naëlle…

Elle restait en pensée auprès de ses nouveaux compagnons, attendait avec impatience le moment de les rejoindre à nouveau pour continuer le voyage… Demain, peut-être.

Belgique, Grez-Doiceau, 12 août, 11 heures
Céline

Hhhhuummmmmmm....... ppppρfffffhhhhhhhh.......

Une grande inspiration, une grande expiration, Céline tentait de calmer les battements désordonnés de son cœur en pratiquant des exercices de respiration. Elle avait lu ce matin, dans son hebdomadaire féminin, les bienfaits de cette pratique visant à rétablir une meilleure cohérence cardiaque et une oxygénation correcte du cerveau.

Est-ce que ça allait suffire ?

Est-ce que l'air, entrant et sortant de son corps, allait pouvoir chasser toutes ces pensées qui, depuis des semaines, lui obscurcissaient la vue ?

Assise sur sa terrasse, le regard planant loin, au-dessus de la cime des arbres, Céline n'en était plus certaine. Elle qui avait jusqu'à présent traversé la vie avec légèreté et assurance n'avait plus, aujourd'hui, autant de certitudes.

Depuis des jours, ils étaient sans nouvelles de Simon. Lucas, de plus en plus ténébreux, se réfugiait dans un silence borné, passant la plupart de son temps sur Skype et dans des jeux vidéo qui l'éloignaient de la vraie vie. Son amie Claude et son mari se débattaient, pathétiques, dans un divorce raté, douloureux. Elle, inévitablement, se posait une foule de questions, se demandant où elle en était, là, dans son milieu de vie...

Avait-elle approché tous ses rêves ?

Avait-elle vraiment rencontré le compagnon avec qui, sans effort et jusqu'au bout, elle pourrait rire, parler, faire l'amour, se taire, avoir des projets, vivre et vieillir ?

Grégoire était-il ce partenaire idéal ?

Jusqu'à récemment, elle aurait répondu par l'affirmative, sans hésiter, mais depuis quelque temps, ses convictions semblaient s'effilocher, résister plus difficilement aux assauts des épreuves et du temps.

Bien sûr, les questionnements de ses amis proches en déroute ne l'aidaient pas à prendre du recul ; et Grégoire, absorbé tantôt par son travail, tantôt par ses hobbies sportifs ou musicaux, était de moins en moins présent à la maison, laissant la place pour que germent ces idées grises.

Pour la première fois, elle était en proie au doute, doutant de lui, d'elle, de leur amour, doutant de tout. Elle avait toujours vécu avec la certitude radieuse de leur avenir tout tracé : main dans la main, élevant leurs enfants, puis les enfants de leurs enfants.

Un bonheur simple, limpide, quotidien, sans usure.

Plus rien ne semblait évident.

Céline se demandait pendant combien de temps encore elle pourrait séduire son mari, le séduire davantage que les jeunes femmes insouciantes qu'il côtoyait dans son travail... Et si jamais il devait lui arriver la même mésaventure qu'à son amie Claude… comment y ferait-elle face ?

Dans dix ans, Grégoire serait-il toujours à ses côtés avec le même enthousiasme ?

Dans dix ans, aurait-elle toujours envie, avec la même gourmandise, de partager sa vie ?

Bolivie, Cachuela Esperanza, 12 août, 2 heures
Nicolas

Ils venaient d'entrer dans la demeure silencieuse de Manuel Salar de Pozada.

Roje, l'impressionnant garde du corps, puisque selon toute évidence c'était sa fonction, les avait laissés dans une vaste pièce, richement meublée, faiblement éclairée par la lueur vacillante d'un feu qui achevait de se consumer dans l'énorme cheminée où quatre hommes auraient pu se tenir debout.

Quelques bougies alignées sur une table de bois ciré prenaient le relais sans atteindre les recoins ombreux de la pièce.

Tout contribuait à donner au moment une allure bien étrange. Manko et Simon, heureux d'avoir pu pénétrer dans l'antique bâtisse, espéraient, en rencontrant enfin Manuel, le patriarche, obtenir quelques informations sur le lieu où se cachait son petit-fils.

L'homme qui entra ne correspondait en rien à ce qu'ils attendaient : trente, trente-cinq ans, les cheveux blonds et les yeux clairs contrastant étrangement avec la peau très mate et les lèvres charnues.

« Vous semblez surpris ? Vous me cherchiez, pourtant, à ce qu'on m'a dit. »

L'homme s'avança vers eux, leur tendant une main amicale.

« Nicolas Suar de Pozada. Vous devez être Manko, le petit-fils de mon maître, et vous, probablement l'écrivain étranger qui remue ciel et terre pour retrouver son ange blond…

— Elle est bien avec vous ? » s'exclama Simon.

Nicolas l'interrompit d'un geste de la main.

« Ne vous inquiétez pas, elle va bien, nous en parlerons plus longuement demain. Pour l'instant, je vous souhaite la bienvenue dans la demeure de mon grand-père. Manuel ne pourra malheureusement vous saluer lui-même, il nous a quittés il y a quelques heures.

Mes amis rassemblés ici m'ont averti de votre présence, ils m'ont conjuré de ne pas vous contacter. À tort ou à raison, j'ai préféré vous faire confiance. Les ennemis du peuple sont partout, excusez la méfiance de mes compagnons, en ce qui me concerne, je pense qu'on ne peut pas vivre dans la peur, je préfère suivre mon instinct.

Je considère votre grand-père, M. K'ala Soriano, comme mon père spirituel : il m'a ouvert, à l'adolescence, les portes de mondes inconnus. S'il se porte garant de vos intentions, soyez ici chez vous. Maintenant, si vous le permettez, je retourne auprès de mon grand-père, je voudrais l'accompagner quelques heures encore, on ne publiera pas l'annonce de son décès avant deux jours, avant que nous soyons loin.

Reposez-vous, une longue marche nous attend.

Bolivie, Campo Selva, ..., ...
Naëlle

« Donc, le cerf t'a guidée vers l'ouverture derrière le rocher ?

— Oui, clairement.

— Et là, il voulait que tu descendes ?

— J'imagine, je n'ai plus rien vu, je suis tombée…

— Mmm. Il t'indique sans doute que c'est sous terre que tu dois poursuivre ton voyage. Certains d'entre nous rencontrent leurs esprits dans les airs, d'autres dans le milieu aquatique ou encore sur terre. Tu te souviens, je t'avais parlé de ces trois niveaux et des trois mondes qui y cohabitent : celui des êtres vivants, des végétaux et enfin, des esprits.

Tu dois essayer de suivre l'axe qui relie ces mondes, laisse venir à toi les évidences qui t'y apparaîtront et avance sans crainte.

Tu dois retourner devant le rocher et entrer dans la faille. »

*

* *

J'y suis.
De plus en plus rapidement, je franchis les étapes.
Le chemin de lumière.
Les arceaux reptiliens.
Les couleurs éclatantes.
Le vert, enfin.
J'arrive devant le rocher mais ni le cerf ni le singe ne sont là, je suis seule, perplexe.
Où est cette faille, je ne la vois plus.
Tâtonnant, fébrile, je la trouve enfin, étroite et froide, là où la roche s'appuie sur la paroi moussue de la colline.
J'introduis péniblement le bras gauche puis l'épaule, la hanche et la jambe suivent.
Je sens un appui à l'intérieur, je dois continuer…
Ça paraît impossible, c'est beaucoup trop étroit.

Il faut bien que mon corps entre par là…
Je voyage en pensée, pourquoi mon corps n'est-il pas capable de se couler, immatériel, dans cette faille ?
Il résiste, mon esprit aussi résiste.
J'entends toujours les mélopées inlassables qui accompagnent mon voyage.
Je dois les abandonner, les laisser derrière moi.
Écouter l'appel de la terre, pénétrer ses entrailles.
Alors, comme si mes os, mes muscles avaient attendu ce signal, je me sens brutalement aspirée, la pierre me compresse, m'avale et me recrache à l'intérieur.

J'y suis.

C'est une galerie dans la roche, j'arrive à m'y tenir debout, j'avance.
L'obscurité n'y est pas complète.
Pourtant, je ne distingue aucune source de lumière.

J'avance, bras écartés, suivant les parois rocheuses du bout des doigts.

Plus je m'enfonce, plus la pente s'accentue, plus le boyau se rétrécit...
Mes épaules frottent à présent la pierre suintante d'humidité.

Peu à peu, ce qui m'entoure se fait moins dur, moins coupant.
De la boue remplace la pierre, mes mains et mes pieds dérapent sur cette terre grasse, douce et souple, je tombe, je glisse, je rampe avec bonheur dans cette matière ocre et chaude.
Je suis enfin l'enfant que je n'ai jamais été, heureuse et maculée de boue.

Le passage rapetisse encore, m'obligeant à me tortiller pour poursuivre la progression.
Tout mon corps s'imbibe de cette matière amicale qui, à chaque mouvement, m'aspire et me recrache avec des bruits de succion qui m'emplissent de bien-être et me font sourire.

Au moment où je pense qu'il est impossible d'aller plus loin, que l'étau se resserrant constamment autour de moi va m'empêcher de respirer, je

la vois, la lueur dorée qui éclairait faiblement le tunnel depuis le début de ma descente... Encore un effort.
J'y arrive !
Ooohhh...
bonheur,
douceur,
je reprends mon souffle et je regarde, émerveillée.

C'est une grotte... d'argile, apparemment.
Tout y est doux, rond, aucun angle nulle part.
Comme une bulle ocre au sein de la terre.

La lumière que j'ai suivie, et qui répand
sa clarté bienfaisante dans tout l'espace,
provient d'une flamme vive qui brûle
joyeusement sans que rien ne paraisse l'alimenter.

De part et d'autre de ce foyer, dans la paroi, deux portes fermées.

Je ne les avais pas immédiatement remarquées elles se fondent et disparaissent dans la glaise des murs.
Je ne peux en détacher le regard.
Je sens qu'elles vont s'ouvrir...
Quelque chose va en sortir.
Je m'assieds face à elles.
J'attends.

*

* *

Bolivie, Cachuela Esperanza, 12 août, 5 heures
Nicolas

Nicolas s'était montré trop optimiste en leur promettant quelques heures de repos : Roje vint les réveiller avant l'aube et les entraîna à sa suite dans les caves de la maison.

Nicolas, équipé pour la marche, les y attendait déjà.

« Aux premiers jours de la révolution, mon grand-père, avec l'aide des villageois et de ses employés, a fait creuser un tunnel d'évacuation souterrain au cas où les événements tourneraient mal.

Depuis quelques années, depuis que je travaille dans la forêt, je l'emploie assez régulièrement : il m'a permis de rendre visite à Manuel en toute discrétion sans crainte d'être suivi jusqu'au Campo Selva. Seuls les vieux serviteurs connaissent encore son existence et vous allez être les premiers étrangers à l'emprunter… *Alea jacta est !*

— Je vous remercie de nous faire cet honneur et de nous accorder votre confiance, lui répondit Simon, je peux vous assurer que votre instinct ne vous a pas trahi !

— Je l'espère l'ami, je l'espère…

— Pouvez-vous à présent me dire comment va Naëlle ? A-t-elle été blessée ?

— Oui. Ses blessures corporelles ont été soignées, et bien soignées, par le *yatiri* du village où elle a été recueillie après sa chute. Nous essayons de soigner les blessures de son âme.

— Je ne connais rien à vos méthodes de guérison, il est possible que je puisse vous aider dans vos approches thérapeutiques : j'ai suivi sa convalescence, en Europe, durant plusieurs mois, j'ai gagné la confiance de ses médecins, ils m'ont donné accès à certains documents de son dossier et… à certaines informations qu'elle-même ignore, il est peut-être utile que je vous les communique.

— Chaque chose en son temps, monsieur Bersic, laissez-la trouver en elle-même les renseignements qui lui sont essentiels et, si vous souhaitez la revoir rapidement, mettons-nous en route ! »

Munis de lampes-torches, les quatre hommes parcoururent pendant une dizaine de minutes un couloir étroit, grossièrement maçonné, et parvinrent à l'air libre après avoir déverrouillé une trappe camouflée sous la mousse.

Dissimulés par l'épais manteau de la forêt, ils restèrent néanmoins silencieux durant la première heure.

Nicolas ouvrait la voie et Roje fermait la marche, attentif au moindre mouvement suspect.

Simon accéléra le pas pour se maintenir aux côtés de Nicolas.

« Votre renommée est impressionnante, on vous attribue des pouvoirs quasi surnaturels !

— C'est faux, je ne fais qu'observer la nature et respecter ses lois. Mes séjours dans vos universités m'ont permis d'analyser ces miracles naturels avec l'œil d'un scientifique, ma culture ancestrale m'a permis de les accepter avec émerveillement et humilité.

— Mais pourtant, vous ne ressemblez pas…

— À un Indien ? Si ! Je suis bolivien par mon père et anglais par ma mère. De cette femme que j'ai si peu connue, j'ai gardé les stigmates bien visibles qui vous ont étonnés de prime abord… Les yeux et les cheveux clairs ont toujours eu un côté exotique pour mes camarades d'enfance.

Mon cœur est profondément indien, solidement enraciné dans cette terre, grâce à mon grand-père et aussi à celui de Manko, mon premier maître. Tous deux m'en ont fait voir les beautés et les mystères. Ils ont été les piliers de ma jeunesse.

D'un autre côté, je remercie souvent ma mère de m'avoir légué cette apparence : elle correspond si peu à celle qu'on pourrait attendre de l'héritier des Pozada… C'est parfois plus commode.

— Pourquoi êtes-vous tellement recherché ?

— Je ne marche pas dans leurs combines ! Une fois mon diplôme de docteur en chimie en poche, j'aurais pu, avec l'appui de ma famille, me retrouver rapidement à la tête d'une de ces firmes qui saignent et exploitent mon pays et son peuple, sans scrupules. Ça ne m'a jamais paru possible, je n'aurais plus été capable de supporter l'image que me renvoyait le miroir. Ce n'est pas un véritable choix : pas d'héroïsme là-dedans… Ensuite, les événements se sont enchaînés, j'ai rencontré durant mes voyages des gens formidables et compétents, des scientifiques plus motivés par la recherche que par le profit immédiat. Nous avons formé une équipe dont les découvertes pourraient inquiéter certaines forteresses du grand capitalisme latino-américain. Je vous dis ça sans forfanterie, je préférerais que ça se passe autrement, ne pas devoir me cacher ni craindre pour la vie de mes collaborateurs. Mais, à l'heure actuelle, il n'y a pas d'alternative, alors nous nous cachons, nous empruntons des itinéraires souterrains et nous attendons le résultat vérifiable, avéré et incontestable de nos recherches pour les rendre publiques et pouvoir enfin sortir du bois.

— Sur quoi porte votre travail ?

— Allons-y progressivement mon ami, voulez-vous, je vous fais confiance… jusqu'à un certain point… »

Bolivie, Campo Selva, ..., ...
Naëlle

*

* *

Je suis assise.
Depuis longtemps, je suis assise face à ces deux portes.
Je me sens bien.

Tout ici m'apaise, les couleurs ocre, l'argile des parois.
La texture douce et veloutée de cette matière sous mes doigts.
La lumière enveloppante qui diffuse partout.

Je suis bien, sans impatience, le temps n'a pas de prise.
J'attends, confiante.

Après… combien après… s'ouvre la porte de gauche.

Mes deux compagnons, déjà rencontrés, entrent tranquillement.
Ils me font un salut de la tête… ou est-ce un tour que me joue mon esprit embrumé ?

Je suis assise là depuis un temps si long.
Impression de ne plus faire qu'un avec la terre qui m'entoure.
Le singe, d'un geste précis, m'invite à m'allonger.
Il me touche, lisse mes bras et mes jambes, me convie à l'immobilité.
Ses mains sont grandes et fraîches.
Les coussinets rebondis de ses phalanges sont tendus de cuir noir.

Je suis nue, je crois, mais n'éprouve aucune gêne.
Pourrait-on avoir honte de sa nudité devant un singe et un cerf ?

Ce dernier, resté en retrait jusque-là, s'approche de son pas lent et chaloupé.
Il est grand, si grand près de mon corps couché.
Ses sabots me frôlent.

Je n'ai pas peur.
Je sens son souffle parcourir méticuleusement ma peau.
Le velours tendre de ses naseaux frémit à chaque inspiration.
Ses moustaches soyeuses me chatouillent à chaque expiration.
Je crois que je souris.

Puis, consciencieusement, il commence à me laper.

Oui,
me laper,
me lécher à larges coups de langue,
comme pour me nettoyer,
comme une mère le ferait à son petit qui vient de naître.
Centimètre par centimètre,
il m'explore ;
loin de m'effrayer, cette pratique m'apaise.

Je ferme les yeux et m'abandonne à la caresse râpeuse.
Chaque coup de langue précis a pour effet de me diluer, de liquéfier mon corps.
Le cerf, calmement, me transforme en flaque.
Une flaque limpide, transparente, une belle flaque d'eau.
Ma peau, mes cheveux, mes os… tout s'écoule et s'étale.
Pourtant je suis toujours là, je suis cette eau, je suis là, au centre et autour de là.
Je m'émerveille de cette nouvelle transparence, de cette limpide fluidité, je m'émerveille de moi, de mon nouvel état, si calme, si clair, sans le moindre remous, sans la moindre zone d'ombre.

De mon regard sans yeux, je continuerais avec plaisir à me perdre dans la contemplation de ma propre pureté, si la porte de droite ne s'ouvrait, interrompant d'un coup ma méditation narcissique.

Immatérielle, je vois celui qu'inconsciemment j'attendais.

Cette porte vient enfin de s'ouvrir et de le laisser entrer, lui, le troisième compagnon.

Il trotte menu, déplaçant peu d'air.
Sans ambages, il se dirige directement vers moi, vers ma flaque, à petits pas décidés.

Ses griffes font sur le sol des « tics-tics-tics » en pointillé, ses yeux, brillants boutons de culotte, renvoient les lueurs de la flamme, son museau fin, pointu, gris piqueté de blanc, terminé par une minuscule truffe noire et luisante, vient directement s'enfoncer en moi, en ma liquidité…

Il me lape.
Il m'avale.
Il me boit.

Consciencieusement, comme le cerf m'a diluée, celui-ci me digère, m'intègre, me fait sienne.

Et c'est un grand travail pour un si petit animal !
Son museau s'affaire, sa langue va et vient si vite que j'en ai le tournis.

Du calme, petit camarade, ne bois pas si vite ou tu vas t'étrangler !

Nous avons le temps, non ?
Ne l'avons-nous pas ?

Mais il continue, lapant à tout-va, avec énergie et détermination.
Et ma flaque diminue.
Où met-il tout ça ?
Où me met-il ?
Je suis à la fois en lui et en dehors de lui, amusée et compatissante.
Pauvre petit compagnon, quelle lourde tâche on t'a assignée là !

Mais, courageusement, il en vient à bout.
Il m'emporte avec lui.
Tout entière en lui.
Incroyablement lovée dans ce petit ventre si doux.

Ensemble, nous franchissons la porte de droite.
Nous quittons la grotte.
C'était lui le vrai guide.

*
* *

Bolivie, sur la route de Campo Selva, 14 août, 15 heures Simon

Durant les deux jours de voyage qui suivirent, les quatre hommes se parlèrent peu ; tout occupés à éviter les embûches, ils se suivaient en silence, absorbés chacun par leurs pensées. La plupart du temps, Nicolas s'adressait à Manko en kallawaya et s'accordait avec Roje sans avoir besoin de langage parlé.

Plus que jamais, Simon se sentait seul au milieu de cette forêt magnifique et hostile, où chaque battement d'aile, chaque cri, chaque mouvement de lumière sur les feuilles translucides soulevait en lui autant d'admiration que d'appréhension. Fini, le compagnonnage intime et forcé avec Manko, oubliées, toutes traces de civilisation, il se demandait s'il reverrait un jour l'Europe, s'inquiétant surtout, terriblement, de ne pouvoir donner aucune nouvelle à son fils. Il aurait tellement voulu, durant ces heures interminables de marche pénible, entendre le son de sa voix, si volontiers moqueuse… Au lieu de quoi, il devait se contenter du piaillement des oiseaux, du hurlement des singes et de certains autres cris dont il préférait ignorer la provenance.

Enfin, après deux nuits pénibles et deux journées éreintantes, Nicolas lui annonça qu'ils seraient au camp avant la fin du jour.

Revoir Naëlle, la serrer dans ses bras, oublier cette épopée absurde et rentrer vite en Europe !

« Non, vous ne pouvez pas lui parler tout de suite, il ne faut pas qu'elle vous voie. Il faut qu'elle ignore votre présence tant que le travail qu'elle a à faire n'est pas terminé.

— C'est quoi cette blague ? Arrêtez de jouer les gourous avec moi ! »

Dès que la voix de Simon s'était faite plus pressante, Roje s'était approché, menaçant.

« Wouahhh ! Bien dressé votre chien de garde, il va faire quoi, il va me mordre ?

— Je ne pense pas qu'il soit nécessaire d'aller si loin, vous devez comprendre vous-même, monsieur Bersic, que Naëlle doit aller au bout du chemin, seule et sans votre aide.

— Mais elle a, évidemment, besoin de la vôtre !

— Non, je ne suis rien, je ne suis qu'un intermédiaire, un vecteur qui transmet le message des plantes et des esprits. D'une part, mon côté cartésien y trouve son compte, et les mystères de la botanique peuvent aisément occuper l'esprit d'un chercheur durant une vie entière ; d'autre part, l'enfant de la forêt et de ses traditions, que je suis également, peut aussi apprécier l'étude de phénomènes moins… tangibles… imperceptibles à ceux qui ne voient qu'avec leurs yeux et n'entendent qu'avec leurs oreilles.

— En quoi ma présence peut-elle perturber votre processus hautement scientifique ? ironisa Simon.

— Disons que, si tout se passe bien, les esprits fantasques qu'elle va être amenée à rencontrer sont à ménager, sous peine de les voir se rebeller et refuser de faire leur travail. Au camp, vous verrez Naëlle de loin, vous constaterez qu'elle va bien et, s'il vous plaît, vous m'accorderez encore quelques jours pour tenter de l'aider. »

Après tout, à ce stade, que pouvaient bien changer quelques jours de plus ou de moins. Simon promit. Manko voulut le gratifier d'une accolade amicale mais n'y parvint pas, l'écrivain restait visiblement très énervé.

Ils reprirent en silence la route vers le camp.

Campo Selva, ..., ...
Naëlle

« Tu as été avalée par un… hérisson ?

— Oui.

— C'est la première fois que j'entends ça ! »

Rita était perplexe : lors d'un voyage chamanique, le fait d'être liquéfié, démembré, dissous était plutôt une bonne chose, cela signifiait une déconstruction de l'être avec une possible reconstruction ultérieure que l'on pouvait espérer plus harmonieuse ; mais ici, l'intervention d'un troisième animal de pouvoir, venu spécialement pour cette tâche, était un cas de figure qu'elle n'avait pas encore rencontré.

« Tu en penses quoi, Jayme ? ajouta-t-elle.

— Mais c'est quoi un hérisson ? demanda Pedro.

— C'est pas grand, mignon, son dos est hérissé de piquants mais son ventre est très doux.

— C'est comme un petit porc-épic ? » insista le garçon.

Naëlle, à quatre pattes, était en train d'imiter l'animal devant Jayme, Rita et Pedro hilares quand Nicolas fit son entrée dans la hutte principale.

« Je vois qu'on s'amuse bien ici, c'est bon signe ! »

Rita, poussant un cri de joie, se précipita dans les bras de son homme, l'embrassa pour une fois sans retenue devant tous ; puis lui murmura tendrement à l'oreille quelques mots de réconfort. Roje et elle avaient été les seuls au camp à connaître la véritable raison de son expédition à Cachuela.

Tous deux revinrent au centre de la hutte de cérémonie, dans la lumière poudreuse, et demandèrent aux autres de les rejoindre.

À chaque fois qu'ils s'asseyaient en cercle à cet endroit, Naëlle était surprise du tour solennel que prenait alors la moindre discussion.

Comme si le lieu, la position, la lumière, comme si tout incitait à l'introspection.

Naëlle et Pedro résumèrent rapidement leurs différents voyages chamaniques de ces derniers jours. Après un léger moment de réflexion, Nicolas prit la parole :

« Mon absence semble vous avoir été bénéfique. Jayme est un grand maître et il t'a permis, Pedro, de progresser. Tu pourras, si tu le souhaites, aller jusqu'au bout de cette initiation. C'est un très long chemin, tu le sais, mais tu as les qualités requises pour faire un bon *curandero* et rentrer plus tard dans ton village. »

Pedro laissa éclater sa joie, son visage rayonnait de fierté, il pourrait, dans quelques années, retourner chez lui et aider les gens grâce aux connaissances acquises ici ! L'apprentissage serait contraignant, il le savait : pendant des mois, seul dans la forêt, il ne pourrait se nourrir que d'une seule plante, celle qui serait alors l'objet de son étude, et devrait ensuite demander la permission à l'esprit-mère de celle-ci d'utiliser ses pouvoirs, puis attendre, attendre que la plante l'accepte et lui parle pour, enfin, s'en imprégner et en connaître les vertus.

Il en irait de même pour chaque plante et pour chaque remède, c'était un sacré parcours, mais le jeune garçon rêvait de l'emprunter et de lui consacrer sa vie. Jayme, avec fierté et satisfaction, prit les mains de son nouvel apprenti et les serra chaleureusement. Rita, moins solennelle, fit claquer deux baisers sonores sur ses joues imberbes. Tous les trois allaient se retirer pour laisser Naëlle et Nicolas en tête à tête mais celui-ci les invita à rester.

« Le travail que Naëlle doit poursuivre nous concerne tous et nécessitera l'aide de chacun. Naëlle, tu as, en quelques jours, franchi des étapes que d'autres, laborieusement, mettraient des semaines à parcourir… Ton esprit est ouvert… avide aussi, avide de connaissance, de clarté, tu as besoin de découvrir des secrets enfouis au plus profond de ta mémoire, au plus intime de ton corps. Tes animaux de pouvoir, tes amis dans le monde des esprits, l'ont compris et sont apparus rapidement pour te venir en aide. À présent, je pense qu'une nouvelle étape est à franchir. Ce voyage sera plus périlleux que les autres, il t'amènera au plus profond de toi. Pour t'accompagner, nous devons organiser une cérémonie d'ouverture. »

Rita laissa échapper un cri de surprise et Jayme approuva silencieusement d'un hochement de tête.

« Une cérémonie d'ouverture ? Qu'est-ce que c'est ?

— C'est une expérience plus intense que celles que tu as connues jusqu'ici, un voyage nécessaire pour t'aider à franchir les dernières étapes. Une telle exploration chamanique te permettra d'entrer dans le monde spirituel sans être obligée, pour cela, de passer par la mort. Les esprits pourront t'aider, te soigner, mais aussi te guider jusqu'à la découverte des limites de ton âme… atteindre la lumière en acceptant la traversée des ombres.

Connaître ce privilège peut être redoutable pour l'esprit, et la schizophrénie guette ceux qui s'y aventurent sans respecter les rites, les diètes et les accompagnements indispensables.

Contrairement aux visions fragmentées de la médecine traditionnelle, nous ne séparons pas l'approche thérapeutique de l'approche spirituelle. Ces expériences, que certains qualifieraient de purement psychédéliques, ne sont que des clés, elles ne serviraient à rien si elles n'étaient pas correctement utilisées ; elles ouvrent d'autres perspectives sur la réalité et permettent de voir la vraie nature des choses, découvrir l'être que nous sommes vraiment, en réunifier les parties éclatées.

Cette confrontation dans l'autre monde avec sa propre identité permet au voyageur de découvrir le mal qui le ronge.

Les origines peuvent en être organiques, spirituelles ou psychologiques.

Ton but, en venant ici, n'était pas de devenir *curandera*, tu as déjà approché le royaume des ombres, mais le chagrin que tu portes en toi est si lourd, la faille qui sépare ton corps de ton âme est si profonde que nous ne pouvons interrompre le processus.

Pour cet ultime voyage, tu auras besoin de l'aide de tous si tu ne veux pas te perdre en chemin.

Tu veux tenter l'expérience ? »

Naëlle prit un moment pour réfléchir.

Qu'avait-elle à perdre ? Un lien tellement flou avec le réel qu'elle avait le sentiment de n'y être jamais totalement connectée ; une amnésie partielle qui l'avait coupée des douze premières années de sa vie ; un rapport trouble, compliqué avec son corps et les mystères qu'il recelait… sans parler des épisodes de violence soudains et incontrôlés qu'elle ne s'expliquait pas et dont elle ne gardait aucune mémoire.

Tout ça ne pesait pas bien lourd dans la balance.

Elle regarda gravement Nicolas dans les yeux et accepta sa proposition avec reconnaissance.

Rita organisa la cérémonie : il fallait que Naëlle se prépare et retourne vivre deux jours supplémentaires de diète et d'isolement dans son abri au milieu de la forêt.

Les villageois et les scientifiques du camp avaient, de leur côté, un certain nombre d'opérations précises à préparer, chacun se mit à la tâche, la communauté au service d'un individu. Dans leur vision de la vie, quand un membre du groupe était en souffrance, c'était toute la collectivité qui en pâtissait ; par conséquent, pas d'altruisme ni de compassion excessive dans leur démarche, juste le souci de respecter l'équilibre naturel.

Ce qui danse sous la terre

Bolivie, Campo Selva, 15 août, 9 heures
Rita

« Il est important que Naëlle ne vous voie pas avant d'avoir achevé le processus : il ne faut pas que des questions subalternes parasitent sa concentration, elle ne doit se préoccuper que d'elle-même et pas d'attitudes à adopter ou de choix à faire. »

En disant cela, Nicolas avait regardé tour à tour les deux hommes.

Sans connaître la véritable nature de la relation qui unissait la jeune femme à chacun d'eux, il imaginait aisément combien le lien devait être fort pour qu'ils la recherchent jusqu'au cœur de l'Amazonie.

« Quand elle aura entamé son voyage, qu'elle n'aura plus conscience de ce qui l'entoure dans le monde matériel, vous pourrez nous rejoindre dans la grande hutte et assister, avec le reste du camp, à la cérémonie. Je vous abandonne aux bons soins de Rita et retourne à mes occupations, trop longtemps négligées.

— Il va dans son laboratoire ?

— Mon cher Simon, lui répondit Rita, Nicolas n'a pas l'habitude de tenir quiconque au courant de ses allées et venues ! »

Le message était clair ; il devait décidément garder pour lui ses questionnements et se contenter de ce que Rita voudrait bien lui montrer du camp et de ses activités.

« La plupart des adultes que vous croiserez ici sont des scientifiques ou des guérisseurs. Certains, comme moi, ont reçu à la base une formation traditionnelle de chimiste, botaniste, ethnologue ou biologiste dans différentes universités d'Europe, d'Asie ou d'Amérique du Nord ; d'autres sont des *curanderos* locaux, détenteurs de connaissances ancestrales et de certains remèdes qu'offre la flore de cette région du monde... Nicolas, lui, nourri des deux influences, baigné dans deux mondes si éloignés, tente de faire fusionner ces approches différentes et pourtant complémentaires du savoir.

— Et le chamanisme les aide dans leurs recherches ?

— Bien sûr ! Avez-vous déjà réalisé à quel point les visions ont été déterminantes pour les religions, les philosophies et même la science ? Que ces visions résultent de trips sous substances hallucinogènes ou de transes mystiques importe peu, il s'agit, quoi qu'il en soit, d'un état modifié de la conscience qui amène à certaines découvertes, à certaines révélations.

Sans les visions et les expériences hallucinées de leurs pères fondateurs, aucune religion n'aurait existé. Dans la tradition juive, Moïse a entendu la voix de YHVH sortir d'un buisson ardent ; Jacob, dans ce qui ressemble furieusement à un voyage chamanique, a combattu le Malach, l'ange, au milieu du désert, et en est sorti victorieux ; plus près de nous, Sigmund Freud n'a-t-il pas attribué une place capitale au rêve comme instrument d'exploration de l'inconscient ?

Le chamanisme est bien antérieur à toutes les religions orientales, mais il partage avec celles-ci la notion de communion de l'homme avec les végétaux, les pierres, les animaux... Les bouddhistes et les hindous pratiquent aussi la méditation mystique ; les visions de Mahomet et les expériences de Bouddha ont contribué à créer l'islam et le bouddhisme.

Évidemment, par la suite, les religions ont récupéré ces transes fondatrices en les consignant dans les Écritures saintes pour leur octroyer une légitimité.

— Je ne sais pas, répondit Simon, je ne suis pas versé en théologie, j'ai l'impression que vous pourriez faire dire tout et son contraire à chacune de ces anecdotes, chaque civilisation assaisonne l'histoire à sa sauce !

— D'accord, monsieur l'incrédule, oublions le philosophique et axons-nous sur le concret : l'ADN, code essentiel de la vie, fut découvert par la science il y a quarante ans... alors que les peintures chamaniques représentent depuis toujours l'Axis Mundi sous la forme de deux serpents entrelacés, à savoir exactement la structure de l'ADN et sa forme de double hélice telle que nous la voyons représentée aujourd'hui dans les manuels scolaires !

— Je l'ignorais, mais indépendamment de cela, il est évident que bon nombre de poèmes, musiques, peintures ont été conçus sous l'emprise d'alcool, d'opium, de LSD ou autre forme de modification du réel. Ce n'est pas l'apanage du chamanisme.

— Je n'ai jamais prétendu le contraire, mais cette démarche n'est pas gratuite et solitaire, elle se nourrit d'un héritage culturel, traditionnel et humaniste. Pas de trafic ou de violence entre dealers, nous sommes dans une pratique coutumière !

— Pourquoi ces recherches soulèvent-elles autant de convoitises alors ? Vous les prétendez philanthropiques… »

Simon s'interrogeait réellement sur les précautions excessives prises par tous les habitants du camp; étaient-elles justifiées ou relevaient-elles plutôt d'une paranoïa collective ?

Avant de le planter là, légèrement agacée, Rita lui répondit :

« Parce qu'en bout de course, il y aura beaucoup de profit à faire. Si les recherches de Nicolas aboutissent, les charognards seront prompts sur l'affaire. Le pillage, le détournement et le dépôt illégitime de brevets dépouillent constamment les chercheurs et anéantissent leurs découvertes. »

Bruxelles, Belgique, 15 août, 22 heures
Céline

Céline avait mis des heures à se préparer.

Le dressing, littéralement explosé, semblait avoir étalé inutilement toutes ses ressources. Rien ne lui allait, elle se sentait mal à l'aise, pas en phase avec ce qu'elle vivait, avec son image. Elle avait essayé toutes les combinaisons de couleurs, de silhouettes… Même sa robe en soie rouge, aux emmanchures américaines si flatteuses pour les épaules et qui habituellement lui sauvait la mise, n'avait, ce soir, trouvé grâce à ses yeux. Finalement, elle opta pour un slim noir et un chemisier largement échancré de la même couleur. Ça lui allongeait la silhouette et ne faisait pas *over dressed.* Quelques bijoux, un maquillage soigné, déjà elle se sentait mieux.

Nicolas ne la quittait jamais d'une semelle, en bon chat soucieux de s'attirer les faveurs de la maîtresse de maison, et regardait ces préparatifs d'un œil sceptique. Il y avait rarement autant d'agitation dans cette salle de bains !

Une fois lancée sur l'autoroute, Céline disposait de vingt minutes pour réfléchir à la soirée qui l'attendait. C'était le premier soir, depuis des années, qu'elle sortait sans Grégoire. Non… en réalité, c'était la première fois que ça se produisait ! Ils avaient toujours adoré danser mais en avaient peu l'occasion ces derniers temps. La faute au travail, à la fatigue, aux enfants, au temps qui passe…

Cet après-midi, quand Grégoire lui avait annoncé qu'il serait à nouveau en retard, elle avait vu rouge et accepté sur un coup de tête cette invitation reçue sur Facebook.

Est-ce qu'elle devait s'inquiéter ? Se montrer plus jalouse ?

Aucune méfiance durant toutes ces années de vie commune, jamais le moindre soupçon et maintenant, chaque femme dont lui parlait Grégoire avec un peu trop d'enthousiasme lui semblait une rivale potentielle et elle détestait ce sentiment. Quand elle lui avait annoncé au téléphone qu'elle irait à cette soirée seule, il avait eu l'air content, trouvant que c'était une bonne idée, lui disant qu'il ne veillerait probablement pas et s'endormirait avant son retour car une rude journée l'attendait. Vrai ou pas ? Pourquoi ses journées étaient-elles tout à coup tellement surchargées ?

Stop !

Céline se dit qu'elle devait arrêter de ruminer ces pensées sombres. C'était mesquin, ridicule, ça ne lui ressemblait pas. Elle devait cesser de se laisser contaminer par les malheurs de Claude !

Trouver un parking en ville avec un gros break familial… pas simple ! Habituellement, Grégoire la déposait à destination, puis essayait de garer le véhicule aux alentours. Là, pas le choix, après trois tours du bloc elle finit par se résigner à occuper un emplacement dont elle n'était pas certaine de la légalité… Si, en plus, on lui enlevait la voiture !

Elle était garée bien loin du Concert Noble, la magnifique salle où se déroulait cette fête. Ses sandales hautes et très découpées lui faisaient le mollet fin et le coup de pied sexy, mais étaient peu commodes pour maintenir un semblant d'équilibre sur les pavés bruxellois. Habituellement, dans ce genre de situation, elle s'accrochait au bras solide de son mari et « survolait » avec grâce le parcours… Ce soir, il faudrait se fier à la résistance de ses chevilles !

Plus elle approchait et plus les trottoirs étaient envahis de *beautiful people* fumant, réjouis, dans cette douce soirée d'août.

Céline faillit faire demi-tour.

Quelle idée stupide de venir seule à cette soirée.

À l'intérieur, elle retrouverait des connaissances qui, inévitablement, lui poseraient la même question : « Grégoire n'est pas là ? Comment ça se fait ? Tout va bien ? » Non, elle ne s'en sentait pas la force… demi-tour !

« Oh, tu es là, super ! Et Grégoire ? Il gare la voiture ? »

Trop tard, plus question de reculer.

Céline pénétra dans le hall brillamment illuminé en compagnie de cette vague copine dont elle avait même oublié le prénom… Au moins, elle n'entrerait pas seule.

Bolivie, Campo Selva, 15 août, 11 heures
Simon

Tapi dans l'ombre de la cabane qu'on lui avait attribuée, Simon avait pu l'apercevoir quand elle avait quitté le camp. Ça faisait huit semaines qu'il ne l'avait plus approchée. Durant cette période, il avait compté chaque journée, chaque heure, chaque battement de cils… et elle était là, à quelques mètres, inaccessible encore.

Il garda le regard fixé sur le point d'ombre où elle venait de disparaître, s'enfonçant dans la forêt vers ce nouveau rendez-vous purificateur apparemment indispensable.

Si tout allait bien, si les événements se déroulaient enfin comme prévu, il la retrouverait rapidement. Guérie, peut-être… Arrivée au terme de cette quête en tout cas. Sceptique, il doutait des résultats de ces introspections ; n'ayant jamais assisté à ce type de rituel, il ignorait totalement sur quelle amélioration concrète ces délires pouvaient déboucher. Lui-même avait pu, en recoupant les diverses informations glanées au cours des mois précédents, établir le parcours médical de Naëlle ; il avait également, grâce au journal intime de sa mère, Lili, appréhendé ce qu'avait été la sordide réalité de son enfance. Tous ces faits, il les connaissait, il aurait pu les lui révéler avant ce voyage, mais en concertation avec les médecins qui s'occupaient de son cas, ils étaient convenus que lui DIRE les choses ne rimait à rien, il fallait qu'elle s'en souvienne elle-même, qu'elle revive ces épisodes douloureux afin de pouvoir, ensuite, les surmonter. Lui donner accès à ses dossiers médicaux, aux rapports de police et aux dates clés qui avaient jalonné son enfance ne l'aiderait pas ; ces informations resteraient vides de sens tant qu'elle n'aurait pas retrouvé la pleine conscience d'avoir vécu ces événements.

Ces voyages chamaniques allaient-ils le lui permettre ?

Ce que Simon craignait par-dessus tout était de la voir replonger dans l'état cataleptique d'où il avait eu tellement de mal à l'extirper quelques mois plus tôt. Un nouveau choc émotionnel n'allait-il pas définitivement l'éloigner du réel ?

Accroupi derrière lui, traçant des figures géométriques répétitives sur le sol de leur hutte, Manko l'observait. Durant ce voyage en compagnie de Simon, il avait presque réussi à se persuader qu'il était guéri, que son amour pour Naëlle n'était qu'un feu de paille, que l'écrivain pouvait apporter tellement plus à la jeune femme… De l'argent, une vie brillante, des voyages, des spectacles, des rencontres intéressantes, toutes les capitales, les musiques et les lumières du monde… Que pouvait-il lui offrir, lui ? Une vie d'incertitude, faite d'aléas et d'inconfort… Inutile de lutter, inutile de rêver. Simon était un type bien, profond, sincère, Manko voulait se mettre totalement au service de sa quête, il espérait étouffer ses propres sentiments…

Tout comme Simon, il la regarda s'éloigner et eut toutes les peines à ne pas se lancer à sa poursuite. Après une profonde inspiration, il se redressa et se rapprocha de l'écrivain.

« Tu t'inquiètes pour elle ? »

Absorbé par ses pensées, Simon avait oublié la présence de Manko ; il s'efforça de sourire au jeune Indien.

« Oui, un peu, c'est normal, non ? Tout ceci m'est complètement inconnu et je me demande si ça ne lui fera pas plus de tort que de bien !

— Aie confiance, la cérémonie qu'ils organisent va mobiliser les énergies de tous, c'est très puissant… Je n'ai assisté que deux fois à ce type d'événement, chaque fois, crois-moi, j'ai été étonné.

— Naëlle est fragile, elle a fait plusieurs séjours en milieu psychiatrique, je ne suis pas certain qu'elle ait la force nécessaire pour affronter ça.

— Nicolas et Jayme savent ce qu'ils font et ils dirigeront le travail en fonction de ses réactions. Nicolas est le plus grand. Son don, personne ne le comprend, mon grand-père m'a dit que, même enfant, ses pouvoirs dépassaient déjà ceux de tous les *curanderos* formés dans son école. Cesse de t'inquiéter, viens, on va visiter cet endroit en attendant. »

Déambulant dans le camp sans risquer d'y croiser Naëlle, ils constatèrent qu'il s'agissait d'un véritable village, autonome, organisé.

De l'espace central où était érigée la hutte de cérémonie partaient, telles les branches d'une étoile, six chemins de terre battue. Deux d'entre eux menaient vers la forêt : ils étaient arrivés par le premier et Naëlle venait de s'enfoncer dans la végétation en suivant le second. Les quatre autres sentiers étaient bordés de huttes, de cases, de constructions diverses. Pas de préoccupations urbanistiques ici : une habitation avait été construite pour chacun, pour chaque famille et, en dehors de cela, des zones étaient clairement délimitées en fonction de leur utilité. Ainsi, deux grandes constructions en bois à claire-voie laissaient échapper des odeurs suaves de torréfaction.

Les deux hommes pensaient tomber sur un vaste laboratoire clandestin où des chimistes en blouse blanche passaient leurs journées penchés sur des éprouvettes bouillonnantes et se trouvaient finalement face à un village presque normal. La joyeuse mixité qui faisait cohabiter des paysans et des chercheurs de tous les horizons déclinait ses magnifiques résultats sur la peau, les yeux, les cheveux des enfants qui couraient à demi nus. Leur carnation prenait toutes les nuances du café au lait, leurs cheveux se méchaient de noir et de blond, avec la surprise, parfois, au détour d'un sourire, d'un regard azuré ou d'une tignasse rousse… Chacun, scientifique ou pas, mettait la main à la pâte, épluchant, assis sur le sol, les bulbes de manioc tandis que plus loin, dans de grandes jarres, on ramollissait les tubercules avant de les broyer et les griller dans d'énormes fours d'argile. Dans l'autre hutte, avec d'infinies précautions pour ne pas en altérer les qualités extraordinaires, des femmes grillaient des graines de guarana.

Aucune trace, nulle part, d'un quelconque laboratoire. Simon et Manko, leur curiosité un peu déçue, avaient traversé le village et se trouvaient à présent en bordure de la forêt.

« Leurs installations doivent se trouver ailleurs… Ils sont encore plus méfiants qu'on ne le pensait !

— Ils ont leurs raisons, de toute manière on s'en moque, on n'est pas venus pour ça.

— Effectivement, répliqua vivement Simon, moi je sais pourquoi je suis là… Et toi, quelles sont tes vraies motivations ?

— Je t'accompagne… Sans moi tu ne serais jamais arrivé jusqu'ici… Il était normal que je te propose mon aide, Naëlle faisait partie de mon groupe, je me suis senti un peu responsable de sa disparition.

— Tu vas arrêter de te foutre de moi ?

— Ho ! *papito*, calme-toi. On est là pour les mêmes raisons tous les deux, pour le bien de Naëlle. Ne va pas te faire des idées, pas besoin de jouer le mâle dominant avec moi ! Réfléchis deux secondes, je ne suis pas sûr que tu aies intérêt à me provoquer. »

Une veine gonflée pulsait sur la tempe brune du jeune Indien. Il dévisagea Simon de son regard assombri, parut sur le point d'ajouter quelque chose, se ravisa, lui tourna brusquement le dos et s'enfonça dans la forêt à grandes enjambées vigoureuses.

Bolivie, Campo Selva, 17 août, 19 heures
Simon

La plus âgée des paysannes présentes sur le camp avait préparé Naëlle de façon traditionnelle. En chantant le premier chant, celui qui appelle les esprits, elle l'avait maquillée, dessinant quatre points rouges sur son visage, un sur le nez, deux sur les joues et un sur le front. Elle lui avait collé des petites plumes et l'avait parée de bijoux. Les colliers, les bracelets, les boucles d'oreilles en perles de verre multicolores, la ceinture de grelots qui enserrait sa taille fine, tous ces ornements sonores et rutilants étaient censés la protéger durant son voyage et la ramener ensuite parmi les vivants.

Pendant ce temps, les hommes du village avaient tué un marcassin, le criblant de flèches, et la vieille, portant la dépouille de l'animal sur son dos, l'avait amené dans la hutte de cérémonie, offrande sacrificielle pour présenter l'esprit de l'animal à ceux des morts. Tous s'étaient alors mis à chanter et les hommes, ivres d'alcool de maïs fermenté, avaient entamé des corps-à-corps rituels, torse nu dans la poussière, mi-danse, mi-combat. Il était très étrange de voir cet endroit, jusqu'ici paisible, ainsi métamorphosé en quelques heures.

Quand la tension retomba, ils se dirigèrent vers la hutte. Tout au long de ces préparatifs, Simon et Manko, relégués dans leurs cabanes, avaient patienté. Rita leur permit de rejoindre le groupe quand les chamans et Naëlle eurent bu l'*ayahuasca*.

Elle était allongée dans la pénombre, au centre de l'espace, tous les occupants du village l'entourant. Simon s'assit parmi eux, près de Pedro, de manière à ne rien perdre de la scène. Manko et lui ne s'étaient pas adressé la parole depuis leur altercation et le jeune Indien hésita avant de s'installer à ses côtés. Se disant que ses explications ne seraient pas superflues durant les heures qui allaient suivre, il lui tendit néanmoins la main. Simon marmonna une vague excuse et se recula pour lui laisser de la place. C'était à une longue nuit de travail qu'ils se préparaient ; chacun, les Indiens comme les autres, se mettait en état de faire circuler la parole de la plante. Il fallait abandonner ses rancœurs et se mettre au diapason de la communauté.

La vieille chantait inlassablement une mélopée répétitive rythmée par le son mat d'un tambour, bientôt les chamans joignirent leurs chants au sien. Nicolas, Jayme et deux autres hommes que Simon ne connaissait pas psalmodiaient en un chœur dissonant, qui, parfois, sur certains enchaînements de notes, semblait s'accorder à l'unisson. Des feuilles brûlaient dans de petits réceptacles en métal et enfumaient la pièce de vapeurs aromatiques. Des bols d'alcool, macérations de plantes aux saveurs amères, circulaient. Simon y trempa les lèvres sur l'invitation de Manko. Autour d'eux, certains, en transe, ondulaient en un mouvement de balancier, d'autres, sur le sol en terre battue, tremblaient de tous leurs membres. Simon soupira.

« Ne t'inquiète pas, ils établissent le contact. »

Manko venait de lui poser une main sur l'épaule, lui commentant l'étrange spectacle auquel il allait assister.

« Les chamans et Naëlle entament le voyage, le démarrage est souvent identique : des visions chaloupées, des couleurs, des images qui s'organisent. Apparaissent alors des animaux, crocodiles ou serpents, messagers habituels de la plante, tournoyant en spirale en un mouvement incessant, kaléidoscope hypnotique. L'expérience est violente, elle permet de se connaître en tant qu'être humain, au milieu de la nature et de l'univers. Cette nuit, nous allons tous essayer d'aller plus loin, d'emmener Naëlle au-delà de ce qu'elle a pu voir, seule, dans ses précédents voyages. C'est pour ça que nous sommes réunis dans les transes, les rires, les pleurs, pour accompagner le travail des chamans et leur transmettre notre force. Le contact avec le monde des ombres est dangereux, ils ont besoin de toutes nos énergies. De toutes nos énergies positives », ajouta-t-il en lui empoignant les épaules avec force.

Simon se dégagea violemment en acquiesçant de mauvaise grâce. Il ne quittait pas Naëlle des yeux ; couchée sur une paillasse légèrement surélevée, elle se balançait de gauche à droite, se berçait comme un enfant qui cherche le sommeil, faisant tinter les bijoux qui paraient son corps. Ses mouvements se faisaient de plus en plus amples, elle ouvrait la bouche régulièrement mais aucun son n'en sortait. Ses mains entrèrent dans la danse, animées d'une vie propre, dessinant dans l'air des arabesques compliquées. Brutalement, elle se replia sur elle-même, en position fœtale, les genoux remontés au menton et les avant-bras protégeant sa tête.

« Qu'est-ce qui se passe ? s'écria Simon. Qu'est-ce qui lui arrive ? »

Manko et Pedro réussirent difficilement à le calmer : « Tais-toi, ne perturbe pas le travail, c'est normal, elle entre en connexion avec son animal de pouvoir… Maintenant, dans le monde des esprits, elle est devenue lui, elle voyage avec lui, à travers lui… Donne ta confiance : si quelqu'un peut l'aider, c'est bien Nicolas. »

La mâchoire crispée, ravalant péniblement son angoisse, Simon se rassit, que pouvait-il faire d'autre ? Il fallait aller au bout de l'aventure.

Autour de lui, tous, ivres ou gagnés par une sorte de transe collective, scandaient le même chant, faisaient écho aux chamans, amplifiaient leurs voix ; l'atmosphère de la hutte, totalement enfumée, donnait à chacun à travers les volutes un air fantomatique. Simon ne pouvait s'empêcher de reconnaître une étrange majesté à cette envoûtante communion. Tous ces visages aux yeux fermés semblaient sereins, souriants, tendus vers un même but : aider cette femme blanche racrapotée sur sa couche, qui poussait de légers cris plaintifs.

Alors, avec les autres, il ferma les yeux et se laissa emporter par le chant.

……., ……., …….

Naëlle

*

* *

Noir.
Il fait noir et froid.
Je suis où ?
Je sens le sol… sous mes pieds.
Est-ce que ce sont mes pieds ?
Ce sol est froid et dur.
Ce n'est plus la terre douce et ocre de la grotte.
Je suis où ?
Un bruit, pas loin.
Un petit cri, un pleur ?
Il y a quelqu'un avec moi !
Je voudrais tendre le bras.
Essayer de toucher la personne qui pleure.
Je n'y arrive pas, je ne sens plus mon bras.
Je n'ai plus de bras ?
Je voudrais lui parler, je n'y arrive pas.
Des couinements sortent de ma bouche.

Est-ce que c'est ma bouche ?
Je suis qui ?
Je suis quoi ?
Je suis où ?
Je dois me concentrer, retrouver le fil du souvenir.
Oui, c'est ça… faire le chemin à l'envers… repartir de la grotte.
J'avais suivi le singe, le cerf, il y avait les deux portes.
Ça revient, ça me revient…
Je me souviens.
Dans la grotte, le hérisson.
Le hérisson m'avait prise dans son ventre, au creux de lui pour m'emmener, pour sortir par la porte de droite.

On est où, maintenant ?

Dans le noir, dans le noir froid.
Du temps passe.
Combien de temps ?
Du temps.

Lumière.
La lumière vient d'un coup, je vois.
Je suis dans une cave, le carrelage du sol est froid et dur.
C'est là que mon compagnon-hérisson m'a amenée.
C'est là qu'il fallait que je sois.
Pourquoi ?
Un mouvement à côté de moi.
Déplacer le regard, ajuster la focale.

Une petite fille… c'est elle qui pleurait tout à l'heure ?
C'était ça que j'entendais ?
On est tous les deux, roulés en boule, dans un coin.
Quelqu'un d'autre, pas loin, sur un lit, qui pleure aussi.
Une femme.

Noir.
Du temps, encore, qui passe…
On a rallumé ? J'ai rouvert les yeux ?
La petite, cheveux blonds et grands yeux verts, pleins de peur, est toujours à côté de moi.
Je la connais, je suis sûre de la connaître.
Je connais la femme étendue sur le lit aussi.
Mettre de l'ordre !
Arranger les traits, ajuster le regard.
Me souvenir !
Noir.

Il y a quelqu'un d'autre dans la cave, quelqu'un d'autre que la femme qui pleure et que la fille près de moi.
Je ne sais pas qui c'est, il y a la peur… partout.
Je sais que je dois me taire.
L'autre, celui qui a une autre odeur, lourde, âcre, c'est lui qui amène la peur.
L'autre, celui qui a un autre son, grave, dur, c'est lui qui amène les pleurs.
Maintenant, il est là, dans cet endroit, avec nous.
Dans cet endroit, nous sommes prisonniers.
L'autre est là… sur le lit, sur la femme qui pleure.

Il fait de drôles de bruits.
Le lit aussi pleure, de plus en plus vite, de plus en plus fort.
Il fait de drôles de bruits.
La petite me regarde, je connais son visage.
On se tait.
Les pleurs finissent, l'autre sort.
Il emmène son odeur, ses bruits et la peur.

Noir.

Lumière.

Je suis sur le lit avec la fille et la femme.
Les yeux verts toutes les deux, les cheveux blonds, longs et doux.
La femme ne pleure plus, elle chante…
Elle chante pour moi, elle chante pour nous.
On est bien, on s'endort.
Noir.

*
* *

BOLIVIE, CAMPO SELVA, 17 AOÛT, 20 H 45
SIMON

Le visage de Naëlle, traversé de spasmes et de crispations, avait tour à tour exprimé la surprise, la crainte, le dégoût ; à présent, immobile, allongée sur le côté gauche, les deux mains sagement jointes sous la tête, elle offrait l'image d'une enfant endormie ; seules ses lèvres remuaient doucement, elle semblait parler… Non, elle chantait.

Tendant l'oreille, essayant de faire abstraction des rythmes scandés inlassablement autour de lui, Simon crut deviner la mélodie. Il connaissait cette chanson, qu'est-ce que c'était ? Ah ! il l'avait sur le bout de la langue… Un souvenir d'enfance, oui, c'était une chanson qu'il entendait enfant.

La télévision était encore en noir et blanc, était-ce possible ? Oui, chez ses grands-parents… Voilà, l'image se précisait, une dame impressionnante aux fines mains blanches qui voletaient autour de son visage anguleux au profil d'oiseau… Les mots, maintenant revenaient… Un beau jour… une nuit… endormie… C'est ça… L'aigle noir… La chanson de Barbara ! Il revoyait les gestes lents, les inflexions graves puis flûtées de cette longue dame brune que sa grand-mère aimait tant. Il y avait cette émission de… Denise Glaser… « Discorama » ? Simon ne parvenait pas à se souvenir avec certitude du titre, mais il revoyait le grisé du décor minimaliste et le phrasé particulier de cette femme quand elle interrogeait ses invités. Il se souvenait d'une interview de Barbara où la grande dame parlait à mots voilés de ses blessures d'enfance, de l'attitude ambiguë de son père qui lui avait inspiré cette chanson-là, bien particulière, mais à sa manière, sibylline, elle laissait deviner le mystère.

Et c'était cette chanson-là, à n'en pas douter, que Naëlle murmurait à présent.

Des années plus tard, Simon avait lu, dans une biographie qui lui était consacrée, que Barbara avait effectivement été abusée par son père à l'adolescence… Les chants désespérés ne volent-ils pas plus haut ?

Naëlle continuait à muser, presque inaudible, il ne lui avait jamais vu un visage si serein, une expression si détendue. Pourtant, Nicolas, attentif lui aussi à ses variations d'humeur, se leva. S'approchant d'elle, il l'obligea à boire une nouvelle décoction qui provoqua presque instantanément de violents spasmes. Il attrapa rapidement une calebasse et, lui soutenant le front, l'aida à y vomir un liquide visqueux et noirâtre.

Il ne lui accorderait donc aucun répit !

« Il ne peut lui permettre d'arrêter, elle doit continuer, descendre encore… S'il ne la relance pas, elle restera bloquée à ce stade où rien n'est encore dénoué. »

Manko commentait le déroulement de la cérémonie comme s'il s'était agi d'un jeu, un obscur jeu de piste où il fallait rassembler un maximum d'indices ; Simon, lui, ne voyait que la douleur qui, à nouveau, étreignait et tordait le corps de Naëlle.

Jusqu'où devaient-ils aller, quels signes allaient leur indiquer qu'elle avait terminé son parcours ?

Nicolas, resté à côté d'elle, les mains posées sur son crâne, semblait lui murmurer quelque chose à l'oreille.

Elle avait repris les balancements, plus frénétiques cette fois, et les chanteurs, autour d'elle, augmentant la cadence, accompagnaient le tintement de ses breloques colorées.

........, ..., ...

Naëlle

*

* *

Je sais !
La femme qui pleure…
Je sais maintenant.
La petite qui me ressemble…
Je sais.
C'est maman et c'est la sœur.
C'est elles qui sont là avec moi, dans cet endroit, prisonnières.
La sœur est une petite, mais quand même plus grande que moi.
Elle était là avant moi, dans cette cave, avec maman.
Maman, elle… elle est là depuis longtemps.
Elle ne sait plus combien de temps, depuis que l'autre l'y a enfermée.
Et lui, l'autre, qui fait le jour et la nuit avec l'ampoule du plafond qui s'allume et qui s'éteint.
C'est quoi le jour, c'est quoi la nuit ?

Dans le froid humide, on se serre tous les trois.
Alors, parfois, on est bien.
Maman chante, elle nous lit les mots du livre…
On oublie alors…
On n'est plus dans la cave, avec l'autre qui vient et qui la fait pleurer.
On est ailleurs.
On est là où elle nous raconte.
Elle nous dit le soleil, le vent, la lumière, les oiseaux.
Elle nous dit marcher, courir, les arbres et les rivières.
Elle nous dit tout ce dont elle se souvient d'avant… d'avant la cave.
Elle dit des formes et des couleurs sur ces mots-là, pour qu'on parvienne à les voir, derrière nos yeux.
La sœur et moi on y arrive, parfois, enfin je crois.
On se les raconte alors et maman rit…
C'est bon de l'entendre rire.
Elle dit : pas du tout, pas du tout, ce n'est pas comme ça.
Je vais vous raconter encore… encore une fois.
Ça c'est les moments doux, pas ceux où l'autre est là et amène la peur avec lui.
L'autre vient, fait chanter le lit, fait pleurer maman.
À force, son ventre grossit.

Noir.

Un cri, un long cri !
Maman a mal, très mal !
Un paquet gluant sort de son ventre.

Derrière lui, du sang encore et encore.
Le sang coule vers nous, la sœur et moi, plus long encore que le cri.
Comme si jamais il n'allait s'arrêter de couler.
On ne sait pas quoi faire.
La sœur se balance dans le sang tout séché.
La chose, là, au milieu… cette chose n'est plus maman.
Le paquet, lui aussi, est devenu tout noir.
Ça sent une odeur pas jolie.

Noir.

L'autre ne vient plus.

Noir.

Du bruit partout.
On casse la porte.
De la lumière, des gens, partout.
Des gens qui entrent dans la cave, des gens jamais vus, des autres que l'autre.
Des cris, des mains sur les yeux, des mains sur la bouche.
Des « oh mon Dieu » et des « c'est pas possible ».
Ils ont peur, plus que nous on dirait…

« Ceux-ci sont vivants ! Un garçon, une fille… une ambulance vite. »

Des bras me soulèvent.
Un autre me porte.

Je ne veux pas, pas partir, pas sortir.
Pas laisser maman et le paquet devenu tout sec et tout noir.
Mais plus la force.
Celui qui me porte cache ma tête contre son épaule.
C'est dur et doux, ça sent bon.
J'abandonne.
Plus la force.
Il me fait sortir de la cave.
Alors, je vois.
Je vois comme maman les disait bien la lumière et le vent, et le vert et le bleu…
Mal aux yeux.

Noir.

Je suis ailleurs.
Ils m'ont emmené ailleurs.
Plus dans la cave mais toujours derrière une porte.
Toujours enfermé par des autres.
Autour de moi, ils disent des mots.
Des mots de douleur, des mots de docteurs.
Des mots que je ne comprends pas.

Ils disent : « Mon pauvre petit, après ce que tu as vécu, il te faudra encore bien du courage… Tu comprends ce qui t'est arrivé ? Tu comprends qui tu es ? »

Oui, je comprends.
Je comprends, je sais.
Ils ont pris la sœur.

Ils ont mis la chose qui était maman dans un grand sac.
Le paquet aussi.
Maintenant, je suis hors de chez moi, hors de la cave.
Mais maintenant, je sais qui je suis.

J'ai dix ans.
Je suis un garçon de dix ans.
Je m'appelle Nathanaël !

*
* *

Ce qui vient du dehors

Bolivie, Campo Selva, 17 août, 22 heures
Simon

« Je m'appelle Nathanaël ! »

Elle s'était redressée d'un coup en criant, les yeux écarquillés.

Rita s'était précipitée, l'avait tendrement bercée dans ses bras, apaisée, Naëlle semblait retomber dans un sommeil profond.

Jayme et Nicolas, les traits tirés, se dirigèrent vers la sortie, Simon et Manko leur emboîtèrent le pas.

« C'est bon, maintenant, vous pouvez la réveiller, arrêtez de la faire souffrir ! »

À peine le seuil franchi, Simon avait apostrophé Nicolas.

« Toute l'histoire, toute son histoire, je la connais, je peux vous la raconter… je veux qu'on arrête.

— Non. »

Malgré la fatigue auréolant ses yeux de cernes bleutés, Nicolas avait parlé d'une voix forte qui tolérait peu la réplique.

« Comprenez, Simon, que le pourquoi, le comment, les circonstances importent peu. Vous pouvez nous éclairer si vous le souhaitez. L'essentiel est que Naëlle revive ces traumatismes de l'intérieur… et jusqu'au bout.

Elle a traversé des épreuves lourdes qu'on ne peut pas simplement mettre de côté pour démarrer une autre vie, comme si rien ne s'était passé. Si elle parvient à intégrer ce qui la constitue, ça deviendra sa force.

Nous avons un peu de temps devant nous, Rita va s'occuper d'elle et la préparer pour la suite. Asseyons-nous, profitons de cette nuit paisible et racontez-nous l'histoire de Naëlle, Simon, puisque vous êtes persuadé que cela nous aidera à l'accompagner. »

L'air était effectivement doux, chargé d'odeurs végétales ; le vent bruissant agitait légèrement les feuillages.

Roje ne s'éloignait jamais de Nicolas, il avait rejoint leur groupe et fumait, en retrait, attentif aux mouvements des ombres.

Simon essaya d'exposer le plus succinctement possible les informations qu'il détenait, de clarifier le parcours qui amena Nathanaël à Naëlle. Son enfance atroce, séquestré par son grand-père dans une cave avec sa mère et sa sœur, puis son transfert en milieu psychiatrique.

Sa plongée obstinée dans une prostration mutique dont seule Maria Corbisier, une psychologue aux méthodes peu orthodoxes appelée en renfort, avait pu le tirer. Durant quelques mois, le petit avait pu reprendre une vie et une scolarité relativement normales.

Et puis, à l'âge de onze ans, le choc, fatal, qui avait totalement altéré sa personnalité : durant toute sa prime enfance cloîtrée, l'appartenance sexuelle de Nathanaël n'avait jamais été remise en doute ni par sa mère, ni par sa sœur, ni par leur bourreau. À leurs yeux et aux siens, il était un garçon comme les autres ; mais, lorsqu'il fut examiné pour la première fois à l'extérieur par un médecin, on décela chez lui une forme d'hermaphrodisme peu flagrante avant la puberté pour un œil non initié.

Ces anomalies sexuelles, plus fréquentes qu'on ne pourrait le penser, étaient jusqu'à peu, automatiquement opérées à la naissance de l'enfant.

Parents et praticiens devaient alors arbitrairement choisir le sexe du bébé en essayant de faire le moins de dégâts possible pour permettre à l'adulte qu'il deviendrait de s'intégrer au mieux dans la société. Le destin, cruel, avait donc infligé à cet enfant des épreuves difficilement surmontables : être né, reclus, d'un inceste, avoir vu sa mère mourir sous ses yeux et subir à l'adolescence la remise en question de son identité sexuelle… À cette époque, les médecins jugèrent qu'il était indispensable d'agir chirurgicalement avant l'explosion hormonale qui allait rendre évidente sa double appartenance sexuelle. Nathanaël ne put supporter l'ablation du pseudo-pénis qui avait fait de lui, jusqu'ici, un petit garçon. Sa personnalité, déjà fortement fragilisée, explosa, déclenchant un état de prostration végétatif qui dura plusieurs mois et dont Naëlle émergea modifiée physiquement et amnésique. La suite de l'histoire était celle d'une jeune fille de douze ans que l'état civil rebaptisa Nathanaëlle mais qui ne supporta jamais la première partie de son prénom et grandit, jusqu'à sa majorité, en institution.

Simon allait poursuivre avec les événements plus récents qui avaient considérablement perturbé la jeune femme et l'avaient poussée à tenter de retrouver la mémoire quand Rita, depuis le seuil de la porte entrebâillée, leur fit signe de revenir à l'intérieur.

« Vous n'avez pas l'air surpris de ce que je vous ai raconté ! s'étonna Simon en retournant vers la hutte sombre et surchauffée.

— Nous connaissions déjà l'appartenance de Naëlle à "ceux qui restent entiers", comme ils sont appelés en Amérique latine, elle seule l'ignorait… Ici, nous respectons les gens comme elle, nous savons qu'ils ont une vision plus large, plus complète, du monde et de la vie. Chez nous, ils deviennent souvent *yatiri* ou messager des esprits, nous ne pensons pas qu'il faille les soigner, nous pensons qu'ils sont un cadeau des dieux, qu'ils ont été touchés par eux et qu'ils apportent la chance et la guérison. D'autres sociétés, telle la vôtre, les empêchent de s'intégrer dans un rapport traditionnel, social ou amoureux, ce n'est pas le cas dans la nôtre. Avez-vous entendu parler de Simon le mage, mon cher Simon ? »

Face à la perplexité de ce dernier, Nicolas enchaîna :

« Simon le mage était un contemporain de Jésus mais il contredit l'Évangile et prétendit que l'esprit primordial était à la fois mâle et femelle. Un concept intéressant, non ? Adam n'était-il pas androgyne à la base : homme du côté droit et femme du côté gauche ? Quand elle le peut, la nature elle-même ignore cette dichotomie, beaucoup d'espèces animales ou végétales passent par un stade hermaphrodite, nécessaire à leur cycle vital. Durant les premières semaines de notre vie embryonnaire, n'avons-nous pas tous le même sexe, avant que nos structures nerveuses ne divergent ? Et quand je dis verge… Oh… je suis désolé, c'est la fatigue… »

Un léger fou rire nerveux avait gagné les trois hommes ; penauds, ils tentèrent de retrouver leur sérieux.

« Savez-vous, murmura encore Nicolas, que Simon le mage avait acheté, à Tyr, une épouse sublimement belle. Elle se nommait Hélène et Simon prétendit jusqu'à sa mort qu'elle n'était autre que la fameuse Hélène de Troie, passée au cours de vies successives dans le corps de différentes femmes… Toujours les plus belles femmes de son époque, évidemment… Vous voyez que certains éléments vous rapprochent de lui… Une vision romanesque de l'amour… un besoin de conquérir l'inaccessible étoile. Plus sérieusement, il écrivait lui aussi des pamphlets, des discours contradictoires. Il s'opposa à la récupération par l'Église naissante de ce phénomène qu'était Jésus, à l'exploitation de la crédulité des masses, subjuguées par de prétendus miracles… Seriez-vous prêt à ça ?

— À quoi ?

— À témoigner, à rendre compte, à donner la parole aux voix qu'on n'entend pas ? À remonter le courant de la pensée commune, à vous exprimer à contre-courant ? Vous en avez le pouvoir, en aurez-vous l'envie ?

— De nos jours, la magie s'étale davantage sur les pistes de cirques et les scènes de music-hall que dans la froide austérité des églises.

— En êtes-vous certain ? En ce début de siècle, les peurs collectives reviennent. La multiplication des signes inquiétants qui pèsent sur la planète, l'effondrement de l'économie mondiale et de la finance au profit d'une gestion virtuelle spéculative ramènent en masse les gourous de pacotille sur le devant de la scène.

Le grand public attend d'eux santé, amour et réussite, chacun espère des miracles au lieu de se prendre en charge. Ne nous trompons pas de combat, ne nous laissons pas aveugler et manipuler, la véritable magie est ailleurs. Vous n'avez pas à me répondre tout de suite, je voulais juste soumettre ceci à votre sagacité… Venez à présent, ils nous attendent. »

Ils avaient, en chuchotant, regagné la hutte.

Roje, derrière eux, ne partageant pas leur bonne humeur, avait préféré rester à l'extérieur, adossé à la porte.

Bolivie, Campo Selva, 17 août, 23 h 30
Manko

Nicolas entra dans la pièce, les chants reprirent de plus belle et le rythme des tambours s'accéléra. Les bols d'alcool circulaient généreusement entre les participants ainsi que de courtes pipes en terre aux exhalaisons lourdes.

Naëlle donnait à présent l'impression de dormir.

Rita lui avait fait boire une nouvelle dose d'*ayahuasca*, l'emmenant plus profond encore dans son voyage intérieur.

Simon, enivré par les fumées et les quelques gorgées qu'il avait partagées, se sentait étrangement spectateur du moment, il avait baissé la garde, accepté de laisser à d'autres le soin de prendre en charge, d'assumer, d'intervenir là où il se sentait démuni, impuissant. La réalité devenait floue, cotonneuse, il regardait Naëlle, si proche, si lointaine, son unique désir aurait été de s'allonger près d'elle, de s'endormir à ses côtés, le nez niché au creux de sa nuque, dans son odeur de miel ; être loin d'ici, loin du monde, être juste bien, tous les deux ; arriver à se moquer du passé, ne rien attendre du futur, être juste là, dans la sensation de son corps contre le sien, de leurs chaleurs mêlées.

Un climat de sérénité tranquille et apaisée régnait à présent parmi les participants à cette cérémonie. Amortis par l'alcool et les vapeurs psychotropes, ils ne réagirent pas quand la porte s'ouvrit violemment et que des types armés entrèrent, assenant de puissants coups de crosse aux hommes assis à leur portée.

Simon ne comprit pas immédiatement ce qui se passait, des ombres désordonnées s'agitaient autour de lui, des cris, des ordres hurlés émergeaient du lointain. Il tenta, malhabile, de se mettre debout ; un choc sourd sur la tempe l'en dissuada, il retomba lourdement.

Il ne fallut que quelques minutes à ce commando entraîné pour maîtriser la situation. L'assemblée, des scientifiques, des vieillards, des femmes et des enfants, ne faisait pas le poids face à ces mercenaires surentraînés.

D'un rapide coup d'œil, ils avaient repéré les hommes potentiellement dangereux, les plus jeunes, les plus forts, et les avaient mis hors d'état de réagir.

Dès que Manko, arraché à sa torpeur, comprit la situation, il bondit pour protéger Naëlle toujours inconsciente. Nicolas et Jayme s'étaient redressés dans le même mouvement et les trois hommes faisaient à présent barrage face aux agresseurs.

« Lequel d'entre vous est Pozada ? *¿Quién es* Pozada ? » hurla l'un des intrus cagoulés.

Ses yeux dévisageaient successivement Nicolas, Jayme et Manko…

Sans l'ombre d'une hésitation, avant que les autres aient pu réagir, Manko s'avança.

........., ..., ...

Naëlle

*

* *

Longtemps, à nouveau.
Longtemps dans le noir.
Ailleurs, loin.
Des bruits, des cris.
Ça a bougé, ça a changé dans ma tête.
Je ne suis plus le même.
Le même ? La même ?
Qui je suis ?
Où je suis ?

Loin, loin, j'entends des bruits, des cris.
Je voudrais dormir encore.
Je ne peux pas… quelque chose en moi est en alerte.
Quelque chose s'est passé ?
Ne pas bouger.
Ouvrir les yeux, à peine.
Ne pas bouger.

Il y a du danger, quelque chose me le dit.
Je me réveille d'un long, si long sommeil.
Autour de moi, les gens gémissent et pleurent.
Certains sont ligotés.
Certains dorment… sont assommés…
Du sang par endroits…

Ne pas bouger.
Entre mes cils baissés, essayer de comprendre.

Où je suis ?
Qui je suis ?
Depuis combien de temps j'étais parti ?

Trois hommes marchent autour de nous, ils ont des armes, des combat shoes, *des* battles *en treillis, le visage caché sous une cagoule.*
Je connais ça…
Je connais ceux qui ont besoin de cette carapace pour se tenir debout.
J'en ai vu déjà…
Des hommes au cœur dur, au cerveau étroit, les muscles en bandoulière.

Je ne suis pas attaché, je crois.
Pourquoi ?
Les autres sont attachés, pourquoi pas moi ?
Les cagoulés ne savent pas ?
Ils ne se méfient pas.
Ils ont tort !
Tous les gestes me reviennent.
Ils étaient là, eux aussi.

Endormis dans ma tête, accroupis dans le noir.
Les gestes appris tous les jours, tous les soirs, pour devenir un guerrier.
Devenir un guerrier pour les retrouver, maman et la sœur.
Devenir un guerrier pour oublier la peur.
Le retrouver, lui, l'autre et l'empêcher de faire le mal, encore.
Les gestes appris dans la patience, dans le silence.
Longtemps, si longtemps.
Ils attendaient de se réveiller.
Je les sens fourmiller sous ma peau.
Le corps comme une arme et les coups qui tuent.
Attendre que l'esprit et le poing soient prêts, dans le bon alignement.
Je respire, j'appelle la force et la concentration.
Je suis prêt.

Ils sont trois hommes, ne pas hésiter.
Trouver la fulgurance et la surprise.

Le premier passe à ma portée.
Sauter…
Dans un même élan, viser la tête avec mon pied droit, un tour sur moi-même… du coude gauche, enfoncer l'orbite
Dian-Xue ; Na-Xue, *l'index et le pouce dans les yeux, ne pas aller jusqu'aux points vitaux, pas le choix, pas le choix, il ne faut pas tuer, je ne peux pas… attraper l'arme avant qu'elle ne touche terre, tirer sur le deuxième homme à ma gauche, rouler au sol pour éviter les balles.*

Deux femmes dans l'autre coin ont sauté sur le troisième.
Elles crient dans une langue que je ne comprends pas.
Elles sont plusieurs maintenant à oser se lever pour immobiliser les deux hommes qui se débattent.

Je me relève.
Autour de moi, des hommes me regardent, les yeux écarquillés, bâillonnés, attachés.
Des prisonniers, ils n'ont pas l'air dangereux.
Les détacher, vite…
Comme je lui libère les mains, l'un d'entre eux m'agrippe :

« Naëlle, Naëlle, c'est moi, Simon ! »

Son visage ne m'est pas inconnu.
Qui est-ce ?
Pas le temps.
Qui est-ce ?
On verra après.

Un doigt sur la bouche, je leur dis de se taire : le danger est dehors, je le sais, il est forcément dehors.
J'ouvre la porte.
Un homme devant, prêt à frapper.

Qin-Na, *j'arrête le flux d'énergie,*
Ryo-jiku-Kabotoke…
Il gît, inanimé.

Nous avons quatre armes à présent.
Combien sont-ils, les autres ?
Six, je crois, me dit l'homme qui a l'air de me connaître.
Bien.
Plus que deux à trouver.
On avance en silence dans le camp.

J'ouvre la marche, la nuit est mon amie.
Dans une cabane, du bruit, des coups mats et des cris.
Les autres qui m'ont suivi se plaquent contre le mur, réfléchissent et se font des signes.
Pas le temps !

D'un coup de pied ouvrir la porte.
Bondir à l'intérieur.
Un homme, le visage en sang, ceinturé par un autre est frappé à coups de crosse, à coups de pied par un troisième.

Toujours frapper ceux qui frappent.
Pas réfléchir.
Je m'élance.
Le bruit du coup de feu retentit bien avant la douleur.

*

* *

Bruxelles, Belgique, 15 août, 23 h 30
Céline

Céline en était à son troisième *mojito* et ne parvenait toujours pas à « se mettre dans l'ambiance ».

Pourtant la musique était bonne, le décor somptueux, les gens autour d'elle semblaient s'amuser. Elle avait refusé toutes les invitations à danser et ne pouvait se résoudre à quitter sa chaise. Si Grégoire me voyait, pensait-elle, il serait bien étonné, moi qui ne tiens pas en place habituellement quand on peut se trémousser ! Elle se sentait incongrue dans cet endroit, amputée de sa moitié… Si Grégoire avait été là, ils auraient rejoint la piste avec enthousiasme. Sans lui, elle regardait, consternée, les dandinements approximatifs de ceux qui semblaient y prendre du plaisir. Elle s'était réfugiée à une table, en retrait, auprès de vagues connaissances qui ne parvenaient décidément pas à la dérider.

Après une heure de malaise ennuyé, s'emparant du portable au fond de son sac, elle avait pitoyablement eu recours au stratagème du faux appel. Elle justifia son départ précipité par un soi-disant message de sa fille.

« Tu pars déjà ? C'est idiot, la soirée va seulement démarrer… Tu sais bien qu'avant minuit, rien ne bouge !

— Oui, je sais, je suis désolée, mais Méline est à la maison avec ses frères et, apparemment, elle a besoin de moi.

— Oh là là, ces mères poules ! Allez, vas-y, file… La prochaine fois emmène Grégoire, tu es bien plus drôle quand il est là. »

Sur le trajet du retour, bercée par les fragmentations hypnotiques de l'éclairage autoroutier, Céline souriait.

C'est vrai qu'elle était bien plus drôle quand Grégoire était dans les parages, c'est vrai que la perspective de le retrouver dans quelques minutes, de se lover contre son torse chaud, doux et ferme faisait gonfler dans son ventre une onde de tendresse, d'amour, de désir. Après vingt ans de vie commune, être éloignée de son homme lui était toujours aussi pénible. Quelle chance, quelle chance inouïe se dit-elle : être heureuse de rentrer chez soi, d'y retrouver ceux qu'on aime avec la certitude que c'est bien là l'endroit au monde où on a le plus envie d'être… là, et avec ces personnes-là.

Le trajet de retour lui parut interminable.

BOLIVIE, CAMPO SELVA, 18 AOÛT, 3 H 30

Qu'est-ce qu'ils allaient faire de ces hommes ?

Trois d'entre eux, momentanément assommés, reprenaient connaissance. À présent, les six agresseurs entravés et bâillonnés ne représentaient plus de danger. Ceux auxquels Naëlle s'était attaquée souffraient de séquelles importantes, violemment touchés à la tête, ils présentaient des symptômes que Nicolas ne parvenait pas à identifier. De la même façon que les attaques de la jeune femme avaient été fulgurantes et incompréhensibles pour ceux qui y avaient assisté, les traumatismes engendrés étaient spectaculaires et difficilement compréhensibles par les scientifiques présents dans le camp. Le mercenaire, touché par balle, était inconscient sous sédatif.

Simon, la tête entre les mains, se tenait au chevet de Naëlle.

« Les signes vitaux sont bons, lui dit Rita, elle a perdu beaucoup de sang mais elle devrait se rétablir rapidement, la blessure est superficielle et notre héroïne est drôlement solide !

— Oui, je sais, elle n'arrête pas de me le prouver… Je préférerais qu'elle se calme. »

Durant toute la nuit, après avoir solidement ligoté les six agresseurs, ils avaient soigné les blessés : Roje, qui s'était fait surprendre à l'extérieur de la hutte alors qu'il montait la garde, souffrait d'un sérieux traumatisme crânien, il ne voyait plus rien et ne parvenait pas à se tenir debout; Karoly, un chimiste hongrois, spécialiste de la télomérisation, avait pris une balle perdue dans la cuisse; et Mia, une jeune paysanne qui avait tenté de protéger son bébé, risquait bien d'avoir perdu un œil sous les coups de crosse. Les autres, moins touchés, clopin-clopant, se relevaient péniblement de cette nuit de cauchemar avec des commotions, des contusions et des hématomes... Pedro et Jayme couraient de l'un à l'autre pour soulager et réconforter.

Les lamentations se mêlaient à la rage et à l'incrédulité.

Chacun se repassait en boucle le scénario dans toute sa brutalité et les hommes s'en voulaient de s'être laissé surprendre. Les paysannes avaient entamé des chants de guérison pour les blessés, surtout pour Naëlle dont les fulgurants et incompréhensibles exploits alimentaient toutes les conversations.

Tous avaient vu avec quelle force, quelle efficacité et quelle rage elle avait attaqué ces hommes armés sans la moindre considération pour le danger qu'elle courait, tous spéculaient sur ses extraordinaires aptitudes physiques. Nicolas, soucieux, s'était écarté du groupe.

Simon le rejoignit.

« Nicolas, avez-vous une idée de ce qui se passe dans l'esprit de Naëlle lorsqu'elle agit comme aujourd'hui ?

— Excusez-moi, mon vieux, il est vrai que ce qu'elle a fait est époustouflant, mais si vous voulez bien, nous en reparlerons plus tard. Tout le camp est en danger. Comment savoir si d'autres hommes armés ne vont pas débouler ? Comment ont-ils trouvé cet endroit ? »

La physionomie de Nicolas s'était durcie, la tristesse et la méfiance assombrissaient ses prunelles.

« Ils nous ont suivis, sans doute, quand nous sommes venus jusqu'ici… Je suis désolé, murmura Simon.

— Impossible : Roje et moi étions très attentifs, nous avons plusieurs fois tourné en rond dans la forêt, si nous avions été suivis, nous l'aurions remarqué. Une seule chose est certaine : notre camp n'avait pas été découvert avant votre venue !

— Vous me soupçonnez, Nicolas ?

— Je ne sais pas, j'essaie de comprendre… Roje et Karoly sont mes amis, Mia n'a rien fait pour mériter ça, Manko s'est courageusement désigné à ma place et a risqué sa vie avant même que j'aie pu réagir… Que pensez-vous de tout ça ?

— Je n'ai aucune réponse à vous donner, je ne peux que vous assurer de ma totale bonne foi. Réfléchissez, ça n'a aucun sens, je viens ici rechercher la femme que j'aime, je ne vais pas y attirer des mercenaires ! Que recherchaient-ils d'abord ? Quand Manko aura repris connaissance, il pourra nous dire sur quoi ils l'interrogeaient.

— Ils recherchent mon labo, évidemment, mais sans mes formules, il ne leur servirait à rien… Quant à ces types, ce sont des barbouzes, ils se feront arracher la langue plutôt que de parler, à supposer même qu'ils sachent qui les emploie, ce dont je doute. En ville, on peut acheter les services de ce genre d'individus pour pas très cher, ils sont contactés par des intermédiaires et se soucient comme de leur première Kalachnikov de savoir qui les emploie ! Il faut déménager tout le camp, nous ne pouvons pas faire courir d'autres risques à la communauté. Ils n'ont visiblement pas localisé le labo, mais si ces salopards sont arrivés jusqu'ici, d'autres peuvent suivre. Les vigiles, postés aux accès du camp, ne pourront les arrêter.

— Je peux vous garantir une chose, je ne les ai pas amenés jusqu'ici ! Nous devons d'abord savoir comment ils nous ont trouvés ! Est-ce qu'on les a fouillés ? »

Pendant toute l'agitation qui avait suivi l'intrusion puis la débâcle du commando, Simon s'était principalement occupé de Naëlle et n'avait pas approché les hommes à présent immobilisés.

« Ils sont peut-être encore en contact radio.

— Nous n'avons ici, au cœur de la jungle, aucune couverture téléphonique par réseau terrestre, tels les GSM, mais les moyens qu'ils ont déployés peuvent laisser supposer qu'ils disposent d'un relais direct par satellite. »

Une fouille plus approfondie des mercenaires leur permit effectivement de trouver une balise. De la taille d'un paquet de cigarettes, l'engin, système de téléphonie iridium, fonctionnant par réseau satellite, était dissimulé dans la poche intérieure de la veste d'un des gars.

Il devait donc y avoir, quelque part dans le camp, un mouchard traceur connecté à cette balise et qui les avait amenés jusque-là !

Sans hésiter, Simon se déshabilla et inspecta ses vêtements.

Il ne tarda pas à sentir un léger renflement longeant l'ourlet, sous la doublure de son épaisse veste de voyage. La couture avait été refaite et, en l'ouvrant, ils extirpèrent précautionneusement un ruban métallique d'une vingtaine de centimètres.

« Merde… c'est du matériel militaire… une sorte de balise de détresse, munie d'une puce GPS et d'un relais satellitaire. La structure en ruban fait office d'antenne, ils en utilisent dans les raids-fantôme et pour certaines compétitions sportives comme le Paris-Dakar.

Je crois connaître le point faible de ce petit bijou de technologie : il est probablement étanche mais s'il est suffisamment immergé, je suis prêt à parier qu'il ne sera plus en mesure de "tracer" : les ondes sont perturbées dans le milieu aqueux ! »

Nicolas, en proie à une intense réflexion, examinait le mouchard électronique. Il plongea l'appareil au fond d'un seau d'eau, empêchant ainsi toute détection par un autre éventuel récepteur.

« Quoi qu'il en soit, je vais donner l'ordre d'évacuer le camp, les villageois retourneront dans leurs familles. Tout ceci nous montre qu'ils ont décidé de frapper un grand coup et d'y mettre les moyens. C'est devenu beaucoup trop dangereux. Regagnez l'Europe avec Naëlle, je suis désolé de n'avoir pu aller au bout du processus avec elle, je suis convaincu que j'aurais pu l'aider davantage, mais les circonstances…

— Non, je reste avec vous… Même si c'est involontairement que j'ai été le véhicule de ce mouchardtraceur, je me sens responsable de ce qui est arrivé cette nuit… Permettez-moi de rester à vos côtés et de vous aider à protéger vos recherches.

— Et au nom de quoi voulez-vous que je vous fasse confiance ? Qui me garantit que vous ignoriez vraiment que ce mouchard était dans votre veste ?

— Ma tête à couper qu'il ne le savait pas ! »

Manko, le visage tuméfié, venait d'entrer dans la cabane et interrompit la conversation des deux hommes.

« C'est bon de te voir debout ! Tu as mal ?

— C'est rien de le dire… Ces salauds n'y sont pas allés avec le dos de la cuiller… Heureusement, Super-Naëlle est arrivée à temps !

— Manko, vous m'avez pris de court en vous désignant à ma place…

— Sans vouloir vous offenser, Nicolas, je n'y connais rien en molécules mais des sales types, j'en ai fréquenté, et j'ai tout de suite vu à qui on avait affaire… Moi, au moins, je ne pouvais rien leur révéler… puisque j'ignorais tout. Et puis, j'ai la tête dure… Question d'habitude. Heureusement pour vous, ils ne savaient pas à quoi vous ressembliez, autrement vous auriez morflé.

— Vous avez raison, répondit Nicolas, quand je vois le comportement de ces hommes entraînés au combat, je me dis qu'ils ont sans doute été envoyés pour saccager et détruire des années de travail et non, comme je l'ai cru dans un premier temps, pour s'approprier le résultat de mes recherches.

— Nous en revenons donc à la même interrogation : comment cet engin s'est-il retrouvé dans ma veste ? »

Manko émit un gloussement moqueur.

« Oh là là là… Simon, ne me dis pas que tu n'en as pas la moindre idée !

— Parce que, toi, tu sais d'où vient cette saloperie ?

— Tu te rappelles, cette nana, avec qui tu as passé du bon temps à Guayaramerín… J'avais trouvé ça louche, et pas simplement parce que j'étais jaloux : les filles d'ici, surtout dans les villages, ne se comportent pas comme ça !

— Mariza ? Tu crois que… C'est pas vrai… Je me suis fait avoir comme un bleu.

— Normal, tu es un bleu ! Et voilà, les hommes perdront toujours la tête à cause de leur queue !

— Excusez-moi si j'interromps cet échange hautement intéressant, répliqua Nicolas, mais si ça vous amuse de jouer les agents secrets, je ne suis, pour ma part, pas d'humeur à plaisanter. Des faits trop graves, mettant en danger trop de monde, se sont passés ici, il faut agir, et vite… »

Ils organisèrent donc l'évacuation du campement avant l'aube.

Ceux qui avaient été blessés, les femmes, les enfants, les vieillards et la plupart des paysans devaient rentrer à Cachuela. Quelques hommes, les plus robustes, avaient pour mission d'emmener les six mercenaires ligotés à Guaya-Mirin, la ville-frontière située au Brésil. Il n'était pas question de tuer ces hommes, quelle qu'ait été leur attitude, les autorités locales agiraient avec eux comme bon leur semblerait… Malheureusement, il y avait fort à parier que de tels gaillards aient des appuis susceptibles de les tirer d'embarras.

Les scientifiques encore valides, quant à eux, se mirent en route pour rejoindre le labo, à une journée de marche. Simon et Manko les accompagnaient, portant Naëlle, toujours inconsciente, sur une civière.

L'objectif, dans un premier temps, était de démonter leur installation et de répartir les différents secteurs dans leurs précédents points de chute… On verrait plus tard comment se réorganiser.

Ce qui vient du dedans

Bolivie, sur la route du Campo Bota,
18 août, 11 heures

Après deux heures de marche, Nicolas semblait s'être un peu calmé.

Il proposa qu'on relaie Manko et Simon ; en effet, sur la civière qu'ils portaient depuis le départ, Naëlle commençait à donner des signes de réveil et Nicolas souhaitait s'entretenir en privé avec les deux hommes avant que la jeune femme soit à nouveau consciente.

« Je vous prie de m'excuser pour tout à l'heure, Simon… C'est inouï ce qui s'est produit cette nuit ! Vous aviez déjà assisté à ce genre de phénomène ? Naëlle avait déjà eu ce type de comportement ?

— Oui. Elle m'a sauvé la vie dans des circonstances un peu similaires. Il y a quelques mois, Naëlle s'est à nouveau retrouvée au centre d'un fait divers sordide en libérant un jeune garçon séquestré. C'est la continuité de ce que j'avais commencé à vous raconter… Quand je l'ai croisée, j'ignorais tout de son passé et de sa vraie nature. J'ai été happé par elle, immédiatement, irrémédiablement… J'ignorais dans quelle folie j'allais être embarqué en la suivant. Toujours est-il que lorsqu'elle est intervenue pour me protéger, je l'ai vue, visiblement habitée par une autre personnalité, faire preuve d'une force physique hors norme et d'une détermination indomptable.

— Maintenant qu'on en parle, renchérit Manko,… Elle m'a aussi complètement bluffé pendant notre voyage… À un moment, elle a cru que je voulais m'introduire dans sa chambre et elle m'a littéralement terrassé avec une technique incroyable… Et pourtant, je m'y connais en combat de rue ! Je me suis retrouvé au tapis dès sa première attaque ; immédiatement après, elle m'a donné l'impression de reprendre pied, de se reconnecter avec le réel, c'était très étrange.

— Tu essayais d'entrer dans sa chambre ?

— Euh… oui, enfin, c'était le dernier soir, je quittais le groupe et je voulais lui dire au revoir…

— Et alors… tu es entré dans sa chambre…

— Ce n'est peut-être pas le moment idéal pour en parler, là…

— Au contraire, le moment me paraît très bien choisi, on a tout le temps et je suis tout ouïe… Qu'est-ce qui s'est passé ensuite ?

— Oh non, ça ne va pas recommencer ! interrompit Nicolas. Ne tombons pas toutes les trois minutes dans l'anecdote, s'il vous plaît… J'ai réfléchi depuis notre départ du camp, je ne peux pas abandonner Naëlle dans ce *no man's land* où elle ne contrôle rien… De plus, j'ai maintenant une dette envers elle, nous allons donc poursuivre le travail au Campo Bota… C'est ainsi que nous nommons notre labo. Nous prendrons le temps qu'il faut pour nous concentrer sur son cas et, ensuite, nous aurons l'esprit dégagé pour prendre les bonnes décisions en ce qui concerne nos recherches. »

De mauvaise grâce, Simon abandonna la partie, se promettant de remettre cette discussion sur le tapis dès qu'il serait seul avec Manko, tandis que Nicolas, étranger à ces ruminations jalouses, poursuivait sa réflexion.

« Si je m'en réfère aux quelques éléments d'information que Naëlle et vous, Simon, m'avez fournis, je peux sans trop m'avancer imaginer qu'une série de pronostics ont été mal établis à son sujet.

Suite aux premiers et désastreux traumatismes subis depuis sa naissance, puis à la confrontation morbide et violente avec la mort, les institutions auxquelles l'enfant a été confié ont dû parer au plus pressé, soulagées, j'imagine, dans un premier temps que Nathanaël – puisque c'est son nom, n'est-ce pas ? – ne bascule pas purement et simplement dans un autisme sévère.

À ça, et découlant de ça, vient s'ajouter le problème d'identité sexuelle ! Cette attaque violente de l'intégrité physique d'un individu n'est jamais bien vécue, sauf si elle est expressément demandée par la personne. Alors, imposer ce bouleversement à un adolescent en pleine découverte de son corps m'apparaît une totale hérésie !

— Ce qui a été fait a été fait, Nicolas, nous n'y pouvons plus rien, croyez bien que pendant les mois où j'ai accompagné sa convalescence, j'ai maudit les rouages de la machine qui a contribué à broyer Naëlle !

— Il me paraît à présent utile de clarifier certains aspects. Je pense que les médecins se sont d'abord focalisés sur le traitement médicamenteux de la schizophrénie, améliorant son état en apparence mais ne traitant pas fondamentalement le problème. À mon humble avis, il s'agit ici plus particulièrement d'un trouble dissociatif de l'identité : lors de ses “fugues”, Naëlle acquiert une personnalité totalement différente, parfaitement adaptée à son environnement... La démonstration physique qu'elle nous en a donnée lors de l'attaque de ces hommes pourtant redoutablement armés et entraînés en est l'illustration !

— Vous avez raison, je me demande même si cette personnalité qui émerge en situation de stress n'est pas mieux armée face au danger que ne l'est Naëlle, au quotidien.

— Ce n'est pas exclu. Je ne suis pas, à proprement parler, un spécialiste de la question, mais des études faites sur des individus ayant subi un important stress post-traumatique ont mis en lumière l'action de trois structures spécifiques du cerveau : les amygdales – pas celles de la gorge, évidemment, mais celles qui se situent dans la partie antérieure des lobes temporaux –, les hippocampes...

— Pas ceux qui sont dans l'eau...

— Effectivement – merci pour la précision, Manko – et, enfin, le cortex antérieur.

En simplifiant, on pourrait dire que l'amygdale reçoit les informations sensorielles (la vue, l'ouïe, l'odorat..., etc.) et est impliquée dans l'apprentissage de la peur : l'hippocampe gère la mémoire, à court et à long terme; tandis que le cortex peut empêcher l'activité des deux premiers. Ce blocage inconscient supprime toute réaction de peur et induit une amnésie totale ou partielle.

— Ce qui expliquerait son courage instinctif suivi de l'oubli immédiat de ce qu'elle vient d'accomplir.

— Vous voyez M. Leï-Niuh, là-bas… Lui est un véritable spécialiste du cerveau limbique, il vous éclairera bien mieux que moi, ce soir, au Campo Bota. »

Nicolas leur désignait un Asiatique d'une cinquantaine d'années qui, le nez en l'air et les mains derrière le dos, marchait dans cette jungle comme s'il y faisait une simple promenade digestive.

Pourtant, le terrain devenant plus accidenté, Naëlle ballottée sur sa couche commençait à pousser des gémissements sourds.

Simon accourut près d'elle. Posant la main sur son front, il constata qu'elle était fiévreuse.

« Ne vous inquiétez pas, le rassura Rita, tout son organisme livre bataille mais la blessure est relativement superficielle, je suis sûre qu'elle sera bientôt en forme pour terminer agréablement ces petites vacances boliviennes », ajouta-t-elle, ironique, le gratifiant d'un rapide clin d'œil.

……., ……., ……., …….

Naëlle

*

* *

Douleur.
À nouveau.
Douleur.
Mais des choses ont changé.
Je ne suis plus seule dans le noir.
J'ai des alliés.
M'en servir.
M'en sortir… encore.

Il faut échapper à cette douleur, trouver refuge dans ma grotte.
J'y suis, j'y trouve le réconfort, la chaleur de la lumière dorée,
Je m'allonge sur le sol d'argile roux.
Je me souviens, les hommes, le coup de feu, la blessure.

La porte de droite s'ouvre et mon vaillant ami, le hérisson, entre.
Trotte-menu mais décidé il se dirige vers moi.
De son museau pointu il repère le mal et fouille la plaie.

Je sais ce qu'il y fait : consciencieusement, il mange ma douleur, débarrasse mon corps de l'infection en nettoyant les tissus, millimètre par millimètre.

Partagée entre souffrance et plaisir, je le laisse faire, confiante.
Il fouraille, il s'enfonce.
Il travaille.
Aspirée dans la béance de la blessure, je perds pied.

Noir.

Un point lumineux.
Il grossit lentement.
Il se rapproche, aspire le noir autour de lui, l'avale.
De plus en plus vite, il se dirige vers moi.
Sa lumière, concentrée et vive, fonce vers le centre de mon regard.
Derrière mes yeux, au fond de mon crâne.
En s approchant, le point rond devient ovale.
Peu à peu des traits s'y dessinent.
C'est un visage doux, pur.

Il est revenu !
Mon ange, mon visiteur pâle…
Sans drogue, sans chant ni cérémonie, il est revenu.

Je perçois sa chaleur, son odeur et ce goût très particulier qui baigne mes papilles.
Il ouvre ses grands yeux gris tranquilles.
Il me sourit.

Sans cesser de sourire, il referme les
yeux et repart comme il est venu, aspiré dans le noir.

Pas de tristesse, pas de manque.
Il est venu me dire que tout allait s'arranger.
Je sais, cette fois, que c'est un au revoir.
Je sais qu'il veille sur moi.
La bulle de lumière n'est plus qu'une étoile lointaine.
Mais je sais que je la reverrai, ailleurs, autrement… bientôt.

À travers le silence ouaté de mon cerveau, me parviennent les bruits amortis du dehors.
Il y a des gens autour de moi, de l'inquiétude et des soins.
Des mains qui se posent et des voix qui chuchotent.
Bientôt je reviendrai et j'ouvrirai les yeux.

Bolivie, Campo Bota, 19 août, 10 heures
Naëlle

« Vous pensez que nous sommes en sécurité ?

— Dans la mesure où nous avons changé de vêtements (tous portaient à présent des tenues paysannes en coton délavé qui évoquaient plus le pyjama que l'équipement de baroudeur) et à condition qu'aucune puce électronique n'ait été implantée dans nos cerveaux, nous pouvons nous estimer en sécurité… du moins dans un premier temps. »

Le confort était plus sommaire dans ce lieu essentiellement axé sur le travail et tous avaient dû dormir dans la hutte-dortoir. Néanmoins, après les émotions de la nuit précédente et la journée de marche qui avait suivi, ils s'étaient tous écroulés sans demander leur reste et se réveillaient à peine alors que le soleil dardait déjà depuis longtemps ses rayons au-dessus de la canopée. Les regards convergeaient vers Naëlle. Veillée par Rita et Simon, elle avait passé une nuit assez correcte, compte tenu des circonstances. Ils s'installèrent rapidement, organisèrent une cantine de survie. Les scientifiques avaient pour mission de faire un premier inventaire de ce qui devrait impérativement être emporté et de détruire le reste.

Vers midi, Naëlle commença à remuer sur sa couche et à quinze heures, elle ouvrit les yeux. Simon n'avait pas cessé de lui éponger le front que la fièvre avait fini par quitter.

Une totale incrédulité se lisait dans ses pupilles vert d'eau dilatées par la surprise lorsqu'elle le vit à son chevet.

« Simon ! »

Au mépris de la douleur, elle se redressa et se réfugia dans ses bras.

Tous deux pleuraient, riaient, mélangeant leurs cheveux, leurs peaux, leurs baisers, désordonnés, perdus, retrouvés, ignorants du monde qui les entourait et des regards, pudiquement détournés.

Manko s'était écarté, quittant discrètement la hutte.

Bolivie, Campo Bota, 19 août, 21 h 30
Naëlle

« Tu veux qu'on en parle maintenant ou tu préfères attendre encore un peu ? »

La journée avait filé, riche en émotions, en récits, en questions. Retracer, en les racontant, les péripéties des dernières quarante-huit heures avait permis à chacun de surmonter le stress, de prendre un peu de distance. En un temps record, à la stupéfaction générale, Naëlle avait récupéré son énergie. À son réveil, elle avait été sidérée de trouver Simon et Manko réunis dans cet endroit, venus ensemble la chercher.

Incrédule, la jeune femme avait entendu le récit de Manko résumant leur quête ; le jeune Indien, les yeux baissés, conscient du trouble de Naëlle, insistait sur les exploits, le courage et la détermination dont Simon avait fait preuve. Il se tint ensuite volontairement en retrait pour les laisser à leurs retrouvailles. Un large sourire illuminant son visage hâlé, Naëlle ne cessait de contempler Simon, beau, émacié, fatigué. Émerveillée de le retrouver à ses côtés, elle lui avait proposé quelques pas de promenade pour s'éloigner du camp et jouir, enfin, d'un peu d'intimité.

« Non, parlons, lui répondit-elle, j'ai l'impression d'avoir à peu près toute mon histoire en tête… et, même si elle est… difficile, elle ne l'est pas plus que ce que j'avais imaginé pendant toutes ces années !

— C'était compliqué pour moi… avoir ces informations et ne pas pouvoir te les révéler.

— C'est mieux, je ne t'aurais pas cru, je n'aurais pas pu… Alors que, maintenant, mes souvenirs se remettent en place… Enfin je crois… Les trous se comblent, c'est comme un puzzle où il aurait manqué les pièces maîtresses. Je me sens plus forte, à présent, face à la vie, face à toi. Avant, je me disais que c'étaient mes zones d'ombre qui te séduisaient… et que cet attrait un peu malsain ne pourrait durer qu'un temps. Moi, de mon côté, ignorant qui j'étais, comment aurais-je pu t'aimer ?

— Et là, tu sais ?

— Pas vraiment, je me découvre… C'est comme si on m'avait confié un rôle dans une pièce de théâtre… Je viens d'endosser le costume mais je ne connais pas encore le texte. Je sais que toutes ces horreurs sont arrivées, j'ai revécu des moments de cette enfance qui, semble-t-il, a été la mienne, mais je ne m'y sens pas impliquée, c'est comme si c'était arrivé à quelqu'un d'autre.

— Sans vouloir dédramatiser à outrance, c'est pareil pour beaucoup de gens : on peut tous se demander si on se souvient vraiment d'un événement de son enfance ou si on a juste assimilé le récit qu'en faisaient les adultes. Il y a des tas de lieux et de personnes dont je ne me souviens pas réellement, ce qui me vient à l'esprit quand je les évoque, c'est la photographie qui en a été prise et que je peux consulter dans l'album de famille. Alors, est-ce que j'ai la mémoire de l'événement ou celle de son image figée ?

— Je n'aurai jamais de tels souvenirs… J'ai revu clairement le visage de maman, un ange dans tout ce chaos… Et la sœur…

J'avais oublié la sœur ! Comment est-ce possible ? Comment ai-je pu l'oublier pendant tout ce temps ? Tu crois qu'elle vit encore ?

— Ta sœur s'appelle Évelyne. Je n'ai pas retrouvé sa trace. Si tu le souhaites, nous reprendrons les recherches en rentrant en Europe.

— Oui, j'aimerais, je suis prête maintenant. J'aimerais aussi revoir Maria… Elle doit être très vieille à présent.

— Tu te souviens d'elle ?

— Mmm… les souvenirs remontent à la surface, progressivement… Maria était la lueur dans ma nuit, mon refuge.

— Elle va être tellement contente de te retrouver ! Elle m'avait remis deux objets pour toi, le premier c'est un livre de comptines qui…

— C'est Cadet Roussel !

— Oui, c'est ça.

— Oh… c'est incroyable, je revois les illustrations… Maman nous apprenait à lire dans ce livre… C'était le seul qu'on avait, on le connaissait par cœur, la sœur et moi… Enfin, je veux dire Évelyne et moi… »

Les larmes brouillèrent le regard de Naëlle et elle pleura longtemps, silencieusement, ces années de douleur et d'oubli s'écoulaient chaudes, intarissables.

Lui tenant les mains, Simon la laissait se vider de toute cette peine. Il repensa au journal intime de la mère de Naëlle qui se terminait par ces mots : « Tout disparaît, le bon comme le mauvais, comme des larmes sous la pluie. »

« Maria m'a également confié un carnet, le journal intime de ta maman, elle y a raconté son quotidien depuis ses douze ans jusqu'à… »

Simon peinait à poursuivre. Évoquer ces épisodes éprouvants devait être épouvantable pour Naëlle, il en avait conscience, mais il fallait continuer, aller au bout du chagrin. Quand les sanglots silencieux s'espacèrent, que sa respiration redevint plus calme, Simon reprit son récit : « … Il y avait aussi des dessins dans ce journal intime, elle y parle de toi, de ta sœur, c'est le "cahier de Lili", il est chez moi, à Bruxelles, tu pourras le lire quand tu t'en sentiras la force… Je crois que c'est la seule trace d'elle, je pensais qu'un jour tu aurais besoin de l'avoir[1]. »

Les mains posées à plat sur ses yeux en un geste étrangement enfantin, Naëlle essuya son visage, retrouva un calme apparent et sourit bravement à Simon.

« Ce qui me permet d'être forte aujourd'hui, c'est toi, ton courage, ta détermination… Il faut que je me montre à la hauteur. Savoir que pendant tous ces mois, tu connaissais mon histoire et que tu as continué à m'aimer, c'est incroyable ! Qui d'autre aurait fait ça ? Pourquoi tu ne t'es pas enfui dès que tu as compris dans quel sac de nœuds tu t'étais fourré ?

---

1. « Le cahier de Lili » sur www.lili1973.be.

— Il était trop tard, le fil tendu entre nous était trop solide, je n'avais plus le choix. Je n'ai aucun regret, juste l'espoir de te donner la vie que tu mérites... pas trop loin de moi, si possible... Oh, pardon, je n'aurais pas dû ajouter ça...

— Si, bien sûr, il faut que tu arrêtes de me traiter comme un animal farouche, je dois me laisser apprivoiser. Je vais y arriver, tu sais, je vais déjà beaucoup mieux : pouvoir mettre un nom sur mes angoisses, savoir d'où viennent mes peurs, tu n'imagines pas à quel point ça les allège !

— Tu veux qu'on en reste là ? Qu'on n'aille pas plus loin ? Si ça te permet de trouver un équilibre, on pourrait rentrer en Europe, sans explorer davantage ton passé, sans courir de risques supplémentaires.

— Non, il y a encore tant de questions sans réponse... Nicolas m'en a parlé, je suis d'accord avec lui, je voudrais continuer.

— C'est ton choix. Tu connais mes réticences, je crains de te voir sombrer à nouveau.

— Mais je ne peux pas garder cette épée de Damoclès au-dessus de ma tête : un autre moi, que je ne contrôle pas et qui surgirait n'importe quand, pour faire n'importe quoi !

— Rien ne garantit que tu pourras davantage le contrôler par la suite et ce fameux "moi" n'est intervenu que dans l'urgence et pour sauver des vies !

— Mais imagine que ça dérape, que je m'en prenne à toi ou à nos amis... c'est insupportable ! Quand tu en parles, c'est comme s'il s'agissait d'un super-héros qu'on appelle à la rescousse quand la situation est désespérée, mais pour moi, c'est très différent... C'est une espèce d'*alien* qui vampirise mon corps et me fait commettre des actions dont je n'ai pas conscience... Je n'ai pas le contrôle, tu comprends ?

— Moi, j'ai perdu tout contrôle sur ma vie depuis que je t'ai rencontrée... et je ne m'en plains pas. »

Simon émit son habituel petit rire, la bouche fermée et les yeux brillants. Naëlle adorait ça et lui sourit en retour. Elle aimait voir cet homme, sûr de lui, de sa réussite, redevenir un petit garçon farceur et maladroit.

Ils s'embrassèrent langoureusement, voluptueusement, savourant chaque microseconde de cette reconnaissance. Leurs bouches se retrouvaient, faites l'une pour l'autre, se goûtant, s'avalant, jamais rassasiées d'elles-mêmes. Ils n'avaient, jusqu'à présent, exploré que leurs mains, que leurs visages et sentaient que l'heure n'était pas venue de pousser plus loin les caresses. Ils s'agaçaient, se troublaient, s'excitaient comme deux adolescents au dernier rang d'un cinéma lors de la séance de l'après-midi.

C'était délicieux, c'était douloureux.

Il s'était promis de ne pas céder cette fois à ses pulsions ; ce qui se jouait là était trop important pour lui, il ne voulait pas gâcher ce moment en le brusquant. Il s'écarta donc doucement de Naëlle, et, reprenant la marche, essaya de retrouver une respiration normale, de calmer mentalement son sexe violemment durci.

« Je dois t'avouer...

— Non, moi d'abord, je dois te dire...

— Non, moi la première... Tu sais, pendant le voyage, il s'est passé une chose...

— Chuuut ! »

Il posa l'index sur ses lèvres, caressant la trace de l'ange au fin duvet blond, si doux.

« Pour moi aussi, Naëlle, le voyage a été long et je ne suis pas très fier de tout ce qui s'y est passé… Est-ce vraiment important ? »

Simon avait lancé cette question d'un air détaché bien qu'il en redoutât la réponse. Si lui savait clairement que l'épisode vécu avec Mariza n'avait été qu'un accident de parcours, qu'en était-il des sentiments que Naëlle pouvait éprouver pour le jeune Indien ?

« Pas sûr… » lui répondit-elle en baissant les yeux pour dissimuler le trouble qui l'avait envahie.

En une bouffée, les heures passées auprès de Manko lui étaient revenues en mémoire, faisant courir sur sa peau des frissons oubliés. Redoutant la suite de la réponse, Simon enchaîna :

« Alors, laissons tomber, concentrons-nous sur l'essentiel : c'est un grand jour, tu as rendez-vous avec ton autre toi ! »

Il lui ébouriffa les cheveux, joua avec les mèches de sa tignasse blonde.

« Viens là, sorcière, montre-nous ton vrai visage, hahaha ! Viens me voir, l'autre Moi de Naëlle… Sors de ce corps, je n'ai pas peur de toi !!! »

Elle pouffa, surprise par ses gesticulations grotesques que sa posture de bouffon déclamant rendait amusantes. Jamais elle ne l'avait vu si nerveux et extraverti.

« Arrête ! Tu crois vraiment qu'on peut rire de tout ?

— En tout cas… on peut essayer, au point où on en est, ça ne peut pas nous faire de tort ! »

Ils regagnèrent la hutte commune, Naëlle se blottit avec bonheur dans ses bras, tout au plaisir d'y retrouver son odeur, sa chaleur, avec l'envie de s'y creuser une place familière. Mais quand Simon répondit précautionneusement à son étreinte, lui caressant le dos et la plaquant contre sa hanche, elle ne put s'empêcher de s'éloigner, raide, tendue, étrangère à elle-même.

Ce corps dont elle venait de réaliser la complexité, son corps, il fallait qu'elle l'apprivoise avant d'oser le confier à un autre. La nuit qu'elle avait passée avec Manko aurait-elle eu lieu si elle avait, à ce moment-là, connu sa vraie nature ? Et pourquoi était-ce tellement insurmontable aujourd'hui ? Parce qu'elle en avait conscience ? Parce qu'on avait mis des mots sur ce qu'elle pressentait confusément depuis des années ? Aujourd'hui, elle ne pouvait plus se mentir ; depuis toujours, dans ce qu'elle avait de mémoire, elle se sentait femme… elle se voyait fille… mais l'était-elle à cette époque-là… ou pas ? Qu'est-ce qui fait le féminin ? Était-elle moins femme de ne pas l'avoir été totalement et sans ambiguïté dès le départ ? Était-on moins femme parce qu'on le choisissait au lieu de le subir ? Et, dans son cas… que penser puisque d'autres avaient choisi pour elle, puisque d'autres avaient déterminé son sexe à sa place… ? Pouvait-elle conquérir sa féminité ou était-elle condamnée à poursuivre cette chimère toute sa vie ? Et où était Simon là-dedans ? Amoureux de l'être humain qu'elle était ou séduit par la sulfureuse ambiguïté de sa nature ?

Rétive, crispée encore davantage par ces ruminations, elle se détourna et, faisant mine de s'endormir, se prépara à une nuit de doute.

Bolivie, Campo Bota, 20 août, 12 heures
Leï-Niuh

Durant toute la matinée, ils avaient débattu de la meilleure façon d'aborder le cas de Naëlle. Chaque intervenant avait exprimé librement son point de vue en fonction de ses convictions ou de sa spécialisation scientifique.

Elle-même, d'abord gênée d'entendre parler d'elle à la troisième personne, avait fini par se prendre au jeu en soumettant quelques pistes à leurs avis éclairés.

En fin de compte, tous s'accordèrent pour conclure qu'une totale guérison restait utopique mais que certaines pratiques pourraient contribuer à son équilibre, à son mieux-être, à sa meilleure intégration dans la société, sans avoir pour autant recours à un nouvel internement psychiatrique suraliénant, ni à la prise associée de neuroleptiques et d'antidépresseurs, facteurs d'aggravation. La personne la plus à même de l'accompagner sur le chemin de l'autonomie semblait donc, comme l'avait déjà suggéré Nicolas, le professeur Leï-Niuh. Ce dernier prit la parole :

« Lorsqu'on aborde la problématique des psychotraumatismes, il faut tout d'abord considérer deux notions théoriques importantes : le concept d'extinction et celui d'évitement. »

Simon gardait jalousement la main de Naëlle dans la sienne, soupirant discrètement : c'était reparti pour un tour de démonstrations psychologico-scientifiques, il allait de nouveau revêtir la peau du cancre stupide assis au fond de la classe, près du radiateur. C'était pour elle qu'il était là, il ravala donc son ego, s'arma de patience et s'abîma dans la contemplation méditative des jolis ongles nacrés de son amour. Malgré les rigueurs de ce séjour mouvementé, ils gardaient une émouvante élégance.

Ce manège n'avait pas échappé au professeur Leï-Niuh, il sourit, amusé, et continua son exposé :

« L'extinction est un processus qui permet, lorsque le traumatisme n'est pas trop important, d'inverser le "conditionnement de peur" par un nouvel apprentissage de l'angoisse ; il fonctionne aisément pour les phobies légères.

Malheureusement, "l'évitement" auquel beaucoup de personnes lourdement traumatisées ont recours et qui consiste à fuir les situations de stress, provoque inévitablement une consolidation du "conditionnement de peur". Il convient donc, avec une thérapie appropriée, d'empêcher ce réflexe naturel et bien compréhensible d'évitement.

— S'il vous plaît, professeur, vous pourriez utiliser moins de termes en "tion" et en "ment", sinon je vais cruellement manquer d'attention…

— Naëlle, l'humour est une excellente thérapie, mais peut-être insuffisante dans votre cas, du moins dans un premier temps… »

Les autres scientifiques, conscients des efforts de vulgarisation déployés par Leï-Niuh, imaginaient où il voulait en venir et se demandaient quelle allait être la réaction de Naëlle à la proposition que, selon toute vraisemblance, il allait lui faire.

« Tout dans la vie est évoluTION et transformaTION », ajouta-t-il souriant en insistant sur la finale des deux mots.

« Le changement est une dynamique naturelle qui nous fait progresser, c'est la pulsion de vie, opposée à l'inertie, à l'immobilisme et à la répétition qui, eux, caractérisent la pulsion de mort.

Vous avez dû, Naëlle, dans votre jeune vie, affronter des épreuves tellement lourdes que votre esprit a mis au point toute une série de mécanismes, de remparts, de masques pour vous aider à supporter une réalité insupportable.

Je voudrais vous proposer un travail difficile et douloureux, je voudrais vous demander de faire le deuil de ces armures, d'accepter ces petites morts comme la porte ouverte vers une renaissance, je voudrais que vous affrontiez vos démons, face à face, en les convoquant délibérément, sans être otage de leur bon vouloir. Et pour y arriver, je voudrais vous hypnotiser. »

Simon poussa un soupir de soulagement, ce préambule l'avait un peu alerté. Dans ce lieu improbable, il redoutait une thérapie bien plus « alternative ». L'hypnose était une pratique relativement courante, il était d'ailleurs étonnant qu'aucun thérapeute n'y ait songé auparavant.

« Ce n'est pas aussi anodin que vous semblez le supposer, lui glissa Nicolas à l'oreille, le danger, dans le cas de troubles dissociatifs est, lors des séances d'hypnose, la perte totale de contact avec la réalité.

Ici, pas de substances psychotropes, pas de médium entre le sujet et sa peur… C'est un combat au corps à corps, dont on peut ressortir grandi… ou anéanti… Néanmoins, j'approuve la démarche de Leï, je pense qu'il faut être radical dans un premier temps. »

Quand allait cesser cette notion de « premier temps » ?

Simon en avait assez de vivre dans l'urgence depuis des mois, dans la quête effrénée de solutions rapides à des problèmes vitaux. Il rêvait d'une vie simple et tranquille, d'un retour à la normalité, d'une balade vivifiante au bois de la Cambre sous le crachin bruxellois, d'un cornet de frites croustillantes et chaudes savourées, debout, place Jourdan, d'une gaufre dorée dont le sucre impalpable s'envole obstinément dans le vent glacé de la mer du Nord. Il imaginait une promenade à vélo le long des circuits du Ravel qui ceinturaient Bruxelles la verte… en tandem, pourquoi pas… Il lui offrirait un tandem et tous deux pourraient s'avaler, tranquillement synchronisés, des kilomètres de verdure domestiquée, elle ne pédalerait pas beaucoup, peut-être, mais il sentirait son souffle au creux de sa nuque et parfois, lassée de regarder la balade, elle poserait sa tête sur son dos et fermerait les yeux, confiante.

Il espérait ces plaisirs simples… mais il les voulait avec cette personne-là !

Il y avait encore quelques obstacles à surmonter.

Simon prit Naëlle par le bras, évitant soigneusement de réveiller la douleur sourde de la blessure qui la faisait encore souffrir, et l'entraîna au-dehors pour envisager la conduite à tenir dans ce combat désormais quotidien qu'ils avaient à livrer contre la part d'ombre envahissant depuis si longtemps la vie de la jeune femme.

BELGIQUE, GREZ-DOICEAU, 20 AOÛT, 12 HEURES
CÉLINE

« Tu m'aimes ?

— Oh non, Céline, tu ne vas pas recommencer ?

— Tu sais bien que les femmes ont besoin d'être rassurées.

— Ah… et les hommes pas, tu crois ?

— Je ne sais pas, vous avez l'air d'être plus sûrs de vous, de vous poser moins de questions.

— Oh, mon cœur, ça te ressemble si peu de débiter de telles banalités ! Par exemple, moi, depuis quelques jours, je n'arrête pas de me poser des tas de questions : pourquoi es-tu si soucieuse, pourquoi as-tu l'air si désemparée, pourquoi as-tu constamment besoin que je te rassure, que je te réconforte, pourquoi es-tu si dramatiquement atteinte par tout ce qui se passe autour de toi ?

— Parce que je suis trop heureuse, parce que j'aime tellement notre bulle et que j'ai peur qu'elle n'éclate, parce que je voudrais que rien ne change. Ce que je vis avec toi et nos trois enfants est mon image du bonheur idéal, je voudrais que le temps s'arrête, garder cette harmonie comme une photo, un instantané de bonheur.

— C'est terriblement figé, ce n'est pas la vie ; l'immobilité c'est la mort !

— Je sais et j'ai toujours aimé la dynamique du mouvement, l'action, l'évolution… Mais pour la première fois, ça m'angoisse. Les garçons grandissent, ils prennent chaque jour plus d'indépendance – et c'est très bien –, ils sont formidables, j'ai hâte de voir les hommes qu'ils deviendront.

Pourtant, quand je regarde les photos d'eux, bébés, j'ai l'impression vertigineuse qu'elles ont été prises hier et qu'une seule nuit a suffi pour poser un nouveau masque sur leurs bouilles enfantines.

— Un masque ?

— Eh bien oui, je continue dans les lieux communs : on porte tous un masque, même si ceux de nos enfants sont particulièrement séduisants et harmonieux… Je dis ça avec une totale objectivité, comme tu le sais… Ce que j'aime, moi, c'est retrouver la joie spontanée et l'enthousiasme naïf de leurs toutes jeunes années cachés derrière ces jolies façades, au fond d'une pupille ou au coin d'un sourire.

— Nous sommes tous des enfants dans des habits trop grands. La vie nous oblige à faire comme si… comme si on savait quelle décision prendre… comme si on devenait "sage" et "responsable" en vieillissant… mais chaque jour nous apprend le contraire.

Regarde-moi au fond des yeux, mon cœur, regarde… Il est toujours là, le petit garçon de dix ans qui tremble à l'idée de toucher la petite fille de dix ans assise en face de lui et avec qui il espère avoir éternellement dix ans, la main dans la main…

Après ça, tu veux vraiment savoir si je t'aime ?

— Non, merci, pour aujourd'hui, je crois que ça ira… »

Ce qu'on apprivoise

Bolivie, Campo Bota, 21 août, 6 h 45
Nicolas

« Bonjour Simon, déjà debout ?

— Oui… J'ai peu dormi.

— Ça vous inquiète cette nouvelle approche ?

— Évidemment ! Naëlle est déterminée, alors on va se lancer… mais ça ne me rassure pas pour autant.

— Ne le prenez pas mal, mais je la trouve bien plus sereine que vous.

— Vous avez raison, Nicolas, elle est plus forte et plus résolue… Et puis, ce combat est vital pour elle, elle veut aller jusqu'au bout… Alors que moi, égoïstement, je me contenterais de sa compagnie, ça suffirait à mon bonheur.

— Ah ! savoir ce qui nous rend heureux, vaste sujet… Elle dort encore ?

— Comme un bébé, ce qui l'attend n'a pas l'air de l'inquiéter plus que ça… Il faut bien avouer qu'elle en a vu d'autres.

— Vous faites quelques pas avec moi avant le petit déjeuner ? Vous verrez, le room service est détestable mais le café est excellent, cultivé et torréfié sur place ! »

En souriant, Simon lui emboîta le pas.

« Dites-moi si je me trompe, poursuivit Nicolas, mais, quand nous sommes arrivés ici, j'ai cru déceler de la déception sur votre visage.

— Je suis tellement transparent ? Il est vrai que... Un laboratoire secret, caché au fond de la forêt amazonienne... Je ne sais pas, je m'attendais peut-être à autre chose.

— Quelque chose de plus *glamour*, de plus *high tech*, une sorte de Nautilus rutilant échoué dans un océan de verdure et dont je serais le capitaine Nemo bardé de diplômes... Vous êtes si romanesque !

— Déformation professionnelle ?

— Mmmm, peut-être... À ce propos, vous vous souvenez de Simon le mage et de ses écrits ? Je vous tendais une perche quand je vous en ai parlé, ce n'était pas tout à fait innocent. Ce laboratoire que je vais vous faire visiter n'est que la pointe visible de l'iceberg, mon équipe et moi travaillons sur un projet nettement plus global.

— Votre travail ne porte pas sur les plantes médicinales d'Amazonie ?

— Si, bien sûr, et, à la base, c'est ce qui m'a fait revenir au pays, mais on ne peut pas toujours se contenter de regarder par le petit bout de la lorgnette : si on s'attaque à l'un des rouages du mécanisme, c'est toute la chaîne qui s'en trouve ébranlée !

Quand j'ai commencé à parcourir les villages pour récolter des informations sur les remèdes oubliés des vieux *curanderos*, j'ai facilement gagné la confiance des paysans. Pour m'aider à ouvrir toutes les portes, j'avais la réputation de mon grand-père et de ma famille, le respect qu'inspirait partout mon vieux maître de Curva et le prestige de quelques diplômes universitaires étrangers…

Aveuglé par ma quête, j'ai commencé à engranger avec enthousiasme ce savoir ancestral, j'ai récolté les fleurs, les plantes, les graines, j'ai réuni une brillante équipe de scientifiques, excellant chacun dans leur domaine.

Les premiers mois furent euphoriques, nous étions tous surexcités par l'étendue des possibilités qui s'offraient à nous : nous avons ainsi mené de front plusieurs études visant à affiner et à perfectionner ces subtils mélanges utilisés depuis des siècles, de manière empirique, par les habitants de la forêt. »

En parlant, ils s'étaient éloignés des trois bâtiments où se concentrait l'intendance : le dortoir et la cabane des bains, fermés par des murs en pisé, la hutte-cuisine, ouverte à tous vents, où s'affairaient déjà deux personnes pour allumer les feux.

« Regardez, dit Nicolas en débloquant la lourde porte du laboratoire, voici ce qui nous occupe pour l'instant : il y a dix-huit mois, nous tentions de mettre au point l'association de substances non toxiques pour l'organisme humain susceptible d'aider les malades en chimiothérapie lourde à supporter leur traitement.

En poussant plus loin les études cliniques, nous avons constaté que, non seulement ces combinaisons de plantes, de bactéries non pathogènes et d'écorce d'arbre indigène soulageaient les malades, mais qu'en plus elles faisaient remonter de manière spectaculaire leur taux de plaquettes et de globules blancs.

Je vous épargne le cheminement scientifique mais aujourd'hui, en ajoutant à cette combinaison des extraits d'Escoli Richia, nous avons obtenu un inhibiteur de cellules malades !

— Vous pourriez guérir le cancer ?

— Nous n'en sommes évidemment pas là, même si nous pouvons empêcher les cellules de passer du stade normal au stade de la multiplication anarchique ; la prolifération cellulaire indésirable est donc bloquée ! Nous pourrions ainsi stabiliser la maladie et peut-être même mettre au point des traitements préventifs pour les sujets à risque. Nous pourrions, en tout cas, permettre aux malades de supporter plus facilement leurs traitements traditionnels.

— C'est énorme ! J'imagine l'impact d'une telle découverte et je comprends mieux pourquoi vous étiez tellement soucieux de protéger vos recherches. Il faut absolument agir vite ! Pourquoi n'avez-vous pas déposé les brevets ?

— C'est trop tôt… Nous manquons d'essais cliniques probants ; néanmoins, je voudrais vulgariser ces travaux en les décrivant dans quelques revues scientifiques, crédibles de préférence.

— Mais vous allez perdre tous les bénéfices commerciaux de l'opération !

— Ce n'est pas ma préoccupation… Et ça coupera l'herbe sous le pied de mes détracteurs. Je ne veux plus que mon entourage soit mis en danger.

Nous parlions du bonheur, n'est-ce pas mon cher Simon ? Pensez-vous que je serais plus heureux dans un loft new-yorkais, au trente-septième étage d'un building somptueux, ou sur un yacht mouillant à Monaco ? Je ne le pense pas.

— Vous n'avez jamais connu la misère non plus…

— C'est vrai, mais quand je vous disais que ce labo n'était qu'un des aspects de notre projet, c'est parce que nos ambitions sont plus larges. Il ne s'agit nullement d'une quête économique, cette société du profit immédiat court à sa perte, nous le savons tous… Même Charles, l'éternel prince de cette bonne vieille Angleterre, image parfaite d'un conformisme figé, fait des discours contre la déforestation ! Ce bolide fou dans lequel nous sommes tous embarqués fonce droit dans le mur !

Vous souriez Simon ? Vous me trouvez naïf ?

La véritable prise de conscience de cette surenchère infernale m'est venue en parcourant les villages, en rencontrant ces vieux paysans déboussolés, exploités, abusés.

Quand on évoque la déforestation, on imagine évidemment le fracas des géants verts abattus et la désolation qui y succède… Seulement il y a une façon plus insidieuse de procéder : ici, en Amazonie, la forêt recule mais le gouvernement fait installer l'électricité toujours plus profond dans les terres ; les peuples indiens, relativement isolés jusque-là, reçoivent des programmes télévisés où on leur impose, à longueur de clips musicaux porno-chic, d'émissions ouvertement commerciales et de séries sentimentales sirupeuses des valeurs sociétales tellement éloignées des leurs !

On leur crée des besoins nouveaux et surtout factices… Avez-vous remarqué, en traversant le pays, ces gamins imitant leurs idoles, chanteurs de rap ou princesses de la pop ? Ils se damneraient pour un sweat-shirt de marque ! Comment voulez-vous qu'ils se sentent heureux et épanouis dans leurs montagnes, dans leurs forêts, quand l'image de bonheur qu'on leur renvoie est diamétralement opposée à ce qu'ils peuvent vivre dans leur quotidien… ? Tout ça n'est que source de frustration ! Il faut rendre compte de cet état de fait.

— Nicolas, j'entends bien vos propos mais je ne suis qu'un romancier, mes livres sont légers, emportés au fond d'une valise et lus au bord d'une piscine, je n'ai aucune notion d'économie ! Je crois que vous vous trompez de messager, si c'est bien de ça dont il s'agit.

— Sans être économiste, vous pourriez porter notre parole plus loin que nous. Vous êtes, comme chacun d'entre nous, concerné par l'avenir de notre planète. Aujourd'hui, le clivage entre écologie et économie est dépassé, vous avez certainement entendu parler de l'obsolescence programmée qui sévit depuis les soixante dernières années ?

— Vous êtes un adepte du "grand complot mondial" ?

— Ne tombez pas dans le panneau, il s'agit de faits connus, établis, avérés… tellement présents dans notre course effrénée à la consommation que tout le monde les accepte comme un mal nécessaire à notre sacro-saint confort moderne !

Plus personne ne trouve anormal de devoir changer son électroménager tous les cinq ans car plus aucune pièce n'est remplaçable ; les banques et la fiscalité nous poussent à acheter une nouvelle voiture tous les trois ans ; sans parler de la mode et du design qui rendent obsolètes des objets parfaitement fonctionnels pour la seule raison qu'ils n'ont plus le bon look ou la bonne couleur.

— Quitte à me faire l'avocat du diable, je vous dirais que, là, nous abordons la notion de plaisir…

— Bien entendu, et les petites satisfactions quotidiennes sont fondamentales, sauf qu'ici, il s'agit de plaisirs artificiellement induits ! Vous pensez que les jeunes filles aymaras n'ont pas de satisfaction à arborer le collier traditionnel qu'elles ont mis des mois à réaliser grâce à l'enseignement de leur mère et de leurs grands-mères ? La pérennité est une notion qui a disparu de notre quotidien… Les bas nylon, d'une résistance à toute épreuve dans les années quarante, ont été chimiquement fragilisés pour s'abîmer rapidement, les batteries au lithium sont programmées pour avoir une durée de vie limitée… Et tout est à l'avenant, plus aucun produit n'y échappe : sous couvert de rentabilité, ce gaspillage organisé, censé relancer sans fin la consommation pour doper le marché, est une aberration, un cercle vicieux.

— Ne me croyez pas plus inconscient que je ne le suis, Nicolas : je sais comme tout le monde que ce mode de fonctionnement est voué à l'échec et que j'en suis l'otage, mais je n'ai probablement pas votre abnégation et mes combats sont infiniment plus égoïstes…

— Vous êtes là ? » Une voix claire et joyeuse les interrompit. « Dites-moi, Simon, est-ce qu'il a déjà abordé le chapitre des déchets dont nous asphyxions l'Afrique ou est-ce que j'arrive à temps pour vous sauver d'une déprime inévitable ? »

Rita, souriante, à son habitude, s'avançait vers eux d'un pas décidé.

« Je parie qu'il vous a assommé avec ses rancœurs… Il est toujours comme ça avant son premier café, et puis il voit la vie sous un autre angle avec la deuxième tasse. Venez, on vous attend pour le petit déjeuner. Et toi, arrête d'être aussi grognon, tu vas décourager tout le monde ! »

BOLIVIE, CAMPO BOTA, 21 AOÛT, 12 HEURES
NAËLLE

« Naëlle, vous m'entendez, Naëlle ?

— Oui. »

Le filet de voix qui s'élevait de la mince silhouette blonde était à peine audible, obligeant chacun à retenir son souffle et à tendre l'oreille.

Leï-Niuh n'avait laissé personne entrer pendant qu'il préparait Naëlle en la plongeant dans un profond sommeil hypnotique.

À présent Simon et Manko, directement impliqués dans cette quête, Nicolas, Rita et sept autres scientifiques, intéressés par le processus, avaient pu pénétrer dans la pièce.

« Comment vous sentez-vous, Naëlle ?

— Inquiète.

— Vous avez pourtant accepté d'être là et de répondre à mes questions.

— Oui, je suis consentante mais inquiète. »

Il était très étrange d'entendre cette voix hésitante sortir d'un corps apparemment endormi, tassé sur une chaise, les cheveux lui tombant devant le visage, dissimulant toute expression.

Simon détestait ce spectacle de marionnette animée qui lui rappelait trop précisément de douloureux souvenirs. Cette période où Naëlle, murée dans un état cataleptique, restait hors d'atteinte lui semblait horriblement proche. L'hiver précédent, inlassablement, pendant des semaines, il avait espéré des signes de réveil, avait grappillé patiemment la moindre communication avec Naëlle, réfugiée dans ce sommeil sans rêve. À bout de bras, à bout de forces, il l'avait extirpée du néant et la voir ainsi, à nouveau hors d'atteinte, le terrorisait.

« Naëlle, vous m'entendez ? Nous allons remonter dans le temps, pourquoi êtes-vous ici, pourquoi êtes-vous venue en Bolivie ?

— Pour trouver des réponses, pour commencer à vivre…

— Vous en avez trouvé ?

— Certaines… Pas toutes… Je dois continuer… Pour lui aussi… Il est venu, il m'a suivie jusqu'ici, je ne veux pas le décevoir.

— Qui ?

— Simon. Je veux être forte maintenant, être avec lui, vraiment. »

Submergé par l'émotion, Simon ne put s'empêcher de fermer les yeux. Il était là pour les mêmes raisons : être bien et entier, en accord avec elle. Tous deux ancrés dans le présent et conscients du cadeau que leur faisait la vie en les rassemblant.

Manko, assis en retrait, encaissa cette confirmation : il n'était pas important pour elle, il n'était pas la première personne qui lui venait à l'esprit… même lorsqu'elle lâchait prise. Il le savait, il s'en était persuadé depuis des jours, mais l'entendre, clairement confirmé, lui serrait le cœur à en étouffer. Son visage impénétrable ne laissait rien transparaître, seule une crispation inhabituelle de sa mâchoire aurait pu le trahir ; personne ne s'en apercevait, tous les regards convergeant vers la belle endormie.

« Remontez plus loin, Naëlle, parlez-moi de vos souvenirs, remontez plus loin… Que voyez-vous ?

— Le magasin… les tissus, le bonheur des couleurs, des matières, les soies qui glissent et les lins qui froissent… La lecture, le soir… et mon chat, Nicolas. »

Nicolas Pozada souleva un sourcil dubitatif audessus de son œil d'azur, amusé par les raccourcis ironiques du destin et la magie des noms qui rapprochent parfois les histoires.

« À ce moment-là de votre vie, vous vous sentez bien ?

— Oui, c'est la première fois que j'ai un chez-moi, que je peux décider d'entrer, de sortir… peindre les murs, cuisiner… Personne pour me dire ce qui est bien ou mal… Juste l'envie de bien faire, de ne pas décevoir ceux qui m'ont donné leur confiance.

— Qui sont ces gens qui vous ont fait confiance ?

— Le patron du magasin qui m'a engagée… Les éducateurs, les médecins qui ont pensé que je pouvais me débrouiller seule, qui m'ont donné mon indépendance… et Maria !

— Maria ? C'est une amie ?

— Non… c'est elle qui m'a sauvée du noir, c'est elle qui était là… avant…

— Avant quoi, Naëlle ?

— Je ne sais pas… avant ! »

La jeune femme s'était mise à osciller sur sa chaise, émettant des gémissements sourds.

« Avant quoi, Naëlle ? »

Le balancement, de gauche à droite, se faisait de plus en plus rapide, de plus en plus marqué.

« Laissez-la tranquille, faut pas l'embêter avec ça… Elle ne sait pas ! »

À présent redressée sur son siège, Naëlle affichait un visage fermé, d'une étonnante dureté, son regard à l'immobilité inquiétante avait pris des teintes sombres qui voilaient de bronze le vert tendre de ses yeux.

« Qui êtes-vous, qui est là, Naëlle ? demanda Leï-Niuh.

— Naëlle est partie, Naëlle a peur… Quand elle a peur, quand elle a mal, elle part et c'est moi qui viens.

— Vous venez pour l'aider ?

— Elle ne sait pas y faire, moi j'ai appris.

— Quoi ?

— Les gestes du guerrier, le corps travaillé comme une arme, les sons qui tuent.

— Vous voulez tuer quelqu'un ?

— Non ! Le maître dit qu'il ne faut pas, ce sont les faibles qui font le mal.

— Qui est votre maître ?

— Il est loin, longtemps que je ne l'ai pas vu, mais ses paroles sont toujours avec moi… Comme quand j'allais le voir, tous les soirs, dès que Naëlle s'endormait.

— Naëlle s'endormait et alors vous pouviez sortir ?

— Tous les soirs, tous les soirs, le maître m'apprenait les mots et les gestes, à la nuit je sortais, j'allais le rejoindre dans la salle. Avec les autres, il fallait apprendre, apprendre, encore et encore, longtemps, encore et encore, exercer le corps, trouver la puissance, utiliser sa force et surtout celle de l'autre, ne pas avoir peur, ne plus avoir peur.

— De qui aviez-vous peur ?

— Moi ? Pas moi, je n'avais pas peur… Naëlle, oui… Et l'autre, le petit… Surtout le petit.

— Quel petit ?

— Celui qui m'avait appelé… la première fois…

— Un autre que Naëlle ?

— Celui d'avant… qui était là avant Naëlle !

— Et vous, qui êtes-vous ?

— Qu'est-ce que ça peut vous foutre ?

— Vous voulez aider Naëlle, alors, répondez-moi. »

Après un moment d'hésitation, la voix grave, pleine d'une rage contenue, si éloignée du timbre doux et réservé avec lequel Naëlle s'exprimait habituellement, reprit :

« Ils m'appellent Nathan !

— Nathan, vous voulez bien nous parler du petit qui était là avant Naëlle ?

— Il était là avant tout le monde, avant Naëlle et avant moi, c'était lui le premier, malheureux, très…

Et il avait peur… Mais, au début, il n'était pas seul… Il y avait sa maman et il y avait l'autre, la sœur, celle qui n'était pas toujours gentille… Et il y avait l'autre encore, qui venait parfois, qui sentait fort et qui faisait mal. Je n'étais pas là, pas encore, le petit m'a raconté… Il m'a dit le froid, la cave, le noir et l'autre qui fait le jour avec son ampoule quand il le veut bien, et qui apporte la nourriture quand il le veut bien, et qui fait chanter le lit et qui fait pleurer la maman quand il le veut bien… C'était ça sa vie, tous les jours, tous les faux jours de l'ampoule… Espérer un peu de lumière et les chansons de la maman, avoir peur et espérer la nourriture et lire un peu dans le livre, avoir peur, toujours, c'était ça, sa vie… Jusqu'au long cri et au long sang qui a coulé… et au bébé sorti du ventre de la maman et qui est mort, le tas tout sec et noirci au milieu du sang et la maman aussi, froide et dure… Et les hommes qui viennent après et la lumière et le dehors… Trop d'air, de bruit, de gens… »

Se pliant vers l'avant, elle avait enfoui le visage entre les mains et soufflait violemment comme pour se débarrasser des miasmes de souvenir qui l'avaient assaillie. Ainsi penchée, les coudes appuyés sur ses cuisses écartées sans aucune élégance, les lourdes bottines de marche solidement plantées sur le sol, elle offrait, pour la première fois, l'image ambiguë d'une silhouette androgyne.

Après une profonde expiration, elle se redressa et continua son récit :

« C'est à ce moment-là que je suis venu… Parce qu'il était seul alors, le petit, sans la maman et sans la sœur, pour la première fois loin d'elles, pour la première fois sans elles… Et les couloirs d'hôpitaux, et les dortoirs et les réfectoires et les leçons et le corps qui grandit, et se sentir bizarre, pas comme les autres… Et devoir apprendre à vivre, et l'air et la lumière, partout, toujours, parfois ça fait mal quand on n'a pas l'habitude… C'est trop difficile.

— Et lui, le petit, il s'appelait comment ?

— S'appelle ! Il s'appelle Nathanaël.

— Bien… et… Nathanaël s'est fait des amis là-bas, dans cette… école ?

— Oui, Kevin… le premier qui lui a montré le guerrier… lui a dit qu'il fallait se battre pour ne plus avoir peur… C'est pour ça que, après, quand moi je suis sorti, j'ai cherché le maître pour m'apprendre à dessiner les signes dans l'air… Et puis, il y avait Maria.

— Qui est Maria ?

— Blanche et claire comme une maman avec de la lumière dans ses yeux et dans son cœur… Elle l'avait touché… elle savait lui parler. Mais après, quand elle est partie, ils sont venus, les autres, avec leurs histoires d'hormones et de papiers à signer, des choses de croissance et de puberté, qui font mal, qui font peur… Des bruits de couteaux et des médicaments qui font dormir pour pas qu'on voie… Et après, c'est trop tard… on n'existe plus…

— Vous pouvez demander à Nathanaèl de venir nous parler ?

— Non ! Il ne vient plus, plus jamais, il se cache, il a peur… c'est moi qui parle, je parle pour lui. »

Au fur et à mesure du récit chaotique, la voix s'était encore durcie. Toute grâce, toute légèreté avait quitté le corps tendu de Naëlle. La différence de postures et d'intonations était tellement évidente que personne, parmi ceux qui assistaient à cet échange, n'aurait pu mettre en doute un seul instant la violente véracité de ce qui se passait. Il y avait bien là, sur cette même chaise, deux personnalités distinctes, avec leur histoire, avec leurs souvenirs et avec leur façon bien particulière de réagir face aux agressions.

Pas de mise en scène, pas de manipulation, juste un enfant blessé, incapable d'affronter seul l'horreur de la réalité et qui s'invente, avec plus de conviction, de douleur et de nécessité qu'un autre, un ami imaginaire qui peut lui tenir compagnie et, parfois, le sortir d'embarras.

On est tous amenés à faire ce qu'on peut avec ce qu'on a, mais certains ont beaucoup à faire avec peu d'atouts dans leur manche.

« Nathan ? Vous êtes encore là ?

— Oui, grogna la voix après un instant d'hésitation.

— Vous savez que Naëlle a peur de vous ?

— Menteur, menteur… Arrêtez, je la protège… Pourquoi vous dites ça, vous mentez, tous ceux du dehors mentent, tous ceux du dehors lui veulent du mal. »

La jeune femme s'était dressée dans une position vaguement menaçante, quoique vacillante.

Leï-Niuh, imperturbable, n'avait pas bronché. Autour de lui, l'assistance semblait moins confiante dans le bon déroulement des opérations et Nicolas se demandait s'il n'était pas préférable de repousser la suite de la séance.

D'un mouvement de la main, Leï les invita au silence et poursuivit :

« Asseyez-vous, Nathan. Je ne vous veux pas de mal. Je suis votre ami et celui de Naëlle, elle a besoin de vous parler, elle ne comprend pas toujours ce que vous faites.

— Ce que je fais, c'est pour son bien ! Toujours.

— Oui, je le sais… mais elle, elle a peur : elle n'aime pas devoir s'endormir pour que vous puissiez venir.

— Je suis obligé de la faire dormir… quand je viens au jour, c'est parce qu'il faut agir, pas penser… faire, pas réfléchir. Moi je connais les gestes qui tuent, je les ai appris chaque soir, chaque soir avec le maître. Je les ai appris et je sais les dessiner dans l'air… Naëlle ne sait pas !

— Vous voulez bien lui demander de venir nous parler ?

— Non !

— Vous ne pouvez pas agir ainsi : vous l'emprisonnez… Vous savez bien que c'est ça qui lui fait peur : ne pas être libre, ne pas décider de ce qu'elle fait ou ne fait pas, dépendre de quelqu'un d'autre… Elle déteste ça, elle ne peut plus supporter cette contrainte… Vous voulez vraiment être comme l'autre, celui qui lui a fait du mal, et continuer à l'enfermer au fond d'elle-même ?

…

— Nathan ? Nathan, vous êtes là ?

…

— Naëlle, vous m'entendez ?

— … »

Comme une poupée de chiffon, la fine silhouette s'était effondrée sur la chaise. Plus aucune expression n'animait les yeux vides.

Simon se leva, il voulait se précipiter, la secouer, la ramener parmi eux mais Manko l'en empêcha.

« Arrête ! Tu vas tout faire foirer !

— Mais ça a foiré, tu ne le vois pas ? Il a juste réussi à l'enfoncer un peu plus dans le chaos. »

Nicolas vint s'asseoir à côté d'eux et tenta de calmer Simon.

« N'ayez pas peur, elle n'est pas encore réveillée, c'est une étape. Si Leï avait des raisons de s'inquiéter, je suis persuadé qu'il l'aurait déjà sortie du sommeil. »

« Naëlle, Naëlle, écoutez-moi, je vais compter jusqu'à trois et à trois vous vous réveillerez. »

Leï-Niuh semblait abandonner le combat. Désemparé, baissant la tête, Nicolas soupira.

Bolivie, Campo Bota, 21 août, 17 heures
Nicolas

Ils étaient là depuis deux jours.

L'équipe chargée de finaliser les expérimentations en cours travaillait d'arrache-pied afin de pouvoir évacuer au plus tôt leurs installations. Des gardes alternaient pour surveiller les accès au camp, mais ils vivaient chaque jour dans un sentiment oppressant d'insécurité. Nicolas tentait de rassurer ses troupes et de ramener un peu de sérénité dans cette activité fébrile.

Manko, Simon et Naëlle s'étaient isolés sous un arbre dont les énormes feuilles projetaient sur le sol leurs ombres mouvantes. Songeuse, la jeune femme se perdait dans la contemplation de ce ballet fantasque, à l'image du clair-obscur qui noyait ses pensées. Rita, pour apaiser l'esprit par la satisfaction du corps, leur distribua de délicieux morceaux de mangue, accompagnés du traditionnel *çapó*.

« Qu'est-ce que c'est ? demanda Simon.

— C'est la boisson des échanges, celle qui permet de palabrer sans fin avec les idées claires et l'humeur conciliante.

— C'est de la pâte de guarana diluée dans de l'eau, précisa Manko devant la mine perplexe de l'écrivain. Après avoir bu le *çapó*, chacun est mieux disposé… », ajouta-t-il à voix basse.

Le jeune Indien ne savait plus comment se comporter au sein de cet étrange trio qu'ils formaient. Simon était tendu, toujours sur la défensive, et Naëlle évitait de se retrouver seule en sa compagnie. C'était compliqué. Voyant le trouble de Manko, Rita vint à sa rescousse en détaillant les vertus toniques, stimulantes, désinfectantes et aphrodisiaques de cette plante merveilleuse d'Amazonie.

« Vous croyez vraiment que ça va m'aider à avoir les idées plus claires ? demanda Naëlle, toujours désappointée par l'échec de leur séance matinale.

— Ne réagis pas comme ça, ce n'était qu'une étape, le contact a été établi, la prochaine fois, ton Nathan sera peut-être plus ouvert au dialogue…

— S'il est vraiment comme vous me l'avez décrit, c'est lui qui devrait prendre du guarana !

— On peut toujours essayer de lui en proposer, ajouta Nicolas en se joignant au groupe. Savez-vous à quoi ressemble la plante de guarana ? Vous en avez déjà vu ? »

Simon et Naëlle hochèrent négativement la tête en silence.

« Alors venez, je vais vous en montrer, il en pousse près d'ici. Rita, tu nous accompagnes ?

— Bien sûr, je suis si fière de nos cultures ! »

Ils s'éloignèrent du camp et s'enfoncèrent dans la forêt, ils avaient deux heures devant eux avant que l'obscurité n'envahisse tout. Manko, perturbé, avait préféré décliner l'invitation. Tout en progressant entre les racines, les lianes et les troncs moussus, Nicolas s'était rapproché de Simon; il tenait visiblement à poursuivre la conversation qu'ils avaient entamée le matin.

« Quand je vous disais que mon objectif n'est pas le profit personnel et immédiat, vous avez eu l'air de me prendre pour un philanthrope, mais ce n'est pas le cas, je pense simplement que nous n'avons plus le choix. Ce système capitaliste qui régit notre économie mondiale a montré ses limites et ses désastres, nous devons trouver d'autres façons de fonctionner... En ce qui concerne les plantes amazoniennes et plus particulièrement celles que nous étudions, mon souci n'est pas de les protéger pour en tirer un maximum de gain : je voudrais que ces découvertes, si elles peuvent contribuer à aider, guérir ou simplement soulager, restent accessibles à un maximum de gens. Si des labos mettent la main dessus et déposent les brevets, ce ne sera évidemment plus le cas !

Vous savez que les Américains voulaient breveter l'*ayahuasca*, la plante rituelle chamanique des Indiens... C'est inadmissible !

Les *curanderos* commencent à se méfier, même si bon nombre d'entre eux ont été dupés ces dernières années par des chimistes qui se sont approprié leurs connaissances en gagnant leur confiance.

Ici, la transmission du savoir se fait oralement, les Indiens n'ont donc aucun moyen de prouver la paternité de leurs formules. Combien de plantes, de graines, de lianes n'ont-elles pas été ainsi pillées au patrimoine de ces pays et exploitées par des firmes étrangères ?… La liane *uña de gato*, la griffe de chat, antioxydante, le *sacha inchi* et ses remarquables vertus hydratantes… et tant d'autres dérobées honteusement.

Aujourd'hui, l'industrie pharmaceutique veut faire voter une loi interdisant la vente de plantes médicinales autrement que sous forme médicamenteuse.

— Je crois avoir vu circuler une pétition à ce propos, intervint Simon, en Europe aussi, un projet de loi vise à en règlementer la commercialisation.

— Voilà qui laisserait le champ libre aux grandes corporations, aux lobbies pharmaceutiques, leur permettant de faire main basse sur des remèdes traditionnels, indigènes et peu coûteux. Ça reviendrait à placer des tas de gens dans l'illégalité : tous les peuples qui utilisent des plantes psychotropes dans leurs rituels de guérison évidemment, mais aussi votre grand-mère quand elle se prépare une décoction de camomille ou un emplâtre à la moutarde.

Tout devra être labellisé, estampillé, conforme aux normes ! Nous sommes bien loin d'une réglementation justifiée de produits dangereux. Chez vous aussi des centaines de plantes seront concernées, européennes, bien sûr, mais aussi des remèdes indiens, africains ou chinois qui circulent dans vos boutiques.

— Justement… Vous vous souvenez de ce scandale des "herbes chinoises" il y a quelques années : pas mal de personnes, en insuffisance rénale grave à cause de ce remède, se sont retrouvées en dialyse !

— Entre les mains de charlatans, n'importe quel remède peut faire des dégâts et il est heureux que les autorités exigent une sécurisation sanitaire efficace.

Mais je pense que c'est un faux débat, l'enjeu est autre : enregistrer une plante en tant que remède thérapeutique coûte énormément d'argent, entre 60 000 et 140 000 de vos euros par produit… De nouveau un combat économique inégal ! Les petits producteurs se voient d'office pénalisés par rapport aux grandes filières… La question essentielle est donc de savoir si l'on est prêt à accepter un monopole commercial sur des ressources naturelles appartenant au patrimoine de l'humanité. Dans les pays dits civilisés, c'est déjà le cas pour la plupart des sources d'énergie, même pour l'eau… Pourquoi s'arrêter en si bon chemin ?

— En Belgique, il y a quelques semaines, un ingénieur quelque peu anarchiste et farceur a profité d'un vide juridique concernant la législation sur la propriété du vent en Wallonie pour s'instaurer propriétaire de l'air et des flux venteux !

— Haha… La Belgique, terre du surréalisme.

— Il y avait déjà l'entarteur, il y a maintenant le maître des vents. Plus sérieusement, cette pantalonnade a permis de lancer le débat sur l'exploitation des éoliennes et leurs solides bénéfices ! Croyez-moi, Nicolas, je comprends votre indignation et je la partage même si je me montre plus mesuré que vous, il est insupportable de voir ainsi piller vos ressources.

— Simon, je ne vous parle pas que de la forêt amazonienne. Il y a des tas de remèdes magnifiques chez vous aussi et qui poussent sur les talus : la chélidoine qui soigne les verrues, le calendula aux multiples vertus, l'aneth pour la digestion, la menthe, les orties, le fenouil et tant d'autres… Non mon ami, le problème est mondial. Nous devons cesser d'accepter les faits comme inéluctables, chaque individu doit se responsabiliser et c'est là que vous pouvez être utile... Soyez le battement d'ailes du papillon...

— Tu recommences ! sermonna Rita, Tu vas vraiment les dégoûter ! Parle-leur plutôt de ce qui va bien... Regardez-moi cette beauté... »

Devant eux, une vieille liane de guarana grimpait vigoureusement jusqu'au sommet invisible de l'énorme tronc qu'elle avait colonisé depuis plusieurs dizaines d'années. Au pied de l'arbre, de minuscules pousses, rejets de la plante, tapissaient le sol. Précautionneusement, Rita en préleva quelques-unes.

« Voici de beaux bébés que je vais introduire tout de suite dans notre plantation. »

Quelques minutes plus tard, Naëlle et Simon purent enfin découvrir l'objet de tant de soins. Des arbustes sarmenteux, chargés de lourdes grappes de fruits rouges, parsemaient la clairière qu'ils venaient d'atteindre. Jayme et Pedro, déjà sur place, examinaient les grains pour en vérifier la maturation. Depuis qu'il était au Campo Selva, le jeune garçon ne quittait plus le vieux chaman d'une semelle ; soucieux d'en apprendre un maximum, il ne cessait de l'interroger et observait avidement ses moindres faits et gestes.

« Les yeux sont presque ouverts ! » s'exclama-t-il.

En effet, à y regarder de plus près, certaines grappes rutilantes, constituées de grains semblables à des tomates-cerises, laissaient entrevoir au creux de leurs cosses éclatées des amandes bicolores figurant de manière assez réaliste de gros yeux exorbités, noir et blanc.

« C'est la semence noire qui sera torréfiée lentement dans de grands fours d'argile, pilée avec de l'eau pour obtenir une pâte visqueuse, roulée en bâtonnets puis séchée durant trois mois dans un fumoir.

— Ce fruit a effectivement une curieuse apparence, ajouta Simon. On se sent observé par des centaines d'yeux globuleux.

— Sa composition aussi est étonnante : outre la guaranine, comparable à la caféine, on y trouve des vitamines, des acides aminés, des oligoéléments... La science n'a pas encore fait le tour des bienfaits de cette plante sympathique. Beaucoup voient en elle le successeur des cafés et autres colas.

— Vous imaginez dès lors pourquoi elle intéresse tant l'industrie agroalimentaire et pourquoi sa culture industrielle s'intensifie en Amérique du Sud. Une culture en serre, boostée aux engrais, aspergée d'insecticides au détriment des cultivateurs locaux et de la qualité du produit.

— Ils ont même entrepris le séquençage du génome de guarana afin d'obtenir des variétés plus robustes et plus productives !

— Tout ça pour en faire des sodas, galvauder sa valeur, inonder le marché latino-américain, puis, qui sait, le reste du monde. C'est un énorme enjeu !

— Ils ne respectent rien !

Jayme, habituellement silencieux, venait de prendre part au débat :

— Nous, dans les villages, nous ne fonctionnons pas comme vous dans les villes : ce n'est pas l'argent qui nous intéresse... Si je soigne quelqu'un, si je lui rends un service, alors il sait qu'il me doit quelque chose… Sa conscience lui parle et il m'offre quelque chose d'autre en retour pour me remercier, c'est ainsi que nous fonctionnons, nous les Indiens. Les Blancs poussent les villageois à la monoculture, à l'utilisation d'engrais, ils les incitent à brûler la forêt inutilement. Avec cette logique de la terre brûlée, le peuple perd son âme et tue sa terre.

— Voilà ce que je voulais vous montrer, Simon. Nous ne nous contentons pas d'observer des éprouvettes dans ce labo de brousse, nous tentons de lutter avec nos modestes moyens contre cette mondialisation des systèmes économiques, détachée de l'humain et de ses valeurs. Peu à peu, nous gagnons du terrain : plusieurs coopératives ont vu le jour dans les différentes provinces et nous finirons par faire entendre notre voix. Déjà certains comités d'éthique soutiennent notre démarche, l'Union européenne commence à nous envoyer des fonds.

C'est modeste, c'est un début, mais c'est encourageant ! Si nous voulons dépasser l'image de mouvement artisanal et alternatif, nous devons gagner en puissance, en visibilité, nous faire connaître du monde pour qu'ils ne puissent plus nous balayer d'un simple revers de manche comme ils ont voulu le faire il y a trois jours au Campo Selva. »

En silence, Simon considéra Nicolas. Il commençait à admirer profondément cet homme. Sous son apparence austère et aristocratique se cachait un véritable humanisme. Sa démarche ne lui semblait plus aussi dérisoire, il voyait à présent en lui le leader capable de fédérer les diverses initiatives locales. Ce petit-fils de grand patron tentait d'organiser la rébellion des travailleurs, de ramener le débat à une dimension plus humaine.

Comme la goutte d'eau qui fait déborder le vase, comme le modeste galet lancé qui ride la surface de rayons de plus en plus larges, Simon, pleinement d'accord avec le propos, voyait là l'élaboration d'un mouvement citoyen en marche. Et cette admiration se teintait d'amertume quand il considérait l'inanité relative de sa propre existence.

Bolivie, Campo Bota, 22 août, 10 heures
Nathanaël

« Bonjour Nathanaël ! »

C'était risqué.

Simon se dit que Leï-Niuh tentait de prendre Nathan par surprise en interpellant directement Nathanaël… Si l'enfant ne répondait pas immédiatement à l'appel, ce serait peut-être la fin de tout dialogue pour aujourd'hui.

« Tu peux sortir, Nathanaël, personne ne va te faire de mal ici, nous avons juste envie de te parler. »

Un silence pesant suivit. Dans l'assistance, chacun retenait son souffle. Naëlle, les yeux fermés, le visage baissé vers le sol, se tortillait sur sa chaise. Après un timide raclement de gorge presque inaudible, elle ouvrit les yeux.

« Si jamais il le sait… s'il sait que j'ai parlé, il sera fâché. »

Il était là !

L'impensable s'était produit : c'était une légère voix nubile qui sortait à présent de la bouche de la jeune femme.

« Qui sera fâché ?

— Nathan… Il dit qu'il me protège, il dit que dehors les gens sont méchants et veulent me faire du mal, il dit que je ne dois parler à personne et jamais me montrer.

— Tu n'as plus rien à craindre, Nathanaël, celui qui t'a fait souffrir a été puni, tu peux être tranquille, maintenant.

— Et la sœur ? Elle est où ? Et Maria, elle va venir me chercher ? »

Leï-Niuh, renseigné par Simon, tentait de s'y retrouver dans la biographie de Naëlle.

— Maria va bien et pense souvent à toi, elle est contente de ce que tu es devenu. Ta sœur Évelyne aussi va bien, elle est en Belgique, je crois, elle est grande maintenant…

— Pourquoi moi je suis resté petit alors ?

— Parce que tu avais peur.

— J'ai encore peur. »

Un sanglot s'éleva dans le silence recueilli de la pièce.

Simon, n'y tenant plus, franchit le mètre qui le séparait de Naëlle et, la prenant dans ses bras, commença à la bercer tendrement. Il était là, ce petit garçon perdu, apeuré, racrapoté dans ses bras, secoué de pleurs hoquetants, abandonné depuis tant d'années dans le froid et l'obscurité. Simon lui chuchota quelque chose à l'oreille et les sanglots s'espacèrent puis s'éteignirent, une tension se relâcha dans ses épaules. Il lui caressait légèrement les cheveux quand Naëlle se cambra violemment et se dégagea.

« Il est où ? Il est parti où ? Il n'est plus là ! Vous l'avez fait partir... Pourquoi vous avez fait ça ? »

La voix rugissante qui sortait à présent de la bouche de Naëlle, tordue par des plis d'amertume, ne laissait aucune équivoque sur la personnalité qui avait émergé sur la chaise. Nathan avait visiblement repris le contrôle.

« Il fallait le délivrer, lui répondit Simon, il ne pouvait continuer à se cacher dans le noir.

— Non, vous mentez, paroles de serpents, mensonges crachés dans la boue, il était pur, il était seul, il avait besoin de moi. Depuis toujours je l'ai protégé, lui comme l'autre, l'autre petit qui lui ressemblait tant, je l'ai protégé lui aussi du monstre à l'odeur d'homme qui l'avait pris... encore, pris pour lui faire mal... C'est fragile, les petits, faut les laisser, toujours vous les cassez, vous, du dehors, mangeurs d'enfants, casseurs de rêves... Moi, je les protège. Toujours frapper ceux qui frappent...

— Vous m'avez protégé moi aussi, vous vous rappelez, Nathan ? L'autre, le monstre, il voulait me tuer aussi, vous m'avez sauvé la vie là-bas, et pourtant je ne suis pas un petit.

— ... Toujours frapper ceux qui frappent...

— Et je vous en remercie, Nathan, ce jour-là, dans la cave, vous m'avez aidé, mais quand vous surgissez ainsi, vous faites peur à Naëlle.

— Moi ! Moi je lui fais peur ? Je suis son ami, son seul ami, je la protège. »

La voix sourde qui émergeait du visage fatigué de Naëlle se faisait de plus en plus impérieuse. Simon, craignant d'interrompre le contact, tenta de calmer l'interlocuteur qui avait pris le dessus.

« Je sais, vous nous l'avez déjà dit. Elle n'a pas peur pour elle, ce qu'elle craint, c'est que, quand vous sortez, vous blessiez des innocents… par accident…

— Je ne peux pas tuer, le maître me l'a interdit !

— C'est bien ainsi.

— Si je n'ai plus le petit à protéger et si je fais peur à Naëlle… à quoi je sers ?

— Ce que vous avez fait était bien, Nathan, vous pouvez vous reposer, maintenant.

— Où ?

— Vous pouvez rejoindre Nathanaël et Lili… Ils vous attendent.

— Plus de place pour moi. À quoi je sers ? Plus de place pour moi.

…

…

— Nathan, vous êtes encore là ?

…

— Nathan ?

— … Dites à Naëlle que, maintenant, elle doit apprendre les gestes qui sauvent… je ne suis plus là pour l'aider. »

Telle une marionnette dont on sectionne le fil, la jeune femme s'effondra, roulant en bas de la chaise.

« Qu'est-ce qu'elle a ?

— Il faut l'allonger.

— Laissez-la respirer.

— Elle est délivrée !

— Vous en êtes certain ?

— Oui, impossible de tricher dans cet état !

— Écartez-vous, je m'en occupe.

— Naëlle, Naëlle ! »

Le reste se déroula dans une précipitation brouillonne, la lourde charge émotionnelle de la scène qui venait de se jouer devant eux les ayant tous abasourdis.

On transporta Naëlle inconsciente sur son lit.

Elle semblait dormir paisiblement, un étrange sourire flottant au coin des lèvres.

Bolivie, Campo Bota, 23 août, 7 heures
Naëlle, Simon

Ils se réveillèrent avec dans les yeux un goût de début du monde.

Le besoin d'oublier les doutes et les questions.

Leur histoire n'était pas évidente et la nature ne leur avait pas simplifié la vie.

Ils s'en moquaient.

Ils voulaient voir si c'était possible.

S'ils pouvaient passer au-dessus du regard des autres, apprivoiser leurs corps… avec leurs particularités.

Ils voulaient voir si c'était possible.

Alors, on verrait…

Ils avaient le temps, à présent.

*

* *

Un baiser.
Un vrai baiser.

Sur le front, d'abord, au réveil.
Vérifier qu'on peut, qu'on a ce droit et ce plaisir.

Sur le nez ensuite, y incruster les lèvres, faire plier sa rigueur.
Sur l'œil gauche, du bout de la langue, en épouser les courbes.
Ne pas léser le droit, gratifier chaque cil d'un intérêt mouillé.

Le duvet des joues, vouloir goûter leur rose, vouloir sentir leur blond.
Mordre un peu au passage avec l'envie de pêche, de pécher.
S'aventurer au coin des lèvres, vérifier la licence.

Les sentir s'entrouvrir.
Leur douceur de miel, leur senteur de fièvre.
Le rebondi légèrement fripé du dehors.
Le lisse du dedans.
S'y glisser.
S'y introduire.
Comme on veut se lover sous la barrière de la peau, pénétrer le corps de l'autre, ne plus faire qu'un.

Comparer le doux de l'un, le rêche de l'autre, s'y râper les papilles, y laisser sa trace.

La lutte ardente est belle et bonne et voulue et consentie et partagée et recommencée.

Se fondre, encore, encore.
Oublier son propre goût, mêlé à celui de l'autre.
Ne plus savoir où on finit, où on commence, mélange de saveurs, reconnaissance des fluides.

Baiser, mordre, suçoter, mordiller, titiller, lécher, caresser.
Embrasser… de tout son corps, embraser…

Se croire rassasié un moment.
Prendre du recul, contempler les délicieux ravages du désir.
Et puisqu'un baiser en appelle un autre, puisque plus on embrasse, plus on aime embrasser… alors, on recommence.

Tout à la joie de la redécouverte, on se veut patient,
un baiser,
un vrai baiser,
léger, sur le front d'abord, sur le nez ensuite, sur l'œil gauche sans oublier le droit, la langue pointue, exploratrice éveillant le frisson, la chair de poule à fleur de peau.

Délicieux recommencement, délicieux embrasement de deux corps étroitement enlacés,
rêve d'unité et de fusion,
pas un souffle qui les sépare.
Rallumer à nouveau la flamme, lèvre à lèvre
… et puis recommencer, délicieusement, recommencer.

*
* *

Grez-Doiceau, Belgique, 24 août, 15 heures
Céline

Dans la moiteur lourde de cet après-midi de fin de vacances, Céline, allongée, alanguie, profitait avec paresse et gourmandise d'une sieste câline avec sa fille.

Existait-il plus beau, plus doux, plus émouvant sur cette terre de splendeur et de misère où tout va trop vite, où tout nous disperse, existait-il plus beau, plus doux, plus émouvant, plus fragile que Méline, sa fille, étendue à côté d'elle pour cette lente sieste écrasée de chaleur, si loin de tout, si loin du monde ?

« … Elle dort, et moi, je m'abîme dans la contemplation de ce joli bout de bonheur, des papillons dans le cœur… moment suspendu, unique et miraculeux. Sa peau parfaite, dorée, miel et cannelle mélangés, exhale un subtil parfum sucré. Ses cheveux châtains, gentiment blondis par le soleil, retombent en boucles douces dans le cou et derrière l'épaule. Son souffle léger soulève régulièrement une mèche qui lui barre le visage, fin rideau de soie, incapable de dissimuler la finesse des traits, les narines délicates, les cils si longs, ombrant loin les joues légèrement rosies par les baignades et le soleil.

Les mains potelées posées l'une dans l'autre comme deux petites bêtes un moment immobiles et qui acceptent de rester là, tranquilles, afin que, spectatrice ravie, je puisse contempler toute la beauté du monde un moment immobile… Et je la regarde, et n'en finis pas de la regarder et voudrais graver cet instant dans le marbre fragile de ma mémoire… J'hésite entre l'envie animale de la dévorer de baisers claquants et celle, gourmande, de continuer à me régaler du spectacle de son sommeil, attendant que les cils s'entrouvrent, que les lèvres charnues, nacrées, parfaites, me révèlent le sourire de petites dents implacablement blanches. »

Et Céline bien sûr attendit avec délice le réveil de Méline dans cette chambre d'ombre où le temps semblait suspendu, comme l'air lourd se forgeant avec peine un chemin à travers les volets.

Bolivie, Campo Bota, 24 août, 16 heures
Manko

« Alors ça y est, vous repartez demain ?

— Oui, très tôt… »

Naëlle avait passé cette journée en effusions, en émotions, en remerciements, dits avec les mots ou avec les yeux. Elle ne savait pas très bien comment exprimer toute sa gratitude à Nicolas qui continuait à l'intimider.

« Prête ?

— Honnêtement, je n'en sais rien… Je crois que oui… Qu'en pensez-vous ?

— Je pense que tout le travail qui pouvait être fait par d'autres a été fait, c'est à toi maintenant de continuer, si tu le désires.

— Oui, je commence à comprendre pourquoi je me sentais différente durant toutes ces années. J'étais en marge, j'espère pouvoir revenir au centre, m'y prendre mieux avec les autres et avec moi-même et être capable de rendre un peu de ce qu'on m'a donné.

— Tu as d'énormes possibilités, Naëlle, ce qui faisait ta marginalité, ce qui fait toujours ta différence, peut te rendre plus forte aujourd'hui. As-tu conscience de ces atouts ?

— Pas vraiment, jusqu'à présent, j'avais plutôt le sentiment de ne pas avoir été favorisée par la vie.

— Ça a changé ?

— C'est en train d'évoluer…

— Laisse venir les choses, elles se mettront en perspective toutes seules et tout te paraîtra plus simple, tu pourras te détacher de toi et t'ouvrir aux autres.

— Si j'y arrive, ce sera grâce à vous, comment vous remercier ?

— Grâce à moi, grâce à toi et à tant d'autres… Ce n'est que la continuation d'un long chemin… qui n'est pas encore fini. »

À nouveau, comme lors de leur première rencontre, elle se sentit happée par le regard de Nicolas, rien, autour d'eux, n'existait plus, tout devenait flou et mouvant. Après un temps qui lui sembla infini mais qui n'avait probablement duré que l'espace d'un battement de cils, le scientifique reprit :

« C'est le voyage que tu as fait qui était important, il aurait pu aboutir ailleurs et ça n'aurait peut-être pas changé grand-chose, tu aurais fini par voir plus clair en toi de toute façon, avec mon aide ou pas. En réalité, c'est à moi de te remercier, tu as amené Simon Bersic jusqu'à nous et c'est une source d'espoir pour notre communauté. S'il se fait le relais, le passeur de parole, et permet que nous existions aux yeux du monde, c'est déjà ça et c'est bien. Tu es venue jusqu'ici pour retrouver ta vie oubliée, tu repars emplie de doutes mais plus forte, je l'espère, et mieux armée. Il est venu jusqu'ici pour te chercher car tu es sa raison de vivre et il a peut-être retrouvé ici un peu de son chant. »

Pedro et Rita, qui s'étaient approchés timidement, mirent fin à cet entretien. Avec eux, les adieux furent plus simples, sans parole, embrassements entre tendresse et tristesse. Pedro voulait rester au camp pour poursuivre sa formation de *curandero* auprès de Jayme, ravi de voir en lui un successeur aussi zélé. Le jeune garçon demanda à Naëlle de passer par son village, de rassurer sa famille et leur dire qu'il reviendrait bientôt. Rita avait transmis son irrésistible recette de croûte aux mangues en échange d'une promesse de lui faire parvenir quelques sous-vêtements raffinés, on peut être chimiste de carrure internationale, rebelle dans la jungle et ne pas négliger pour autant sa féminité.

Pendant que Simon discutait avec Nicolas de la meilleure façon d'exposer les revendications et les espoirs de son association, Naëlle et Manko s'étaient écartés du camp.

À présent, gênés par cette intimité retrouvée, ils marchaient tous les deux, côte à côte, les yeux baissés.

« C'est décidé, tu restes ici ? finit par dire Naëlle.

— Oui, les idées de Nicolas me plaisent. Je pense qu'un gars comme moi peut l'aider. Il a bien assez de scientifiques autour de lui, il a besoin d'hommes de terrain, non ? Je les connais, moi, les margoulins de la capitale… Je pourrais être plus utile ici qu'à balader des touristes en quête de spiritualité pour Fernando Sanchez !

— Mmm. »

Un silence s'installa.

Sans oser le regarder, Naëlle lui dit à voix basse :

« Je voulais te remercier.

— De quoi ?

— De m'avoir donné confiance en moi. Aucun homme ne m'avait jamais touchée et… tu m'as permis de croire que tout était possible, que je pouvais avoir une vie… normale… que je pouvais être une personne normale… mais tu sais que… »

Manko l'empêcha de terminer sa phrase et l'enlaça, maladroitement. Posant une main sur sa tête, il la força à se nicher au creux de son épaule, elle ne résista pas. Le jeune Indien respirait violemment, elle sentait les battements furieux de son cœur et la chaleur musquée irradiant de sa poitrine. Il caressait les cheveux blonds, la maintenant serrée contre lui, mais n'arrivait pas à articuler un seul mot. En quelques jours, Naëlle avait ébranlé sa vie ; tout aussi rapidement, durant leur périple commun, la personnalité de Simon lui avait fait deviner qu'il ne pourrait jamais lui apporter le bonheur qu'elle méritait. Il avait compris que cette quête n'était plus la sienne. Ici, sur les plateaux andins et dans la jungle, il était le roi… À quoi pourrait-il ressembler, pitoyable pantin déguisé, désarmé, sur le bitume d'une capitale européenne ? Tout les séparait… La culture, la langue, le pays, la couleur de peau… Mais leurs peaux, justement, s'étaient trouvées avec tant de naturel… comme faits l'un pour l'autre, comme une évidence. Depuis leur arrivée au camp, pas une seule fois ils n'avaient été seuls. Là, entre ses bras, il la sentait abandonnée comme dans le lit frais de Sorata.

Tous les deux, tremblants, livraient le même combat intérieur, entre la pulsion qui les jetait l'un vers l'autre et la raison qui leur intimait de ne pas poursuivre cet embrassement. Manko tentait désespérément de se raccrocher aux bonnes résolutions qu'il s'était imposées ces derniers jours, tellement impossibles à tenir, noyées dans les parfums de la peau de Naëlle. La raison n'avait jamais été sa compagne, jamais il ne l'avait suivie, c'était son instinct qui menait la danse, toujours, lui évitant les pièges et les embûches dans cette vie aventureuse qu'il s'était choisie. Tout aurait été tellement simple s'il n'avait pas connu Simon, il aurait balayé d'un revers de manche tout scrupule à l'égard de ce rival inconnu, il aurait bataillé pour gagner Naëlle, la conquérir, la garder… mais rien n'était pareil aujourd'hui. Il refusait de suivre aveuglément son instinct. Pour la première fois, il se sentait responsable de quelqu'un au point de mettre ses propres désirs en sourdine. Tant de questions dans sa tête, tant de frissons sur sa peau. Son cœur, furieux d'être ainsi contrarié, pulsait à lui déchirer les côtes, à s'échapper de sa cage et hurler son amour.

Naëlle se dégagea à regret, elle posa sa main fraîche sur la poitrine de l'Indien. Sans la pâleur diaphane de ses joues et les palpitations désordonnées de ses tempes, elle aurait pu sembler sereine. Elle avait compris, sentant le bouillonnement impétueux parcourir le corps de Manko, que c'était à elle de prendre la situation en main. Ils se regardèrent longuement. Perdu dans les pupilles d'eau limpide, Manko comprit qu'il ne servirait à rien de lutter, Naëlle avait pris sa décision, sa vie était là-bas et auprès de Simon, la triste détermination de ses prunelles le lui dit. Elle voulut parler.

« Chut ! ! Je sais. Je suis heureux pour toi… et pour Simon… même si… »

Le jeune Indien ne termina pas sa phrase.

Son regard doré perdu vers le sommet des arbres reflétait avec un peu trop d'éclat la lumière déclinante du jour.

Ils reprirent leur marche silencieuse, arrivèrent près d'un ruisseau, s'assirent sur une large pierre plate et moussue, les pieds rafraîchis par l'eau verte qui courait entre les galets, charriant des herbes, des algues et des mousses.

Ils contemplèrent un moment le spectacle de cette vie débridée qui envahissait tout, Naëlle songea avec nostalgie aux quelques jours de diète et de préparation passés seule dans son abri au milieu de la jungle et où elle avait appris à écouter les bruits de la nuit, sentir les odeurs de la terre, s'ouvrir au monde réel sans en avoir peur, sans se réfugier ailleurs.

Avec le recul, il lui semblait que tout avait eu un sens dans ce voyage et que chaque événement avait été un palier pour l'emmener plus loin. Elle se disait avec peine et une pointe de culpabilité que Manko était probablement une de ces étapes… nécessaire, merveilleuse, un moment magique de sa vie, que jamais elle n'oublierait… mais un moment.

Elle le regarda, lui sourit tranquillement. Il se leva, lui tendit la main et l'attira à nouveau contre lui pour un dernier adieu. Les chemins de vie qui sillonnaient ses bras et son cou avaient repris un rythme normal, apaisé.

Tous deux pouvaient apprécier plus sereinement cette bulle hors du temps où ils s'étaient croisés, emplir leur mémoire de cet instant, les yeux fermés, se charger des odeurs de l'autre, de ses douceurs, de sa chaleur et emporter à jamais ces souvenirs secrets pour le voyage.

Ils reprirent la route vers le camp.

« L'essentiel est que tu aies trouvé ici, dans mon pays, ce que tu étais venue y chercher. Je t'avais dit que tu devrais t'écarter des sentiers touristiques… Je ne pensais pas que tu me prendrais au pied de la lettre. On peut dire que tu nous as fait courir ! »

Ils avaient réussi à reprendre une conversation normale et en furent soulagés.

« Tu repars en Europe avec tes secrets et de nouveaux alliés, non ? Tu arrives à les convoquer seule ?

— Qui ?

— Tes animaux de pouvoir… Qui d'autre ? Maintenant que tu les connais, tu peux les appeler quand tu as besoin d'eux, ils t'aideront… Ils sont de bon conseil en général.

— Je n'y manquerai pas, je sais où les trouver, lui répondit-elle, soulagée, je les rejoins dans leur grotte, sous la terre…

— Tu ne dois pas trop en parler, c'est ton secret, ça doit rester entre eux et toi.

— D'accord. En tout cas, je les emmène. »

Naëlle avait souri, un rictus triste, de circonstance, pour enlever de la gravité au moment, aucun d'eux n'en fut dupe…

« Tu crois qu'on se reverra ?

— Pas sûr. Pas impossible non plus. Je n'ai jamais visité le Vieux Continent, alors, si j'en ai l'occasion, je viendrai peut-être vous voir… si tu le souhaites… Simon m'a donné vos coordonnées.

— C'est bien.

— *Hasta luego*, mon ange. Je te garde dans mon cœur, tu y resteras ma rencontre particulière. »

Ils étaient arrivés en bordure du camp, Simon, passionné, était toujours en grande conversation avec Nicolas : chacun à sa tâche, ils avaient à peine remarqué leur absence et c'était bien ainsi, tout était dit, il ne servait à rien de s'attarder davantage. Manko lui embrassa délicatement la main puis s'éloigna sans se retourner.

Belgique, Grez-Doiceau, 31 août, 17 heures
Céline

« Tu es certaine que tout est prêt ?

— Maman, j'ai pas envie.

— Tu as un nouveau cartable !

— Oui. » La petite releva son regard mouillé et, dans un souffle, concéda : « Merci.

— Demain, tu pourras mettre les nouvelles baskets, avec les fleurs…

— Oui.

— Oh, ma chérie, ne sois pas si tristoune : tu vas te faire plein de nouveaux copains et tu vas découvrir ta nouvelle institutrice.

…

— Tu sais, moi, à ton âge, j'adorais l'odeur de la rentrée : les cahiers neufs, la gomme et la colle blanche. J'étais impatiente de retrouver mes amis.

— C'est vrai ? »

Céline mentait, évidemment. Elle aussi, enfant, avait connu le blues du dimanche soir et l'angoisse des fins de vacances.

« C'est presque complètement vrai… »

Comment tricher devant tant de confiance ? Elle se souvenait avec émotion du soir où Méline avait soigneusement caché sous son oreiller une dent de lait. Au moment du dernier baiser avant la nuit, elle lui avait retenu le visage entre ses mains potelées et avait demandé, ses grands yeux sombres plantés dans les siens :

« Maman, est-ce qu'elle existe pour du vrai la petite souris ou est-ce que ce sont les papas et les mamans qui mettent une pièce pendant la nuit ? »

Comment mentir ? Comment tricher ?

Même si, avec nostalgie, on souhaite faire durer encore un peu l'illusion… jusqu'à la prochaine dent perdue… il faut être à la hauteur de ces questions sans détour.

« Ce sont les parents, ma chérie.

— Et le père Noël, il existe pas ?

— Non mon ange.

— Et la cloche de Pâques, celle qui va à Rome ?

— Non plus. »

La petite était restée un instant muette… Réflexion, stupeur ou consternation. Il fallait les digérer ces révélations, accepter d'abandonner ces idoles familières et rassurantes, passer de l'autre côté, déposer un peu de son manteau d'enfance… Puis, courageusement résolue et finalement pragmatique, elle avait ajouté dans un demi-sourire :

« Alors, ça a dû vous coûter drôlement cher à papa et à toi, tous ces cadeaux ! »

Aujourd'hui, Céline se disait qu'elle ne pouvait pas biaiser davantage et elle raconta à sa fille ses propres angoisses d'enfance et de rentrée scolaire, ses astuces pour rendre le moment plus agréable et sa grande joie de voir que ce qu'on redoutait était rarement aussi pénible qu'on ne le craignait.

Elles étaient occupées à choisir les vêtements que Méline mettrait le lendemain quand, pour ajouter un peu d'enthousiasme à ces préparatifs, Céline tendit à sa fille un petit paquet joliment enrubanné : une minuscule brassière, ébauche de soutien-gorge pour ses frémissements de féminité en devenir.

La petite fille, rosissant de plaisir, sauta au cou de sa maman et cala dans sa nuque des dizaines de bisous. Bisous doux, baisers tendres, délicat goût de friandise au parfum d'espérance.

Laquelle des deux était la plus émue ?

La chanson ne le dit pas.

Tandis que la petite s'était précipitée dans la salle de bains pour y admirer son cadeau en bombant le torse, Céline ne put s'empêcher de songer à l'enfance massacrée de Naëlle. Comment des adultes étaient-ils capables d'abuser ainsi d'enfants… *a fortiori* leurs propres enfants ? À quoi avaient-ils ressemblé, les rêves de Naëlle, enfermée dans cette cave ? Brutalement, les photos entrevues dans les journaux lui revinrent en mémoire… Ces clichés sordides, exhumés des archives et remontés à la une des hebdomadaires, avaient mis le pays sous le choc quant à ce qui se tramait en sourdine dans les sous-sols, chez certains voisins, amis ou collègues.

Durant ces dernières semaines, Céline avait tenté de débroussailler l'histoire, s'aidant des informations qu'elle avait glanées çà et là.

Le grand-père de Naëlle, Armand Jonasson, avait séquestré sa propre fille, Lili, depuis ses dix-sept ans jusqu'à sa mort, constatée le 17 mai 1996, jour où les policiers avaient enfin découvert sa cellule, sommairement aménagée dans la cave de leur maison familiale. Jonasson avait donc abusé impunément de sa fille durant dix-huit années ! De ces accouplements monstrueux, étaient nés six ou sept enfants dont deux avaient survécu : Naëlle et sa sœur aînée, Evelyne.

Quand les policiers, appelés en renfort par les pompiers, découvrirent l'horrible réalité, Jonasson avait fui sans laisser de trace. Les deux enfants de huit et douze ans, affamés, terrorisés, traumatisés, s'étaient réfugiés sous l'évier de cette cave où le cadavre de leur mère, Lili, avait fini de se vider de son sang en donnant naissance à un ultime bébé.

Céline en avait la nausée, impossible de penser à ces faits sans se révolter, sans s'interroger sur l'inouïe capacité de cruauté qu'avait parfois l'être humain.

Elle se servit un grand verre d'eau, contemplant le paysage verdoyant qui s'étalait sous ses yeux, étranger à ces pensées sordides.

Ce qu'elle connaissait de la suite de l'histoire de Naëlle était assez confus, les deux enfants avaient été pris en charge par diverses institutions de protection de la jeunesse jusqu'à leur majorité. L'année dernière, Naëlle ayant, par hasard, reconnu son grand-père dans la rue et l'ayant suivi, aurait découvert la maison où Jonasson, récidiviste, séquestrait le petit Adrien Delforges. Simon et Naëlle s'étaient ainsi trouvés au cœur de ce fait divers qui avait tenu la Belgique en haleine des jours durant. Suite à ce nouvel épisode traumatisant, Naëlle avait sombré pendant plusieurs semaines dans un mutisme autistique.

Pas étonnant, dès lors, que la jeune femme lui ait parfois paru étrange.

Elle regrettait ses réticences, aurait tellement souhaité recevoir à présent des nouvelles de ses amis. Que leur était-il arrivé ? Se pouvait-il que la vie continue à s'acharner ainsi sur Naëlle ? Elle ferma les yeux, souhaitant de toute son âme qu'ils se retrouvent rapidement, réunis et heureux autour d'un bon dîner insouciant.

Les gloussements ravis de Méline la ramenèrent au présent. Par la porte entrebâillée de la salle de bains, Céline put voir sa fille admirer la silhouette féminine que lui donnait sa minuscule brassière… copieusement rembourrée de boules d'ouate.

Ce qui ramène…
l'espoir

Bolivie, sur le fleuve Beni, 25 août, 11 h 38
Naëlle et Simon

Pour le retour, Nicolas les avait confiés à Guillermo, un des paysans de son groupe, fidèle parmi les fidèles.

Désirant offrir à Naëlle un autre aperçu de son séjour bolivien, Simon souhaitait leur rendre le trajet plus confortable. Ils avaient donc embarqué dès que possible sur un petit bateau à moteur pour remonter le fleuve Beni et rejoindre cet hôtel très particulier, niché dans la canopée, dont Manko lui avait parlé vingt jours plus tôt, lors de leur planque à Guayaramerín.

À bord de leur *chutas*, ils contemplaient la jungle, paradisiaque avec la distance ; pouvoir en admirer la beauté sans affronter les nuées de moustiques, la chaleur moite et les tarentules leur semblait alors le comble du luxe. Sur les rives, outre les nombreux caïmans se reposant, paresseux, au soleil, ils aperçurent des capybaras, gros rongeurs timides et furtifs, quelques hérons blancs et, de temps à autre, la fulgurance colorée d'un oiseau de paradis traversant l'horizon de son froufrou d'opérette. Ils s'étaient un moment assoupis dans la chaleur de l'après-midi et le ronronnement du moteur au diesel (filtré ! avait tenu à préciser leur guide, comme si cette nuance allait fondamentalement changer quelque chose à leur intrusion dans cet univers...) lorsqu'un impact à côté de leurs têtes amoureusement rapprochées les réveilla en sursaut : trois singes écureuils avaient bondi sur leur embarcation et s'activaient, chapardeurs patentés, à faire l'inventaire des vivres en les bombardant. Partagés entre le plaisir de voir évoluer ces charmants visiteurs et le désir de préserver leurs provisions, Naëlle et Simon leur offrirent quelques fruits et enfermèrent soigneusement le reste des victuailles.

Naëlle riait au spectacle de ces joyeux acrobates et Simon se réjouissait de son amusement. Jamais il ne l'avait vue si insouciante, légère et drôle... C'était là sa récompense, le bonheur après ces semaines de doute, de recherches, d'épreuves. Il ne regrettait rien, le jeu, décidément, en avait valu la chandelle !

« On s'arrête ici, décida Guillermo, en engageant le bateau dans une crique : pique-nique et baignade ! »

Dès que l'embarcation fut immobilisée, il s'empara d'une canne à pêche ; l'endroit, riche en piranhas, leur fournirait, paraît-il, de quoi alimenter un honnête barbecue.

« Pendant que je pêche, profitez-en pour vous rafraîchir un peu...

— Quoi ? Nager là-dedans ? »

Peu enthousiasmé par la couleur brunâtre de l'eau du fleuve, Simon ne paraissait pas pressé de s'immerger. Naëlle, en revanche, avait déjà ôté son tee-shirt et s'apprêtait à quitter joyeusement son pantalon. Simon la retint :

« Tu es folle, il vient de dire qu'il allait pêcher des piranhas et les rives sont infestées de crocodiles... Reste ici ! »

Goguenard, Guillermo lui expliqua que ces piranhas ne présentaient aucun danger tant qu'ils n'étaient pas affolés par l'odeur du sang et que les reptiles présents n'étaient nullement des crocos mais bien des caïmans. En Bolivie, ils pouvaient à la rigueur rencontrer des alligators, pas de crocodile... D'ailleurs ici, dans cette crique, ils ne risquaient rien : la présence de *botos* les dissuadait d'approcher.

« Des *botos*... Qu'est-ce que c'est ?

— Ce sont les dauphins roses de l'Amazone, adaptés à l'eau douce. »

Naëlle, ravie, vêtue de ses sous-vêtements, plongea avant que Simon ait pu protester davantage et ne réapparut qu'une dizaine de mètres plus loin.

« Viens, viens vite, elle est délicieuse ! »

Soucieux de ne pas paraître ridicule, Simon se dévêtit donc et, précautionneusement, descendit dans l'eau couleur de thé trop infusé. S'efforçant d'ignorer les créatures aquatiques que ses jambes risquaient de frôler, il nagea d'un air faussement détaché vers Naëlle qui s'ébrouait bruyamment, tournant en tout sens avec l'espoir d'apercevoir le rostre d'un dauphin.

« Voilà, ça y est, on l'a fait. On peut retourner au bateau à présent ?

— Non, attends encore un peu, je... Oh... je vois quelque chose... Oui, regarde, ils arrivent ! »

Quelques dos rosâtres affleuraient en effet à la surface du fleuve. Les mammifères, joueurs et peu farouches, les entouraient à présent en un ballet qui ravissait Naëlle et inquiétait légèrement Simon. De temps à autre, un bond projetait leur corps, longiligne et luisant, à moitié hors de l'eau, dévoilant leur museau effilé.

« Ils ne sont pas très beaux, bougonna Simon. Et puis, pas vraiment roses… à peine rosés si tu veux mon avis.

— Moi, je les trouve magnifiques ! Regarde, ils m'aiment eux aussi. »

En effet, trois grands spécimens tournaient à présent autour de la jeune femme, de plus en plus près, jusqu'à la frôler.

— Guillermo, qu'est-ce qu'ils font ? s'écria Simon.

— Je ne sais pas… Demande-leur… Mais n'aie pas peur, mon ami, ce sont des animaux guérisseurs, ils la reconnaissent… Ils ne lui feront pas de mal. »

Naëlle, visiblement peu inquiète, caressait les flancs doux des animaux qui la serraient au plus près. Son enthousiasme avait fait place à un émerveillement incrédule devant leur comportement. Elle les sentait se presser contre ses jambes, entourer son ventre et ses reins de vibrations sourdes tandis que des sifflements aigus s'échappaient en trilles de leurs museaux pointus.

« Assez joué, les amis, nous ne risquerons pas l'indigestion, j'ai néanmoins de quoi vous restaurer », leur lança Guillermo, mettant fin à cet étrange moment suspendu.

Le piranha grillé ne figurera jamais à la carte des restaurants étoilés mais, en dépit de ses nombreuses arêtes, sa saveur douceâtre leur permit d'apprécier ce modeste repas.

« Allez, on reprend la route et dans deux heures, on y sera, à votre hôtel de touristes friqués. *Es loco, este gringo* », marmonna-t-il en se rasseyant à l'arrière du bateau.

Le soleil déclinait, languissant, ses rayons filtrés par les arbres de la rive rasaient l'eau sombre du fleuve, la faisant miroiter. On devinait dans le sillage bronze du bateau les corps oblongs, gris rosés, des dauphins qui semblaient à présent les escorter. Le fleuve s'était sensiblement rétréci depuis quelques minutes et ses méandres sinueux rendaient la navigation hésitante. Les arbres, de plus en plus hauts, de plus en plus proches, les écrasaient de leur ombre séculaire.

« On arrive ! » annonça triomphalement Guillermo, leur désignant un ponton à demi engagé dans le fleuve. L'embarcation y accosta.

L'arrivée au Lodge Central leur parut extrêmement surréaliste : un luxe discret, une décoration contemporaine raffinée, quelques notes d'une version remixée de *The Girl from Ipanema* superposant la douce voix d'Astrud Gilberto au slam rythmé d'un rappeur brésilien… Curieux mélange, se dit Simon.

Après l'austérité fonctionnelle de la vie au camp, ce confort climatisé lui paraissait presque obscène. Il espérait néanmoins que les quelques liquidités qui lui restaient leur permettraient de vivre ici, dans ce lieu tellement inouï, un moment inoubliable et hors du temps : leur première nuit en tête à tête.

Naëlle avait perdu tous ses papiers, il faudrait régler ça à l'ambassade avant le retour… Dans l'immédiat, nécessité faisant loi, c'est avec émotion que Simon avait rempli la fiche d'admission : M. et Mme Bersic.

Un jeune homme poli et sportif fut chargé de les accompagner jusqu'à leur *lodge* privé. En chemin, traversant un parç où la nature semblait raisonnablement domptée, il leur demanda si aucun des deux n'était sujet au vertige. Face au sourire narquois de leur guide, Simon, prudent, ne répondit pas.

« Voilà, ceci est l'ascenseur qui nous amène à la plate-forme centrale. De là, on peut rejoindre les cinq *lodges* privés. Vous n'aurez aucun contact avec nos autres résidents, chaque appartement étant éloigné de plus de cent vingt mètres, intimité assurée », ajouta-t-il avec un clin d'œil appuyé.

Simon le trouva d'emblée antipathique.

Ravie, Naëlle détaillait avec une curiosité enfantine ce luxe que, pour la première fois, elle touchait du doigt. La plate-forme culminait à soixante-huit mètres de haut, comme l'indiquait le panneau explicatif abondamment illustré de photos de la faune et la flore de la forêt équatoriale.

« On va pouvoir observer tous ces animaux ? s'exclama Naëlle, les yeux brillants.

— Non, mademoiselle… Ou alors vous serez très chanceux. La plupart de ces photos ont été prises par des appareils automatiques disséminés dans les environs. Certains restent au sol, d'autres sont accrochés dans les branches et permettent de voir avec plus ou moins de clarté ces animaux farouches qui se déplacent principalement de nuit. Moi qui travaille ici depuis trois ans, je n'ai jamais vu de jaguar, pourtant nous en avons des photos. prises à cet endroit même… Venez, nous devons rejoindre votre appartement avant la nuit.

— C'est si compliqué ? demanda Simon.

— Pas si vous aimez la tyrolienne », répliqua le jeune homme avec ce sourire narquois que, décidément, Simon aimait de moins en moins.

Ils durent enfiler le harnais, inconfortable, serré, une jambe dans chacune des boucles, la taille fermement maintenue par une large ceinture. Simon avait tenu à passer en premier pour damer le pion à ce jeune blanc-bec. Arrivé au bord du vide, il dut s'accrocher de toutes ses forces à son amour-propre pour ne pas faire marche arrière.

« Mettez les gants. Ne vous inquiétez pas, c'est sécurisé par une double poulie. Vous tenez la sangle au-dessus de votre tête et pour freiner, vous tirez vers la droite. Fort ! Quelqu'un vous attend à l'arrivée, essayez juste de ne pas perdre l'équilibre en abordant l'autre plate-forme. Ça va aller ?

— Évidemment, pourquoi ça n'irait pas… »

Et hop, voilà, c'était parti… le vide… trop tard pour renoncer. Ne pas crier, ne pas être ridicule, serrer les dents et se dire que ça ne devrait pas durer. Le câble d'acier traversant les branches, la poulie crissait, le vent lui giflait le visage et sifflait aux oreilles. Ouvrir les yeux quand même… Où était-elle, cette foutue plate-forme… La vitesse augmentait encore, qu'est-ce qu'il avait dit pour freiner ? Vers la droite ? Oui… mais pas trop tôt… Arriver jusque-là.

Simon vit une construction, un autre gars l'attendait, souriant, tout aussi athlétique… tout aussi énervant…

« Freinez, monsieur, freinez… Voilà… Tout va bien ?
— Évidemment, pourquoi ça n'irait pas ? »

Il était monté en boucle, pathétique. De l'autre côté, Naëlle avait déjà dû s'élancer… Il devait récupérer un rythme cardiaque normal, vite, avant qu'elle n'arrive !

Elle avait enfilé les jambières, il lui avait bouclé la ceinture, sans oublier de faire quelques commentaires sur la longueur de ses jambes et la finesse de sa taille… Elle ne les avait pas entendus. Le regard fixe, perdu dans le vide, elle ressentait ce même vertige lui gonfler la poitrine comme sur les hauts plateaux après la cérémonie du vieux *yatiri*, comme sur les ailes du condor, dans le délire qui l'y avait amenée… Sentir l'oiseau en elle et, cette fois, pouvoir s'élancer, accepter cette communion avec le vide, abandonner le poids de son corps sur la terre.

Voler.

*
* *

Autour de moi, l'air défile et me porte et me frôle.
Enfin.
Je voudrais que ce vol n'en finisse pas.
Qu'est-ce qui m'attend à l'arrivée ?
J'ai peur.
Je ne peux plus reculer.

Le corps de Manko, mon corps sous ses doigts…
Ça s'était fait tout seul, sans question, sans détour, sans crainte.
Comme si ma nature était naturelle.

Mais la, avec Simon… comment faire ?
Comment me comporter ?
J'attends ce moment depuis si longtemps, lui plus encore sans doute.
J'ai peur… de le décevoir, de ne pas être à la hauteur.
Et lui, est-ce qu'il comprendra cette chose étrange qu'est mon corps ?
Est-ce que mon corps est vraiment une chose étrange, ou est-ce juste le seul que j'aie, auquel je dois m'habituer… maintenant que je connais sa nature… l'apprivoiser ? L'aimer ? Lui faire confiance ?
Un parfum de défi, et en note de tête cette peur de ne pas y arriver.
Le vent siffle, fouette, caresse.
Simon m'attend, m'ouvre les bras.
Trop tard pour reculer, on verra.

*
* *

Le second employé leur expliqua leur vie de Robinson des cimes, leur remit un fascicule bourré de photos, d'explications, de conseils… et enfin les laissa, un frigidaire de victuailles et les bruits de la nuit pour seuls compagnons.

Ce petit *lodge* était magnifique, trente mètres carrés de raffinement, une baignoire pour deux sous les étoiles, un vaste lit drapé de moustiquaires, une terrasse ponctuée des lueurs vacillantes de photophores ambrés. Le champagne au frais, quelques fruits rutilants… Simon se demandait si ce n'était pas un peu trop… si cet environnement ostentatoire n'allait pas les troubler, les bloquer, empêcher toute spontanéité. L'impression d'être parachuté dans un rêve de romance, propice au baiser, incitant à la caresse, amenant au coït… Trop parfait, trop apprêté… Il regretta un peu le choix de cet endroit prétentieux et factice.

Sur le large lit habillé de lin blanc, il déposa une lettre, écrite le matin même. Puis, surmontant sa peur du vide, il s'assit à l'extrémité de la terrasse, les pieds ballants, le regard survolant la canopée et les derniers rayons du soleil rougeoyant.

Il attendait.

Sans poser de question, fébrile, elle lut sa lettre.

Naëlle, mon âme, ma douce, ma sœur, ma belle,

Il y a des mois, dans le silence désespéré de ta chambre d'hôpital, je t'avais lu des mots, écrits pour toi… sans savoir si tu les entendais.

Aujourd'hui, ici, je pourrais les redire avec plus de force encore car rien n'a entamé mon amour et je peux y ajouter le poids des épreuves traversées et l'espoir des jours à venir.

Regarde-moi, ma belle, vois les paysages du désir. Je voudrais me plonger dans les rivières de soie et d'ambre qui coulent sous ta peau de lait et les songes qui la tissent.

Des fleurs sur tes yeux, du rosé sur tes joues, un charme sur ton cœur, que la joie soit tienne, ma mienne. Laisse ton cou d'ivoire entre mes doigts, laisse-moi être à toi, le nuage de ton souffle calmera le feu de mes pensées.

Laisse-moi reposer dans ton herbe fraîche, dans ton ombre languissante où aucune lune n'éclipsera la pâleur de ton sein ; accorde-moi le repos, apprends-moi l'amour dans ta rosée matinale.

Cristal pur, ange infaillible et fragile, tu flottes au-dessus du monde des hommes avec ceci d'un homme et cela d'une femme, avec la vigueur et la délicatesse, avec la force et la beauté, passerelle entre l'un et l'autre.

Regarde-moi, mes yeux te reconnaissent.

C'est moi l'inachevé, tu es la complète, infiniment pleine, lumière dans le chaos. Sans toi je tombe, la division me morcelle, dans la séparation, nous sommes morts, ne le vois-tu pas ?

Ne faire qu'un, soudé l'un à l'autre, le dehors comme le dedans, redevenir un.

Je voudrais renaître à nouveau, ma main dans la tienne, passer ensemble la porte étroite, la lumière à nouveau dans mes yeux à travers ton regard.

La nuit est jeune et nous sera, si tu le veux, tendre et douce et docile.

Je prendrai ce que tu voudras me donner.

Regarde-moi, mes yeux te reconnaissent.

À toi, Simon.

Lentement, elle ôta ses vêtements, se tint nue et droite dans la lumière déclinante du jour. Forte, fragile et tremblante, elle l'attendait.

Bolivie, Guayaramerín, 25 août, 6 heures
Naëlle et Simon

La canopée.

L'inouï dans la nature.

À soixante-cinq mètres du sol, plafond dense de branches enchevêtrées, les couronnes enlacées des arbres émergeant de la jungle formaient un étrange tapis que l'on croyait pouvoir fouler.

Ils venaient de se réveiller, les yeux tout engourdis de si peu de sommeil, abasourdis par tant de beauté, pas vue la veille, découverte dans la lumière naissante du jour.

Éblouissement.

Les bruits de la nuit, avalés par leurs soupirs, avaient donné vie à cet espace autour d'eux, mais la lumière lui donnait corps, c'était inconcevable cet océan de verdure sous leurs pieds. En dessous de ce dôme protecteur régnait l'humidité moite des couches inférieures, la vie grouillante, rampante, grimpante ; minéral, végétal, animal mêlés dans une course à l'expansion, à la domination, à la survie. Ici, dans les vents doux, avant l'ardeur implacable du soleil, éclatait une symphonie de verts humides et frais, ponctuée de loin en loin par le vol chaloupé de colonies d'aras bavards aux couleurs éclatantes, rouge et turquoise, bleu et or. Parfois, le plus grand, le plus rare de tous, l'ara bleu, survolait, impérial, son domaine d'émeraude.

Émerveillés tous deux, muets devant le spectacle de tant de puissance végétale, ils se tenaient, silencieux, enroulés dans le même plaid, un sourire béat sur les lèvres. Le café, frais, diffusait sa bonne odeur de matin, parfum d'un quotidien presque banal, si ce n'est qu'ils étaient là, dans cet endroit inouï, si ce n'est qu'ils étaient deux, enfin réunis.

Pas beaucoup dormi cette nuit.

Pas pressés non plus.

Il avait pris son temps, avait parcouru sans hâte, avec les doigts, avec les lèvres, avec les yeux, avec le cœur, ce corps tant espéré, tant attendu.

Elle l'avait laissé faire, essayant d'ôter toute crainte de sa peau, lui laissant explorer les pleins, les déliés, les zones d'ombre tant reniées.

Il l'avait apaisée.

Doucement, ils avaient laissé leurs corps se calquer l'un à l'autre, se marquer, définir leur empreinte, l'un dans l'autre. Le temps était leur ami à présent, rien ne pressait, ils savaient que ce matin serait le premier. Tendrement, à la lumière différente du jour, ils reprenaient leur voyage immobile ; pas de fureur ici, une profonde et totale fusion dans sa tranquille évidence. Eux, enfin unis, apaisés dans leur amour hors norme sans doute… Mais qui s'en souciait ?

Le bruissement continu de la nuit, troué de cris, d'appels, avait insensiblement fait place à l'agitation du jour. La chorale pépiante des oiseaux saluait le lever du soleil tandis que les singes hurleurs quadrillaient l'espace de leurs voix de stentor.

« On peut passer la journée ici.
— On peut prendre un bain.
— On peut boire du champagne.
— Au petit déjeuner ?
— On peut.
— On peut appeler pour qu'ils nous fassent descendre.
— On peut.
— On peut s'embrasser.
— On peut regarder les oiseaux dans les branches.
— On peut compter les insectes qui tourbillonnent dans la lumière.
— On peut.
— On peut s'aimer.
— On peut trouver sur ton corps des endroits pas encore embrassés.
— On peut en inventer.
— On peut compter les poils sur ton bras, les cils autour de tes yeux.
— On peut.
— On peut oublier le monde.
— On peut construire le nôtre.
— On peut s'en foutre.
— On peut ne rien faire.
— On peut. »

Bolivie, Guayaramerín, 26 août, 8 h 27
Naëlle et Simon

« Il n'y a plus rien à manger !

— Tu es sûre ?

— Viens voir toi-même…

— Bon.

— On appelle ?

— Faut bien. »

Rebelote la tyrolienne, le vertige, la poulie, le vent dans les cheveux, l'arrivée, oui, merci, tout va bien, jeune homme, pourquoi voulez-vous qu'il y ait un problème.

Ils décidèrent de rester deux jours de plus. Miracle de la civilisation, la carte dorée jouait ici le sésame universel ! On verrait bien, plus tard, on verrait bien comment renflouer les caisses… Là, il fallait vivre, rattraper ces années entre parenthèses, édifier les bases incertaines d'un futur si fragile et par là même si beau.

« Une balade aujourd'hui, ça vous dit ? C'est compris dans le prix ! »

Retour dans le dense, dans le moite, bonheur des contrastes, après la lumière et le vent, retrouver la touffeur sombre ; fouler les mousses tendres et les fougères que le soleil n'atteint jamais. Les lianes, racines du ciel à la logique inversée, passerelles entre deux mondes, montent-elles vers la lumière ou plongent-elles dans la terre ? Leurs tiges aériennes étranglant leur support, elles abritent de timides orchidées, rêves de couleurs enfouis sous l'écorce.

Ils avaient fait le plein de souvenirs, clic-clac, Kodak, photos partagées dans leur imagier désormais commun. Avoir des références semblables, pouvoir se dire, devant les autres : « Tu t'en souviens ? Tu te rappelles ? » Et rire ensemble d'avoir la même image en tête.

« Le paresseux, verdâtre et nonchalant, presque touché du doigt, pas farouche. Tu t'en souviens ?

— Vous savez pourquoi il a cette couleur ? C'est une mousse qui pousse dans sa fourrure, des centaines de coléoptères y passent leur vie. La lenteur de ses mouvements et l'humidité constante permettent cet écosystème incroyable…

— Oh… formidable ! »

Clic-clac, Kodak, dans la besace aux souvenirs.

« Et les buissons, les fleurs, les plantes grouillantes de vie. Tu te rappelles ?

— Les insectes aux formes étranges, aux couleurs acides, vert vif, céladon, olivâtre, amarante ou carmin, fragments éclatés de lumière qui virevoltent, sautent, surprennent dans la pénombre moite de cette forêt inférieure. Tu t'en souviens ?

— Et le bonhomme de l'hôtel qui ne voulait plus monter sur les plates-formes parce qu'un aigle harpie, un jour, protégeant son nid, l'avait attaqué et presque fait tomber… Tu crois qu'il mentait ?

— Et les petits yeux ronds des tapirs surpris dans le faisceau des lampes-torches ?

— Et le toucan, dont le bec maquillé de rouge, d'orange et de turquoise semble vouloir, dans sa disproportion absurde, entraîner tout le corps de l'oiseau à sa suite… On en a vu… Tu te rappelles ?

— Et les grenouilles, vert vif rythmé de noir, joli poison mortel, les coussinets ronds de leurs doigts largement écartés, pas toucher surtout ! Tu t'en souviens ? »

Ils s'étaient émerveillés, ils avaient ri, ils avaient eu peur, ils en riraient plus tard, tous les deux, enlacés, se souvenant.

« Je suis fatiguée, j'en ai trop vu, tu viens, on remonte ? »

BOLIVIE, ROUTE DES YUNGAS, 1er SEPTEMBRE
NAËLLE ET SIMON

Le voyage vers La Paz ne ressembla en rien à celui qui les avait amenés au cœur de l'Amazonie.

Soudés l'un à l'autre, redoutant le moindre éloignement, Naëlle et Simon apprécièrent chaque embardée de la jeep, chaque rayon de lumière éclairant des paysages dont ils pouvaient enfin apprécier la beauté, chaque sourire d'enfant andin, chaque fruit goûté goulûment sur les marchés colorés, chaque nuit, soyeuse, passée dans l'émerveillement de la découverte toujours renouvelée de l'autre. En traversant les Yungas, ils avaient retrouvé le village de Pedro, y avaient passé la nuit dans la hutte où Naëlle était revenue à la vie.

Ils avaient expliqué aux parents du jeune garçon que celui-ci leur reviendrait un jour, *curandero* aguerri. Avec émotion, le vieux *yatiri* les avait embrassés, sa femme avait rendu à Naëlle son téléphone portable soigneusement orné de rubans et de perles de verre. En longeant les vertigineux ravins de la route de la mort, ils virent un couple de condors planant haut dans le ciel glacé. Naëlle, les yeux fermés, s'imaginait partager leur vol, se laissait emporter sur leurs ailes, sentait le vent soulever ses cheveux et remerciait silencieusement ces géants ailés de lui avoir ouvert la voie.

Simon, bien décidé une fois rentré en Europe à alerter l'opinion publique, était prêt à utiliser tout moyen de communication utile et efficace, presse, télé, radio, Facebook ou Twitter.

Il voulait mettre en lumière le combat quotidien de ces minorités, exploitées, brimées, laminées, dénoncer les moyens honteux mis en œuvre pour réduire au silence ces opposants à une mondialisation suicidaire. La dénonciation des sommes colossales générées par l'économie parallèle du blanchiment de l'argent sale, celui du trafic de la drogue, du bois rare, des plantes ou des métaux précieux avait déjà souvent fait la une des journaux… Pas assez visiblement pour mobiliser les foules. Ceux qui, parmi la population mondiale, avaient accès à l'éducation se voyaient constamment bombardés d'informations alarmistes, sommés de soutenir des causes, exhortés à s'engager sur tant et tant de fronts… Comment réussir encore à éveiller l'intérêt de tant d'aquabonistes ?

Il en avait du pain sur la planche, ça le remplissait d'enthousiasme, il attendait avec impatience de se retrouver devant le clavier d'un ordinateur et de pouvoir, enfin, avec ses mots, faire œuvre utile. Dans un coin de sa tête, une voix moqueuse s'élevait parfois : « *Hola ! Dom Simon…* Descends de ton cheval, cette croisade n'est pas la tienne. » Il la faisait taire, anticipant l'ironie des critiques, il avait décidé de ne pas en tenir compte. Même modestement, même sur le ton léger et dans l'univers romanesque que ses lecteurs attendaient de lui, il voulait faire écho à ce qu'il venait de vivre, être le relais de ces centaines de voix inaudibles, apporter sa toute petite pierre à l'édifice.

Si, le livre lu, une partie de son public était amené à s'interroger et à se renseigner davantage, ça en vaudrait la peine ! L'écrivain en lui, mis trop longtemps en sommeil, espérait retrouver là son chant, sa mélodie, son accord propre.

Mais avant tout cela, avant de s'occuper des autres, Simon, dès qu'il le put, dès qu'une communication fut enfin possible avec le reste du monde, se précipita vers le premier téléphone et appela son fils Lucas.

BELGIQUE, GREZ-DOICEAU, 1er SEPTEMBRE
LUCAS

« Qu'est-ce qu'il a, ce chat ?

— Nicolas, viens là !

— Non, rien à faire, il est bizarre depuis ce matin ; il n'a rien voulu manger. Je ne comprends pas, il n'a pourtant pas l'air malade.

— Au contraire, l'air de la campagne lui fait du bien, on dirait qu'il a encore grandi. »

Céline, inquiète, regardait le splendide félin beige arpenter la maison avec la démarche souple et sensuelle d'une panthère de salon.

« Je ne l'ai jamais vu faire ça… On dirait qu'il sent quelque chose… J'espère qu'il ne va rien lui arriver, comment j'expliquerais ça à Simon ? »

Un silence pesant suivit cette question, vingt-quatre jours qu'ils étaient sans nouvelles de leur ami. Grégoire et Céline tentaient d'apaiser les craintes de Lucas. Ne voulant rien laisser paraître, il refusait d'évoquer son père et plus encore Naëlle, à qui il imputait la responsabilité de ce voyage irresponsable et de ses conséquences. La rentrée scolaire ayant privé la maison de ses trois plus jeunes occupants, Lucas se retrouvait seul, réfugié dans sa chambre, plongé dans les récits philosophico-historiques de son maître à penser, Hugh Stenson, qu'il rejoindrait dans un mois à l'université de Falsbury.

« Je t'assure que ce n'est vraiment pas normal, regarde ce chat : il tourne en rond maintenant.

— C'est peut-être parce que les enfants ne sont pas là… je ne sais pas… »

La sonnerie du téléphone retentit alors. « Je le prends ! hurla Lucas en sortant précipitamment de sa chambre.

— Allô ?

— Lucas ?

— C'est papa ! Grégoire, Céline… c'est papa… Il rentre à la maison et il ramène Naëlle ! »

BOLIVIE, LA PAZ, 3 SEPTEMBRE, 9 H 30
NAËLLE ET SIMON

« Regarde-les, ils ont l'air malades…

— Tu peux faire le fier… Tu l'as été toi aussi, non ?

— Oufff… Ne m'en parle pas… Le *sorojche*… Sacré souvenir !

— Ils s'habitueront comme nous l'avons fait.

— J'espère pour eux que leur séjour ne sera pas aussi mouvementé que le nôtre.

— Je ne sais pas… J'aimais bien, moi, que tu viennes au bout du monde pour me sauver… Après tout ça, tu penses qu'on ne va pas un peu s'ennuyer à Bruxelles dans ton si bel appartement ?

— M'ennuyer avec toi ? Impossible ! J'ai des tas de projets, des tas d'endroits à te montrer, des tas de plaisirs à partager avec toi… Tu pourras refaire toute la décoration de l'appartement, avec un immense dressing et une penderie rouge pour les jours rouges et les vêtements qui correspondent… et une bleue, et une blanche…

— Même une noire ?

— Oui… même si c'est une couleur où j'espère ne plus jamais te voir retourner.

— Le noir est une non-couleur, elle englobe toutes les autres, c'est la teinte de tous les possibles...

— Mmmmhhh, quand tu parles comme ça et que je vois cette étrange lueur au fond de tes yeux, je m'attends au pire. »

Simon émit un rire gêné... De temps à autre, il devait encore combattre un vague sentiment d'inquiétude qui déboulait sans prévenir. Il lui arrivait, la nuit, de se réveiller en se demandant qui était réellement allongé à ses côtés... rapidement, il chassa ces pensées poisseuses et l'embrassa sur le front.

« Le pire ? lui répondit-elle avec un sourire. Pas forcément, on peut juste se dire que rien n'est jamais tout à fait blanc ni tout à fait noir, on navigue souvent entre deux eaux.

— Eh bien moi, aujourd'hui, je ne suis pas du tout dans le gris, je suis dans un jaune solaire, dans un vert de lumière, dans un orangé de début du monde, de magma d'où émerge la vie... Je suis tellement heureux de te ramener et de retrouver Lucas ! Vous deux, les deux êtres que j'aime le plus au monde enfin réunis, enfin près de moi.

— N'oublie pas mon chat. Je pourrai amener Nicolas chez toi ? Tu crois qu'il y aura sa place ?

— Évidemment... Toute la place, toute la place que tu voudras y prendre. »

Dans cet aéroport élégant où ils retrouvaient le luxe cosmopolite des grandes capitales, ils attendaient leur avion pour rentrer en Europe. Les lèvres pleines de sourires et de baisers, les mains pleines de caresses, le cœur plein d'espoir et les yeux rieurs.

À un moment, alors que Simon s'était écarté pour acheter des revues, Naëlle se demanda si elle devait vraiment tout lui dire maintenant, à l'aube de leur nouvelle vie… ou si elle pouvait se permettre de garder encore quelque temps son petit secret pour elle. Elle n'était pas encore certaine de la décision à prendre.

Elle avait toute cette belle vie à passer à ses côtés.

Elle était censée s'habituer à vivre sans sa part d'ombre et pourtant…

Elle avait tout le voyage pour lui en parler.

Elle pensait néanmoins avoir le droit de se garder un jardin secret… enfoui profond, juste assez grand pour y accueillir, de temps en temps, un vieil ami…

Un ami qui avait partagé tant d'épreuves avec elle, depuis tant d'années.

Un ami qu'on lui avait permis de découvrir, de retrouver.

Un ami qui pourrait les protéger, elle et sa nouvelle famille.

Un ami qui lui voulait du bien et avec qui la cohabitation serait plus harmonieuse à présent, elle en était persuadée.

Un ami qui serait toujours là quand elle en aurait besoin.

Elle se dit qu'elle avait quelques heures devant elle pour se décider.

MERCI…

À Cécile, Fabienne, France, Yann et Yvon, mes premiers lecteurs, pour leur soutien amical et judicieux.

À Rita pour les voyages intérieurs, à Christian pour les conseils techniques et à Marc pour son indéfectible soutien.

À Héloïse, Gilles, et la formidable équipe d'Eho.

Et surtout aux quatre Bibi's pour leur patience bienveillante durant ces mois de voyage en chambre…

Du même auteur
aux Éditions Héloise d'Ormesson :

COMME DES LARMES SOUS LA PLUIE, 2011.

LÀ OÙ LA LUMIÈRE SE POSE, 2014.

PAPIER À BASE DE
FIBRES CERTIFIÉES

Le Livre de Poche s'engage pour
l'environnement en réduisant
l'empreinte carbone de ses livres.
Celle de cet exemplaire est de :
450 g éq. CO_2
Rendez-vous sur
www.livredepoche-durable.fr

Composition réalisée par Belle Page

Achevé d'imprimer en mars 2014 en France par
CPI BRODARD ET TAUPIN
La Flèche (Sarthe)
N° d'impression : 3004492
Dépôt légal 1re publication : avril 2014
LIBRAIRIE GÉNÉRALE FRANÇAISE
31, rue de Fleurus – 75278 Paris Cedex 06

31/7946/2